LA VIE ÉTERNELLE, ROMAN

Jacques Attali est né le 1er novembre 1943 à Alger. Conseiller d'Etat. Président de la B.E.R.D. Ancien élève de l'Ecole polytechnique (major de la promotion 1963). Ingénieur au corps des mines. Diplômé de l'Institut d'études politiques de Paris. Docteur en Economie.
Carrière : Ingénieur des mines (1968). Elève à l'Ecole nationale d'administration (1968-1970). Auditeur (1970) puis maître des requêtes économiques à l'Ecole polytechnique (depuis 1968). Directeur de séminaire à l'Ecole nationale d'administration (1974). Directeur du laboratoire Iris et directeur d'étude à l'Université Paris IX-Dauphine. Conseiller spécial auprès du président de la République (1981).
Œuvres : Analyse économique de la vie politique *(1973)*. Modèles politiques *(1973)*. L'Anti-économique *(1974)*. La Parole et l'Outil *(1975)*. Bruits (essai sur l'économie politique de la musique) *(1977)*. La Nouvelle Economie française *(1978)*. Ordre-cannibale *(1979)*. Les Trois Mondes *(Fayard, 1981)*. Histoires du temps *(Fayard, 1982)*. La Figure de Fraser *(Fayard, 1983)*. Un homme d'influence, Sir Siegmund Warburg *(Fayard, 1985)*. Au propre et au figuré *(Fayard, 1988)*. Lignes d'horizon *(Fayard, 1990)*. Le Premier jour après moi *(Fayard, 1990)*.
Prix : Prix Henri-Poincaré (1965). Prix Laplace de l'Académie française (1965). La Vie éternelle, roman *a obtenu en mai 1989 le Grand Prix du Roman de la Société des Gens de Lettres.*

Là-bas, sur une île isolée – ou là-haut, sur quelque étoile lointaine –, un peuple coupé de tout par quelque catastrophe majeure répète l'histoire des hommes depuis leurs origines, y compris la traque, l'exil puis le massacre d'une minorité distinguée par ses traditions, ses pouvoirs magiques et la vie éternelle qu'on lui prête. Puis, dans le sang et le chaos, comme se retournent les fioles d'un sablier, s'inversent les flèches du Temps. Mémoire et prophétie se confondent et ce " testament d'outre-monde " se met à ressembler à s'y méprendre aux plus vieilles histoires que l'humanité a vécues, dans la démesure barbare des pires génocides et les espérances les plus folles des faiseurs d'éternité.
Le premier roman de Jacques Attali est tout à la fois un roman de science-fiction (des voyageurs de l'avenir, naufragés sur une étoile), un roman historique (les tragédies du pouvoir dans des temps très reculés), un roman policier (un prince assassiné au fond d'un vieux château), un roman politique (un coup d'Etat

(Suite au verso.)

préparé de main de maître), un roman épique (trois siècles dans la vie d'une grande famille), un roman d'amour (une princesse balancée entre trois séductions), un roman initiatique (une jeune fille à la recherche de sa vérité et de son père), un roman théologique (le lent décryptage d'un récit cabaliste ouvrant accès à la Vie éternelle), et peut-être même un roman à codes et à clés...

Paru dans Le Livre de Poche :

HISTOIRES DU TEMPS.
LES TROIS MONDES.
BRUITS.
UN HOMME D'INFLUENCE.
AU PROPRE ET AU FIGURÉ.

JACQUES ATTALI

La Vie éternelle, roman

FAYARD

à Bethsabée,
à Jérémie.

On trouvera cités ici l'Épopée de Gilgamesh, le *Pentateuque*, le *Cantique des Cantiques*, les prophéties de Jérémie, le *Sepher Yetsira,* le *Zohar*, deux lettres de Wolfgang Amadeus Mozart à sa sœur, les paroles du Roi Lear, les Arabes des marais tels que Wilfred Thesiger les a décrits, ainsi que les commentaires les plus secrets des alchimistes de Prague et des cabalistes de Safed.

A la fin du XIe *siècle, un jeune homme élégant mendiait sur toutes les routes d'aventure. Il allait, de couvent en yeshiva et de wakf en ashram, vêtu d'un pantalon bouffant et d'une tunique de fourrure, à la recherche, disait-il, des plus savants docteurs de toutes les religions.*

A certains, il se présentait comme un médecin du nom de Sabbatai Donnolo. Par d'autres, il se faisait appeler Seferyo l'Astronome. A tous, il montrait un petit rouleau de cuir ourlé de laine, dont il ne se séparait jamais, même pour dormir. On y lisait, minutieusement calligraphié en hébreu, un texte énigmatique qu'il nommait le SY, *selon les initiales de deux mots signifiant* « Le Livre de la Création ».

En général, il expliquait qu'il le tenait d'un rabbin de Jérusalem; parfois, il murmurait que l'auteur véritable en était le prophète Jérémie.

Depuis des siècles, affirmait-il, personne n'avait pu en déchiffrer le sens; mais lui, il en était sûr, y parviendrait un jour.

Longtemps après sa disparition sur les rives boueuses d'un fleuve du Bengale, l'énigme du SY *continua d'animer les discussions des sages de Safed, de Tolède et de Posquières. Si la plupart des maîtres conclurent à regret qu'il ne voulait rien dire, certains avancèrent qu'y étaient enfouies les paroles capables de faire vivre une statue d'argile. On laissa même entendre qu'un potier de Prague, dont la boutique était sise rue des Ferronniers, serait parvenu à les utiliser. De rares savants allèrent jusqu'à affirmer que Sabbatai Donnolo lui-même aurait réussi à se reproduire et qu'il vivrait encore quelque part en compagnie de certaines de ses œuvres, copies d'hommes illustres.*

Ainsi passeraient de siècle en siècle, vies éternelles, Noé sous le nom de No, Joseph sous celui de Jos, Jérémie sous celui d'Emyr, et bien d'autres encore, maîtres de toutes les sagesses, fous abasourdis, princesses hallucinées.

Mais ce secret, s'il existe, reste très bien gardé; et il n'est jamais transmis qu'aux sages parmi les sages, maîtres des mots et de la vie.

A l'heure la plus muette, à la fêlure entre deux couleurs, juste avant que la nuit ne perde mémoire d'elle-même, Golischa pénétra dans la bibliothèque du château de Nordom où Shiron, son grand-père, venait de mourir, étranglé.

Dans l'affolement général, personne n'avait songé à venir retourner les sept sabliers d'or, de bronze et de cuivre, méticuleusement rangés sur trois étagères de loupe d'auboine, juste au-dessus des plus vieux manuscrits de la salle d'angle, près de la seule fenêtre d'où l'on apercevait la mer.

Golischa regarda longuement les derniers éclats de silice filer au travers des entonnoirs d'étoupe. Chaque instant de sa vie, pensa-t-elle, allait maintenant leur ressembler, enfermé dans une fiole, enchâssé dans des balustres, s'écoulant grain à grain, immuable, avant de s'achever en simulacre de vertige, en illusion de désordre.

Elle essaya d'ouvrir la petite croisée à gauche des étagères. La poignée résista, puis céda en grinçant. Un air froid fit irruption, bousculant l'atmosphère moite; l'hiver n'en finissait pas de s'effacer. Elle se pencha à l'embrasure. Au-dehors, rien, ni dans le frôlement des feuilles, ni dans la rumeur de la mer, rien n'indiquait qu'un crime majeur, quelque chose comme un régicide, venait d'être commis.

Quand Donnolo vint se poser sur son épaule, elle frissonna : pour la première fois, l'oiseau de son enfance, son compagnon de mémoire, l'effrayait. Comme si leurs deux solitudes résonnaient l'une contre l'autre, répercutant chagrins et désespoirs.

Elle se retourna vers les sabliers, maintenant tous à l'arrêt. Désormais, le passé resterait figé comme ces tas de sable. C'était comme si, au signal du sang versé, une lourde herse était tombée sur l'énigme de leur destin.

Car énigme il y avait, elle en était sûre; jamais le Grand Livre Secret, qui consignait l'histoire des hommes depuis leur arrivée à Tantale, pas plus que les commentaires qu'il avait inspirés, ne l'avaient convaincue : aucun peuple ne pouvait être, comme le leur, amnésique, interdit d'histoire, sans trace ni brûlure. Les débuts de Tantale, elle en était persuadée, avaient dû être bien plus tragiques que ne le laissait entendre cette brumeuse histoire de naufrage et de mutinerie. Et ce récit, dont le peuple ne pouvait connaître que quelques rares épisodes, n'était sans doute qu'une légende incertaine, construite par un pouvoir aux abois.

Shiron Ugorz, lui, devait savoir la vérité. Golischa avait toujours espéré qu'il la lui dirait, qu'il lui révélerait au moins ce qui comptait le plus pour elle : le nom de son père.

Car elle en était certaine, ce nom-là, il le connaissait. Un soir d'extrême confidence, dans cette pièce fouettée d'une pluie rageuse où elle l'avait vu sangloter, il le lui avait presque lâché.

Son père... Jamais elle ne renoncerait à le trouver – à le *retrouver*, avait dit son grand-père. Comme si elle l'avait jamais connu!

Maintenant, elle devait se contenter de le rêver en prince ou en vagabond, de l'imaginer dans des aventures avec mille débuts et bien plus encore de fins.

Elle aperçut alors, posé sur l'étagère la plus haute, juste derrière le sablier d'or à quatre fioles, le petit cahier noir où son grand-père avait recopié, « en fraude » avait-il avoué, le Grand Livre Secret.

Elle ne l'avait pas oublié, depuis cette nuit de veille vertigineuse où il le lui avait lu tout entier. Elle le prit, l'ouvrit et fut, malgré elle, de nouveau frappée par la sombre poésie de son énigmatique commencement :

« *En ces aubes-là, ces aubes archaïques,*
En ces crépuscules-là, ces crépuscules archaïques,
En ces siècles-là, ces siècles archaïques,
Lorsque l'En Haut eut été rompu de l'En Bas,
Lorsque l'En Bas eut été rompu de l'En Haut,
Lorsque Tru eut conquis l'En Haut
Et que Pow eut conquis l'En Bas... »

Comme chaque habitant de Hitti, Golischa connaissait par cœur ces premiers vers, presque les seuls auxquels le peuple avait accès, les seuls en tout cas que le Grand Orateur psalmodiait chaque soir à l'heure du couvre-feu et que les enfants récitaient chaque matin, l'esprit encore ensommeillé.

Elle continua la lecture à haute voix, tournant les pages interdites, surprise de son émotion, joyeuse de son blasphème :

« *En ces temps de guerres vagabondes et de lâches compromis, l'Empire, secoué par la rivalité des princes, travaillait encore à relever les désastres des batailles perdues, quand l'un des grands navires assurant la liaison entre la Première Terre et Vega s'écarta de sa route. Cette cathédrale des vents –* Phœnix *était son nom – qui pouvait transporter jusqu'à trente mille personnes, échappa aux aguets. A bout de ressources, le commandant de bord, nommé*

Uri Jiarov, décida de la diriger vers l'abord le plus proche, à la périphérie d'un des archipels les moins connus de la Seconde Partie du Monde. Le Répertoire des Lieux, qui le nommait Tantale, notait qu'il pouvait n'être pas hostile. Phœnix *s'y échoua sur une lande rase, à l'orée d'une forêt de bouleaux et de sycomores, à portée de voix de ce que l'équipage prit d'abord pour un lac boueux. Il n'y avait plus qu'à attendre les secours, qui n'allaient pas manquer d'arriver.* »

Ainsi commençait le récit de l'extraordinaire errance dont Golisha était, ce matin-là, deux siècles et demi plus tard, quelque chose comme l'héritière déchue, la princesse sans royaume, le frêle oiseau de passage entre rébellion et bonheur.

I

GOLISCHA

DANS ce petit canton de l'Univers survivaient en pénitence dix-sept millions d'hommes et de femmes prisonniers de leurs énigmes, honteux de leurs triomphes, lourds de leurs oublis, terrifiés par leurs espérances, ivres de leur solitude.

En ces temps d'abandon, Golischa vécut une enfance qui pouvait passer pour heureuse. En tout cas, personne à Hitti n'aurait admis qu'elle s'en plaignît : elle avait à manger, elle avait chaud, et aucune raison d'avoir peur; alors qu'en bas, dans les quartiers du port, régnaient la pénurie et la violence.

Pourtant, malgré ses privilèges, quand l'obscurité envahissait sa chambre tendue de soie bleue, elle étouffait. De cela elle ne pouvait gémir : nul adulte n'a jamais compris que, pour un enfant, la solitude est pire que la douleur.

Aussi loin que remontait son souvenir, Golischa se savait seule.

De son père elle ne connaissait rien : ni son nom, ni son visage, ni son histoire. Elle avait entendu dire par certains officiers de la Garde qu'il avait été un aventurier, mort avant sa naissance, tombé dans quelque embuscade. D'autres avaient laissé entendre qu'il était un officier rebelle, aujourd'hui en fuite. D'autres encore, les mieux informés, semblait-il, assuraient qu'elle était la fille de Gompers Jiarov, chef d'une autre grande famille de la ville : un fou, petit-fils d'un fou! Un jour, elle avait même entendu un des serviteurs soutenir en petit cercle que son grand-père était aussi son père, ce qui, disait-il, expliquait à la fois la prostration de la mère et la réclusion de la fille; mais elle n'avait pas voulu en entendre davantage et avait fui en se bouchant les oreilles.

En tout cas, personne ne savait d'où lui venait ce nom de Golischa que Soline, sa mère, avait tenu à lui donner contre l'avis de tous.

Soline n'était qu'une présence angoissée et maladroite à qui l'enfant ne réussissait guère à s'intéresser. Il lui arrivait même de l'oublier des jours entiers et de ne pas s'en vouloir de ne point l'aimer. Grande, fragile, blonde aux cheveux très courts, les yeux si larges qu'ils faisaient oublier l'étroitesse de la bouche, Soline avait été, disait-on, une jeune fille radieuse. Golischa avait entendu décrire ses chasses et ses courses, ses fêtes et ses caprices, ses passions et ses ruptures. Des serviteurs avaient laissé entendre que Soline avait brusquement changé le jour de ses vingt ans, deux mois après la déposition de son père, quelques semaines après la naissance de sa fille. Sauvée de justesse d'un suicide, Soline avait sombré dans une torpeur butée dont elle n'émergeait que pour succomber à de longues crises de larmes ou à de silencieuses hystéries. Recluse sans surveillance, prisonnière sans geôlier, elle semblait sombrer peu à peu dans un au-delà vide, comme écrasée par un trop lourd passé.

Rares étaient les distractions qu'elle daignait accepter. Parfois, elle montait jusqu'à Nordom pour voir son père, gravissant de sa démarche hautaine le long chemin de sable. Elle en revenait à la tombée du jour et s'asseyait sous l'auvent, indifférente à l'ombre humide de la forêt. Golischa l'épiait à distance, sans jamais oser la rejoindre, tentant de surprendre dans ses yeux une étincelle furtive, l'imperceptible trace d'une vie ensevelie.

Golischa aurait aussi voulu aimer son grand-père, mais, lorsqu'il venait chez eux, elle n'osait esquisser vers lui le moindre geste de tendresse : le vieil homme l'impressionnait trop. Il lui semblait d'une taille peu ordinaire, bien qu'en fait il fût assez petit. Toujours habillé strictement dans des combinaisons à l'ancienne, sa courte barbe blanche le faisait paraître beaucoup plus vieux qu'il n'était : il n'avait que cinquante-huit ans au moment de sa démission.

Aucune raison n'avait été invoquée pour justifier son remplacement par Sharyan, l'héritier des Sülinguen. Aucune accusation n'avait été proférée contre lui. Aucun interdit ne l'avait frappé. Il n'était ni vraiment libre, ni vraiment prisonnier. Il passait l'essentiel de son temps dans la tour de Nordom. De temps à autre, un de ses anciens collaborateurs lui rendait une visite furtive, de précaution plus que de politesse. Chacun s'étonnait de sa passivité. Golischa avait entendu dire que, par trois fois, alors qu'elle n'était encore qu'une toute jeune enfant, il avait tenté de quitter la ville en fuyant à cheval vers la passe de Kber; mais on l'avait arrêté avant même qu'il eût atteint les échafaudages de l'Olgath, et reconduit sans brutalité dans son château. Parfois, en fin d'après-midi, il allait nager en haute mer sous la protection de gardes aussi prévenants que silencieux. Beaucoup de gens du peuple, ouvriers des voileries, greffiers des Murs de Paroles, messagers des maisons de commerce, artistes du Vieux Fort espéraient sans trop y croire que ce prince sage saurait ressaisir le pouvoir et ralentir l'horreur en marche.

Golischa savait peu de choses de ce qu'avait été

son règne. Arrière-arrière-petit-fils de Silena – premier des Ugorz arrivé à Tantale –, Shiron avait pris le pouvoir après la mort de son frère aîné. Golischa avait entendu lire un jour un des rares passages autorisés du Grand Livre Secret où figurait cette description de son grand-père : « *Remarquablement doué pour l'exercice du pouvoir, Shiron Ugorz possédait au plus haut degré les deux qualités nécessaires à son exercice : le goût du secret et l'intuition des passions. Dans la Haute Caste, où les titres se gagnaient alors souvent par la délation et la médiocrité, on se méfiait de lui. On le disait parfois tombé sous l'influence néfaste de quelques agitateurs obscurs et de révolutionnaires brouillons. Mais c'était médire d'un grand chef tel que Tantale en avait peu connu.* »

D'après ce qui fut proclamé sur les Murs de Paroles où toutes les nouvelles de la ville étaient affichées, Shiron Ugorz, au lendemain de sa démission, était resté membre du Conseil. Il y allait d'ailleurs de temps à autre, accueilli à l'entrée de Balikch, le palais des Sülinguen, par les principaux conseillers du nouveau Ruler : Malk, le secrétaire bien en chair, un peu tassé, qui prenait toujours l'air ennuyé de celui qui en sait trop; Maalouf, le commandant de la Garde, au visage mangé par une petite barbe blanche; et Dotti, l'homme à tout faire du nouveau prince. Shiron Ugorz n'y disait jamais rien, mais prenait ostensiblement des notes dans un petit cahier à couverture noire et verte, ce qui avait le don d'exaspérer au plus haut point son successeur. Puis il rentrait à Nordom, comme il était venu, par la mer. Golischa le voyait parfois revenir, debout à l'avant de la flûte, entouré de gardes, puis remonter au palais et s'enfermer dans sa tour. Sülinguen lui rendait parfois ses visites en affichant pour lui le plus grand respect. Golischa ne surprenait jamais rien de leurs conversations.

La fillette venait rarement dans ce palais qu'elle n'aimait guère, construction hirsute à laquelle chaque génération d'Ugorz avait voulu imprimer sa marque : au centre, un bâtiment prétentieux en pierres blanches, recouvert de stucs baroques et de bas-reliefs animaliers; deux terrasses en descendaient, l'une vers la mer, l'autre vers la ville; c'était l'idée de Silena, le premier Ugorz arrivé à Tantale avec le *Phœnix*. A droite, face à la mer, une tour ronde, presque dépourvue de fenêtres; c'était l'idée d'Alosius, son petit-fils, le premier membre de la famille à avoir régné. A gauche, une tour plus haute, en forme de pyramide tronquée, abritait le bureau et la bibliothèque : c'était celle du second Silena, père de Shiron. Un parc de bouleaux entourait le château. Une petite maison de bois blanc, cachée entre les arbres au fond du parc, où vivaient Golischa et sa mère, avait été voulue par Shiron lui-même.

Dans des cabanes, derrière le lac aux nénuphars, vivaient gardes et serviteurs. Du temps de sa prime enfance, Golischa allait souvent leur rendre visite. Elle enviait ces enfants qui pouvaient se moquer librement des adultes et échanger entre eux des mots énormes, eux, quand ils pensaient qu'elle ne les entendait pas, la plaignaient de ne pas avoir de père.

Du haut des remparts du palais, elle allait aussi, petite fille étonnée, observer les soldats qui fouillaient jusqu'aux trames des carioles et aux cales des embarcations, dans une bousculade affairée. Elle devinait que l'angoisse prenait, chaque jour davantage, le pas sur l'espérance. Elle voyait des citadins qui, quelques années auparavant, partaient l'été à la montagne rejoindre de mirobolants châteaux ou de modestes cabanons, ne plus oser sortir des remparts. Elle ne distinguait au loin que les silhouettes courbées de rares paysans protégés par d'incessantes rondes d'hommes armés de pied en cap. Le marché de Hitti, célèbre en son temps pour ses goyaves et ses loris, ses foulques et ses boliers, ses ours et ses loirs, et même, murmurait-on, ses oiseaux et ses Siv, était maintenant famélique, déserté.

Les Siv... Personne n'avait expliqué à Golischa comment ni pourquoi ces étrangers redoutés et admirés avaient été expulsés de Hitti juste après la démission de Shiron Ugorz.

« *Tantale*, disait le Grand Livre Secret dans un des rares fragments dont le peuple avait le droit de prendre connaissance, *se défaisait comme un bateau pris dans l'orage, jusqu'au jour libérateur, deux siècles après le naufrage du* Phœnix, *où le nouveau Ruler expulsa tous les Siv. Cet événement sera nommé l'*UR *jusqu'à la fin des Temps. Et lorsque reviendra, chaque année, le jour de s'en souvenir, il faudra dire :* “ *Chacun assassine l'autre, je te montre le fils devenu l'ennemi, le frère devenu l'adversaire. Un homme tue son père, la haine règne parmi les gens des villes. La bouche qui parle, on la fait taire et on répond par des paroles qui font mettre le bâton à la main. La parole des autres est comme du feu pour le cœur. Et le soleil se détourne des hommes.* ” »

Quand Golischa s'enquérait auprès de sa mère ou de son grand-père de ce que tout cela voulait dire, ils répondaient, d'un ton ennuyé ou léger, qu'ils avaient oublié ou bien qu'ils ne l'avaient jamais su. Dans un instant de confidence ou d'indiscrétion l'un des serviteurs lui murmura que les Siv avaient été expulsés pour avoir drogué des oiseaux et tenté de renverser le Ruler, son grand-père; après leur échec, ajouta-t-il, ils avaient été regroupés dans une ville lointaine nommée Karella, à trois jours de bateau de Hitti, puis exilés un peu plus tard sur un aguet lointain.

Ce qu'il avait dit était peut-être vrai : depuis le jour de l'UR, il était interdit d'approcher de Karella – et d'avoir des oiseaux. Seul Donnolo échappait mystérieusement à cet interdit. Ceux qui avaient vu s'éloigner les embarcations des Siv – Golischa en avait rencontré plusieurs dans son enfance – affirmaient qu'ils étaient allés jusqu'à Alpha du Centaure; d'autres avaient parlé de Stentyra. Quoi qu'il en soit, ces étrangers n'avaient plus donné le moindre signe de vie. À l'évidence, ces gens-là avaient dû représenter une menace suffisamment sérieuse pour qu'une ville entière, grosse de plus de dix-sept millions d'hommes et de femmes, ne parlât plus d'eux qu'avec terreur, dégoût et révolte. Et lorsque le sujet affleurait encore dans une conversation, les adultes retenaient leurs mots comme on maintient un ballon à pleines mains au fond de l'eau.

Elle ne devait pourtant pas être si facile à oublier cette histoire; beaucoup semblaient même en avoir gardé la trace jusque dans leur chair. A plusieurs confidences vite étouffées, Golischa comprit qu'il y avait eu, lors du départ des Siv, beaucoup de morts et qu'on avait dû les incinérer, contrairement au rite dhibou. Enfant, elle s'était rendu compte qu'on cherchait encore de ces étrangers qui auraient pu rester à Hitti. Les dénonciations allaient bon train, beaucoup de gens y laissèrent la vie. Et lorsqu'elle disait que ces Siv n'avaient peut-être jamais existé, puisque rien ne prouvait plus leur passage, les plus bavards des serviteurs lui répondaient à mi-voix que, là-bas, du côté de Karella, d'Oudjira, de Tollida, de Rojos ou de Maïmelek, volaient encore peut-être quelques-uns de ces oiseaux sublimes qui, un jour, témoigneraient pour eux. Et lorsqu'elle insistait encore, elle avait le sentiment que ses questions déclenchaient comme un incendie de silence, un vacarme de glace.

Golischa prit alors plaisir à se mouvoir au milieu de ce faisceau d'énigmes. Elle y puisait une fière liberté, faisant admirer des autres ce qu'elle pensait être son incommensurable malheur.

II

SHIRON UGORZ

LE premier événement à laisser trace dans sa mémoire – elle avait un peu plus de six ans – fut l'arrivée à Nordom d'un journal clandestin. De la date elle était certaine : son grand-père venait à peine de lui apprendre à lire, dans la vieille maison de bois où elle habita jusqu'à son septième hiver. A plusieurs reprises, dans les rares exemplaires que sa mère laissait traîner, elle déchiffra des informations pratiques, des propositions de cours particuliers, parfois aussi de longs textes semés d'allusions obscures à des catastrophes dont elle n'avait jamais entendu parler. Tous ces articles étaient signés du nom de « SY », qui était aussi le titre du journal. Aux commentaires des gardes, elle comprit que, dans la Haute Caste, on s'en arrachait chaque numéro avec des murmures entendus. Longtemps le Ruler laissa faire, ordonnant qu'on ne perdît pas de vue ceux qui travaillaient à sa rédaction. De mois en mois les journaux s'empilèrent dans la vieille maison et Golischa les lisait sans rien y comprendre.

Jusqu'au jour où elle déchiffra en première page un titre en gros caractères que n'expliquait aucun article : « BON ANNIVERSAIRE, CHER STAUFF. QUE LES

OISEAUX TE GARDENT AU MILIEU DES SIV. » Il semble qu'en ville nul ne comprit, ou du moins n'admit avoir compris. Mais quelqu'un avait dû comprendre car, l'après-midi même, tous les rédacteurs du journal étaient arrêtés. On ne les revit jamais plus.

Cette histoire serait passée à peu près inaperçue – et Golischa ne s'en serait sans doute pas souvenu – si, le soir même, le Ruler n'avait fait inscrire sur tous les Murs de Paroles, là où l'on consignait les grands événements de la journée –, un bref message que Golischa alla lire avec sa mère, près du belvédère, juste avant le couvre-feu :

« *Il est temps que le peuple de Hitti soit informé d'événements considérables; qu'il sache que les Siv, aidés de quelques traîtres, ont tenté de renverser le Conseil; et que, pour perpétrer leur crime, ils ont dressé des oiseaux à tuer. Le Ruler a fait arrêter les criminels, fusiller leurs chefs et trop généreusement fait expulser les autres. Un officier qui avait sa confiance, nommé Herbert Stauff, l'a trahi et a fui avec les oubliés. Soyez sur vos gardes : les ennemis des hommes ne sont pas loin, ils disposent encore d'armes terribles. Aussi le Ruler se montrera-t-il impitoyable envers ceux qui rappelleront leur souvenir ou aideront à leur retour. Malheur à ceux qui ne proclameront pas la vérité du Grand Livre Secret et la gloire du Ruler!* »

La foule massée devant le Mur commenta longuement chaque mot du message. On s'accorda à le trouver peu cohérent, mais trop véhément pour être dénué d'importance. On était surpris de voir le Ruler laisser entendre que des Siv vivaient encore non loin de Hitti. Certains, parmi les plus âgés dans la foule, murmurèrent en regardant Soline qu'un jour ou l'autre les Siv reviendraient se venger de Sülinguen; que ce jour-là serait terrible pour tous, sauf pour ceux qui seraient restés fidèles aux Ugorz. Soline ne dit mot, se contentant d'étreindre la main de sa fille en l'entraînant vers le chemin escarpé qui remontait vers Nordom. A l'entrée du parc, Donnolo vint les rejoindre et se posa paresseusement sur l'épaule de la jeune femme.

Elles marchèrent ainsi en silence vers leur maison. Un vent incertain balayait les grenadiers. Entre les bouleaux, en contrebas, on apercevait encore le belvédère et le Mur de Paroles d'où montaient les éclats de la foule. De l'autre côté des bosquets de thym sourdaient, atténuées, les rumeurs de la ville. Plus loin encore, par-delà les échafaudages compliqués et les innombrables corridors de l'Olgath, on devinait la passe de Kber, début de l'interdit. Golischa aimait cet endroit; peut-être parce que les grenadiers et les thyms y faisaient rempart au vent, imprégnant l'air de nuances légères.

Au sommet de la côte, là où les arbres s'espaçaient, Soline s'arrêta un long moment, le dos tourné à la mer, les yeux fixés vers le désert. Comme si, pensa Golischa, elle avait besoin de partager quelque chose avec cet au-delà. Puis elle reprit sa marche, comme harassée par quelque invisible effort.

Au détour du chemin, Golischa aperçut son grand-père, assis sur un petit banc de pierre, les mains croisées sous le menton, les deux index sur les lèvres, dans une attitude qu'elle prit désormais l'habitude de lui voir lorsqu'il se concentrait. Vêtu d'un pantalon bouffant et d'une tunique blanche, le cou entouré d'une écharpe de cuir, le vieil homme tourna les yeux vers elles et dévisagea Golischa comme s'il la voyait pour la première fois. Après tout, pensa l'enfant, peut-être est-ce bien la première fois? Puis il se tourna vers sa fille. L'enfant s'étonna du regard que les deux adultes échangèrent au-dessus d'elle.

Plus tard, lorsqu'elle se souviendrait de cette scène, elle sentirait encore la main de sa mère lui serrer avec force le poignet. Le vieil homme se pencha vers l'enfant et lui tendit les bras. Elle s'y précipita. Il murmura à son oreille :

– Bonjour, petite fille.

Sa voix semblait cassée; elle le devinait au bord des larmes et se dégagea brusquement :

– Lâche-moi, s'il te plaît.

– Pourquoi? Tu n'es pas bien avec moi?

Elle hésita, s'occupant à refaire un nœud dans ses cheveux.

– Non. Mais j'ai froid, je veux rentrer.

Les deux adultes se regardèrent sans parler, comme si la présence de l'enfant interdisait une conversation pourtant trop longtemps remise. Elle insista, se retournant vers sa mère :

– Je peux rentrer? Laisse-moi aller seule, je connais le chemin.

Le vieil homme lui caressa les cheveux. Bien plus tard, Golischa se souviendrait aussi de ce geste furtif qu'il ne referait jamais plus.

– Tu ne veux pas rester un peu avec moi? Il y a longtemps que je ne t'ai vue.

Elle lui échappa encore et s'accrocha à la tunique de sa mère :

– Non, je ne veux pas rester avec toi. Qu'est-ce que tu veux me dire?

Sans lui répondre, le vieil homme se tourna de nouveau vers Soline :

– Tu es allée lire ces bêtises? Tu n'aurais pas dû... En tout cas, tu n'aurais pas dû l'amener.

La jeune femme haussa les épaules. Il reprit :

– Je suis passé chez toi, tout à l'heure. Votre maison est trop humide, surtout pour elle...

Soline repoussa l'enfant comme pour l'empêcher d'entendre sa réponse.

– Ah! tu t'intéresses à elle, maintenant? C'est vrai, cette maison est inconfortable. Mais je ne reviendrai jamais à Nordom. Si c'est ce que tu espères, tu peux y renoncer. La solitude est la seule liberté qui me reste, et j'y tiens.

Le vieil homme répondit quelque chose que Golischa ne comprit pas. L'enfant lâcha la main de sa mère et courut vers la maison en s'égratignant aux ronces.

Quelques jours plus tard, Golischa aperçut des hommes qui défrichaient un champ de bruyères près du chemin longeant la falaise. Puis d'autres vinrent, armés d'outils qu'elle ne connaissait pas, édifier une nouvelle maison. Pour elles, lui dit sa mère lorsqu'elle l'interrogea.

Les travaux durèrent plus d'une saison et l'enfant vint souvent en suivre les progrès. La distraction était trop rare pour qu'elle la laissât passer. Une grande charpente de bois s'éleva; l'intérieur en fut divisé en quatre pièces de taille inégale, reliées par un couloir étroit, prolongé au-dehors par une terrasse abritée d'un auvent et close par une guirlande de bois sculptée de fillettes aux jupes ajourées, de chevaux cabrés, de lapins de profil.

Elles y emménagèrent à la fin de l'automne. Les gardes étaient toujours là à la surveiller, de jour comme de nuit. Shiron Ugorz y vint régulièrement et s'occupa de son éducation avec une attention envahissante. Il lui fit fabriquer de superbes poupées dont il alla choisir les dessins dans les réserves de l'Université. Le soir, il jouait avec elle à des jeux qu'il paraissait inventer. Elle aimait par-dessus tout ce « Jeu des images » où elle devait trouver sa propre place dans une liste de personnages qu'il lui décrivait avec minutie. Parfois Soline les observait de loin, tour à tour attendrie ou soucieuse.

Sa solitude lui pesa moins, bien qu'elle ne pût encore la nommer.

Le jour de ses huit ans, elle accompagna pour la

première fois sa mère dîner à Nordom. Longtemps après, elle se souviendrait des moindres détails de cette soirée, comme si se trouvait enfoui là quelque chose d'essentiel à la résolution de son énigme.

Ce soir-là, à l'heure où la mer se calmait dans la baie assombrie, Soline, vêtue de blanc comme à son habitude, portant Donnolo sur son épaule, frappa à la porte principale du château, en haut de la terrasse de marbre. Deux valets ouvrirent le lourd battant et les conduisirent en silence vers un étroit escalier s'enroulant à l'intérieur de la tour pyramidale. Au second étage, elles pénétrèrent dans une salle exiguë aux murs tendus de soie beige; trois couverts étaient dressés sur une table. Par une porte entrouverte au fond d'un couloir, Golischa devina une salle ronde remplie d'étagères et de livres. Quand Shiron en sortit pour les rejoindre, ils se mirent à table sans un mot. Donnolo se posa sur le fauteuil de Soline; il semblait familier des lieux. Par la fenêtre ouverte, le vent leur apportait le bruit lent des vagues.

Parmi les serviteurs habillés de longues robes à rayures grises, Golischa reconnut certains de ses gardes. Que faisaient-ils là? Son grand-père savait-il que les valets de Nordom étaient aussi les témoins de ses nuits? Elle n'osa poser de questions. Pourtant, ce silence prolongé l'oppressait. Était-ce la coutume quand des adultes dînaient entre eux? Elle réalisa que c'était la première fois qu'elle était attablée avec quelqu'un d'autre que sa mère. Comme sans doute tous les enfants l'étaient chaque soir avec leurs propres parents. Seulement, cet homme-là n'était pas son père.

Brusquement, elle risqua :

– Dis, maman, où il est, mon père?

Elle s'écouta sans surprise poser cette question qui l'obsédait depuis l'éveil de sa conscience et qu'elle n'avait jamais osé, jusqu'ici, formuler à voix haute. Maintenant, son désespoir était si grand, la douleur de l'absence si aiguë, le moment si nouveau qu'elle pensait pouvoir affronter la réponse.

Les serviteurs se figèrent; le silence s'épaissit. Golischa sentit qu'elle avait provoqué comme une fêlure à l'intérieur du temps. Soline ne répondant pas, la main secouée d'un tremblement immaîtrisable, elle se tourna vers son grand-père. Celui-ci, dans un vague murmure, avec une lenteur qui ne semblait masquer ni ruse de séduction ni incertitude de la pensée, lui répondit :

– Il est mort, ton père. Juste avant ta naissance, pendant une guerre. C'était un bon soldat.

En entendant prononcer les mots « ton père », Golischa avait rougi. Elle regarda sa mère qui avait posé son couvert et se cramponnait à la nappe comme à une bouée :

– Ah! il est mort? Pourquoi ne me l'as-tu jamais dit?

Soline fit effort pour articuler d'une voix haut placée :

– Tu étais trop petite, j'attendais... Trop petite pour comprendre... Trop petite pour être triste.

L'enfant trouva la réponse injuste. Elle n'était pas du tout triste; seulement un peu étonnée, presque soulagée. Plusieurs fois, elle avait rêvé d'une tout autre histoire dont elle n'arrivait plus à se souvenir, mais qui lui semblait beaucoup plus vraisemblable. Donnolo y jouait un rôle primordial, en compagnie d'autres oiseaux.

Il lui faudrait donc changer aussi ses rêves, puisqu'elle allait pouvoir donner à son père un profil, une allure, un métier. Elle ajouta presque gaiement :

– Et comment s'appelait-il?

Près de défaillir, Soline ne répondit pas. Golischa s'étonna : pourquoi butait-elle sur une question aussi simple? Elle insista :

– Mais, maman, dis-moi comment s'appelait mon père!

D'un geste, Shiron arrêta Soline, sur le point de répondre, et murmura :

– Ce n'est pas important. Tu le sauras plus tard.

L'enfant sourit et, posant la main sur le bras de son grand-père, elle revint à la charge d'un ton aussi charmeur qu'elle pût :

– Comment, ce n'est pas important? Le nom, c'est la vie! Dis-le-moi, ce nom... S'il te plaît, je veux le connaître. Ce n'est pourtant pas une question bien difficile!

Shiron ne répondit pas. Golischa se retourna vers Soline qui fixait intensément son père. Les deux adultes semblaient éperdus. L'enfant n'osait plus ni parler ni se taire; elle s'en voulait d'avoir créé une situation aussi pénible : c'était bête, pour un simple détail, de faire de la peine aux deux seules personnes qui l'aimaient. Elle aurait donné n'importe quoi pour que cette conversation n'eût pas commencé, pour que quelque événement vînt mettre fin à ce malaise.

Jamais elle n'oublierait ces instants : ni le tassement de son grand-père dans son fauteuil, ni la crispation de la main de sa mère sur la dentelle brodée de la nappe, ni le regard de feu et de glace que l'un et l'autre échangèrent, au bord des larmes.

Ce soir-là, même si elle n'apprit rien, elle eut le sentiment que quelque chose de neuf avait commencé, qu'une barque s'était mise à glisser sur une rivière trop calme, loin en amont de chutes vertigineuses.

III

URI JIAROV

Après ce soir de naufrage, Ugorz entreprit de lui raconter l'histoire des hommes. Il lui parla d'abord de Tantale, de ses montagnes et de ses fleurs. Sur des planches ramenées de l'archithèque, il lui montra les plantes et les animaux, surtout les oiseaux. Selon la saison, ils s'installaient sous l'auvent ou près du feu. Elle aimait ces heures douces et lentes où elle était tout pour lui, savourant ses mots et ses intonations. Longtemps après son départ, elle restait tout imprégnée de ce monde dont elle ne savait rien d'autre que ce qu'il lui en rapportait.

Un soir d'été – elle allait sur ses huit ans –, il arriva chez elles après dîner, un petit cahier noir et vert caché sous sa tunique. Ils s'installèrent sur la terrasse, autour de la table de bois. Il faisait chaud, le ciel était clair, la forêt débordait de silence. De cette soirée, elle ne pourrait oublier une parole.

– Tu vois ce cahier, petite fille, lui dit-il. J'y ai recopié le Grand Livre Secret, ce livre que seul le Ruler et les prêtres ont le droit de connaître. Quand j'ai démissionné, j'en ai remis le texte original à mon successeur. Mais j'en ai gardé cette copie que j'avais faite moi-même. J'ai décidé ce soir de te le lire.

Tâche de bien t'en souvenir. Plus jamais tu ne le verras ni ne l'entendras : ce serait trop dangereux. Si tu es ce que je crois, ta mémoire exceptionnelle le retiendra. Mais prends garde : nul ne devra jamais savoir que j'en ai copie ni que tu l'as entendu. Nous y laisserions nos vies, et bien plus encore... Si j'ai résolu de te le lire en dépit du danger, c'est qu'il te faut tout savoir de notre passé, ce qui t'amènera à l'essentiel.

Elle se concentra, bien décidée à repérer tout ce qui pourrait la mettre sur la piste de l'« essentiel », qui ne pouvait concerner que son père. Elle demanda :

– Avec ça, je pourrai trouver mon père?

Le vieil homme leva la tête et la dévisagea, visiblement étonné :

– Oui, cela aussi, tu le pourras. Ton père est dans ce texte. Il y est même à chaque page. Chaque page l'a rendu nécessaire...

Elle écoutait sans comprendre, seulement prévenue que chaque mot allait compter.

– Écoute bien, reprit le vieil homme en posant le petit cahier bien à plat devant lui sur la table. Je vais te raconter des choses dont presque personne ici n'a connaissance : l'histoire des hommes depuis leur arrivée à Tantale, telle que l'ont consignée les Rulers dans le Journal où, depuis les débuts, ils ont noté l'essentiel des événements dont ils furent les témoins.

– Je t'écoute, grand-père.

– Tu sais qu'il y a deux cent soixante ans, des hommes ont débarqué ici à bord d'un vaisseau, le *Phœnix*. Écoute d'abord ce que le Grand Livre Secret dit de ces voyageurs : « *Toutes sortes de gens étaient à bord du* Phœnix *: des hommes et des femmes, des marchands et des prêtres, des ouvriers et des logiciens, des kaos et des dhibous, des animaux et des chimères...* »

– Des chimères?

Il hésita :

– Oui. Des créatures mi-hommes, mi-animaux, des êtres de mélange. A mon avis, elles n'ont jamais existé...

Elle sourit :

– Ton livre commence donc par un mensonge?

Il fronça les sourcils :

– Non, pas un mensonge, une métaphore... Une façon détournée de dire quelque chose de très grave que, faute de connaissances suffisantes, nous ne comprenons pas... Je continue, écoute bien : « *Il y avait à bord tout un corps de Pionniers en partance pour Vega; ils allaient y parfaire leur entraînement avant d'aller installer une base sur Athias, l'un des sites les plus hostiles du Troisième Archipel, où des minéraux rares venaient d'être découverts. A l'examen, Tantale leur parut étonnamment hospitalière; l'atmosphère et la gravité y étaient voisines de celles de la Première Terre; la configuration des astres y rythmait une journée et une nuit de durées à peu près égales. Dans les heures qui suivirent l'échouage, le commandant Uri Jiarov envoya des avant-gardes inspecter les environs. Au retour, exaltés et volubiles, ils décrivirent une végétation aux nuances oubliées, des animaux beaucoup plus grands et colorés qu'ailleurs; surtout des oiseaux dont ils n'arrivaient pas à fournir une description, tant ils en avaient vu de différents. La plupart des passagers ne crurent pas à ces récits. Mais, au bout de quelques journées de silence immobile, les oiseaux s'approchèrent du vaisseau, d'abord par de timides audaces, puis en vagues tourbillonnantes...* »

Il s'interrompit comme pour vérifier l'effet produit par son récit. Elle sourit. Il continua :

– « *Les oiseaux éblouirent les plus blasés par l'éclat de leur plumage et la simplicité de leurs courbes. Deux officiers supérieurs identifièrent des espèces depuis longtemps disparues de la Première Terre. Ils nommèrent des aigles pomarins, des bondrées, des éperviers, des outardes, des faucons, des gangas, des loris et des vautours, puis des anhingas, des martins-pêcheurs, des pélicans, des hérons, des spatules et des foulques...* »

Il leva les yeux et murmura : « Des oiseaux de marais... », puis reprit :

– « *...et beaucoup d'autres encore dont ils ne reconnurent ni les formes ni les cris. Devant ce flamboyant spectacle, certains passagers enthousiastes proposèrent de rebaptiser leur lieu de naufrage* “ *la Planète aux oiseaux* ”. *Mais le commandant respecta les procédures d'échouage prévues par le code de l'Empire et consacra le nom inscrit dans le Répertoire : Tantale resta Tantale...* »

– Le commandant dont tu parles est l'ancêtre des Jiarov d'aujourd'hui?

– Oui, Ellida et Uri Jiarov sont ses descendants.

– On sait quelque chose de lui, de son visage, de son caractère?

Il feuilleta le cahier, recherchant une autre page.

– Pas vraiment. Le Grand Livre Secret consigne un extrait de son journal de bord : « *Mon père fut l'aide de camp d'un des Grands Orateurs, avant de devenir gouverneur de Vega. Au début de ma carrière, j'ai été officier d'avant-garde* » – ce qui suffit à indiquer son rang dans la Haute Caste. A cet endroit, le Grand Livre Secret trace de lui un portrait assez sombre : « *Peu enclin à l'aventure, rarement intéressé par les femmes, il était devenu pilote civil après un accident de vol sur lequel il était resté discret. Depuis deux ans, il commandait ce grand navire de commerce, sans humour ni état d'âme...* »

– Le premier des Ugorz à être arrivé à Tantale se trouvait aussi à bord?

– Oui, mon arrière-arrière-grand-père, Silena Ugorz, commandait en second le *Phœnix*. Le Grand Livre Secret dit de lui qu'il était « *passionné par les instruments de navigation et les sabliers* ». Rien de plus vrai : je les conserve encore à Nordom, tu les verras un jour. Le Grand Livre Secret n'en dit rien de plus et ne s'étend pas davantage sur l'autre adjoint du commandant, Yong Sülinguen. Il dit seulement qu'il « *s'intéressait beaucoup aux chimères* ».

– Encore! L'ancêtre du Ruler d'aujourd'hui s'intéressait aux chimères? Cela devait être important pour qu'on en parle tant!

Il hésita :

– Ne me demande pas. Je l'ignore. Personne n'en sait rien.

Il se tut. Elle eut l'impression qu'il cherchait encore à lui dire quelque chose par son silence, à la conduire à une vérité qu'il ne pouvait exprimer. Il posa sa main sur la tête de l'enfant et lui sourit. Bercée par le faseyement des bouleaux, elle se laissa aller à l'interroger comme distraitement :

– Mais celui qui a composé ce texte devait savoir... Au fait, qui l'a écrit?

Il hésita encore :

– Nul ne le sait. En principe, le Ruler a charge de tenir à jour le Journal de la ville, mais il peut se faire aider par qui il veut. C'est le commandant Jiarov qui a dû rédiger le début de ce Livre, mais il l'a fait à la troisième personne, si bien que nul ne sait qui l'a vraiment rédigé.

Il sourit et reprit sa lecture :

– « *Deux jours après leur naufrage, le commandant fit construire une petite pyramide de terre sur une butte, face à la mer, pour signifier que l'Empire prenait possession du sol et du sous-sol de Tantale.* » C'est là-bas, tu vois, près du littoral... « *Une semaine plus tard, des géomètres partirent avec deux des navettes établir un premier relevé des terres voisines. Ils constatèrent que ce qu'ils avaient pris pour un lac était en fait un océan, et que la rivière qui s'y déversait*

– ils l'appelèrent la Dra – prenait sa source au plus haut d'une chaîne de montagnes, par-delà des marais qui leur semblèrent infranchissables. Nulle part ils ne décelèrent de traces d'un établissement humain. Mais aucune certitude n'était possible en raison de la densité des forêts et de l'épaisseur des nuages... »

– Il n'y avait vraiment personne ici avant eux? Les Siv n'étaient pas encore là?

Il parut étonné de sa question, et elle-même fut surprise de le voir presque au bord de la colère. Ce n'était pourtant qu'une idée en l'air!

– Mais non, les Siv sont arrivés bien après nous! A ce moment-là, il n'y avait personne à Tantale! Écoute la suite, tu comprendras : « *Chacun savait, pour l'avoir lu ou entendu, que, lors d'incidents antérieurs, l'armée impériale avait promptement repéré le lieu de l'échouage et secouru les naufragés. De plus, le* Phœnix *contenait de quoi divertir pendant des années ceux qui pouvaient d'aventure s'inquiéter. Les plus mondains parmi les passagers, marchands ou stratèges – il y avait même à bord quelques membres de la Haute Caste – en parlaient le soir à dîner, sur le pont supérieur, comme d'une aventure excitante, précieuse et rare, qu'on pourrait plus tard raconter dans les salons de la Première Terre. Incapables – du moins le croyaient-ils – de supporter l'inconfort de la nature et l'irrégularité du climat, peu de ces notables se risquèrent alors à explorer les alentours...* »

Il s'arrêta pour tourner une page. Golischa contempla le cahier et admira sa petite écriture serrée, régulière. Elle nota non sans perplexité une ou deux ratures : pourquoi ces ratures s'il n'avait fait que recopier un texte sacré? Elle n'osa le lui faire remarquer. Cependant, comme il tardait à reprendre, elle lui demanda :

– Tu parlais du climat, tout à l'heure. Le Livre dit qu'il était déplaisant. Mais il est agréable, le climat de Tantale! Il fait chaud l'été, froid l'hiver! Pourquoi ne l'aimait-il pas, celui qui a écrit ça?

Il lui sourit d'un air un peu triste :

– Sans doute parce qu'il est encore meilleur sur la Première Terre!

– Mais où est la Première Terre?

– Nous ne le savons pas, petite fille. Peut-être très loin d'ici, peut-être pas. Nos ancêtres y ont vécu, des hommes y vivent encore. Mais nous ne savons plus comment y retourner. Écoute la suite...

Elle répéta, incrédule :

– Il y a d'autres pays, d'autres terres où des hommes vivent, où nous pourrions aller?

Cette idée la bouleversait; elle avait toujours pensé que Tantale était le seul lieu où l'on pouvait vivre, que tous les hommes étaient là, que son univers était tout l'Univers. Il sourit :

– Si tu m'interromps tout le temps, je n'y arriverai pas... Beaucoup de choses se sont passées depuis l'arrivée du *Phœnix*, qui vont t'expliquer tout cela. Laisse-moi continuer, tu comprendras :

« *Seuls les plus lucides des officiers s'inquiétèrent de ne plus recevoir les messages que, du* Cœur – *un îlot construit deux siècles plus tôt au large de la Première Terre –, on envoyait vers toutes les colonies et tous les vaisseaux. Le commandant ne quittait guère les salles d'écoute où les vigiles essayaient sans relâche, par tous les transpondeurs, d'entrer en contact avec le reste de l'Univers. En vain. C'était comme si une barrière étanche, dressée devant eux à une distance indéfinissable, réfléchissait les messages qu'ils envoyaient et ceux qui auraient dû leur parvenir. Au bout de quelques jours, l'état-major du* Phœnix *se rendit à l'évidence : pour la première fois dans l'histoire des hommes, un vaisseau de haut commerce était coupé de l'Empire. Tout en continuant d'assurer aux passagers que les secours arrivaient, qu'ils seraient bientôt là, le commandant fit débarquer les avant-gardes prévues par le*

Code impérial en de telles circonstances. Des passagers se joignirent à eux, et non loin du Phœnix, *au bord d'un lac dont ils défrichèrent les rives, ils montèrent quelques-uns des abris dont le vaisseau était abondamment pourvu. Les autres passagers observèrent cette agitation avec une surprise vaguement inquiète : pourquoi tant d'efforts si on devait bientôt repartir? Puis, de semaine en semaine, les uns après les autres, les naufragés devinèrent l'ampleur de la catastrophe. Le commandant préféra en retarder l'annonce autant qu'il put. Il en informa d'abord les plus chevronnés des hommes d'équipage, puis les Pionniers; enfin, au bout de trois mois et demi, les autres passagers, auxquels il fit franchement part de son impuissance et de ses espoirs, tout en annonçant des mesures rigoureuses que beaucoup prirent pour un rationnement, bien que lui-même eût refusé d'en prononcer le nom.* »

– C'est quoi, un « rationnement »?

Il sourit :

– On peut appeler ainsi notre vie quotidienne, petite fille. Mais, à l'époque, nul n'en avait l'habitude. Tu dois te mettre dans l'idée que les gens de ce temps-là avaient des moyens de vie dont nous avons perdu toute notion. Tout ce qui est rare pour nous était à leur portée... Cette année-là éclatèrent sans doute des émeutes, mais on n'en trouve que de vagues mentions dans le Grand Livre Secret : « *Selon le journal de bord du commandant, il y eut en l'espace d'un mois six cent cinquante-six suicides et sept mutineries. Un millier de rouliers armés de barres de fer et autant de soldats à l'épée facile atteignirent les salles de contrôle, où ils furent impitoyablement massacrés. On raconte même – si l'on interprète scrupuleusement ce que laisse entendre un des rapports – que des hommes se rendirent à l'animalerie et libérèrent des chimères de combat qui provoquèrent un massacre épouvantable dans les salons de jeu.* »

– Encore ces chimères? Je n'y comprends plus rien!

– Tu as raison. Cette phrase est on ne peut plus curieuse. Depuis qu'on tient à jour le Grand Livre Secret, c'est-à-dire depuis deux siècles et demi, les Grands Orateurs ont consacré beaucoup de temps à l'étudier. Faut-il la prendre au premier degré, comme le froid compte rendu de quelque vérité historique, ou métaphoriquement, comme toute cette histoire de vaisseau et de naufrage, de Première Terre et de *Cœur*? Nul n'a jamais pu trancher la question.

Elle s'étonna :

– Il y en a qui doutent de la vérité du Grand Livre Secret? Tu veux dire que tout cela est peut-être faux?

– Je ne sais. Peut-être pas vraiment faux... Plutôt un langage codé pour nous dire autre chose de plus intolérable, d'ordinairement monstrueux... Comprends-moi bien : depuis cinq générations, nos ancêtres consignent leur histoire de cette façon; ils souhaitent que les Rulers successifs et les prêtres se souviennent ainsi d'eux et décident de ce que le reste du peuple peut savoir. Nos ancêtres ont tout fait pour ne pas nous laisser d'autre trace de leur passage. Il n'y a ici ni monument, ni statues, ni musique... Tout est fait pour que notre mémoire demeure vide, ou plutôt pour qu'elle se résume à ce livre. C'est te dire son importance...

– Mais pourquoi tous les habitants n'y ont-ils pas accès, s'il est si important pour eux tous?

– Parce que, depuis des temps immémoriaux, l'Empire a décrété que les colonies n'auraient pas d'histoire, afin d'éviter les révoltes. Quand les hommes connaissent leur passé, ils souhaitent façonner eux-mêmes leur avenir. C'est pourquoi, partout, les Rulers et les prêtres ont seuls connaissance du livre qui recueille les événements. Nous avons respecté la consigne.

– Mais tu aurais pu le faire connaître à tous à l'époque où tu étais Ruler?

– J'en ai rendu publics quelques extraits, des paragraphes essentiels. Mais les gens en furent si désorientés, les prêtres si furieux que j'ai dû arrêter.

Il reprit le cahier, qu'il caressa furtivement, et reprit sa lecture :

– « *Le commandant ne perdit à aucun moment son calme. Formé à l'école des officiers d'avant-garde, il avait reçu de la Compagnie des instructions précises à mettre à exécution en pareilles circonstances. Il les appliqua à la lettre.* » Le Grand Livre Secret ne dit presque rien de l'année qui suivit. Ses commentateurs, surtout les plus orthodoxes, se sont perdus en conjectures indémontrables sur ce qui se passa vraiment. La seule chose à peu près sûre – telle était en effet la règle à l'époque dans toutes les colonies –, c'est qu'on attribua des lopins de terre autour du *Phœnix* à qui voulut les cultiver; les volontaires ne se bousculèrent pas. Il est également à peu près certain que des Pionniers s'éloignèrent des terres cadastrées, à la poursuite d'énormes chiens à trois cornes, entr'aperçus lors d'une partie de chasse, et qu'ils ne revinrent jamais. Puis la vie reprit le dessus. Écoute ce passage d'une écriture singulière... Sans doute l'auteur en est-il différent : « *Chacun s'efforça d'enfouir sa peur pour ne pas la nourrir de celle des autres. Quelque chose, pourtant, était brisé : les naufragés avaient basculé de l'incident au désastre; ils s'installaient peu à peu dans un mélange d'espérance frivole et d'angoisse retenue. Ceux qui rentraient de la chasse ou de la pêche se vantaient trop bruyamment de la taille de leurs prises, en espérant, comme les autres, que tout cela prendrait bientôt fin et qu'on pourrait prochainement revenir à la monotonie confortable de l'Empire.* »

Il leva la tête et la regarda :

– Tu me suis? Tu ne t'ennuies pas?
– Oh non! je ne m'ennuie pas du tout, continue!
– Tu n'as pas sommeil?
– Mais non!
– Fort bien. Je saute quelques pages obscures où il est question d'un « Déluge » et d'un « Combat contre des Géants » : c'est trop compliqué pour toi, et sans grand intérêt. Le Grand Livre Secret raconte ensuite comment, douze mois après le naufrage, vint le jour prévu par le Code impérial pour coloniser officiellement la région.

Longtemps elle se souviendrait de l'espèce de ferveur avec laquelle il lui lut les pages suivantes, comme s'il les avait lui-même écrites :

– « *Lorsque les bruits de la forêt eurent cédé la place aux rumeurs de la nuit, tous les naufragés furent rassemblés dans la grande salle de bal, désertée depuis plusieurs mois. Pâle, Uri Jiarov monta sur la scène encombrée de détritus et annonça qu'on allait devoir quitter le vaisseau et s'établir au bord du fleuve. Pour provisoire qu'elle était, la mesure était indispensable : on ne pourrait plus maintenir en état que les quartiers de sécurité, les armes à double rayonnement et les conservateurs génétiques...* »

– Qu'est-ce que toutes ces choses-là?
– Je l'ignore... Personne ne l'a jamais su.

Il avait hésité. Sa voix avait tremblé. Pour la première fois, l'idée effleura Golischa qu'il pouvait lui mentir. Il reprit vite sa lecture, comme pour prévenir tout autre question :

– « *Que les passagers ne s'inquiètent de rien, dit le commandant. L'équipage et les Pionniers se chargeraient de tout descendre à terre. Ils débarqueraient les derniers, quand tout serait prêt pour les recevoir. Cela signifiait que le* Phœnix *ne pourrait plus jamais quitter cet endroit. Mais, après tout, c'était sans importance : quand on viendrait les chercher – et on ne tarderait pas à venir, il en était convaincu –, ils repartiraient sur les vaisseaux de leurs sauveteurs.* » Il semble – commenta Shiron en levant les yeux – que ce discours fit une excellente impression. Nul ne s'affola. Au fond, sans trop oser le reconnaître, chacun devait s'attendre depuis des mois à quelque chose de ce genre. En l'exprimant à haute voix, le commandant effaçait les angoisses, libérait les espérances... « *Pendant les jours qui suivirent, on assista à un incessant mouvement de ballots et de charrois. Puis descendirent les passagers, cohorte bousculée, enfants criards. La vie sortit du vaisseau comme les viscères d'une plaie béante. Seuls restèrent à bord les criminels de haute sécurité, les malades, les officiers et les façonniers...* »

– Les « façonniers »?

– Sans doute des passagers de la Haute Caste dont on n'a jamais su les noms. Maintenant, écoute bien la suite. Le rédacteur de cette période n'était pas dépourvu d'un certain talent et ce qu'il dit est très évocateur : « *Lentement, le majestueux vaisseau s'enfonça dans les feuillages qu'il fallait tailler sans cesse pour qu'agrès et haubans ne soient pas détruits par les serpents et les oiseaux... A son bord, une pègre prospéra, frange incertaine entre les soutes et les écoutilles, les cabines de luxe et les hublots de veille...* »

– Où est-il maintenant, ce *Phœnix*? Je pourrais le voir?

– Près du Vieux Fort, à l'extérieur des remparts. Il est interdit de s'y rendre, mais, si tu veux, je t'y emmènerai un jour. Tu n'es pas fatiguée?

– Oh non! continue!

Il reprit :

– « *Respectant les rites prévus pour la fondation d'une colonie, le commandant désigna un Grand Orateur parmi les prêtres dhibous. Au cours d'une cérémonie pompeuse, il fit brûler vives six chimères gynémorphes au plus haut de la falaise et y enterra dix oiseaux vivants, symboles des dix principes qui gouvernaient l'Empire. Il bénit ensuite le parchemin où allait commencer à s'écrire l'histoire de la colonie, ce qu'on allait appeler* LE GRAND LIVRE SECRET. *Le* yeng *fut proclamé instrument d'échange, et le* yenglish *langue officielle. Une sorte de ville s'improvisa. Le long d'allées en damier, on attribua une maison à chaque famille, couple ou triade (de nouveau on vivait beaucoup à trois, depuis un siècle). Tous furent conviés à travailler de leurs mains. S'il fut facile de recruter des gardiens de prison, on manqua vite de maîtres d'école, de terrassiers, de paysans. Il fallait s'y attendre : on ne crée pas une ville de fortune avec des gens de hasard. D'ailleurs, rien ne se passa comme le Code le prévoyait; à peine débarqués, des simulacrons furent détournés pour des jouissances interdites; à peine découverts, des gisements de zirconium employèrent des chimères, croisement de reproducteurs conservés à bord et d'animaux locaux...* »

– Encore des chimères! Décidément, on n'entend parler que d'elles... Je ne comprends toujours pas de quoi il est question.

– Tu as raison, ce texte est fort obscur, et il ne servirait sans doute à rien d'en donner connaissance à tous. Écoute la suite, plus énigmatique encore : « *Là-dessus, on entretint le plus grand mystère, car ces choses sont devenues très sulfureuses depuis que des savants en mal d'éternité ont fourni aux propriétaires de mines de zirconium de Vega des chimères combinant humains et reptiles.* »

– Est-ce possible? Des hommes-serpents?

– Je ne crois pas. En tout cas, ici, nous n'avons jamais su faire quoi que ce soit de semblable. Je pense qu'il s'agit là encore d'une simple métaphore.

Il se tut, puis reprit :

– Écoute bien la suite. Je ne te la relirai jamais plus.

– « *Quelques mois plus tard, alors que l'espoir s'essoufflait, des Pionniers revinrent terrifiés et hirsutes d'une expédition en amont de la Dra, au-delà de gorges étroites et sombres. Tout en se contredisant les uns les autres, ils racontèrent d'abominables histoires de marais putrides, de tortues molles, de chiens à trois cornes. On ne les crut pas, mais on ne parla plus qu'avec effroi de ces régions où personne ne retourna – du moins ouvertement.* »

– Tu penses que ces animaux existaient vraiment, qu'il en existe encore? Tu en as déjà vu?

Il parut hésiter.

– Non, je n'en ai jamais rencontré... Pourtant, je suis allé souvent dans ces régions avant qu'elles ne soient interdites.

– Oh! tu me raconteras, dis!

Il murmura comme pour lui-même :

– Cela ne présente pas beaucoup d'intérêt. Je pense que ces animaux sont aussi imaginaires que les chimères.

– Pourquoi le Grand Livre Secret en parlerait-il s'ils n'existaient pas?

Il haussa les épaules.

– Je ne sais. Ce n'est sans doute qu'une légende ténébreuse qui masque quelque événement réel, probablement moins fantastique, mais plus meurtrier.

– Quel événement? Tu as dû y réfléchir!

Il la considéra d'un regard intense.

– J'y ai réfléchi et n'ai rien trouvé... A ton tour, tu chercheras aussi, petite fille. Et toi, tu trouveras, j'en suis sûr. Car ta place est au bout de cette recherche...

Il avait dit cela d'un air si recueilli qu'elle en fut troublée. « Sa place? » Qu'avait-il voulu laissé entendre? Elle se pencha au-dessus de la table pour lui lancer cette question, mais il l'esquiva en reprenant aussitôt sa lecture :

– « *Du ciel, rien ne vint. On oublia l'avenir. Au*

bout de deux ans, les trois officiers se firent construire de grandes maisons de pierre qu'on nomma pompeusement " les Palais ". Les deux officiers en second, Sülinguen et Ugorz, installèrent la leur sur la falaise, près du Temple majeur, légèrement en retrait du littoral. » La nôtre était sous l'actuelle tour de Nordom... « *Le commandant Jiarov, lui, plaça sa demeure un peu plus en amont, au sommet d'une colline ronde couverte de bouleaux, de grenadiers et de fougères. On donna à ces maisons les noms des plus grandes villes de l'Empire : Nordom pour celle d'Ugorz, Balikch pour celle de Sülinguen, Voloï pour celle de Jiarov où l'on transporta la grande table en bois précieux du commandant du* Phœnix. *Les plus riches passagers s'établirent à l'intérieur du triangle formé par ces trois bâtisses. Ainsi naquit Hitti.* »

– Pourquoi ce nom?

Là encore, elle eut le sentiment qu'il hésitait à lui répondre pour de bon.

– Je l'ignore. Le Grand Livre Secret ne fournit aucune explication. On peut s'en étonner, car la généalogie de tous les autres noms de villes y est détaillée avec une méticulosité de procès-verbal... Je ne sais...

Il se pencha sur le carnet et reprit :

– « *Peu après, des colonies de peuplement s'établirent un peu partout, qui prirent le nom des grandes métropoles de l'Empire : Masclin, Rojos, Tojillos. Un Grand Conseil réunit chaque mois leurs représentants autour des trois officiers du* Phœnix. *Plusieurs saisons s'écoulèrent ainsi, ballottées entre la détresse, la violence et la douleur. Dans l'aventure, quelques-uns se grandirent, beaucoup se perdirent. Aucun ne devina que commençait là une nouvelle histoire de l'humanité.* » Le Grand Livre Secret ne dit rien d'autre de cette période. Il semble que, peu à peu, une sorte de routine angoissée envahit tout : « *Il fallait survivre, et ce n'était sans doute facile que dans la haine et la trahison. Certains, surtout parmi les Pionniers, y puisèrent une euphorie nouvelle : Tantale, dirent-ils, était plus agréable que la plupart des planètes qu'ils avaient connues, voire que la Première Terre elle-même. Les couleurs, les odeurs, les sentiments y étaient plus contrastés que partout ailleurs. Ici, au moins, on avait droit à de superbes jouissances, autant qu'à la menace de grisantes violences. On redécouvrait la possibilité d'être malheureux, et beaucoup y trouvaient du plaisir.* »

Il leva les yeux; elle frissonnait.

– Tu as froid? Tu veux rentrer?

– Non, grand-père, je n'ai ni froid ni sommeil. Va jusqu'au bout.

– C'est bien, tu as raison. L'essentiel est encore devant nous : « *Exactement sept années et neuf mois après le naufrage du* Phœnix, *par un très sombre après-midi d'hiver, alors que la neige avait chassé tous les oiseaux du ciel, une lumière violette descendit sur Hitti. Un grand vaisseau se profila à l'horizon, puis s'échoua sur une basse plaine voisine de la ville.* »

Il tendit la main vers la balustrade sur sa droite :

– Je pense que c'était là-bas, derrière Shamron... « *En débarquèrent des Pionniers venus de la Première Terre. L'euphorie fut indescriptible. On ne dormit pas de plusieurs nuits. Grâce au matériel qu'avaient apporté ces Pionniers, la barrière étanche qui ceinturait Tantale fut renversée, et le contact rétabli avec L'Empire. La plupart des naufragés demandèrent à retourner chez eux. Mais les sauveteurs insistèrent beaucoup, " au nom du Conseil d'Empire ", pour que certains restassent à Tantale. Ils étaient prêts à les payer très cher et même, si nécessaire, à le leur ordonner.* »

– Pourquoi?

– Le Grand Livre Secret ne le dit pas. Il y est écrit : « *C'était comme si cette terre perdue avait pour la Haute Caste un intérêt stratégique, incompréhensible aux yeux des naufragés : on n'y trouvait rien de ce qui pouvait intéresser les puissants, ni les corps instables utiles aux façonniers, ni les chrysanthèmes mauves que les jeunes femmes aimaient à porter à leur ceinture, ni les papillons odorants que collectionnaient les enfants riches, ni ces palaces guindés où se réunissaient les princes des colonies et leurs secrétaires en d'interminables conciliabules pleins de mots et vides de sens – du moins quand les guerres qui faisaient leur fortune leur en laissaient le temps.* »

– C'était vraiment comme ça, la vie d'avant? Les enfants collectionnaient les papillons?

– Sans doute. Nous n'en savons rien d'autre. Il nous faut croire le Livre, nous qui pouvons le lire!

Elle réfléchit longuement.

– Mais pourquoi ces gens ne viennent-ils plus nous voir?

– Attends, je n'en suis pas encore là. J'y viendrai, mais je dois auparavant te raconter bien d'autres choses! Je reprends à l'arrivée du vaisseau de secours : « *Après de longs marchandages au cours desquels chacun monnaya son choix, près du tiers des Pionniers, beaucoup d'ouvriers, quelques marchands et la plupart des prêtres décidèrent de rester à Tantale. Les trois pilotes du* Phœnix *en firent autant, les deux plus jeunes par goût de leur puissance neuve, le commandant par devoir, bien que le Code impérial ne l'exigeât pas de lui.* »

Il s'arrêta un moment, puis reprit sans lire, récitant à voix basse :

– « *Alors Tantale cessa d'être un lieu de désolation pour devenir un chantier d'aventure. Tout y changea d'échelle. On installa des marchés et des prisons, des banques et des crématoires, des casernes et des casinos; bref, tout ce qu'il fallait pour en faire une colonie respectable. Sauf qu'en raison de l'énigmatique configuration de ses abords on ne parvint jamais à se brancher directement sur les sources d'énergie du* Cœur. *On s'en passa. Après tout, Tantale n'était pas sur une route fréquentée, et la navette de Stentyra, la terre habitée la plus proche, suffisait à déverser à Hitti les images, les bruits et les odeurs de l'Univers...* »

Golischa le considérait avec stupéfaction : pourquoi récitait-il? Connaissait-il par cœur tout le Grand Livre Secret? Il surprit son regard et baissa furtivement les yeux sur le cahier dont il tourna une page, comme pris en faute. Il reprit d'une voix altérée par une certaine emphase :

– « *Ainsi chacun à Tantale put-il vivre la Tragédie universelle dont il n'était qu'une étincelle oubliée, un atome perdu.* »

– Pourquoi une « *tragédie universelle* »?

Il sourit :

– Bonne question! C'est curieux que tu l'aies remarqué! L'expression est même écrite avec des majuscules : « TRAGÉDIE UNIVERSELLE! » Jusque-là, en effet, rien ne permettait encore de prévoir qu'une catastrophe allait s'abattre sur eux. C'est peut-être parce que le Grand Livre Secret n'est pas vraiment un journal de bord tenu jour après jour, mais un texte récrit au gré des caprices des princes successifs.

– C'est ce que tu crois, toi?

Il sourit; elle aurait juré que c'était sa propre tristesse qui le faisait sourire.

– Je ne crois rien. Nous ne le saurons jamais. Il nous faut vivre avec cette énigme, et ce n'est pas la seule... Écoute bien : « *Ainsi s'écoulèrent une dizaine d'années sans événements particuliers. La Première Terre, qui avait tant insisté pour que Tantale restât habitée, l'oublia : cela n'avait dû être que l'éphémère foucade de quelque bureaucrate disgracié.* » Une fois de plus, il leva les yeux et continua de mémoire, en la dévisageant comme pour guetter ses réactions : « *Et puis une rumeur, murmurée de lieu en lieu, fit la gloire de Tantale : ces oiseaux, ces millions d'oiseaux que l'on ne pouvait voir nulle part ailleurs fascinèrent les hommes. Quelque vingt ans après sa fondation, Hitti devint une ville orgueilleuse et futile. Chaque mois, une noria jacassante de touristes débarqua du vaisseau géant venu de Stentyra. Attirés par les lumières comme des papillons de forêt, des hommes de fortune accoururent en nombre. On bâtit hâtivement des villes pour recevoir ornithologues et gastronomes qui voulaient tout savoir, tout goûter des oiseaux. Chacun, au retour, vantait la splendeur des belvédères, le luxe des fêtes, l'éblouissement des chasses. Puis l'un après l'autre moururent les trois officiers du* Phœnix, *devenus vice-rois d'un monde par le hasard des vents. Conformément aux rites royaux, on largua au loin leurs dépouilles en compagnie de leurs objets les plus précieux.* »

Elle s'étonna :

– On faisait ça?

Il se leva, le livre à la main, et vint s'adosser à la balustrade, face à elle :

– On le fait encore dans les grandes occasions, comme tu le verras un jour... L'un après l'autre, nos ancêtres entrèrent au Conseil, toujours dirigé par un Jiarov, appuyé maintenant sur un détachement de l'armée impériale et sur une police locale débonnaire qu'on avait baptisée par dérision les Macca – en argot, les « joufflus » – parce que la nourriture était leur principal sujet de conversation. Pendant plus d'un demi-siècle, tout alla pour le mieux dans l'Empire. En tout cas, le Grand Livre Secret, si prompt à consigner le moindre incident, ne relève rien de marquant. On y trouve seulement mentionné « *qu'après la contamination accidentelle du Sixième Océan, à la suite d'une fausse manœuvre, on renonça aux armes massives, immorales et barbares* ». Et que « *pour fêter le millénaire de l'Empire, le Conseil fit entreprendre la construction d'une jetée reliant la*

Première Terre au Cœur ». Le Grand Livre Secret décrit cet événement dans sa langue inimitable : « *Et le* Cœur *fut relié au Cerveau par une artère qu'on nomma la Porte du Roi.* »

– Qu'est-ce que cela veut dire?

– Rien, sans doute... Le rédacteur a certainement cédé au lyrisme. On a dû bâtir un grand pont reliant la capitale de l'Empire – qui devait être un port – à cette île au large, qu'on appelait le *Cœur*, où avait probablement été installé un grand réservoir d'énergie. Rien de bien mystérieux.

– Et quand eut lieu la construction de ce pont?

Cette fois, il répondit sans hésiter :

– Environ un siècle après l'échouage du *Phœnix*.

– Que se passait-il ici, à l'époque?

– Rien de spécial. Pour autant qu'on le sache, la vie semble avoir été sans souci. Le petit-fils du premier commandant, Gompers Jiarov, était devenu le Ruler. Nulle trace des temps difficiles ne subsistait. Le premier vaisseau était oublié au fond d'un parc mal entretenu. On n'y menait plus que les touristes, lorsqu'ils insistaient, et on leur racontait les premiers temps des hommes de façon plus ou moins fantaisiste, selon le caprice des guides. Tantale serait sans doute restée pour des siècles encore une colonie de plaisir parmi d'autres, si, cent dix ans après l'arrivée du premier *Phœnix* – il y a donc un siècle et demi –, deux événements considérables ne s'étaient produits : la Grande Rupture et l'arrivée des Siv.

Elle sursauta :

– Enfin! Je vais savoir comment cela s'est passé!

Il sourit :

– Oh! ne t'attends pas à des merveilles! On n'en sait pas grand-chose. Même le Grand Livre Secret ne s'y étend pas en détail. On y trouve d'abord deux allusions sibyllines : « *L'Empire vacilla sous les coups des fous et des lions. Les vieilles tribus accrochées aux Portes du Roi en furent chassées...* »

– Qu'est-ce que ça veut dire?

– On a beaucoup médité sur le sens de ces mots : qui étaient ces « fous »? Qu'étaient ces « tribus »? Aujourd'hui, on n'en a plus la moindre idée. Il est possible que ces phrases aient été écrites par Gompers Jiarov, ou modifiées après lui, pour remplacer la description beaucoup plus explicite de quelque massacre. Cette obscurité du Grand Livre est d'autant plus étrange que, juste après, on trouve le récit détaillé de la Grande Rupture et de l'arrivée des Siv. Écoute bien : toute notre tragédie y trouve sa source. D'une certaine façon, notre avenir dépend de notre capacité à comprendre cette énigme... Un jour très proche, c'est toi qui porteras cet avenir...

Il reprit plus lentement sa lecture, l'index levé :

– « *Par une nuit d'automne particulièrement transparente, à l'heure où les aguets accueillaient la troisième Ronde des Cavaliers du Silence, s'effondrèrent tous les chemins reliant Hitti au reste de l'Univers. Tous. Aucune explication ne put être donnée. Jamais. Sauf qu'on signala un peu plus tard – sans qu'aucune confirmation officielle en fût donnée – que le Conseil avait reçu d'étranges messages de panique émis d'un endroit indéterminable. Des voix affolées, presque inaudibles, auraient parlé d'une " onde de choc ", d'un " triangle de feu ", de " navettes en fuite ", d'une " fermeture des Portes du Roi ". Puis une autre voix – très distincte, celle-ci – aurait dit calmement : " Ils sont tout près, maintenant. Adieu, mes amis, sauvez nos âmes. "* »

– C'est terrible! Ils étaient isolés! Que leur est-il arrivé?

– Nul ne le sait. Depuis ce jour-là, qu'on prit l'habitude de désigner comme celui de la « Grande Rupture », aucun vaisseau, aucun message ne parvint plus à Tantale, pas même de Stentyra, la terre la plus proche. Nous sommes isolés. « *Malgré tous les efforts des vigiles, malgré l'envoi de voyageurs d'aguet aussi loin qu'il fut possible d'aller, aucun contact ne put être rétabli. Jamais. Et comme le vaisseau qui chaque mois assurait la liaison avec Stentyra n'était pas ce jour-là au quai de Tantale, on n'avait pu y aller voir.* » Le Grand Livre Secret poursuit ainsi sur une nouvelle page : « *Alors commença le balbutiement hébété d'un cauchemar de nuit sans lune. Dix-sept millions d'hommes et de femmes, colons, fonctionnaires et touristes, restèrent suspendus au souffle d'un appel. Mais, cette fois, à la différence des naufragés du premier* Phœnix, *ils n'avaient pas seulement peur du silence, mais aussi et même surtout d'être atteints par l'" onde de choc " dont avaient parlé les ultimes messages.* »

Le vieil homme laissa le silence s'installer entre eux avant de le rompre avec précaution, d'une voix plus sourde :

– Ces premiers moments furent sans doute abominables. Le Grand Livre Secret n'en dit presque rien, hormis cette simple notation : « *Le Ruler du temps, Gompers Jiarov, petit-fils du commandant du* Phœnix, *regroupa tous les transpondeurs sur les deux îlots d'aguet et les réserva à l'écoute de l'Univers.* » On ne dispose d'aucune autre information sur ce qui se passa durant les sept années qui suivirent. Tantale était sans doute encore sous le choc de cette seconde solitude quand se produisit un autre événement au moins aussi extraordinaire que le premier, l'arrivée des Siv, que le Grand Livre Secret décrit ainsi : « *Par un soir d'orage, alors qu'à l'horizon couvait un vent de sable, apparurent dix-sept lueurs grises. Les vigiles d'aguet estimèrent qu'il s'agissait de vaisseaux venus de la Première Terre, ou du moins de son voisinage immédiat. En quelques minutes, la nouvelle se répandit dans toute la région. L'excitation fut à son comble quand dix-sept vaisseaux peints aux couleurs de la Garde spéciale longèrent la ville en direction d'une des vallées de la Dra. Sans avoir établi le moindre contact avec les aguets, ils se posèrent derrière la passe de Kber, là où le fleuve se perd dans le désert.* »

Le vieil homme leva de nouveau les yeux et continua de mémoire :

– « *Malgré l'obscurité, la tempête et le couvre-feu, la foule submergea la métropole : on allait enfin savoir ce qui était arrivé à l'Univers! On allait renouer avec l'Empire! Le cauchemar prenait fin! La fête transportait les masses en mouvement, coulées turbulentes, torrents de jubilation. Le Conseil au grand complet, Ruler en tête, s'approcha. Tant bien que mal, la police installa un cordon de sécurité autour des vaisseaux. Le silence se fit. On attendait, sans savoir exactement quoi. Au bout de quelques quarts d'heure, alors que les officiels discutaient encore de ce qu'il convenait de faire, toutes les écoutilles s'ouvrirent à la même seconde dans un claquement froid. A l'intérieur, rien ne bougea. Chacun retenait son souffle. Lentement, comme se lève le vent de suroît, la rumeur de la foule reprit. Quelques soldats s'approchèrent de l'un des vaisseaux et y pénétrèrent. Ils y découvrirent, impeccablement alignés dans des bulles de verre, des hommes, des femmes et des enfants endormis, par milliers.* »

– C'étaient les Siv?

Il hocha la tête :

– C'étaient des Siv. Écoute bien ce qu'il est écrit : « *Rien ne distinguait ces nouveaux venus des habitants de Tantale, sauf que quelques-uns avaient le teint cuivré et le physique aiguisé de certains habitants de la Vieille Terre, très redoutés pour leur intelligence des choses mystiques et leur morale sourcilleuse, exilés quelques siècles auparavant dans le troisième quadrant du Second Archipel, après qu'ils eurent menacé la sécurité de l'Empire et mangé des têtes d'enfants de la Haute Caste.* »

– C'est horrible! Je savais qu'on les disait dangereux, mais ça! Les Siv mangeaient les enfants?

– Qui sait? Peut-être est-ce vrai, peut-être non.

Peut-être a-t-on seulement voulu ainsi nous préparer à les détester. Écoute bien la suite, ce passage est l'un des rares que la ville entière connaisse aujourd'hui – c'est moi qui l'ai rendu public : « *Tous étaient vêtus de longues robes froissées, aux couleurs irisées, tissées d'une fibre inconnue qui paraissait végétale. Des châles noués cachaient les cheveux et les oreilles des hommes; la tête des femmes était recouverte d'un long voile brodé où une très fine dentelle indiquait l'emplacement des yeux. Tous étaient équipés de chaussures à lacets et à talons hauts, comme on n'en faisait plus depuis des siècles. A côté d'eux, une incroyable accumulation d'objets inconnus, assemblages de bois et de roseaux, mal sertis, mal rangés et, parfois même, brisés.* »

Elle était fascinée. Comme elle aurait voulu vivre à cette époque!

– Continue, continue!

Il lui sourit tristement :

– Ça te plaît? « *On sortit précautionneusement quelques-uns des dormeurs de leurs bulles. Ils respiraient aisément. On les ausculta. Leur pouls était régulier. On essaya de les réveiller. En vain. Les médecins discutaient encore de ce qu'il convenait de faire lorsqu'ils ouvrirent les yeux tous ensemble, exactement quarante-neuf minutes après l'ouverture des portes. A peine surpris d'être là, visiblement heureux de se retrouver, ni effrayés ni menaçants, ils se mirent à échanger quelques mots dans une langue brève et heurtée, ignorée des hommes de Tantale. Ils n'entendirent pas davantage ce qu'on tenta de leur expliquer dans tous les idiomes de l'Empire; ils s'en excusèrent avec des révérences appuyées qui, en d'autres circonstances, auraient paru comiques. Le Ruler demanda alors à chacun d'être patient : il fallait prendre le temps de les comprendre. La foule reflua, boudeuse, et on fit débarquer la cohorte bigarrée et rieuse des nouveaux arrivants. On les compta : ils étaient deux cent quatre-vingt-huit mille trois cent vingt-sept. Le Ruler ordonna qu'on s'éloignât. On ne laissa avec eux que quelques officiers, des médecins et des linguistes qui, pendant quelques semaines, se mêlèrent à eux. Ils apprirent à s'exprimer dans leur langue, relativement simple, et découvrirent qu'ils se nommaient eux-mêmes entre eux les* Siv, *les* Yawe, *les* Hapiru *ou encore les* Baneï. *On leur demanda ce que cela voulait dire; ils répondirent en pouffant qu'eux-mêmes n'en savaient rien. Les observateurs comprirent vite qu'ils ignoraient ce qui était arrivé à l'Empire et qu'ils n'avaient même aucune idée d'où ils venaient. C'était comme si leur vie commençait au jour de leur réveil à Tantale. En tout cas, ils faisaient comme si.* »

– On n'a rien appris de plus, depuis?

– Non... Enfin, pas grand-chose.

Elle insista :

– Mais enfin, tu les as connus, toi : ils ne sont partis que depuis dix ans. Tu peux me dire à quoi ils ressemblaient? Étaient-ils si différents de nous, physiquement?

Il hésita, puis feuilleta le cahier posé devant lui :

– Ils étaient comme nous... ou presque. Attends un peu. Dans sa précision de procès-verbal, le Grand Livre Secret les décrit assez bien : « *Ils ne semblaient ni gentils ni méchants, seulement logiques, extraordinairement logiques et incapables de violence, de sentiment ou de passion...* » Voilà qui est plutôt bien vu... Comme on ne put rien en tirer de plus sur leur passé – y compris sous la torture, semble-t-il –, Gompers Jiarov décida de les laisser vivre à leur guise, tout en continuant de les faire surveiller très étroitement. « *Il les fit conduire à quelque distance de la ville, dans une des vallées de la Dra, au fond d'un cirque naturel, en aval des marais et en amont d'un désert.* »

– Le désert, là-bas?

Elle désigna la vallée derrière les remparts.

– Oui, exactement, derrière l'Olgath. Là, pensait

le Conseil, on pourrait facilement en apprendre davantage : ces gens-là venaient bien de quelque part; ils devaient bien savoir où en était la guerre, et ce qui se passait dans l'Empire, depuis sept ans qu'on était sans nouvelles! Ils finiraient bien par l'avouer ou par se trahir. Des soldats les guidèrent avec fermeté vers la passe de Kber.

– Mais comment ont-ils pu vivre là-bas, en plein désert? Cela dut être terrible!

– Sans doute. Ils y ont bâti une ville de boue qu'ils ont nommée Karella. Le Grand Livre Secret en parle. Ce passage aussi est connu de tous : « *Dans la journée, ils travaillaient dur à cultiver la terre; le soir, ils se réunissaient en petits groupes secoués d'interminables conciliabules, traçant sur le sol des textes indéchiffrables qu'ils effaçaient soigneusement après en avoir longtemps discuté. Parfois, les observateurs entendaient des cris, des disputes, et même des bousculades qui, semble-t-il, n'avaient rien d'amical. Ils parlaient aussi beaucoup avec leurs enfants, ce qui surprit les observateurs, peu habitués à ce genre d'attentions.* »

– Ils s'occupaient des enfants? Voilà qui n'a rien de surprenant. Toi aussi, tu t'occupes de moi!

Il sourit :

– Oui, mais ce n'est plus si fréquent, ici! C'est pourquoi le Grand Livre Secret s'en étonne. On a d'ailleurs émis beaucoup d'hypothèses à leur sujet. « *Certains rapports suggérèrent que leur amnésie était feinte, et que, devenus maîtres de l'Empire, ils étaient venus prendre le pouvoir à Tantale.* » Mais le Grand Livre Secret n'en dit pas davantage et il faut se contenter là-dessus de quelques rares mentions dans certains commentaires. En tout cas, moi, je ne sais rien de plus. Alors, comme à chaque fois qu'un pouvoir ne comprend pas une situation, il la mesure. Pendant des mois, des spécialistes vinrent à Karella effectuer toutes sortes d'examens auxquels les Siv se prêtèrent fort aimablement. Si l'on en croit les deux lignes qu'y consacre le Grand Livre Secret, « *tout cela n'apprit rien à personne, sinon leur parfaite santé et leur désespérante banalité* ».

– Les Siv étaient donc des gens comme nous? Mais alors, pourquoi les présente-t-on comme les « ennemis des hommes »? Pourquoi sont-ils partis? Pourquoi était-il interdit de les approcher?

– J'y viens. Ce n'étaient pas tout à fait des gens comme nous. Un jour, par hasard, on découvrit qu'ils avaient une particularité physique extraordinaire : quand un couple de Siv donnait naissance à un enfant, le père ou la mère mourait dans la semaine : la mère mourait quand naissait une fille, le père quand c'était un garçon.

– Ils laissaient leur place, en quelque sorte?

Il la regarda, l'air abasourdi par sa réponse :

– Exactement! Ils laissaient leur place! C'est bien vu... Comment as-tu fait pour y penser?

Elle ne comprenait pas sa surprise : il n'y avait là rien d'étonnant.

– Et qui l'a découvert?

– Il existe là encore deux versions. Selon l'un des commentaires – celui dit « de Bamyn », parce que écrit par des moines troglodytes vivant dans des grottes portant ce nom –, c'est un vieux bibliothécaire, venu de Stentyra par le dernier vaisseau avant la Grande Rupture, qui en eut la révélation. Il s'était glissé parmi les observateurs et était resté là des jours entiers, l'œil vissé à sa lunette, au sommet de la colline qui surplombe Karella. Puis, plusieurs nuits d'affilée, en dépit des interdits, il était descendu dans la vallée. Certains observateurs le virent échanger avec les Siv des signes dessinés sur la paume de la main. Plus tard, on raconta que plusieurs dizaines de Siv se rassemblèrent un soir autour de lui, anxieux. D'après ce récit qui ne reçut jamais de confirmation officielle, les Siv l'auraient entraîné dans une de leurs maisons et quand, au bout de plusieurs heures, ils l'en laissèrent repartir, il semblait hébété. Jamais il ne raconta quoi que ce soit à personne – hormis cette histoire à propos de la mort d'un parent à la naissance de son enfant. Mais il ne retourna plus à Karella et s'enferma dans un mutisme total dont rien ne put le tirer, jusqu'à sa mort, quelques semaines plus tard, dans des conditions jamais éclaircies.

Elle s'étonna, méfiante :

– Comment le sais-tu, si ce n'est pas écrit dans le Grand Livre Secret?

– Mon père le tenait de son père, qui le tenait du sien, lequel l'avait entendu narrer par un témoin. Le Grand Livre Secret ne fait pas mention du bibliothécaire, et, pour lui, c'est un Jiarov qui découvrit cette particularité des Siv. Mais je pense que ce n'est pas vrai : le Ruler de l'époque, en écrivant ce passage, a sûrement voulu donner le beau rôle à l'un de ses parents. En réalité, la version du bibliothécaire est certainement la bonne. On trouve ainsi trois ou quatre détails, dans le Grand Livre Secret, qui ont été probablement déformés pour enjoliver le rôle des uns ou des autres, en général celui de la famille du Ruler.

– Pourquoi ne le dis-tu pas? Pourquoi ne l'as-tu pas rectifié quand tu étais toi-même le Ruler?

Il hésita :

– Parce que j'ignore l'exacte vérité; et qu'on ne corrige pas un mensonge par une erreur. Viendra un jour où tu apprendras que les mensonges tuent. Et qu'il est alors trop tard pour les corriger... Écoute plutôt la suite : « *Cette découverte resta quelque temps un secret bien gardé. Quand elle filtra, la curiosité fut vive : personne n'avait jamais entendu parler de parents mourant à la naissance de leurs enfants!* » Des premières années des Siv à Tantale, le Grand Livre Secret ne dit presque rien d'autre. On en trouve seulement l'évocation suivante : « *Chargés d'armes rudimentaires et entourés d'oiseaux, les Siv s'installèrent loin des hommes, sans les combattre ni chercher à leur plaire. En quelques années, ils bâtirent, au-delà du cirque de Karella, dans des marais insalubres, une autre ville, faite de roseaux et de boue, qu'ils baptisèrent Maïmelek, ce qui signifie dans leur langue quelque chose comme* l'Eau du Roi. »

– Elle existe encore?

Il hésita, se leva, fit quelques pas et lui dit d'une voix lente :

– Tu le sauras peut-être un jour : pourvu que tu trouves ta place, cette ville est au bout de ton chemin.

– Quel chemin? Quelle place?

– Tu comprendras plus tard. Laisse-moi poursuivre. Tu n'oublieras rien de ce que je te raconte?

Elle haussa les épaules :

– J'espère!

– Si tu es ce que je crois, tu n'oublieras pas.

Il reprit sa lecture :

– « *Tout occupés à résoudre les terribles problèmes que posait leur solitude, les hommes oublièrent les Siv : puisqu'on n'avait rien à apprendre d'eux, autant ne plus s'en occuper et ne pas partager avec eux les trop maigres ressources de Tantale. De fait, tout allait de plus en plus mal : en quelque vingt années, après la Grande Rupture, il fallut renoncer aux derniers vestiges du confort de l'Empire. On ferma d'abord un à un les embryothèques et les chimératrons...* »

– Qu'est-ce que c'est que ça?

Il hésita :

– On n'en sait plus rien. Le déclin de Tantale a été prodigieux. On a oublié jusqu'au sens de nombreux mots. C'est pourquoi on dissimule le passé au peuple. Pour l'empêcher de se rebeller... « *Les hommes rebroussaient le chemin de l'Histoire; rongées par la mer, les rives du fleuve s'effondraient, faisant basculer dans la boue le somptueux belvédère de Hitti. Les grandes familles n'osaient plus retourner dans leurs maisons de montagne, par peur des bandes qui y faisaient la loi. Presque tous les provinciaux vinrent vivre ici, s'entassant dans des banlieues misérables ou envahissant les plus belles résidences. Seules quelques-unes des principautés résistèrent : Masclin, par exemple, sublime colonie de bois rose construite un siècle auparavant par des aventuriers attirés par la chasse aux oiseaux. Ses habitants venaient parfois à Hitti pour y chercher de quoi manger en échange d'oiseaux, jusqu'à ce que le commerce de ces derniers fût interdit. »*

– Tu as connu les oiseaux libres?

Il la regarda, attendri et lointain :

– Bien sûr... Comme c'était beau! Je t'en parlerai un jour... « *Dans les quartiers du port, des foules immenses s'entassèrent en des lieux instables, en quête de nourriture, de travail, d'abri. Si les quartiers du bord de mer, où se traitaient les affaires, gardèrent un moment leur apparence de luxe et de puissance, les grands immeubles furent désertés les uns après les autres. Le Ruler avait bien du mal à faire tenir ensemble tous ces morceaux d'un univers en ruines.* »

– Le Ruler était alors ton grand-père, Alosius?

– Pas encore. C'était toujours Gompers Jiarov. Mais, trois ans après l'arrivée des Siv, il tomba gravement malade – il devint fou, disent certains commentaires. Conformément aux règles de l'Empire, jamais appliquées encore à Tantale, le Conseil décida de le destituer. Au terme de très longues tractations dont le Grand Livre Secret ne parle qu'allusivement, le Conseil le remplaça non par un membre de sa famille, comme cela aurait dû être, mais par mon grand-père, Alosius Ugorz, petit-fils de Silena Ugorz, le commandant en second du premier *Phœnix*. Gompers Jiarov mourut peu après, étranglé dans la salle d'angle de la bibliothèque de Nordom. Nul ne sait comment.

Elle frissonna.

– Tu crois que c'est ton grand-père qui l'a fait tuer?

Il haussa les épaules et vint se rasseoir :

– Possible. Malgré son allure, ce n'était pas un tendre. Il avait sans doute ses raisons.

Il avait parlé durement, avant d'enchaîner :

– Mon grand-père était alors un homme assez jeune, chaleureux et cultivé. Son caractère flou et conciliant le destinait, croyait-on, à n'être qu'un Ruler de façade, l'otage des quelques familles qui se partageaient alors les richesses de Tantale. C'était d'ailleurs pour cela qu'on l'avait choisi. Au début, il présida le Conseil avec distance et fragilité, comme on l'avait escompté. Puis sa fermeté s'accrut et, peu à peu, il substitua à l'allègre corruption des Jiarov une grise bureaucratie peuplée d'érudits à sa dévotion. Rien, ni protocole subalterne ni nomination provinciale, ne lui échappait. « *Il était dur, incapable de faire plaisir, de s'intéresser à qui que ce soit d'autre que lui-même* », dit de lui le Grand Livre Secret. Ce portrait est probablement exact.

– Les autres, ceux qui l'avaient choisi, l'ont laissé faire?

– Tout cela n'alla pas sans révoltes. Il semble qu'à la fin de sa vie – il mourut à quatre-vingt-sept ans, au terme de cinquante-six ans de pouvoir – il fit déporter des familles entières sur les aguets lointains. On dit même qu'il fit torturer des enfants dans les caves de la capitainerie du Vieux Fort.

Elle frissonna. Il esquissa un sourire et continua :

– Il était devenu étrange. Le Grand Livre écrit qu'il ne sortait « *que la nuit, seul, vêtu d'un manteau noir, de hautes bottes de métal et d'un casque de jade* ». Plus âgé, il restait de longues heures enfermé dans la bibliothèque de Nordom avec un oiseau – « un lori bleu », précise le commentaire de Bamyn. Il aurait alors appris la langue des Siv et allait passer des semaines entières à Maïmelek, accompagné d'une très discrète escorte.

– C'était un ami des Siv? s'étonna-t-elle.

– Non. Les règles l'interdisaient. Les tabous étaient on ne peut plus rigoureux. Aucun contact avec les Siv n'était autorisé, d'aucune nature. Mais il les protégeait et interdisait qu'on les maltraitât. Le Grand Livre soutient qu'il avait adopté « *quelques-unes de leurs croyances, qu'il priait avec eux des dieux inconnus* » et que « *les Siv exploitaient ses faiblesses* ». De tout cela, nul n'eut jamais la preuve. Alosius Ugorz remplit toujours avec ferveur ses fonctions de Grand Orateur. Il n'y aurait d'ailleurs rien eu de répréhensible à protéger les Siv : leur particularité n'avait rien de monstrueux. On avait simplement interdit de les approcher. Mais on n'avait rien de spécial à leur reprocher.

– Mais pourquoi les a-t-on appelés les « ennemis des hommes »? Pourquoi les a-t-on chassés?

– Attends, je vais y venir. Après la mort d'Alosius – étranglé lui aussi dans la salle d'angle de la bibliothèque de Nordom, alors qu'il était moribond –, son fils Silena, mon père, lui succéda. Il était très petit, mais compensait cette apparence chétive par la brutalité de son comportement. Il dirigea la cité sans ménagements. Comme on commençait à manquer d'énergie et de main-d'œuvre, il fit domestiquer les chevaux. A son époque, on réapprit des gestes dont on n'avait plus la moindre idée depuis des siècles, et qui te sont devenus familiers. Face aux épreuves, aux révoltes, aux injustices, il se révéla versatile, étroit d'esprit.

Elle le dévisagea avec perplexité : comment pouvait-on ne pas aimer son père?

– Tu n'as pas l'air de beaucoup l'apprécier!

– Il m'a ignoré. Seul comptait pour lui ce qui pouvait servir son pouvoir – et accessoirement mon frère, son fils aîné. Pour durer, il a su assez habilement jouer de l'extraordinaire enchevêtrement des services, bureaux, comités, polices et contre-polices créés par son père. Mais il n'a pas su ralentir le déclin de la ville. Il était le Ruler depuis dix ans – je n'étais pas encore né – quand les hommes s'intéressèrent de nouveau aux Siv. Non plus cette fois pour leurs mystères et leurs secrets – nul ne se préoccupait plus de ces bizarreries –, mais tout simplement pour leur force de travail. Et comme Alosius n'était plus là pour les protéger, quelques marchands décidèrent de les employer, d'abord clandestinement, puis ouvertement, dans les mines et sur les chantiers. Transgressant les tabous qui interdisaient tout contact avec eux, des entrepreneurs vinrent à Karella recruter des ouvriers. « *Ainsi s'instaura une sorte d'équilibre, avec ses crises et ses révoltes, ses collaborations et ses refus. Pendant quelques années, chacun y trouva son compte...* »

Il reprit le cahier et, tournant une nouvelle page, enchaîna :

– « *Certains Siv se rebellèrent, devinrent très agressifs et furent expédiés sur les chantiers les plus difficiles. D'autres, au contraire, furent à leur aise en ville; les femmes se révélèrent d'excellentes cuisinières, et les hommes de bons précepteurs. Plus Hitti déclinait, plus les Siv devinrent précieux. Aussi, au bout de quelques années, furent-ils traités avec considération, et même admis dans la meilleure société. Ils devinrent des professeurs réputés, des banquiers avisés, des hauts fonctionnaires efficaces et célèbres.* » Quarante-cinq ans plus tard, à la fin du règne de mon père, on en trouva jusque dans l'armée et dans les services les plus secrets de l'État. Des interdits de l'Empire, seul le tabou sexuel restait intransgressable.

– Le tabou sexuel?

Il hésita, puis se résigna à expliquer :

– Aucun homme de Hitti n'avait le droit de faire l'amour avec une Siv.

Elle s'étonna. Jamais on ne lui avait parlé d'une chose pareille. Elle devinait qu'il y avait là quelque chose d'à la fois sulfureux et essentiel.

– Pourquoi?

– Dans les colonies, la règle a toujours été d'interdire les relations avec des peuples inconnus, par peur des maladies.

– Je ne comprends pas.

Il sourit, un peu embarrassé :

– Tu es trop petite. Viendra un âge où tu comprendras... Mon père régna quarante-cinq ans, soit dix ans de moins que son père : « *Autant d'années de désespoir ironique, de dérision effrayée, de misère tapageuse... Il n'y a rien à en dire... Sauf qu'anxieux, comme tout prince, de sa trace matérielle, il fit construire, quelques années avant sa mort, une tour métallique aux multiples colimaçons et aux coursives imbriquées, au sommet de la plus haute colline, au nord de la ville.* » C'est l'Olgath, tu la vois d'ici. Peu de gens, en dehors des officiers de la Garde spéciale, y eurent accès. Officiellement, il y regroupa tous les transpondeurs des aguets. En fait, certains murmurèrent qu'il y aménagea aussi des salles de torture. D'après le Grand Livre Secret, « *il mourut peu après, lui aussi étranglé dans la salle d'angle de la bibliothèque de Nordom, comme son père Alosius et comme Gompers Jiarov* ».

– Ça s'est vraiment passé comme ça?

– Je n'étais pas là. Et quand je lui ai succédé, ses obsèques avaient déjà eu lieu. Au demeurant, je n'aurais pas été appelé à régner si mon frère n'était mort un mois plus tôt.

Elle resta silencieuse, occupée à remettre un peu d'ordre dans tout ce qu'elle venait d'entendre. Puis elle risqua :

– Et toi, qu'as-tu fait de ton pouvoir?

Il resta un long moment sans bouger.

– J'ai régné, et ce ne fut pas chose facile... Tu t'en aviseras plus tard... J'ai régné trente et un ans; et j'ai d'abord eu à prendre deux décisions difficiles : l'abandon des armes nucléaires et l'arrêt définitif de la télévision. Je t'en parlerai un jour... Pour le reste, j'ai géré.

– Pourquoi as-tu démissionné?

Il referma le cahier qu'il glissa sous son manteau. Elle sentait qu'il souhaitait mettre fin à la conversation.

– Oh! c'est une longue histoire... Je ne me sens pas capable de t'en parler maintenant.

– C'est toi qui as chassé les Siv?

– Non, c'est mon successeur. Il a appelé cela l'UR... Et puis il a fait tuer tous les oiseaux en les rabattant dans une vallée encaissée où il les a fait asphyxier.

Qu'il est triste, pensa Golischa. Pourquoi a-t-il soudain l'air si accablé? Ce n'étaient après tout que des oiseaux...

– Et Donnolo?

– Permission spéciale... Je ne peux t'en dire plus. Le reste, tu l'apprendras un autre jour. Assez pour ce soir. Tu vas aller te coucher, petite Beth. Il se fait tard.

Il se leva. Elle eut le sentiment qu'il fuyait. L'aube pointait. Elle tombait de sommeil, mais faisait tout pour le cacher. Il la prit dans ses bras et lui murmura quelques mots dans une langue qu'elle ne comprit pas. Sa voix la mit mal à l'aise, mais elle n'en aima que davantage celui qui était capable de provoquer en elle de si étranges sensations.

IV

TULA

ELLE allait avoir neuf ans quand son grand-père lui rapporta quelques livres retrouvés, lui dit-il, dans l'archithèque. Il les lui lut au long de plusieurs nuits blanches, tout comme il lui avait commenté le Grand Livre Secret. Elle aima sa joie de conteur, se passionna pour l'histoire de l'orpheline maltraitée par ses sœurs, pour celles de la fleur des marais devenue princesse, de la fée transformée en crapaud en vue d'exaucer les rêves d'une ville de poupées, des joyaux remontés du fond des mers, du petit garçon vainqueur du géant borgne, de la fille du soldat amoureuse d'un berger bossu, du magicien sorti d'un cauchemar pour libérer les papillons, du peuple sorti du désert pour sauver la Nouvelle, du sculpteur de poissons noirs, du prince devenu mendiant afin de délivrer son royaume, de la femme stérile qui conçut à cent ans passés, de la petite fille d'argile à qui un potier donna puis ôta la vie, de l'aveugle qui aimait à vivre parmi les plus malheureux.

Ces récits l'enchantèrent tant qu'elle n'eut aucun mal à s'en souvenir. Au matin, elle allait dans les cabanes au fond du parc les répéter aux enfants des gardes émerveillés. D'autres nuits, quand elle était seule, la tête enfoncée sous ses draps, elle se les racontait de nouveau, les réinventant à sa façon : quand elle serait grande, elle irait dans ces pays-là; elle vivrait toutes ces vies, et d'autres encore, et son père les vivrait lui aussi à sa vraie place, à côté d'elle.

Car plus que jamais son père était là, près d'elle, invisible confident, présence inaltérable. Un jour d'orage, elle se rendit sur le chemin qui longeait la falaise pour y édifier un petit monument de pierre qu'elle prit l'habitude de considérer comme sa tombe. Et elle vint y prier lorsqu'elle était sûre de n'être pas suivie.

Un soir de cet hiver, elle interrompit son grand-père au beau milieu d'un de ses récits pour l'achever à sa façon. Longtemps après, elle se souviendrait du murmure confortable de la bouilloire au fond de la pièce, du regard aigu de sa mère, trop éloignée d'eux pour les entendre, et surtout du vieil homme soudain si attentif, si tendu, si désemparé même. Face à son désarroi, elle s'interrompit à son tour et se tut. Il essaya bien de la faire reprendre, d'abord d'un ton détaché, puis plus nerveux, mais elle ne voulut rien entendre. D'une pirouette rieuse, elle s'esquiva et parla d'autre chose : pour la première fois, il lui avait fait peur.

Plus tard, elle se demanderait pourquoi il avait été si bouleversé par la façon dont elle avait détourné cette banale histoire d'enfant perdu en forêt, en racontant qu'il avait été jeté dans un puits par ses frères, puis sauvé par des marchands, enfin livré à un prince dont il était devenu le confident. Était-ce l'idée – étrange, elle en convint – qu'elle avait eue d'en faire un astrologue?

Pour le reste, elle-même ne voyait presque rien de la vie des hommes de Hitti. Elle n'en savait que peu de choses, par ce qu'elle surprenait de bribes de conversations entre sa mère et son grand-père. Tout semblait tourner autour des caprices du Ruler : Sharyan Sülinguen, prétendait son grand-père, n'oubliait rien, ne pardonnait rien, ne reculait devant rien. Toute décision passait par lui sans qu'il sortît de son palais. On disait que, tôt levé, il déjeunait frugalement, lisait les rapports, consultait longuement ses intimes, mais ne recevait guère de visiteurs extérieurs. Araignée tissant sa toile au fond d'une encoignure, sachant écouter et attendre, persuadé de son infaillibilité et de son omniscience, ivre d'applaudissements quand tout son public était formé de policiers, sûr de sa longévité, il laissait dresser des statues à son effigie à chaque carrefour, accrocher ses portraits à tous les lampadaires, publier des livres sur le « Siècle de Sülinguen », sur son « Œuvre au service de l'humanité entière ». Il tenait tous les pouvoirs et en jouait à sa guise. Après avoir gardé huit ans en prison le général Mattick, ancien régent d'une principauté dont lui-même avait été gouverneur, il l'en fit sortir moyennant une confession de ses fautes; une fois celle-ci rédigée, il le fit condamner pour ce qu'il venait d'avouer. Une secte, celle des Bhouis, apparue en Terre du Nord à l'époque de Gompers Jiarov, formait sa seule famille. Acharnés au travail, sans interdits religieux, ils avaient aisément trouvé leur place auprès des Sülinguen qui leur avaient ouvert les portes des administrations et de l'armée.

Ainsi vivait la ville, telle que Golischa la devinait à travers les récits de son grand-père. Mais, au printemps suivant, elle fut autorisée à s'y rendre. Elle était devenue une assez jolie fillette, quoique trop maigre selon l'idée qu'on se faisait de la beauté à l'époque. Pour son dixième anniversaire, son grand-père lui offrit deux chevaux nains qu'elle adora aussitôt. Des heures durant, chaque jour, à la grande frayeur de sa mère, elle galopait du fond du parc jusqu'à la jetée au bout du belvédère. Un mois plus tard, son grand-père l'autorisa même à franchir pour la première fois l'enceinte de Nordom et à aller jusqu'au manège Franconi, installé dans l'un des anciens grands hôtels de la ville. La Haute Caste y venait – c'était maintenant la mode – apprendre des figures raffinées, des cadences rigoureuses.

Cette sortie fut pour elle un émerveillement. Elle découvrit les foules du port, et y croisa des gens de son âge, à commencer par Ellida et Uri Jiarov. Son grand-père, qui l'accompagnait, ne lui avait rien dit d'eux, mais la façon dont il les lui présenta suffisait à montrer l'importance qu'il attachait à cette rencontre : comme si les chevaux n'avaient servi qu'à la guider jusqu'à eux.

Nés l'un et l'autre à Voloï, quelque huit ans avant Golischa, Ellida et Uri avaient quitté Hitti avec leur père juste après l'UR. Ils avaient passé leur enfance dans une ferme de Masclin où leur père s'enfermait des journées entières, accablé de migraines. A sa mort – étranglé, avait-on dit –, les enfants étaient revenus vivre à Voloï. Ils avaient maintenant dix-huit ans. Ellida était une jeune fille d'une beauté rare : grande, fine, elle dominait Golischa. Uri était svelte, brun d'assez petite taille. Comme il était – avec John Sülinguen, de quelques mois son aîné – le seul garçon de cette génération du Triangle, on avait naguère pensé que, lorsque le moment viendrait pour lui de songer à son successeur, Shiron Ugorz irait peut-être chercher Uri Jiarov. Cette éventualité, disait-on, n'avait pas été pour rien dans son renversement par Sharyan Sülinguen. Fragile, peu doué pour la chose militaire, Uri Jiarov aurait souhaité étudier la philosophie et devenir professeur. Mais, comme tout premier-né d'une grande famille du Conseil, il avait accepté, à la demande du Ruler déchu, de devenir élève officier. Il s'y était lancé avec une sorte de rage désespérée, comme s'il avait voulu se préparer à venger, le jour venu, leurs deux familles.

Quand Shiron ne pouvait accompagner Golischa chez Franconi, il se faisait remplacer par son seul ami, Ohlin, un personnage étrange que la fillette apprit à aimer elle aussi. Héritier d'une lignée d'armateurs, grand coureur de femmes, conseiller de Shiron quand celui-ci était au pouvoir, il avait refusé de prêter serment au nouveau Ruler et s'était replié dans sa belle demeure de Shamron. On murmurait qu'il intriguait pour le retour d'Ugorz et que c'était lui qui avait financé le *SY*. En tout cas, il avait disparu dès l'arrestation des responsables du journal et avait figuré parmi les premiers condamnés à mort par contumace. Mais on ne l'avait pas vraiment recherché; il ne faisait pas même partie de ceux dont, chaque semaine, les Murs de Paroles rappelaient la liste. On murmurait qu'il avait conservé nombre d'amis dans les milieux dirigeants et que, dans sa jeunesse, Sharyan Sülinguen lui-même ne détestait pas profiter des charmes de ses amies. Deux ans plus tard, un jour de printemps, Ohlin était revenu à Shamron, s'était réinstallé chez lui avec ses femmes et ses serviteurs, et s'était occupé à redessiner ses jardins. On l'avait laissé faire. Il avait vécu ainsi quelque temps, sans recevoir ni être reçu. Sauf par Ugorz, comme si les deux hommes avaient voulu se conforter l'un l'autre dans leur exil intérieur. Puis, un soir, Dotti, le confident par qui passait tous les ordres du Ruler, était venu ouvertement lui rendre visite. A compter de ce jour, quoiqu'il fût toujours condamné à mort, Ohlin reçut la visite de l'élite la plus officielle aussi bien que de marginaux parmi les plus obscurs, en une série ininterrompue de fêtes ambiguës. Puis le Ruler le gracia par un de ses grimoires alambiqués qu'on afficha sur les Murs de Paroles. Toujours par l'intermédiaire de Dotti, il lui proposa même la direction de tous les Murs de

Paroles, qu'Ohlin accepta par jeu. Il se lança dans cette tâche comme il l'avait fait pour toutes celles qui avaient jalonné sa vie : passionné par les détails, détaché de l'essentiel. Ce qui ne l'empêcha pas de continuer à passer le plus clair de son temps chez Ugorz, ou avec Golischa qu'il ne quittait jamais lorsqu'elle sortait de Nordom pour se rendre chez Franconi.

Le jour de ses dix ans, il l'entraîna au spectacle d'un jeu de balle qu'il adorait, le *yotl*. Ce jeu, venu du fond des âges, tenait à la fois de l'exploit physique, du rite sacrificiel et de la guerre de clans. Au fond d'une grande fosse hexagonale, deux équipes de huit joueurs se renvoyaient une balle compacte en la frappant de leurs genoux ou de leurs coudes, après l'avoir fait passer au travers d'un grand anneau de pierre fixé en milieu de terrain par des cordages, à hauteur d'homme. Chaque grande famille entretenait une équipe et des partisans. Ohlin avait la sienne, et Golischa prit l'habitude de venir la soutenir. Une fois l'an, le jour de la cérémonie de l'Arrivée, le *yotl* était prétexte à une grande fête dans le Stade majeur, juste derrière le Vieux Fort, où s'opposaient les deux meilleures équipes de l'année. Les échanges étaient sans merci, les coudes et les genoux des joueurs étaient hérissés de lames coupantes; dans les gradins, on ne comptait ni les viols ni les meurtres. En dépit de ses demandes répétées, Ohlin refusa ce jour-là d'y emmener Golischa.

Elle passa l'été à galoper du port à l'Olgath, de Shamron au Vieux Fort. Sur le chemin du retour, elle s'arrêtait devant le petit monument qu'elle avait érigé à la mémoire de son père, descendait de cheval et lui parlait des injustices dont elle était victime, des conquêtes qu'elle se proposait de faire, des morts qu'elle allait venger. Puis elle rentrait chez elle et allait s'asseoir sous l'auvent de la terrasse. Elle connaissait par cœur les figurines sculptées dans la balustrade : un cheval, une danseuse, un lapin, un cheval, un lapin, puis un autre lapin encore. Elle se demandait pourquoi on les avait disposés dans un tel désordre, et pourquoi certains lapins, quoique de profil, avaient deux yeux.

Des heures durant, elle pensait à son père. Elle ne savait à qui adresser ses prières pour qu'on le lui rendît, à qui demander qu'on changeât l'ordre du monde pour que les Justes puissent être récompensés, que la liberté devienne aussi universelle que le vent et la lumière, et pour que les yeux des enfants, dans le port, cessent de briller de famine et de peur.

Un jour de pluie, sous l'auvent, elle se décida à demander à son grand-père s'il existait quelqu'un au-delà de tout, quelqu'un qui aurait fait les hommes tels qu'ils sont, et qui pourrait les aider si on l'en priait...

– Notre religion, lui expliqua-t-il posément, nous apprend que tous les êtres vivants descendent de deux jumeaux nés il y a dix millions d'années. Leur mère est l'Ordre : on l'appelle la « Première »; le père est le Hasard, on l'appelle le « Vide ». Il faut l'un et l'autre pour faire la Vie. La mère éleva seule ses enfants, qu'elle nomma Tru et Pow.

– Drôles de noms!

Il sourit et reprit :

– Tru était fragile, curieux des idées; il savait tout. Pow était hirsute, familier des animaux; il pouvait tout. Ils vécurent ensemble une jeunesse sereine, jusqu'au jour où Tru pressentit que Pow voulait le dévorer pour tout apprendre, lui aussi.

– Il s'est laissé faire?

– Non. Il demanda calmement des explications à son frère. Celui-ci, furieux, nia et le frappa de grands coups de pied au ventre et à la tête.

– Affreux! C'est cela, nos dieux : des monstres qui s'entretuent? Il n'y a donc rien à attendre d'eux.

– Pow abandonna Tru moribond et alla se cacher un peu plus loin pour observer son agonie. Il entendit son frère proférer de terribles menaces dans la Première Langue – depuis lors, seuls les Grands Orateurs et le Ruler ont le droit de la parler. Épouvanté, Pow voulut le faire taire. Pour cela, il entreprit de le couper en six morceaux qu'il dispersa dans l'espace, tout au fond de la Première Galaxie.

– Arrête, c'est horrible!

Il continua, imperturbable :

– Ce sont les faits. Il ne faut pas fuir les faits. Un jour, tu en apprendras bien d'autres. Ce n'est pas parce qu'ils te gêneront que tu pourras les oublier.

Après un silence, il reprit :

– Tru flotte encore dans l'espace, attendant l'heure de sa vengeance. Et bien que son esprit y œuvre avec acharnement, il n'est pas encore parvenu à rassembler tous les morceaux de lui-même. Voilà ce que dit notre religion.

– Et l'autre, son frère?

– Il est toujours tapi au fond du Premier Espace. Il surveille les hommes, ses descendants, et leur interdit de trop apprendre, afin qu'ils n'égalent jamais son frère assassiné et ne l'aident pas non plus à se rassembler. Et nous, pour échapper à cette surveillance, il nous faut chercher à hâter le rassemblement de Tru.

Il avait dit ça avec une douce ironie, comme s'il la suppliait de ne pas le prendre trop au sérieux.

– Comment faire?

– Quand il meurt, celui qui a mené une vie sage rejoint Tru pour lui apporter le secours que le fils doit au père.

– Tout le monde croit à ça?

Il hésita et sourit. Elle sentit qu'il pesait avec soin ce qu'il allait lui répondre.

– Non. Pas tous. Les dhibous y croient et nous sommes des dhibous. Les khaos, eux, soutiennent que Tru restera à jamais dispersé dans le Premier Espace, que l'humanité doit apprendre à se passer de lui et chercher à retrouver par elle-même sa vérité. Aussi, pour eux, chaque homme se réincarne-t-il après sa mort en un autre qui fait progresser l'humanité vers plus de savoir. La vie vaut donc par la vie, et non par la mort. Les hommes, selon eux, passent ainsi de vie en vie jusqu'à la liberté.

Pourquoi cette lenteur dans sa réponse? pensa Golischa.

– Il y a des khaos à Tantale?

– Oui, le khaoïsme a séduit les élites de plusieurs principautés. On dit que des hommes y ont vénéré des amours humaines, rêvé de progrès. Mais l'Empire a détruit ces cultes primitifs et massacré ces mutins.... Les autres dieux ont cessé de sourire.

Sa voix s'était faite métallique, amère.

– Alors, c'est à ces jumeaux qu'il faut adresser nos prières? C'est à eux qu'il faut demander d'en finir avec la misère du port? A eux que je dois demander de faire revenir mon père?

Il ne répondit pas. Et, sans brutalité, en se levant, il lui fit comprendre que la conversation était terminée.

Les années passant, les récits de son grand-père ne suffisaient plus à occuper ses journées. Sa mère était lointaine, silencieuse, obstinée à survivre et à la surveiller de loin, sans jamais accepter de nouer un vrai dialogue. Ohlin était aussi trop occupé par l'administration des Murs de Paroles et la gestion des nouvelles qu'ils affichaient. Ellida et Uri avaient beaucoup plus que son âge. L'absence d'amis et de confidents lui pesait. Elle sentit qu'on l'isolait de plus en plus. Les enfants des cabanes n'acceptaient plus de jouer avec elle, comme si, approchant de l'adolescence, elle était devenue dangereuse.

Seuls trois gardes condescendaient encore à lui parler sans jamais relâcher leur vétilleuse surveillance. De temps à autre, ils venaient même lui tenir compagnie en dehors de leur tour de garde, bien que cela leur fût en principe rigoureusement interdit.

Ainsi fit-elle la connaissance de Tula, un garde spécial affecté depuis peu à Nordom. Elle remarqua d'abord son regard, ses yeux sombres qui surplombaient un nez immense, une bouche à l'imperceptible dessin. Il arborait de rares cheveux très clairs, une grande barbe déjà presque blanche. Elle se dit qu'il devait avoir récemment beaucoup maigri, car il flottait dans son uniforme gris-vert.

Pendant des mois, il l'accompagna dans ses promenades, lui parlant de choses vastes et vagues que personne ne s'était jamais risqué à évoquer devant elle : la liberté, l'espérance, la vérité. Il devint comme une fenêtre ouverte sur ses rêves, un chemin d'accès aux grands sentiments. D'une voix qui l'enchantait, il répondait sans se faire prier à toutes ses questions. Elle lui fit dire ce qu'il savait de l'histoire de l'Empire et de Tantale. C'était comme si, racontés par lui, les événements devenaient un peu plus humains. Et comme elle avait une mémoire à toute épreuve – dont elle-même s'étonnait parfois –, elle nota les infimes contradictions entre sa version et celle de son grand-père, sentant confusément qu'un jour elle y puiserait sa propre vérité. Elle lui fit aussi expliquer le rituel dhibou, le maniement des commentaires. Pour lui répondre, il utilisa de sombres métaphores qu'elle eut bien du mal à comprendre : la liberté était la « Fuite », le malheur était « Minuit », l'avenir était le « Départ ».

Elle aurait voulu lui demander pourquoi il était devenu soldat, lui qui en savait si long sur la douceur. Mais elle n'osa, de peur qu'il ne se froissât et ne revînt plus. Parfois, quand ils se promenaient sur le chemin bordant la mer, il l'appelait « Beth », comme l'avait fait une fois son grand-père à la fin de cette nuit mémorable où il lui avait lu le Grand Livre Secret. Elle ne se hasarda pas à lui demander pourquoi.

Pendant un an, elle passa en sa compagnie beaucoup de temps, sans se cacher, mais sans jamais en parler à personne. Pourtant, nul ne l'ignorait, elle pouvait en être sûre.

Par un soir maussade – elle avait un peu plus de onze ans –, elle eut avec Tula une très longue conversation qu'elle ne devait jamais oublier. Comme souvent, juste avant que la nuit ne s'annonce, elle l'avait entraîné sur le petit chemin imbriqué entre deux haies de bouleaux. Elle s'était assise sur le banc qui masquait le mémorial de son père, face à la mer. Il était resté debout à ses côtés.

– Tu sais, Tula, je vais te dire quelque chose que je n'ai jamais confié à personne : derrière nous, dans ces bosquets, il y a ce qui compte le plus pour moi !

– Quoi donc?

– La tombe de mon père.

– Ton père est enterré là?

Il avait proféré ces mots avec une grande tendresse.

– Oui... enfin, c'est la tombe que je lui ai imaginée. Je viens ici et lui parle de tout. Et je prie nos dieux pour qu'ils me le rendent.

Il était blême.

– Tu pries... qui?

– Je ne sais pas... nos dieux! A qui d'autre demander cela?

Tula resta silencieux un long moment. Soudain, ils virent Donnolo voleter devant eux. Soline ne devait pas être bien loin. Golischa posa sa main gauche sur le bord du banc, juste contre la jambe de l'officier. Il baissa les yeux et murmura d'une voix frêle :

– Sais-tu comment se nomme l'oiseau de ta mère?

Golischa se montra plus attentive : le garde souhaitait manifestement changer de sujet. Elle le laissa faire, surprise par les inflexions pressantes de sa voix.

– Oui, bien sûr, il s'appelle Donnolo. Pourquoi me le demandes-tu?

– Non, Donnolo est le nom que ta mère lui a donné il y a très longtemps... Ce que je te demande, reprit-il après un silence, c'est son nom de famille, celui de sa race, si tu préfères.

– Je ne le connais pas. Mais à quoi bon? Tu m'as dit l'autre jour que chez les hommes, les races étaient sans importance. N'est-ce pas la même chose pour les oiseaux?

Il rit :

– C'est vrai, c'est dénué d'importance pour les juger. Mais c'est très important pour les comprendre. Donnolo est un *lori*. Les loris sont des oiseaux étranges, tu sais...

Elle avait déjà entendu prononcer ce nom, mais elle n'aurait su dire quand ni par qui. Elle l'interrogea :

– Pourquoi, étrange?

Elle le vit étreindre de sa main droite le pommeau d'une dague fixée à sa ceinture, juste à côté de son propre visage.

– C'est un des plus gentils oiseaux qui ait jamais existé.

– Mais qu'est-ce que tu me racontes? s'étonna-t-elle. Tous les oiseaux étaient méchants. Mon grand-père m'a raconté que, juste avant l'UR, ils ont voulu massacrer les hommes et qu'on les a tous tués.

Comme il ne répondait pas, elle reprit d'une voix âpre :

– Mon grand-père m'a également expliqué que

Donnolo n'avait été épargné que par permission spéciale du Ruler.

Elle leva la tête vers lui et l'enveloppa de son regard. Il posa sa main droite sur ses épaules, juste derrière sa nuque. Elle frissonna, transpercée par le froid nocturne qui s'installait autour d'eux.

– Il t'a raconté ça!

Il parut réfléchir, puis sa voix se fit sourde, lointaine :

– Il a eu raison... Même si ce n'est pas exactement ainsi que les choses se sont passées. Écoute bien – elle sentit sa main serrer son cou –, il est temps que tu entendes certaines vérités. Un jour, si tu ne les as pas oubliées, elles te sauveront.

Elle le dévisagea. Il semblait aux aguets. La nuit les entourait. Sur leur droite, derrière les bouleaux, des lumières s'allumaient aux fenêtres du château. On entendait des sabots sur le gravier de l'allée centrale : son grand-père devait recevoir. Devant eux, au-delà du rideau d'arbres, la mer était là, ronronnante, couverte de brume depuis la chute du vent d'Orient. A quelque distance sur leur gauche, Soline apparut sur le chemin, marchant vers eux à pas imperceptibles, vêtue comme souvent d'une simple robe blanche, ample et lourde. Donnolo était revenu se poser sur son épaule. Golischa la trouva magnifique.

On la distinguait encore mal : la brume enveloppait leur colline. Sur la mer invisible, le son des conques annonçait qu'un bateau entrait au port. Golischa imagina la grande voile abattue, les hommes carguant la toile, épuisés par les heures de mer.

Pendant un moment qu'elle trouva trop long, Tula resta silencieux, son regard intense dirigé vers la silhouette de Soline. Elle lui demanda de nouveau :

– Il y a bien eu un temps où les oiseaux étaient

tous gentils comme Donnolo? Pourquoi ont-ils changé?

– Parce que les hommes ont tout fait pour qu'il en soit ainsi. Un jour, ces oiseaux sont devenus agressifs, eux qui n'étaient auparavant que douceur, espoir... Enfin certains, pas tous... Je voudrais que tu apprennes à les distinguer. Distinguer, c'est déjà respecter. Une civilisation se meurt de ne plus rien distinguer.

Comme elle était persuadée que ces propos avaient beaucoup d'importance, elle osa murmurer, un peu honteuse :

– Je ne comprends pas bien...

Il abaissa son regard vers elle :

– C'est bien, petite fille, de vouloir assez la vérité pour admettre qu'elle est loin. Je vais essayer d'être plus clair. Pour cela, il me faut entrer dans les détails : on dit qu'elle s'y trouve – Il avait dit cela avec un furtif sourire. L'oiseau de ta mère est un lori. « Lori » est le nom de sa race, tu le sais. Mais cela ne suffit pas à le définir. Il existait jadis plusieurs familles de loris. Donnolo est un « lori à face bleue », à cause de la couleur des plumes qui ornent son front. Le lori à face bleue n'aime ni les foules, ni les cages, ni les murs, ni les remparts. Quand il est enfermé ou qu'il est entouré d'autres oiseaux – y compris d'autres loris –, il prend peur, se roule par terre avec des cris terribles, et attaque quiconque l'approche. Les hommes, qui ne le connaissent qu'en cage, le disent alors méchant. Mais c'est faux : c'est comme si on jugeait de l'espèce humaine en n'observant que des prisonniers. On se tromperait si on préférait ceux qui pactisent avec leurs geôliers à ceux qui cherchent à s'évader, à rejoindre leur pays, quitte à tuer leurs maîtres et les géants qui les servent.

Elle se sentait perdue : de quel pays parlait-il? celui des loris? Et ces « geôliers », ces « géants »? On aurait dit un des contes de son grand-père! Pour ne pas briser la confidence, elle ne releva pas ces énigmes, et, faisant effort pour prêter un sens à ce qu'elle venait d'entendre, elle interrogea :

– Cela veut-il dire que Donnolo est gentil avec nous parce qu'il espère que nous allons l'aider à sortir de sa cage? Mais il n'est pas prisonnier!...

La main du garde enserra son épaule.

– Non. Ce n'est pas exactement cela. Donnolo nous obéit parce qu'il est libre de ne pas le faire. Regarde bien, tu vas comprendre.

De façon à peine perceptible, il leva par trois fois l'index de la main gauche. Le lori quitta l'épaule de Soline, vola jusqu'à eux et vint se poser sur celle du garde, bec contre joue. Subjuguée, l'enfant n'aurait jamais imaginé que Donnolo pût obéir à qui que ce fût d'autre que sa mère, encore moins à un garde.

– Tu vois, murmura Tula comme pour devancer quelque question muette : il obéit à ceux qui l'aiment.

De sa main droite, il sortit de sa poche un morceau de pomme qu'il tendit à l'oiseau. Celui-ci y donna de petits coups de bec, sans jamais effleurer ses doigts. Un peu jalouse, Golischa contempla du coin de l'œil leur énigmatique intimité. Elle eut l'intuition absurde que tout cela avait quelque rapport avec des choses graves cachées depuis la fondation de Hitti. Des choses dont, plus tard, elle aurait à rendre compte.

– Il t'aime beaucoup, finit-elle par articuler, honteuse de ne pas trouver mieux.

– Oui, murmura-t-il. Il m'aime parce que je ne le force pas à s'intéresser à moi.

– Il t'aime parce qu'il est libre de ne pas t'aimer?

– Exactement, souffla l'homme.

Encouragée, elle ajouta :

– Pour séduire, il ne faut donc pas espérer être aimé?

Au loin, on entendit comme le claquement d'un coup de feu. Elle sursauta. Il répondit d'une voix profonde qui la calma :

– Oui, ma petite Beth. Il en va exactement ainsi.

Un assez long silence s'installa entre eux, puis il reprit :

– Les oiseaux n'étaient pas tous comme Donnolo. Il en était de bien différents. Même chez les loris : il y en avait des rouges qu'on appelait « petits clowns », et des verts qu'on nommait « loris de Wallace ».

Elle se remémora alors les longues soirées de l'hiver précédent où son grand-père lui avait montré les dessins de nombreux oiseaux sur les planches de l'archithèque. Lui aussi avait beaucoup insisté sur les loris.

– Mais tous les oiseaux ne s'appelaient pas des loris, n'est-ce pas?

Il éclata de rire :

– Non, bien sûr. Pour ne parler que de ceux qui ressemblaient aux loris, il existait des aras sévères et des cacatoès oublieux, des mainates criards, des perroquets stupides, des perruches fébriles et des toucans pataudş. Et bien d'autres encore : flamands, grues, cardinaux, grands-ducs, émeus, cygnes, bouvreuils, torcols, pinsons, spatules. Mille autres mots, mille autres vies.

Il jonglait avec les noms, de plus en plus vite, comme pour l'étourdir :

– Des lophophores et des épinettes, des tichodromes et des sternes, des calaos et des sittelles... Et surtout – ajouta-t-il en ralentissant le rythme de sa phrase et en reposant sa main droite sur l'épaule de l'enfant –, et surtout des foulques noires des marais...

Il insista encore :

– Des foulques : tu t'en souviendras?... Un jour, petite Beth, elles viendront chercher au fond de toi la vérité de ton avenir, et elles te sauveront. Alors, j'en suis sûr, tu penseras à moi.

Depuis longtemps, soûlée de mots, elle ne l'écoutait plus. Pourquoi l'appelait-il encore Beth? Elle se dégagea, se leva et vint se placer face à lui :

– Assez, Tula. Ça ne sert à rien de me parler de tout ce que je ne peux voir. Montre-les-moi, ces oiseaux, si tu veux que je me souvienne de leurs noms. Et pourquoi insistes-tu sur les foulques? Qu'ont-ils de spécial, ces oiseaux-là?

Il se crispa. Il paraissait soudain plus vieux. Elle recula, un peu intriguée, comme pour l'envelopper d'un seul regard. Il reprit :

– Un jour, tu iras avec Donnolo voir les foulques, là où elles sont. Là, tu rencontreras les Sages et le Musicien. Tu trouveras ta place. Tu comprendras alors ce que je ne peux te crier aujourd'hui, et la vraie vie commencera. Ainsi l'a-t-il voulu.

Pour rien au monde elle n'aurait avoué qu'elle ne comprenait pas un traître mot de ce qu'il disait.

– Tu as dit que j'irai voir les foulques « là où elles sont »? Tu veux dire qu'il existe encore un endroit où vivent des oiseaux, et que je pourrais y aller?

Il s'ébroua et la regarda, vaguement inquiet, comme s'il prenait soudain conscience d'avoir trop parlé. Il s'éloigna, croisa les bras, Donnolo toujours juché sur son épaule, et murmura en regardant du côté de la mer :

– Oui, des oiseaux vivent encore loin d'ici. Dans une prison d'eau où l'espérance n'est pas morte. Tu pourras un jour les voir.

Son ton était redevenu curieusement froid, contrôlé, presque agressif. Elle insista :

– Ils sont heureux là-bas?

Il la regarda, sourit et lâcha :

– Non. Ce sont des survivants du massacre. Il paraît que les Siv les avaient drogués; les hommes en ont alors pris peur, les ont rassemblés à Karella et les ont massacrés. Certains ont pu s'échapper et vivent maintenant loin d'ici dans d'affreuses souffrances.

Elle interrogea, surprise elle-même de son insolite question :

– Tu parles des oiseaux ou des Siv?

Il la regarda, éberlué :

– Des oiseaux, bien sûr... Les Siv sont tous partis. Il paraît qu'on les a chassés de Tantale.

– Pourquoi dis-tu « il paraît »? Tu n'en es pas sûr? Mon grand-père me l'a raconté.

Le garde se pencha, ramassa un caillou qu'il lança devant lui. Donnolo s'envola sans bruit vers Soline qui marchait vers eux dans le lointain, sans paraître avancer.

– Ton grand-père a eu raison. Mais je n'ai pas lu moi-même le Grand Livre Secret, et je n'étais pas là... Aussi ai-je parfois du mal à y croire.

– Mais tu ne penses tout de même pas que cela puisse être faux? s'étonna-t-elle.

Il blasphémait! Elle prit peur. Il posa sur elle un regard lourd et parla en détachant ses mots, comme s'il voulait déposer un à un dans sa mémoire :

– Écoute, à cette époque, j'étais officier, vigile sur le second aguet... De là-bas, on ne voyait rien. Je n'ai donc pas assisté au départ des oiseaux, ni à celui des Siv. Cela ne veut pas dire que cette histoire soit fausse... Seulement, je ne l'ai pas vue de mes yeux.

Elle le devinait mal à l'aise. Visiblement, il essayait d'en finir avec cette conversation sans éveiller sa suspicion. Pourquoi avait-il évoqué les Siv alors qu'ils étaient en train de parler des oiseaux? Elle sentait qu'en insistant elle pourrait encore apprendre quelque chose... Elle insista :

– Pourtant, tu aurais dû voir partir les Siv. Tu n'as pas pu ne pas les voir!

A son tour il prit place sur le banc et hésita, comme un joueur de *yotl* au moment où la balle traverse l'anneau. Recroquevillé dans un silence méfiant, il laissa la pointe d'un de ses pieds dessiner sur le sable des figures incompréhensibles.

– Oui, si tu veux... Je les ai vus.

– Comment ça, « si tu veux »! s'irrita-t-elle. Tu les as vus ou tu ne les as pas vus?

Il fit mine de se lever; debout devant lui, elle lui fit signe de se rasseoir. Il la regarda de ses yeux fixes et brillants :

– Écoute, petite fille, je dois partir. Il est dangereux qu'on me voie trop longtemps avec toi. Je ne suis qu'un garde sans importance. A la moindre faute, on me renverra à l'Olgath. Je n'ai aucune envie d'y retourner.

Elle eut l'impression qu'il lui criait de ne surtout pas le croire, d'entendre, derrière son histoire d'oiseaux, quelque vérité considérable. Elle aurait tout donné pour le comprendre. Elle baissa les yeux et vit qu'il venait de dessiner de la pointe de son pied une sorte de carré avec un point au milieu; un des côtés, celui de gauche, était effacé, et celui du bas débordait sur la droite. Il considéra à son tour ce dessin, sourit et l'effaça. Elle insista :

– Dis-moi au moins quelque chose de plus sur les oiseaux! Reviendront-ils?

Les yeux du garde devinrent subitement plus gris.

– Qu'est-ce que j'en sais, moi! Ton père le saurait, lui, peut-être...

Il avait lâché cela comme à l'abandon. Elle cria :

– Mon père? Pourquoi parles-tu de mon père? Tu l'as connu?

Il hésita avant d'articuler d'une voix sourde :

– Oui, je l'ai connu.

– Où? Quand?

– Là où il vit maintenant, là où tu le retrouveras.

– Mais il est mort, on me l'a dit! Ma mère me l'a dit!

– D'une certaine façon, c'est vrai. Mais quand la vraie vie aura commencé, tu le reverras. Il te parlera comme un enfant et te dira tout ce que tu dois savoir.

Elle haletait : la « vraie vie »? « comme un enfant »? Comment pouvait-il délirer d'une voix aussi placide? Elle entra dans son jeu :

– Et ce sera pour quand?

Il semblait ne plus l'écouter. Il regardait au loin, bien au-delà des bouleaux et de la mer.

Elle répéta :

– Ce sera pour quand?

D'une voix légère, il murmura :

– Le cinquième jour...

– Le cinquième jour de quoi?

Il baissa les yeux et ajouta d'une voix détachée :

– Mais de rien, de rien... Je plaisantais! Ne répète à personne ce que je t'ai répondu... Tu sais, on n'aime pas beaucoup les oiseaux par ici, ni ceux qui en parlent.

Elle insista en se penchant vers lui pour capter son regard :

– Pourquoi as-tu dit « tu le reverras »? Je n'ai jamais connu mon père, comment pourrais-je le revoir?

Livide, il articula avec difficulté :

– J'ai dit « reverras »? Je me suis trompé. Tu m'as toi-même dit qu'il était enterré là, derrière nous... Tu sais poser les questions, petite fille, c'est bien. Je ne peux t'en dire davantage, hormis cette dernière chose, très importante : prépare-toi à devenir autre chose que ce que tu es.

Elle éclata de rire et murmura, comme pour attirer ses compliments :

– Impossible, Tula! Je suis une femme et personne n'y peut plus rien!

– Non, petite fille, énonça-t-il lentement, tu ne seras vraiment une femme que par les enfants que tu auras.

Elle était déçue. Elle aurait tant voulu qu'il lui dise qu'elle était jolie!

– Qu'entends-tu par là?

– Rien de plus que ce que je t'ai dit. Mais ne l'oublie pas. Un jour, quelqu'un te posera cette question et tu devras savoir lui répondre. Alors tu pourras trouver ta place. N'oublie pas : tu seras une femme par les enfants que tu auras.

Le sable crissa. Soline apparut derrière les grenadiers qui masquaient le tournant. Tula se retourna et la fixa sans surprise – il l'a entendue approcher, songea Golischa. Il dit encore à voix trop basse pour que Soline pût l'entendre :

– Écoute bien, petite Beth, écoute-moi une dernière fois : un jour de tempête, tu seras seule; ta mère, ton grand-père seront partis. Tu devras alors te laisser aller et admettre que seule la folie est vraisemblable. Tu observeras Donnolo et tu découvriras en lui le premier grain de sable des temps nouveaux – l'autre moitié du Temps.

Pour tenter de s'en souvenir, elle répéta à voix haute, scrupuleusement : « Le premier grain de sable des temps nouveaux... l'autre moitié du Temps. » Tula se retourna vers Soline, maintenant toute proche, et ajouta d'une voix légère :

– C'est bien ça. N'oublie pas. A présent, tu devrais rentrer chez toi.

Entre sa mère qui s'était approchée et le garde, Golischa crut surprendre quelque chose qui n'était ni de l'indifférence ni du respect. Ils restèrent ainsi un moment dans la nuit tombante, puis Soline entraîna sa fille sans un mot vers la maison. Elle regardait souvent du côté de la mer; à en juger le bruit des conques, les bateaux étaient plus nombreux que d'habitude à rentrer au port. La jeune femme semblait inquiète. Elle avait du mal à maîtriser ses mains qui allaient sans interruption de ses cheveux à sa ceinture.

– De quoi t'a-t-il parlé? s'enquit-elle.

– Il m'a dit que je ne verrai jamais mon père, sauf comme un enfant! C'est absurde!

La jeune femme s'arrêta, pétrifiée.

– Il t'a dit ça? Il est fou!

– Il m'a dit aussi que tous les oiseaux ne sont pas morts. Où sont-ils? Sur une autre étoile?

Soline la regarda, livide, et finit par dire paisiblement :

– Ils sont ailleurs, attendant que tout danger soit écarté pour revenir.

– Ils reviendront tous?

Soline était au bord des larmes. Elle reprit sa marche.

– Non, pas tous, car beaucoup sont morts. Et certains des survivants n'ont plus confiance en l'homme. Ils ne reviendront plus, et je les comprends!

Une ronde passa derrière eux, par-delà le taillis de bruyères. Les soldats les regardèrent d'un air soupçonneux. Ces temps-ci, les Bhouis étaient de plus en plus tendus. Golischa se sentit brusquement mal à l'aise. Un sentiment de culpabilité l'envahissait. En même temps, elle se sentait approcher d'une vérité que Soline n'était pas en état de lui refuser. Il suffisait de bien choisir ses questions.

Elles s'avancèrent en silence jusqu'à la terrasse et s'assirent. Soline s'appuya contre la balustrade, l'oiseau toujours juché sur son épaule. Golischa l'examina intensément : pourquoi Tula avait-il tant parlé de Donnolo? Pourquoi avait-il dit qu'il portait la vérité des temps futurs?

– Comment les oiseaux sauront-ils qu'il n'y a plus de danger pour eux et qu'ils peuvent revenir à Hitti?

Soline parut comme terrifiée par la question.

– Les oiseaux devinent très bien le danger. Regarde Donnolo, il sait que tu l'aimes et n'a pas peur de toi.

Golischa réfléchit : pourquoi parlait-elle elle aussi de Donnolo, comme Tula? Qu'était donc cet oiseau pour que toute réponse à toute question passât par lui?

– Ah! j'ai compris, s'écria l'enfant. Tu veux dire que c'est Donnolo qui ira prévenir les autres oiseaux qu'ils peuvent revenir?

Surprise elle-même d'avoir tiré une conclusion aussi illogique de la réponse de sa mère, elle resta aux aguets, épiant sa réaction. Elle n'eut pas longtemps à attendre. Soline s'approcha d'elle et la prit dans ses bras, murmurant avec ferveur à son oreille :

– Oh oui, petite fille! Tu as compris! C'est cela : Donnolo leur dira de revenir!

Elle avait parlé si bas que Golischa n'était pas sûre d'avoir bien entendu. Elle sentait Soline très malheureuse et pensa, avec une petite joie dont elle n'était pas très fière, qu'il y avait au moins quelqu'un, à Hitti, ce jour-là, de plus triste qu'elle.

Le lendemain, à l'heure où le jour s'effaçait derrière les remparts, Golischa gravit les marches disjointes de la tour ronde de Nordom. Au dernier étage, elle poussa la porte et découvrit son grand-père enfoui dans son grand fauteuil de cuir noir. Quand le battant pivota en grinçant, le vieil homme ne se retourna pas. Contre le mur de pierre, face à lui, jouxtant une fenêtre d'angle, sur trois étagères de loupe d'auboine étaient posés les sept sabliers venus du fond des âges, seule trace de la vie des hommes sur la Première Terre. Sans eux, peut-être en aurait-elle toujours douté.

Sur la table étaient posés deux petits pupitres. Sur l'un, elle distingua le dessin d'une sorte de colimaçon noir – analogue à l'escalier de la tour – hérissé de signes de plusieurs couleurs. Sur l'autre, elle lut en grandes lettres sombres une longue phrase : « IL RAYONNE SUR TOUTES LES FORCES INTELLIGIBLES, VISIBLES A L'ŒIL DE L'ESPRIT. » Elle eut l'intuition que son grand-père essayait de comparer les lettres de cette phrase aux dessins du colimaçon.

N'osant l'interrompre, elle grimpa sans bruit sur un vieux pouf gris posé juste derrière lui. Elle était pourtant venue lui parler de quelque chose d'important. Sans se retourner, il lui lança :

– Bonsoir, petite fille, as-tu bien travaillé aujourd'hui?

– Je ne te dérange pas?

– Non, petite fille. Tu as quelque chose à me demander?

– Tu m'as dit que les Jumeaux étaient vivants, n'est-ce pas?

Sans bouger la tête, il répondit :

– Oui, ils sont vivants loin d'ici.

– Pourquoi ne viennent-ils jamais nous voir?

– Je te l'ai dit : ils préfèrent nous observer de loin pour voir si nous prenons soin de ce qu'ils nous ont laissé, et juger si nous devenons dignes d'être ramenés sur la Première Terre.

Elle n'était pas satisfaite de sa réponse. Pour mieux attirer son attention, elle s'exclama :

– Quand je vois la misère autour de nous, je me demande ce qu'ils nous ont laissé de si précieux!

Il se retourna, la considéra avec attention et articula d'une voix douce, qu'elle aimait beaucoup, comme celle qu'il prenait lorsqu'il lui racontait des histoires.

– Que sais-tu de la misère? Qu'en as-tu vu? Qu'en as-tu vécu pour t'indigner ainsi?

– Je l'ai imaginée, dit-elle posément.

Il la regarda avec grand sérieux :

– Tu en es bien capable !

Elle insista :

– Qu'avons-nous de si précieux ?

– La mer, l'aurore, le vent, la brume... D'autres choses aussi, beaucoup plus rares : le plaisir de faire plaisir...

Elle sourit. Oh, cette voix...

– Mais de quel droit nous jugent-ils, ces dieux ? L'un a torturé l'autre, qui ne lui avait rien fait ! Pourquoi veulent-ils que nous fassions ce qu'ils n'ont pas su faire ?

Il se leva, hésita, puis alla vers un des sabliers, monté sur un trépied de métal et articulé sur une haute charnière. Il le retourna sur son axe, puis s'en empara et revint se caler dans son fauteuil.

– Tu vois ce sablier ? On l'appelle « l'Homme de Paroles ». C'est lui qui jugeait, voilà très longtemps, du temps des sermons des Orateurs. Eh bien, un Orateur te répondrait que les Jumeaux nous jugent parce qu'ils pensent que leur expérience doit nous servir à être heureux.

– Mais comment savent-ils que c'est bien ce que nous voulons ?

– Être heureux ? Mais tout le monde veut l'être !

– Comment le savent-ils ?

– Ils écoutent nos pensées.

Elle s'inquiéta :

– Même les pensées que nous voudrions leur cacher ? même nos rêves ?

Elle n'aimait pas cette idée d'être surveillée à tout instant. Elle se révolta :

– Eh bien, moi, à partir d'aujourd'hui, je ne pense plus. Comme ça, ils ne pourront rien savoir de moi !

Il éclata de rire ; elle en fut heureuse, même si, d'une certaine façon, c'était d'elle qu'il riait.

– Cela n'est pas possible. Et même si tu pouvais le

faire, même si tu leur déguisais tes pensées, ils te jugeraient sur tes actes. Tu vois, tu ne peux leur échapper. Ni toi, ni personne. Ils sont tout-puissants.

Elle n'était pas convaincue. Quelque chose lui disait d'ailleurs qu'il n'y croyait pas lui-même. Peut-être parce que cela ne la faisait pas assez rêver? Les poings sous son menton, avec cet air dégagé que savent prendre les enfants quand ils vont dire une chose à laquelle eux-mêmes attachent une extrême importance, elle reprit :

– S'ils peuvent tout, est-ce qu'ils peuvent aussi décider qu'ils n'existent pas?

Shiron Ugorz la dévisagea, attentif. Il reposa le sablier sur la table.

– Superbe! Tu commences à grandir... Oui, s'ils le voulaient, ils le pourraient; mais ce serait la fin du monde. Comprends-moi bien : nous n'existons que parce que les dieux pensent à nous. S'ils s'effacent, ne fût-ce qu'un peu, tout l'Univers – passé, présent, à venir – disparaîtra. Personne ne sera plus jamais là pour se souvenir que tu as souri, que tu as eu de la peine ou que tu as aimé tes chevaux...

– Ils peuvent vouloir cela?

– Je ne le crois pas. En tout cas, pas aussi longtemps qu'ils espèrent en nous. Ce n'est que si les hommes les oublient que les dieux, à leur tour, les oublieront.

– Eh bien moi, je voudrais bien qu'ils nous oublient!

– Pourquoi, ma chérie? Ce n'est pas bien.

– Parce qu'ils ne m'ont pas laissée connaître mon père! Et parce que cela ne sert à rien d'avoir un avenir, si on n'a pas de passé! Je veux que tout recommence, qu'on en revienne au premier jour.

– Pourquoi dis-tu ça? questionna le vieillard avec une douceur presque pathétique à force de contrôle. Qui t'as mis ces idées en tête?

– Tula m'a dit hier que je verrais mon père le cinquième jour. Il faut donc que tout recommence depuis le début, pour que revienne le cinquième jour!

– Tula? tressaillit Shiron. Tu as parlé de ton père avec Tula? Il t'a parlé du cinquième jour?

Elle eut brusquement peur. Et si elle était allée trop loin? Elle balbutia :

– Oui... non... Je ne sais pas...

Ses yeux se plissèrent. Elle eut l'impression qu'il lui masquait une formidable colère. Sa voix devint métallique, presque hostile :

– Tula ne sait rien de tout cela! Ce n'est qu'un garde, rien qu'un garde. Tu penses bien que les Jumeaux ne vont pas lui faire de confidences!

Golischa trouva cette réponse injuste; la colère la bouscula :

– Ce n'est pas vrai! S'ils peuvent vraiment tout, ils peuvent choisir de se confier à n'importe qui, même à un simple garde, comme tu dis! D'ailleurs, Tula l'a peut-être appris d'autres dieux, plus aimables que les Jumeaux.

Il gronda :

– Il n'existe pas d'autres dieux!

– Qu'est-ce qui le prouve? Si on les avait priés, peut-être nous auraient-ils déjà ramenés sur la Première Terre, eux!

Elle le défiait, étonnée par sa propre audace. Il se leva et se dirigea vers une armoire, à l'autre bout de la pièce. Il y prit une carafe, en versa le contenu dans un verre, auquel il ajouta deux cachets. Il but lentement, sans cesser de la regarder. Elle remarqua qu'il reposait son verre vide sur les papiers de son bureau; ce n'était pas dans ses habitudes. Il alla prendre un autre des sabliers, fait de quatre fioles identiques enchâssées dans une armature de bois sculpté, et le retourna. Elle sentait son désarroi, sans vraiment comprendre ce qui le provoquait. Après un lourd silence, il articula avec peine :

– D'autres dieux! Certains y ont cru, petite fille. Ils ont prié des idoles incapables, de prétentieux fétiches. En vain : nul ne nous a aidés... Personne ne peut nous aider. Personne ne nous répondra. Ton père pas plus que tout autre. Nous sommes seuls. Il nous faut trouver en nous-mêmes ce qui nous manque pour être heureux. La vérité est là, enfouie dans les mots... Mais cela ne fait rien, petite fille, tu peux rêver. Tu dois même rêver.

Sa douceur revenue l'étonna.

– Peut-être, reprit-elle à voix basse comme pour chercher un compromis, peut-être n'avons-nous pas cru assez longtemps en eux? Autrement, ils nous auraient peut-être aidés...

– Non, non, petite Beth. Les dieux – il insista tristement –, tous les dieux ne sont que des produits de l'imagination des hommes. Nous les avons inventés pour supporter le vertige de la solitude, parce que nous ne savons pas aimer les seuls êtres qui comptent vraiment, ceux qui vivent là autour de nous... Mais tu as raison d'espérer en eux. C'est peut-être la seule façon d'oublier l'avenir...

Il lui caressa les cheveux et reprit comme s'il se parlait à lui-même :

– Parfois, je me dis que le Grand Livre Secret n'est qu'une utopie inspirée par quelque désastre, mais qu'il sera dépassé à l'avenir par de bien plus horribles tragédies. A moins que tu ne puisses, toi, un jour, l'empêcher? Je le souhaite, vraiment, je le souhaite. Ton père croyait que tu nous sauverais tous... Il avait peut-être raison. Je ne le verrai jamais, mais, là où je serai, je le saurai.

Golischa n'osait interrompre ce délire : « son père »? « les sauver tous »? « horribles tragédies »? Que voulait-il dire? Lui aussi, comme Tula, avait connu son père?

– Mon père? Tu l'as connu?

Il la regarda, puis son visage parut se refermer, au comble de la tristesse :

– Oui, je l'ai connu...

Golischa se sentit défaillir. Lui aussi! Comme Tula! Il l'avait dit! Elle l'avait toujours pensé, mais il avait fini par le lui dire! Il allait lui en parler!

– Pourquoi ne me l'as-tu pas dit plus tôt? Qui était-il? Dis-le-moi vite, je t'en supplie!

Le vieil homme était comme anéanti de chagrin.

– Plus tard! Plus tard!

Il n'arriva pas à prononcer un mot de plus. Et il lui parut brusquement si malheureux qu'elle craignit qu'il ne lui en voulût de l'avoir vu ainsi.

Elle n'insista pas : décidément, elle l'aimait plus que ses énigmes! Et, pour en finir, elle se jeta dans ses bras : longtemps ils restèrent ainsi, mêlant leurs respirations tandis que commençait au-dehors la descente vers les profondeurs nauséeuses de la nuit.

Bien plus tard, sans qu'un mot de plus eût été échangé entre eux, elle rentra chez elle, sous la pluie. Elle ne dérangea pas sa mère dont la lampe vacillait encore au bout du couloir.

A l'aube, elle alla voir Tula qu'elle ne trouva ni dans le quartier des gardes, ni dans le parc. Surprise, elle interrogea sa mère, puis son grand-père, puis les autres gardes : en vain. Nul ne l'avait vu.

Tula ne reparut ni ce jour-là ni les suivants. Elle le chercha partout, tempêtant, hurlant, pleurant. Plusieurs fois, on la rattrapa qui criait son nom dans les rues de la ville. Elle fut triste, en voulut à son grand-père et à sa mère, se promit d'y penser toujours. Puis elle l'oublia.

Dans le mois qui suivit, on éloigna d'elle tous les gardes, sauf les muets de la Garde Noire qui veillaient la nuit devant sa porte; et Shiron Ugorz invita à venir jouer à Nordom les enfants de la Haute Caste. Avant d'accepter, les parents vérifièrent ce qu'en pensait le Ruler. Celui-ci ayant fait savoir par Dotti qu'il n'y voyait aucun inconvénient, les enfants commencèrent à affluer, d'abord poussés par des familles curieuses, puis par plaisir : mieux valait passer là les longs après-midi d'été que s'ébattre dans l'âcre poussière du port ou les jardins délaissés de Shamron. Le palais des Ugorz leur parut plein de trésors cloîtrés, de pièces à secrets. Chaque cloison semblait dissimuler un escalier ou une coursive. Jour après jour, émerveillés, ils découvraient des poupées, des chevaux, et surtout un oiseau, le seul qu'on pouvait voir encore en ville.

Le soir, gonflés d'importance, ils rapportaient chez eux quelque anecdote nouvelle, nourrissant les rumeurs de la Haute Caste et la jalousie défiante des parents. Ceux-ci informèrent néanmoins Sülinguen qu'ils ne voyaient jamais Ugorz lorsqu'ils accompagnaient leurs enfants, et que jamais le vieux prince lui-même ne cherchait à les rencontrer.

Golischa vécut cette nouvelle situation comme tout autre enfant à sa place l'aurait vécue : avec insolence, naïveté et rouerie. Elle aima régner sur cette petite cour, sans trop souffrir de ces regards curieux. Elle oublia Tula. Mais pas son père, qu'elle allait prier presque chaque soir de la protéger de ses propres cauchemars.

A cette enfance aux aguets succéda une adolescence étale comme l'eau d'un lagon au milieu de l'océan en tempête. Elle était plus que jamais seule : Ellida épousa un officier, Uri partit à l'Académie militaire. Golischa les vit moins. Elle cessa pour un temps de s'étonner du mystère qu'elle constituait aux yeux des autres.

Son visage et son corps s'affirmèrent, comme si sa

joie de vivre les modelaient. Ses cheveux longs et lourds, ses yeux d'un vert presque noir dissimulaient une rébellion à l'affût. Certains la trouvaient trop grande, trop maigre; elle s'en moquait bien; elle savait d'expérience qu'elle pourrait séduire par la seule gourmandise de son regard.

Chaque jour davantage elle rêvait de quitter Nordom, d'échapper à cette prison inavouée, d'aller là-bas, vers la zone interdite, voir à quoi ressemblait l'inconnu. Par deux fois, elle essaya. La première, elle partit à cheval. Elle fut rattrapée à la passe de Kber et son grand-père la gronda en souriant lorsqu'on la lui ramena. Sa mère ne s'en mêla point. La seconde fois, elle partit de nuit et fut rattrapée plus vite encore, avant même d'atteindre l'Olgath. Plus angoissée que jamais, elle se résigna à ne jamais se trouver de raison d'exister.

Sa solitude lui pesa plus encore. Son grand-père déclinait et ne lui parlait plus de rien d'important. Sa mère n'était plus que l'ombre de son souvenir. Elle ne sortait de sa chambre que pour de longues promenades solitaires, comme hallucinées.

Ellida s'éloignait d'elle. Elle eut un fils et entreprit des études de médecine. Son mari fut arrêté, par un petit matin de terreur puis fusillé avec d'autres officiers pour avoir, disait-on, gravement offensé le Ruler. Elle-même ne fut pas inquiétée. Ayant achevé ses études, elle ne vécut plus que pour son fils.

Uri s'éloigna lui aussi. Son passage à l'école de la Première Armée avait été suffisamment brillant pour qu'on l'envoyât à l'Académie militaire supérieure, dont il sortit avec un rang très honorable. Revenu à Hitti, il se vit confier par le Ruler l'organisation de l'abandon des aguets. Il épousa la fille d'un paysan de Kaloon qui fut tuée quelques mois plus tard par des pillards, lors d'une embuscade, près de Masclin. Il revint alors vivre à Voloï avec sa sœur.

Golischa les revit à ce moment-là au manège de

Franconi. Elle fut fascinée par la force muette d'Uri, la douceur résignée d'Ellida. L'un et l'autre semblaient meubler leur solitude d'ombres et de silences.

Golischa venait d'avoir dix-sept ans quand son père resurgit dans sa vie non plus comme un espoir, mais comme un obstacle.

Un soir d'hiver, alors que l'orage grondait au-dessus de la ville, elle finissait de se préparer pour se rendre à son premier bal chez Franconi quand sa mère fit irruption dans sa chambre, essoufflée, les chaussures maculées de boue, et s'affaissa sur son lit où elle resta un long moment silencieuse. Golischa se demanda quelle excentricité cachait encore cette prostration.

– Que se passe-t-il, maman?

Soline lui étreignit le bras, véhémente :

– Une chose grave, ma petite fille. C'est à propos de ce bal. Je voudrais que tu n'y ailles pas. Je sais que tu y attaches de l'importance, mais, je t'en prie, n'y va pas!

Golischa était bien décidée à ne pas se laisser faire.

– Et pourquoi, s'il te plaît? De quel droit me demandes-tu ça?

Soline hésita, puis murmura presque timidement, comme si elle avait peur de se faire gronder :

– Parce que, hier, ton père est mort!

Golischa ne ressentit aucune trace d'émotion, seulement de la colère.

– Mon père? Tu as toujours prétendu qu'il était mort avant ma naissance! Il est donc mort deux fois? Assez, maman, je t'en prie! Quand cesseras-tu de jouer avec ça? De toute façon, ça ne m'intéresse pas, ça ne m'intéresse plus. Je me suis habituée à sa mort.

Et la prochaine fois que tu voudras m'empêcher de sortir, trouve un autre prétexte!

Butée, elle lui tourna le dos et reprit ses préparatifs. Sa mère n'insista pas et sortit en silence. Golischa ne sut jamais ce qu'il fallait en penser. Pourtant elle n'alla pas à ce bal, furieuse de sa propre décision.

Son père entrait ainsi de nouveau dans sa vie pour n'en plus jamais sortir. Quelques jours plus tard, il s'installa aussi dans ses nuits, par un de ces cauchemars si obsédants que, le soir revenu, on redoute de s'endormir de peur de le refaire.

Elle le refit souvent. Chaque fois, elle se trouvait dans une sorte de hangar aux murs crépis, au sol de lave. Derrière une porte, une voix criait : « Beth, Beth, écoute-moi! » D'autres voix, derrière d'autres portes, criaient dans une langue inconnue, analogue à celle que son grand-père avait jadis employée devant elle. Elle ouvrait alors une de ces portes et découvrait, dans une pièce entièrement vide, aux murs sales, un tout jeune homme étendu sur le sol : c'était son père. Bien qu'elle ne l'eût jamais vu, elle le reconnaissait. Il lui criait des phrases inaudibles, tendait les mains vers elle, puis les crispait, en proie à de violentes convulsions. Alors elle sentait une chaleur moite se répandre autour d'elle et la submerger. Toute la maison s'ourlait de hautes flammes. Parfois, sa mère apparaissait à ce moment à ses côtés, agenouillée, une main posée à plat sur le visage du mourant dont elle fermait les yeux et la bouche en pleurant. Golischa sentait le feu embraser ses seins et son ventre. Puis un torrent d'eau les emportait vers l'extérieur. Sa mère et elle échappaient à la noyade, mais son père restait sous les décombres. Périssait-il à cause du feu ou de l'eau? Ou bien parvenait-il à en réchapper? Elle se réveillait sans le savoir, baignée de larmes et de sueur, face au regard soucieux d'un garde aux aguets.

Cette année-là, elle fit ce rêve un grand nombre de fois, sans jamais le comprendre. Elle ne savait à qui en parler. A sa mère? Impossible : Soline était de plus en plus prostrée. A son grand-père? Trop tard : il n'attendait qu'une confidence d'elle, mais, depuis la disparition de Tula, sept ans auparavant, son instinct lui interdisait de lui reparler de son père. Le vieil Ohlin ne venait plus à Nordom que pour s'enfermer avec Shiron. Ellida et Uri n'auraient pas été sensibles à ce genre de perplexité. Alors elle gardait ce rêve pour elle, sentant confusément qu'avec lui s'achevait son adolescence : ayant touché le fond de sa solitude, elle croyait tout savoir de la vie.

V

SOLINE

C'EST à l'heure la plus limpide, juste avant que ne s'épure une aube d'hiver ensoleillée, que Shiron Ugorz rencontra sa mort – de dos.

La rumeur courut en ville que des guerriers masqués avaient attaqué l'Olgath. On parla aussi de navires pirates, de marins mutinés. Des « ennemis du peuple », venus de Masclin à travers les déserts et les marais, auraient été tués par des Bhouis juste à l'entrée de Shamron. Mais de tout cela, nulle preuve. Un soir de grêle, des officiers, descendant de cheval à l'entrée du parc, avaient parlé entre eux de « massacres nécessaires », mais sans que Golischa pût entendre la suite, car ils s'étaient précipités sur la terrasse pour se mettre à l'abri.

Peu à peu, la garde autour du palais fut renforcée et le parc de Nordom devint un véritable cantonnement de Bhouis.

Un soir frileux – elle avait alors dix-huit ans –, quand elle se présenta à cheval à l'entrée du château pour sa promenade quotidienne, un officier la refoula courtoisement, « pour sa propre sécurité ». On la conduisit alors dans la tour de la bibliothèque où elle retrouva son grand-père et sa mère et où on leur servit à dîner. Dotti vint lui-même les prier courtoisement d'y passer la nuit, sans leur fournir aucune explication; sa venue montrait à tous l'importance que le Ruler attachait à leur réclusion.

Une fois le dîner desservi, les serviteurs partis, le vieil Ugorz regarda Golischa et lui dit en souriant :

– Décidément, ton père leur en aura fait voir! Faut-il qu'ils en aient peur! C'est bien : au moins, eux non plus n'auront pas été heureux.

Soline éclata en sanglots. Ugorz n'en dit pas davantage et Golischa n'osa l'interroger. Il paraissait harassé. Bien qu'il n'eût que soixante-huit ans, il ne marchait déjà presque plus. Il avait fallu le porter dans la pièce où on les avait confinés. Pour la première fois, elle s'inquiéta. Elle sentait que, pour ne gêner personne, il ne laisserait rien deviner de la gravité de son état. Lorsque sa fin viendrait, pensa-t-elle, elle s'en voudrait de tout le temps qui leur avait manqué. Ils s'endormirent dans des fauteuils, des soldats en faction devant la porte.

Le lendemain matin, quand ils se réveillèrent, la garde avait disparu. Golischa put sortir en ville. L'angoisse y atteignait son comble. On murmurait que des hommes masqués y étaient venus, la nuit précédente, rafler des otages.

A compter de ce jour, sans modifier ses habitudes, elle revint régulièrement voir son grand-père. Elle ne lui parlait plus guère de l'avenir, de peur de l'inquiéter, ni du passé, de peur de l'affaiblir.

Un après-midi de la fin de l'hiver, alors qu'une pleurésie le retenait dans un recoin lambrissé de la bibliothèque où il avait fait installer son lit, elle lui demanda de ses nouvelles. Il l'interrompit presque gaiement :

– Ne t'inquiète pas pour moi, j'ai où aller.

Très librement, pour la première fois, il lui parla alors de son enfance à Masclin, de son père étranglé dans des conditions obscures, de sa rivalité avec son frère, de Gompers Jiarov qui, dit-il, « avait été massacré », de Soline enfin :

– Quand je serai parti, il te faudra l'écouter. Elle aura des choses à te dire.

Golischa acquiesça sans paraître manifester d'intérêt excessif, afin qu'il n'allât pas déceler en elle la moindre trace d'apitoiement. Elle n'osa pas non plus lui montrer sa surprise : qu'est-ce que sa mère pourrait avoir de si important à lui dire, elle qui n'était qu'oubli d'elle-même dans la futilité ou l'accablement?

Tard dans l'après-midi, Ohlin vint à Nordom et monta jusqu'à la bibliothèque où il s'enferma avec Ugorz. Les deux femmes les attendirent longtemps dans la pièce voisine. Dans le lourd silence, Soline travaillait à une broderie; Golischa admira la façon dont sa mère, dans ces moments-là, savait donner vie aux choses. Quand il sortit, Ohlin leur fit un geste de la main en souriant :

– Je vous le rends. Pardonnez ce retard. Ne vous inquiétez pas...

Sans lever les yeux de son ouvrage, Soline répondit doucement :

– Nous inquiéter? Pourquoi? Y aurait-il des raisons de s'inquiéter?

– Non, aucune... Mais vous n'êtes pas au courant?

Elle s'arrêta de broder et dirigea sur lui un regard traqué :

– Non, de quoi?

– Voilà trois heures que la nouvelle est annoncée! La ville a été attaquée ce matin.

Soline haussa les épaules.

– Sans doute ces pillards qui viennent tous les hivers, ces vengeurs masqués inventés par vos propres services! Rien de bien nouveau! Vous avez déjà fait montre de beaucoup plus d'imagination. Vous me décevez!...

Golischa la regarda, amusée. Pour une fois, sa mère ne manquait ni de lucidité ni d'ironie. Il est vrai que les Murs de Paroles, dont Ohlin assurait la direction, racontaient jour après jour de ténébreuses histoires de révoltes et de bandits. Ohlin s'abstint de sourire, comme si la remarque de Soline ne le visait pas. Il répondit du ton le plus sérieux :

– Merci du compliment, il vient d'une experte. Seulement, cette fois, l'humour n'est plus de mise : voilà deux jours, des centaines d'hommes ont débarqué derrière le Vieux Fort. Certains sont venus par mer, d'autres par la Dra. Nul ne sait comment ils ont pu parvenir jusque-là. Ils ont escaladé les remparts et sont arrivés jusqu'à Shamron.

Golischa sentit qu'Ohlin disait vrai; sa mère qui l'écoutait maintenant avec gravité l'interrogea d'une voix blanche :

– Et qu'a-t-on fait d'eux?

– Le Ruler les a tous fait tuer. C'est de cela que je suis venu m'entretenir avec votre père. La garde bhouie aurait pu faire des prisonniers, mais il avait donné l'ordre de les massacrer tous. C'est absurde! Il m'a demandé de faire savoir sur les Murs de Paroles qu'une poignée d'ennemis du peuple avaient été repoussés par une garde héroïque. Ce que j'ai fait... Un mensonge de plus! Qu'ils aient pitié de nous...

Tandis qu'il parlait, Shiron était venu à pas chancelants se placer derrière lui. Prenant appui sur le chambranle de la porte et sur l'épaule d'Ohlin, il regarda Soline avec un demi-sourire :

– Ne t'en fais pas, il n'arrivera rien.

Golischa s'étonna de voir son grand-père et sa mère prendre toute cette histoire très au sérieux. D'ordinaire, ils plaisantaient entre eux d'un air complice de ces attaques que le Ruler, disaient-ils, inventait de toutes pièces pour distraire le peuple. Sa mère paraissait vraiment inquiète.

On entendit un long cortège s'arrêter dans le parc, au pied de la terrasse, dans un grincement de roues de chariots. Golischa se pencha à la fenêtre et aperçut la flûte rouge du Ruler rangée contre le ponton, gardée par une dizaine de Bhouis en armes. Elle en fut surprise : d'habitude, quand il se rendait à Nordom, le Ruler n'aimait guère donner cette image de lui. Avait-il si peur? Sur un geste furtif d'Ugorz, Ohlin prit congé des deux jeunes femmes et sortit par l'arrière.

Elle entendit le Ruler aller s'enfermer dans la tour en tête à tête avec Shiron. Il ne quitta Nordom qu'à la nuit noire. Du balcon, Golischa le vit encore, en bas, en discussion animée avec plusieurs individus qu'elle ne reconnut pas. Puis il remonta à bord de son embarcation qui fila vers la jetée de Balikch. Sur la terrasse en dessous d'elle, elle perçut la voix de son grand-père, exaspérée :

– Mais tu ne comprends rien! Cet homme pourrit tout ce qu'il touche. J'ai eu tort de lui céder. Nous n'en serions pas là, aujourd'hui, si j'avais résisté! Je m'en veux de l'avoir cru. Je resterai dans l'Histoire comme un lâche... si Histoire il y a! Maintenant, il est trop tard. Je n'ai rien trouvé, je ne trouverai plus rien. C'est trop difficile : tout cela n'aura servi de rien.

Quelqu'un répondit d'une voix étouffée :

– Tais-toi, la petite va entendre!

C'était Soline.

– Qu'elle entende! Il faudra bien qu'on le lui dise un jour! Hier, ils ne venaient sans doute que pour pêcher ou nous vendre des foulques, comme à l'ordinaire. Ils ont faim, il n'y a plus rien à manger, là-bas... Quand elle saura, Golischa m'en voudra d'avoir laissé faire, d'être resté les bras croisés alors que celui-là occupe mon fauteuil et massacre nos dernières chances. Elle ne comprendra pas!

– Elle comprendra que nous avons tout essayé. L'essentiel est ailleurs, tu le sais bien.

– Parfois, j'ai envie de rompre le pacte et de tout lui dire. Je ne crois plus à toutes ces histoires. Qu'elle sache et qu'elle nous juge!

– Tu ne feras pas ça, dis, tu ne le feras pas! Ce serait le plus sûr moyen de tout faire échouer. Tu as tenu dix-huit ans, tu ne vas pas fléchir maintenant! Lui n'aurait pas voulu...

– Ne t'inquiète pas, je ne ferai rien qui l'empêche de réussir. Elle ne sait que ce qu'il m'avait demandé de lui dire. Malgré ses folies, ses blasphèmes, je lui ai obéi.

– Tu as bien fait. Elle nous vengera. Je lui dirai comment, le moment venu.

– Si on t'en laisse le temps...

La voix d'Ugorz faiblit, il paraissait avoir de plus en plus de mal à articuler. Golischa ne comprit pas la suite de leur conversation. Elle devina que tous deux rentraient et qu'ils allaient remonter. Ils la rejoignirent dans la salle à manger, visiblement tendus. Le vieil homme semblait perdu dans quelque rêve, marmonnant des bouts de phrases sans queue ni tête : « Les oiseaux ne comprennent rien à l'Histoire », « Le mendiant aurait préféré une colombe, mais c'était un lori... », puis : « Toi, petite Beth, tu nous sauveras du Géant! » Ce soir-là, il l'appela encore Beth, comme il l'avait fait un jour d'autrefois, comme Tula à son tour...

Tula... Qu'était-il devenu? Depuis ce jour lointain de son enfance où il avait disparu, il n'avait jamais cessé, malgré l'oubli, d'occuper ses pensées.

Soline, les mains tendues, se leva à demi de son siège pour le faire taire. Golischa s'étonna de son regard où se lisaient chagrin, panique et rage mêlés. C'était la première fois que Soline lui faisait l'impression de veiller sur son père, et non l'inverse. Puis le vieil homme parut se fâcher comme un adolescent monté en graine qui ne supporte plus qu'on le réprimande. Il se leva en grommelant. D'un sourire, Soline fit signe à Golischa de rentrer et accompagna son père aux pas mal assurés vers son bureau.

Soline ne reparut pas de la nuit. Le lendemain, quand elle vint réveiller Golischa, elle était en larmes, le visage défait. La veille, elle avait mis son père au lit, puis s'était allongée dans la pièce voisine. A l'aube, elle l'avait découvert assis dans son fauteuil, la tête rejetée en arrière, les bras posés sur les accoudoirs, étranglé. Comme, avant lui, l'avaient été dans la même pièce Silena Ugorz, Gompers Jiarov, Alosius Ugorz.

Golischa lut dans le regard de sa mère quelque chose qui n'était ni du chagrin ni de la peur. De la haine, plutôt. Sur la table, posé devant le mort, Soline avait trouvé le sablier du Prédicateur, celui qu'Ugorz avait aussi appelé « l'Homme de Paroles », et, glissé sous son trépied, un feuillet noirci de la main de Shiron : « Golischa se trouvera quand une moitié du Temps aura rejoint l'autre. » Tula aussi avait parlé de cette « moitié du Temps ». Qu'est-ce que cela pouvait vouloir dire?

Elles en étaient encore à se demander ce qu'elles allaient faire quand un vieillard boiteux, vêtu de velours gris, le visage masqué d'un voile noir maintenu par un grand chapeau de fourrure, se présenta à leur porte. Il était, leur dit-il, le médecin personnel du Ruler, et venait « rendre au visage du mort une certaine sérénité ». Elles l'accompagnèrent jusqu'à Nordom. Golischa monta avec lui dans la tour. Remarquant sur une étagère le cahier dans lequel son grand-père avait recopié le Grand Livre Secret, elle le fit disparaître dans un pli de son manteau.

L'un à la suite de l'autre, des personnages aux mines obséquieuses se présentèrent au château. D'abord deux jeunes prêtres du Temple majeur, empressés et silencieux, vinrent habiller le mort d'une robe de soie rouge et de bas de même couleur. Puis des soldats en grand uniforme le transportèrent dans la salle d'audience où ils l'entourèrent de fleurs et recouvrirent son visage d'une soie noire. Les deux femmes virent ainsi se mettre en place le protocole des obsèques princières, comme si quelqu'un, à distance, en avait réglé minute après minute les moindres détails.

Tout alla très vite. Les funérailles eurent lieu l'après-midi même, alors que la tradition aurait voulu qu'on attendît sept jours. Ce furent les plus somptueuses cérémonies jamais organisées depuis l'arrivée des hommes sur cette terre, comme si une civilisation aux abois tentait de noyer sa peur de mourir dans les splendeurs d'un adieu.

Golischa et Soline allèrent s'habiller de blanc, couleur du deuil, et revinrent à Nordom sans échanger de mots inutiles. Golischa tremblait. Non à cause de l'hiver finissant, mais d'une sorte de solitude insaisissable et de la crainte d'éprouver un jour moins de chagrin. En pénétrant dans la grande pièce, elles trouvèrent les onze membres du Conseil venus s'incliner devant le corps et baiser la main de Soline.

Légèrement détaché du groupe, celui qui depuis dix-huit ans les gouvernait se tenait droit, vêtu comme sur les portraits officiels de sa sobre combinaison noire, sans aucune des décorations des gouverneurs de colonies. Il s'évertuait en toutes circonstances à ressembler à cette image de lui qu'il aimait bien. Golischa l'observa. Il n'avait plus rien du jeune homme séduisant et raffiné des temps anciens. Le pouvoir, qu'il avait eu tant de plaisir à prendre et tant de mal à exercer, avait imprimé sur son visage les traces mesquines de ses ambitions. Les poches sous les yeux indiquaient une fatigue que le travail n'expliquait pas; la petite barbe en pointe, grise à présent, n'équilibrait plus le visage aux lignes flasques, au teint olivâtre. L'âge avait rouillé en lui souplesse et agilité. Toute son attitude exprimait l'agressivité inquiète des médiocres, l'outrance injurieuse des faibles. Golischa s'en voulut de le juger à son physique, mais elle ne pouvait s'empêcher de haïr jusqu'à ses rides.

Derrière lui, sa femme, son fils, ses deux filles et ses deux sœurs se tenaient là, comme à l'étroit. Visiblement, ils n'avaient pas même le droit d'empiéter sur son ombre.

Après eux, les deux Jiarov, Uri et Ellida, vinrent l'embrasser. Golischa fut à la fois heureuse de les retrouver et jalouse de leur allure. Elle lut dans les yeux gris d'Ellida le sourire retenu qu'y fait briller l'intelligence des tragédies. Ses cheveux longs et souples, maintenus par un bandeau noir, sa combinaison blanche, sans couture ni dessin, soulignaient sa grâce. Elle avait la beauté lisse des filles sages, l'impertinence tacite des femmes libres, si rares en ces temps difficiles. Quand la jeune femme lui sourit, Golischa en fut remuée au plus profond d'elle-même.

Un peu plus tard, des soldats portèrent le corps de Shiron Ugorz sur la terrasse et le déposèrent sur une grande table de bois. On fit alors ouvrir les grilles du parc. Précédée de sa rumeur, la foule entra en masse lente, compacte, respectueuse. Depuis que la nouvelle avait été annoncée sur les Murs de Paroles, c'est par centaines de milliers que les gens avaient convergé vers Nordom, officiers secrets, grimoiriers, membres de la Haute Caste, halliers, voiliers, bagaudiers, affluant des bureaux et des officines, des quartiers d'affaires et des casernes, des cabarets et des selleries. Aucune consigne n'avait été donnée, mais nul n'avait osé les retenir.

Selon la vieille coutume dhibou que personne n'avait eu à rappeler, chacun venait déposer un *cauri* aux pieds du mort, en signe de respect. Tous ceux qui défilaient devant lui pressentaient que les derniers vestiges du monde sur lequel avait régné le prince déchu étaient en train de disparaître avec lui. Que plus rien, ni savoirs ni usages, ne pourraient retenir l'horreur en marche.

Pourtant, la foule paraissait presque gaie. Comme si cette mort avait fait tomber une herse capable de protéger un temps la ville des griffes de quelque fauve. Comme si, pour la première fois en l'espace de dix-huit ans, il était loisible de se comporter en hommes libres. En déposant un coquillage devant la dépouille et en traversant à pas lents la terrasse, chacun observait, avec une curiosité limitée par la crainte, les membres du Conseil alignés dans un nonchalant garde-à-vous, sur les trois marches donnant accès à la salle d'audience, derrière la double haie de soldats. Il y avait là les sept Sülinguen, Ellida et Uri Jiarov, et, un peu plus loin, Soline et Golischa Ugorz. A côté d'eux, tout de rouge vêtus, les deux Grands Orateurs, Ohlin et un quarteron d'officiers supérieurs.

Quand le défilé de la longue foule fut terminé, on referma les grilles. Le Ruler annonça au Conseil que Shiron Ugorz serait renvoyé au-delà, le soir même, selon les vieux rites du Grand Retour. « Au-delà? » Golischa ne comprenait pas. Avec un petit éclair dans les yeux, il ajouta que ce serait le dernier homme à l'être, et que le Conseil l'accompagnerait à bord de la navette. Golischa regarda sa mère qui lui fit signe de ne rien laisser paraître. Nul ne demanda si Shiron aurait voulu d'une pareille cérémonie. Un des Grands Orateurs proposa d'envoyer, en même temps que lui, tous les serviteurs d'Ugorz, « comme il était à la mode de le faire juste avant la Grande Rupture, lors des obsèques des plus grands princes de l'Empire ». Mais le Ruler écarta la proposition : avait-il peur d'offenser la mémoire de ce prince d'un autre temps? A moins qu'il ne voulût plutôt garder en vie ces témoins pour les faire parler, leur arracher l'endroit où se trouvaient les cahiers de notes de Shiron, les résultats de ses recherches? Mais il n'en tirerait pas grand-chose, se dit Golischa, pour la simple raison qu'ils ne savaient probablement rien.

Sans que personne n'ajoutât le moindre mot, on hissa le corps sur un chariot. Tiré par dix chevaux, il traversa la ville encombrée jusqu'au Temple majeur. Princes et pauvres s'y rassemblèrent pour entendre les deux Grands Orateurs psalmodier le récit hermétique d'un sombre affrontement d'Eau et de Feu qui fit trembler les premiers rangs. L'office se termina par cette terrible menace tirée, dirent-ils, du Grand Livre Secret :

« Viens, que je te dise quel sera ton destin!
Si tu ne m'obéis pas jusqu'à l'ombre,
Je te maudirai de cette promesse :
Jamais tu ne construiras de foyer heureux,
Jamais tu ne t'introduiras dans l'intimité de l'aube,
La lie de la bière souillera ton corps
de ses déjections, l'ivrogne éclaboussera tes yeux,
Tu vivras dans la solitude,
Tu te recroquevilleras dans les renfoncements du rempart,
Ronces et épines ensanglanteront tes pieds,
Ivrognes et soldatesque viendront t'humilier. »

Golischa frémit de tout son corps. Osait-on maudire son grand-père au jour de sa mort? Il devait y avoir une autre explication qu'elle se promit de chercher au plus vite.

Dans le crépuscule pâle, on reposa le corps sur le chariot que les chevaux tirèrent jusqu'au ponton. Puis on le hissa avec difficulté dans la dernière navette en état de marche. En montant à bord à la suite du Ruler, Golischa remarqua, déposés sur un coussin de soie noire, quelques-uns des objets personnels de son grand-père : des livres et deux de ses sabliers – celui de Malnati (balustres d'ivoire, gaine de cuir noir, ampoules de verre gris, sable mauve) et celui d'Augsbourg (six fioles enchâssées dans un coffre de bois polychrome en forme de chaise à porteurs, soutenu par deux valets en livrée d'or et de moire). Rien que de très bien choisi, pensa Golischa. Elle regarda sa mère : était-elle au courant, avait-elle fait elle-même ce choix? Debout face aux objets, le regard de Soline allait de l'un à l'autre. Golischa y lut comme un furtif sourire, une esquisse de défi; comme si elle avait été soulagée de ne point voir figurer parmi eux celui qu'elle aurait pu craindre d'y trouver.

Les deux femmes s'assirent près d'une fenêtre. Golischa entoura sa mère d'une lourde écharpe de laine blanche. Soline lui sourit, pour la première fois depuis longtemps. La jeune fille ne pouvait s'empêcher de redouter ce voyage à bord d'une navette bringuebalante, pour cette cérémonie d'un autre âge. Elle sentait qu'il allait se passer quelque chose d'irréversible dont il lui faudrait tout retenir, comme lorsqu'on guette dans l'obscurité le dernier brasillement d'un foyer moribond.

Une fois le Conseil installé, la navette se détacha lentement du ponton et, pendant de longues minutes, avança en silence. Puis un chœur d'hommes monta des soutes, d'où se dégageait la plainte sereine d'une voix de haute-contre. Golischa en fut bouleversée. Soline, en pleurs, regarda le Ruler avec un semblant de douceur. Celui-ci lui sourit. Sur la dernière mesure du chant, la navette fit halte. Le silence se réinstalla. Soline ne quittait plus des yeux la dépouille de son père posée sur une sorte de brancard, face à un sas à l'intérieur duquel on avait déjà glissé les livres et les deux sabliers. Le Ruler s'en approcha, prit la main du mort et, tirant dessus, le fit rouler à l'intérieur du sas qui se referma d'un claquement mat. Golischa eut envie de se précipiter, de prendre son grand-père dans ses bras pour ne plus jamais le lâcher. Trop tard. Elle regretta de ne l'avoir jamais vraiment fait. La mort est absence vive que ne fait pas pâlir le souvenir.

Le Ruler recula et, dans un silence à peine troublé par le ralenti du mouvement, murmura d'une voix inexpressive :

– Qu'il aille faire notre paix.

Il pressa un panneau de bois à hauteur de sa main droite. Le sas s'ouvrit et le corps glissa à l'extérieur, bras écartés, toge immobile.

Golischa devina qu'un sombre soulagement avait aussitôt envahi les passagers. C'était comme s'ils étaient enfin débarrassés de quelque ennemi redoutable. Le corps tournoya lentement au milieu des sabliers et des livres. Les premières secondes, son mouvement fut empreint de majesté, puis il s'accéléra, les bras prirent des positions insolites, presque grotesques. Dans la navette, plusieurs – surtout des hommes – détournèrent les yeux. Soline pleurait toujours. Golischa fut prise d'un tremblement rageur. Le chœur avait repris, d'une intolérable beauté, faisant vibrer le sol de ses rythmes profonds.

Soudain, au terme de cette trop longue cérémonie, Golischa, livide, regardant le corps se dissoudre dans l'obscurité, s'entendit proférer à voix haute :

– J'envie les morts parce qu'ils sont morts, et plus encore ceux qui n'existent pas.

Elle-même ne comprenait pas d'où lui étaient venus ces mots. C'était comme si elle avait attendu depuis très longtemps le moment d'avoir à les prononcer. Dans la navette, nul ne bougea. Chacun fit mine de ne pas l'avoir entendue. L'indifférence est une ruse de la peur, pensa Golischa. Sharyan Sülinguen, lui, avait bel et bien entendu, car il avait tressailli. De ses yeux embrasés d'une flamme austère, comme si quelque jubilation subite l'avait rajeuni, il considéra la jeune fille et dit à voix basse, au point qu'elle dut lire sur le mouvement de ses lèvres :

– Tu as raison, jeune fille. Les Justes meurent malgré leur justesse, les méchants survivent malgré leur méchanceté. En ces temps de chagrin et de tyrannie, être juste ne sert qu'à se rendre ridicule...

Ceux qui, à côté de lui, l'entendirent, furent surpris par cette voix raffinée, oublieuse de sa gouaille habituelle. Golischa, malgré sa haine, en fut touchée. Elle avait le sentiment d'avoir déjà entendu ces mots, voire, plus étrangement encore, d'avoir été bien près de les prononcer elle-même, juste avant qu'il ne le fasse. Prise d'une curieuse euphorie, elle se laissa aller, comme si quelqu'un d'autre parlait en elle, et s'entendit ajouter :

– La voix des bourreaux façonne la violence; personne n'est là pour les faire taire.

Pour la première fois de cette journée de deuil, le Ruler parut bouleversé. Il pâlit et baissa la tête. Au tremblement de ses lèvres, Golischa aurait même juré qu'il avait murmuré les mêmes mots, en même temps qu'elle. Mais nul n'osa prétendre l'avoir remarqué, de peur que, plus tard, le Ruler ne se vengeât sur les témoins de son trouble.

Brusquement il se reprit et, l'air buté, retourna s'asseoir à l'arrière à côté de Dotti. Soline se prit la tête entre les mains et se remit à pleurer. Golischa, sans trop savoir pourquoi, songea à son père : lui seul, elle en était sûre, aurait su lui expliquer ce qui venait de se passer.

Ellida s'approcha et vint s'accroupir à ses pieds comme pour la protéger et, en même temps, se mettre dans son sillage. Golischa en fut émue. Pour la première fois, elle eut envie de s'abandonner à son chagrin, comme si, le deuil accompli, elle acceptait de fuir la mort en donnant libre cours à ses larmes.

Sans secousse, la navette repartit vers Hitti. On entendit à nouveau s'étirer sur la même mélodie le chant de haute-contre. Puis les pilotes l'interrompirent de phrases brèves pour se faire guider par les vigiles. Quelques minutes plus tard, la dernière navette de Tantale se rangea contre le ponton du vieux port dans la pénombre du couvre-feu.

Ils débarquèrent, abasourdis par l'enchaînement précipité des événements. Le Ruler partit pour Balikch après avoir salué tout le monde d'un regard glacé. Uri et Ellida proposèrent aux deux femmes de les raccompagner à Nordom : ils disposaient d'un véhicule fermé, plus sûr que le leur. Elles acceptèrent. Ils traversèrent en silence les avenues désertes. L'orgueilleuse capitale n'était plus qu'une longue banlieue enténébrée. Tout pouvait y survenir à tout moment, n'importe où. Mendiants et fous se partageaient les rues en quête d'un abri de fortune, d'un reste de nourriture. Des clans se battaient dans les interstices des quartiers protégés. Ils contournèrent le marché au sementhal où une pègre de vrais policiers et de faux médecins faisait la loi. Pour atteindre Shamron, ils durent se soumettre à six contrôles de Bhouis affairés.

– Que se passe-t-il? demanda Ellida. Cela n'a jamais été comme ça! Ce n'est pourtant pas la mort de ton grand-père qui peut en être cause!

Son frère précisa :

– Sülinguen a annoncé hier au Conseil que des Siv étaient venus attaquer l'Olgath.

– Des Siv! s'exclama Soline. Voyons, c'est impossible, il n'y en a plus à Tantale!

Pourquoi s'en mêle-t-elle? pensa Golischa. Ce n'était pas dans ses habitudes de parler de sujets pareils.

– Vous avez raison, dit Uri. Je n'y crois pas non plus. Il s'agit sûrement de quelques soldats rebelles venus de lointaines principautés. S'il nous le cache, c'est qu'il a peur que nous ne prenions leur parti. Il n'a d'ailleurs pas tout à fait tort!

Aux abords de Nordom, au croisement des trois routes de Shamron, ils devinèrent cinq silhouettes noires dressées en travers de leur chemin. Uri accéléra. Les ombres s'écartèrent. Ce n'est qu'une fois dans l'enceinte illuminée de Nordom que Golischa s'aperçut qu'elle avait eu peur.

Uri et Ellida repartis pour Voloï, les deux femmes traversèrent les salles de réception du palais. Partout régnait le plus grand désordre. Tout avait été fouillé. Si les serviteurs avaient fait de leur mieux pour remettre l'essentiel en place, on voyait encore des tableaux décrochés, des meubles déplacés, des placards béants, des tapis soulevés. Qu'avait-on cherché? Soline se précipita dans la tour.

Golischa l'attendit dans la grande salle du Conseil, regardant, pour la dernière fois peut-être, ce palais où son grand-père avait passé quelque dix-huit ans d'un exil têtu. Elle pressentait que l'accès leur en serait un jour interdit, dès demain peut-être. Elle s'en voulut de penser déjà à ce qui les attendait. Mais c'était aussi une façon d'oublier son grand-père, là-bas, si loin...

Soline revint, gaie, comme rassurée. Les cheveux libres, elle avait fière allure. Pour la première fois,

Golischa se dit avec une pointe de jalousie qu'elle n'égalerait décidément jamais sa grâce.

Les deux femmes retrouvèrent leur maison où un dîner était servi sur la terrasse. Elles s'installèrent devant la table dressée. Il faisait lourd, aucun souffle n'agitait les feuilles. Avec l'obscurité montaient, plus fortes, les odeurs du ressac. Donnolo les avait rejointes. Golischa le regarda avec surprise : elle ne l'avait plus vu depuis la mort de Shiron.

Maintenant elles étaient seules, sans recours ni regard extérieur, sans que la présence d'un homme vînt se glisser entre elles deux... Envahie par une brusque bouffée de violence, Golischa lança :

– Tu sais à quoi je pense?

– Non, dis-moi, ma petite fille : à quoi?

Golischa hésita, puis, d'une voix sèche :

– A mon père. Et je le hais tant que si je le voyais se noyer, là, devant nous, je ne ferais pas un geste pour le secourir.

Soline se recroquevilla dans son fauteuil comme si elle avait reçu un coup de lance. Deux serviteurs entrèrent pour desservir. Elle attendit qu'ils se fussent éloignés pour répondre d'une voix cassée :

– Pourquoi parles-tu de lui? Il est mort, tu n'en as pas le droit! Surtout pas ce soir!

– Mais si, justement! Ce soir, il me manque plus que jamais. Je lui en veux de ne pas être avec nous pour parler de grand-père, nous aider à traverser ce deuil. Je n'ai jamais cru qu'il était mort avant ma naissance. Même si je suis souvent allée prier sur la tombe que je lui ai édifiée, près du banc, à côté du lac aux nénuphars, j'ai longtemps pensé qu'il vivait encore loin de nous. Un jour, tu m'as d'ailleurs dit toi-même qu'il venait de mourir, t'en souviens-tu?

– Oui, c'était stupide. Je n'aurais pas dû...

– Parfois, j'ai pu faire comme si j'avais oublié son absence, mais je lui en ai toujours voulu. Pardonne-moi d'ajouter à ton chagrin. Mais aussi longtemps que je ne saurai ni quand ni pourquoi il nous a quittées, je lui en voudrai de ne pas m'avoir permis de l'aimer. Tu ne sais pas ce que c'est, toi, de ne pas avoir de père.

Soline regardait sa fille, ou plutôt semblait regarder par transparence à travers elle, hébétée. Golischa s'en voulut de lui avoir fait mal. Elle reprit plus doucement :

– Je ne dis pas cela pour raviver ta peine. A toi aussi il a sans doute manqué, il manque peut-être encore. Je ne sais rien de votre histoire. Mais j'ai si longtemps pensé qu'il était vivant, j'ai eu tant besoin de lui... Aujourd'hui que je suis devenue adulte, je suis bien obligée de regarder la réalité en face : il n'est pas là, il n'a jamais été là.

– Tu sais, murmura Soline, ton père est là, ce soir, comme les autres soirs. Il est mort, mais il n'a jamais cessé d'être là et de te protéger.

– Il est mort et il est là? Pourquoi, parlant de lui, dis-tu toujours tout et le contraire de tout?

Donnolo vint se jucher sur le fauteuil de Soline qui reposa sa serviette et le caressa.

– D'une certaine façon, parce qu'il n'est pas vraiment mort...

Cette fois, Golischa n'y tint plus. Elle se dressa et se mit presque à crier :

– Encore! Mais que veux-tu dire? J'en ai assez de ces énigmes! Il vit ou il est mort? Il est libre ou en prison?... Je me suis si souvent posé ces questions! Je l'ai souvent cherché, le soir en me couchant, quand j'étais tombée, que je ne comprenais pas une punition, quand j'avais peur d'être seule, quand tu n'étais pas là non plus. J'ai bâti sa tombe pour me persuader qu'il n'en avait pas d'autre, bien réelle. Parfois, j'ai eu tant besoin de lui que j'ai cru le reconnaître dans le premier homme que je croisais. J'ai même rêvé qu'il vivait près de moi et me protégeait. Mais j'enrageais de ne pouvoir lui parler. Et je voudrais lui dire aujourd'hui combien je l'ai détesté d'être absent, de m'avoir privée de ce qu'il a peut-être donné à d'autres...

Soline était décomposée. Chaque phrase de sa fille semblait la clouer sur son fauteuil comme autant d'horribles blasphèmes. Golischa s'arrêta, un peu effrayée de ce qu'elle avait osé proférer. Soline se reprit et murmura :

– Tais-toi, petite fille. Tu ne sais pas ce que tu dis. Ton père ne t'a pas abandonnée. Un jour, tu comprendras que son départ faisait partie d'un grand dessein qui nous dépasse, toi et moi. Tu comprendras que tu es née pour qu'il s'accomplisse. Et c'est alors que tu le reverras.

Golischa était stupéfaite. Jamais sa mère ne lui avait parlé d'un ton si ferme, si précis.

– Mais que veux-tu dire? Je « reverrai » mon père? Mais je ne l'ai jamais vu! Un « grand dessein »? Mais je n'ai ni force ni ambition!... Comment sais-tu ce que je serai un jour?

Soline se détendit puis haussa les épaules, rassérénée :

– J'ai juré à ton père de ne rien te dire de plus. Si je t'apprenais ce que tu dois découvrir seule, tu ne pourrais plus avancer vers cette vérité que je ne connais pas... Si je te parle par énigmes, c'est que je lui obéis. Je ne suis pas sûre d'avoir vraiment compris, mais, depuis vingt ans, lui obéir est ma seule consolation...

Golischa frappa du poing sur la table :

– Maman, s'il te plaît! Nous n'avons jamais échangé trois mots sérieux. Dis-moi ce que tu sais! Je veux simplement exister, avoir une histoire, un passé. Savoir de quel amour ou de quelle haine je suis née. Savoir pourquoi on a dressé ce mur de silence autour de moi. Le temps qui passe est déjà assez difficile, ici, pour les gens ordinaires! Pourquoi ajouter une énigme de plus à celles de notre isolement, des Siv, et du meurtre de grand-père?

Soline se leva, fit le tour de la table et vint poser ses mains autour des épaules de sa fille.

– Je te comprends, Golischa. Je les ai posées si souvent, ces questions! Aux vents, aux lumières, à la pluie... La seule chose que je puisse dire, c'est que leurs réponses se tiennent comme les grains dans les sabliers de la famille : toujours seuls et toujours ensemble. Continue d'être à l'affût de toi-même. Cela vaut la peine d'être ce que tu es. Quand je t'aurai quittée, j'espère que tu me survivras plus d'une semaine. Toutes tes questions trouveront alors leur réponse. Le Musicien te dira ce que tu dois savoir de ton père et de tes enfants. Tu trouveras le chemin de la sérénité, bien au-delà de ce que tu espères. Je ne serai pas là pour le voir, mais, là où je serai, je serai fière de toi. La seule chose qui m'angoisse, c'est que je ne suis pas sûre qu'alors tu ne m'auras pas oubliée.

Un musicien? Qui lui en avait déjà parlé, autrefois?... Golischa n'insista pas. Elle avait l'habitude de ces exaltations subites qui dégénéraient, comme ce soir, en lentes dérives, les mots perdant peu à peu leur sens et finissant par rouler en d'incohérentes péroraisons. Elle décida de ne pas y attacher d'importance.

Elle entraîna sa mère hors de la terrasse couverte de bougainvillées et de chèvrefeuilles. Elles se dirigèrent vers l'angle des balustrades, au-dessus du point de jonction des deux chemins de ronde, et de là, contemplèrent la ville. A cette heure tardive, Hitti semblait en paix. Malgré la violence qui fouillait ses profondeurs, en dépit des ruines et de la pestilence qui la rongeaient, le seul mot qui venait à l'esprit à la contempler, ce soir, était celui de « douceur » : bruits, odeurs, couleurs, et jusqu'aux gestes des hommes de ronde, tout paraissait alangui, plus clément, presque civilisé. Comme si la mort d'un vieux prince, oublié jusqu'au jour de ses obsèques, avait contribué à assouvir la vengeance du Ciel et libéré les vivants de leurs remords. Comme si, pour quelques instants de grâce, cette terre perdue se laissait aller à la sérénité et à la tolérance.

Golischa savait que sa mère aimait entre tous cet endroit. Par-delà les remparts de pierre, le spectacle était somptueux. Au-delà on apercevait le désert d'où pourraient revenir un jour les « ennemis des hommes », et on devinait plus loin la région interdite de Karella. Quelques paysans rentraient des champs à bord de véhicules militaires mal éclairés. Le gigantesque échafaudage de l'Olgath, dressé au-delà du Vieux Fort, à l'entrée de la passe de Kber, scintillait de tous ses phares comme un cyclope aux aguets.

Golischa, frissonnante, se retourna : elle était seule. Soline était rentrée.

« Un jour de tempête, quand tu te sentiras seule au monde... » avait dit Tula. Était-ce ce soir? Elle laissa dériver son esprit vers ce qui la préoccupait vraiment, depuis cet après-midi, et s'entendit penser presque à voix haute :

« Debout par la cité, je guetterai l'élue de ma vie et vainement... Tel un lis au milieu des épines, je crois te voir, Colombe, ma parfaite! Ma colombe aux trous du roc, à la brèche du mur, montre-moi ton visage... »

Pourquoi ces mots? Pourquoi ces rythmes? Elle s'en voulut de ne pas penser exclusivement à son grand-père : il était vraiment mort, maintenant qu'elle pouvait penser à autre chose.

« Qu'il se pose sur moi, le baiser de ta bouche; plus que le vin, j'aime tes outres. Ruban d'écarlate ta lèvre, rayon d'où perle et dégoutte le miel; et tes paupières, éclats d'une grenade. Tes seins, jumeaux de la chèvre sauvage, qui paissent parmi les lis... »

Elle resta longtemps ainsi, submergée de sentiments confus, de phrases involontaires qui l'arrachaient malgré elle à son chagrin, jusqu'aux premiers effleurements de l'aube.

VI

DONNOLO

Tout commença au premier jour d'un frêle et tardif été, repoussé de mois en mois par une impitoyable froidure.

Après la mort de Shiron Ugorz, s'était abattu sur la ville un hiver comme on n'en avait jamais connu de mémoire de grimoirier. Le froid traversait les murs, même ceux des confortables maisons de Shamron. Faute de bois, on ne se chauffait plus que par intermittence. D'étranges rumeurs couraient les rues. Mettant à profit la tempête de neige, des combattants venus du désert, des « ennemis du peuple », auraient pénétré jusque dans le Temple majeur, blessant un des Grands Orateurs. Nul ne sut jamais la vérité; personne n'osa vraiment la demander. La ville calfeutrée pliait sous le poids de sa terreur. Les bateaux n'osaient plus sortir du port, sauf pour aller pêcher à l'entrée de la baie, au plus haut de la marée. L'une après l'autre fermaient les échoppes des cordeliers et des changeurs. Les marins traînaient de bar en bar, échangeant ragots contre rasades d'alcool. Sur les Murs de Paroles, Ohlin ne faisait plus inscrire, sous la dictée du Conseil, que le programme des offices et les consignes de la police. On vivait un siège qui ne se manifestait que par des pénuries; on attendait des ennemis qu'on ne connaissait que par ouï-dire.

Pendant les mois qui suivirent la mort de son grand-père, Golischa s'employa à rassembler les souvenirs de ses conversations avec lui, comme si elle devait, un jour prochain, les emporter avec elle en voyage. Surprise, elle les reconstitua sans effort dans les moindres détails, y compris les plus anciennes.

Les rares jours où le froid leur laissait quelque répit, elle allait galoper le long du belvédère miné par la mer, en compagnie d'Ellida ou d'Uri, jouant de leur muette rivalité. Uri lui parlait du pouvoir qu'il voulait reconquérir; Ellida, de son fils. Elle aimait ces relations sur lesquelles il était impossible de mettre un nom, le trouble des regards, le flou des sentiments. Depuis son enfance, l'ambiguïté était l'espace où elle se mouvait le plus librement. A moins que, contrainte d'y vivre, elle n'eût fait de nécessité liberté.

Jusqu'au jour où Ellida vint lui annoncer, bouleversée, que son fils venait de mourir, emporté par une de ces vagues de suicides collectifs d'enfants qui, de plus en plus nombreux, espéraient ainsi rejoindre plus vite les dieux et échapper au vide de leur destin.

Soline sortait peu de la maison de la falaise. En dépit de l'insistance du Ruler, elle n'avait pas repris le siège de son père au Conseil. Les rouleaux de toile bleue portant convocation s'empilaient sur la table de l'entrée, jamais ouverts. Diaphane, hors d'âge, bien qu'elle n'eût pas encore quarante ans, ses yeux d'un bleu indéfini exprimaient une distance insolente. Sans cesse sur ses gardes, à la fois à l'abandon et prête à tout, elle semblait se protéger de la peur par une agressivité sans objet.

En fait, Soline s'affairait à bien autre chose : à la surprise de Golischa, jour après jour arrivaient à

Nordom des cohortes de vieillards hallucinés, de mendiants et de femmes difformes, écrasés par de pauvres ballots. Soline les installait du mieux qu'elle pouvait dans les chambres du château. Chaque matin, elle montait jusqu'à Nordom pour s'occuper d'eux. Donnolo juché sur son épaule, elle restait de longues heures en leur compagnie, s'occupant de tout.

Golischa tenta de leur parler, mais tous firent en sorte de l'éviter. Elle remarqua surtout un vieil homme élancé, au profil busqué, qui semblait veiller avec un soin particulièrement jaloux sur un enfant aux longs cheveux blonds, encadrant un visage sévère. Elle entendit sa mère appeler l'homme Yoram, mais elle ne put apprendre le nom de l'enfant. Un jour qu'elle le regardait courir dans l'allée, un cerceau de roseau à la main, elle fut frappée par l'intensité de son regard, comme si elle l'avait déjà remarquée dans les yeux d'un autre. Mais qui? Quelqu'un qui avait beaucoup compté pour elle?

N'y tenant plus, elle interrogea sa mère : qui étaient donc tous ces gens qu'elle avait fait venir là? qui était ce Yoram? comment s'appelait l'enfant au cerceau? Elle n'obtint pas de réponse. Soline ne parut même pas avoir entendu ses questions.

Ainsi s'écoulèrent l'hiver et le printemps qui suivirent la mort de Shiron Ugorz. Golischa endurait de plus en plus mal cette situation où rien n'advenait. Pourtant, son grand-père lui avait annoncé que quelque chose lui viendrait de sa mère, levant enfin le voile sur son passé. Elle essaya de lui parler, d'établir avec elle comme une connivence. Mais les interrogations glissaient sur Soline comme le ciel nocturne sur les restes du jour. Rien ne déclenchait la confidence que Golischa devinait pourtant là, tapie, prête à jaillir. Elle se consolait en pensant qu'il valait peut-être mieux la retarder si Soline, ensuite, ne devait plus garder de raison de vivre.

Et la confidence vint au moment où Golischa ne l'attendait plus, quelque six mois après la mort d'Ugorz, alors qu'un printemps éblouissant incendiait les sycomores. Comme chaque soir, le dîner sous l'auvent tirait en longueur, la mer emplissait l'air de sa rumeur tranquille. Pour la première fois depuis la mort de son grand-père, Golischa se sentait presque gaie. La vie reprenait ses droits, le souvenir envahissait les heures que lui abandonnait la douleur.

Elles avaient demandé qu'on leur préparât la voiture pour faire un tour en ville avant le couvre-feu. Donnolo était déjà juché sur l'épaule de Soline. Soudain, un officier tout de gris vêtu, dans le nouvel uniforme conçu par le Ruler, vint leur demander poliment de ne pas sortir de Nordom, « dans leur propre intérêt », des « ennemis du peuple » ayant été signalés près de l'Olgath. D'après certains renseignements, ajouta-t-il, des Siv avaient également été aperçus, venant des principautés éloignées et convergeant vers Hitti. Son message transmis, il se retira sur un salut cérémonieux, sans attendre la moindre réponse.

Golischa remarqua qu'à l'instant où l'officier avait parlé des Siv, sa mère avait été prise d'un long tremblement. Pour le dissimuler, elle s'était emparée de Donnolo et s'était mise à le caresser. Golischa contempla l'oiseau, à présent si vieux que ses plumes étaient grises là où elles brillaient jadis d'un bleu lumineux. Il se laissait faire. Elle songea à Tula : « Un lori, un lori bleu », avait-il expliqué... Tula : huit ans maintenant qu'il avait disparu! Au début, elle l'avait cherché jusqu'à susciter le scandale. Puis elle s'était résignée. Jamais elle n'avait pourtant oublié son regard, ses paroles ni ses silences.

Qu'avait-il voulu dire avec ses prédictions? Où était-il? Mort, sans doute. Une énigme de plus.

Elle tourna les yeux vers sa mère et se rendit compte qu'elle regardait l'oiseau plus tendrement, lui semblait-il, qu'elle ne l'avait jamais regardée, elle, sa propre fille.

– Parfois, je pense que tu l'aimes plus que moi.

– Donnolo? J'espère que tu n'en crois rien... Mais il est vrai qu'à part toi, il n'est personne à qui je tienne plus ici.

Soline avait dit cela avec une sorte de douceur radieuse et une telle maîtrise de soi que Golischa en fut étonnée. Sans trop savoir pourquoi, elle lança :

– Personne? Pas même Yoram et l'enfant qui l'accompagne?

Le regard de Soline se troubla. Elle répondit d'une voix mate, légèrement tendue :

– Non, eux sont de passage... Donnolo, lui, est là depuis si longtemps!

– Depuis quand est-il là?

– Tu le sais bien. Pourquoi cette question?

Et pourquoi cette crispation? se demanda Golischa en constatant que sa mère avait brusquement cessé de caresser l'oiseau. Elle répondit :

– Parce que tu ne me l'as jamais dit...

La situation paraissait avoir basculé. Alors que l'oiseau était entré dans leur conversation par hasard, pour éviter des sujets plus graves, Golischa avait maintenant la certitude qu'il mènerait à toutes les confidences. D'un ton léger, elle essaya d'en savoir davantage et répéta :

– Depuis quand est-il là?

Soline leva les yeux et la regarda, soudain décidée :

– A peu près depuis ta naissance.

Sa voix était à présent parfaitement assurée, comme si, tout étant devenu plus grave, chaque syllabe allait désormais compter. Golischa glissa du même ton innocent :

– Bientôt dix-neuf ans! Je me suis souvent demandé comment il avait pu vivre si longtemps. Tous les oiseaux vivent-ils de si nombreuses années?

Soline dévisagea sa fille avec intensité – Voilà, tu y es..., semblait-elle lui dire – puis elle fit lentement glisser son regard vers la balustrade, derrière l'épaule de Golischa – là, pensa la jeune fille, elle fixe à présent la poupée aux violons. Au bout d'un très long moment, comme faisant effort sur elle-même, Soline répéta :

– Comment il a fait pour vivre si longtemps?... Je ne sais pas, moi... Il fait comme nous : il s'oublie.

Golischa l'entendit à peine. Sa voix était presque couverte par les rumeurs croisées des vagues et du vent.

– Il s'oublie?

– Oui. Il est si vieux qu'il oublie qu'il doit mourir un jour. Quand l'envie lui en viendra, il s'en ira vers sa vraie vie.

– Je ne comprends pas, que veux-tu dire par « sa vraie vie »?

Deux serviteurs entrèrent, desservirent, dispersèrent les feuilles de bouleau qui jonchaient la table. La jeune femme sourit à sa fille sans vraiment la regarder, puis agita la main avec grâce pour remercier les deux hommes. Quand ils eurent disparu à l'intérieur de la maison, elle reprit :

– C'est vrai, tu ignores ce qu'est le désir d'en finir avec l'horreur de la routine, la prison des certitudes. Au moins, que cela te soit épargné!... J'ai souvent pensé qu'ici, la seule façon de supporter sa vie est d'en avoir au moins deux. Mais moi, je ne suis pas même sûre d'en avoir jamais eu une! Tu y réussiras, toi, j'en suis sûre, pourvu que tu me survives plus d'une semaine. Ton père en était convaincu. Il faut dire qu'il te prédisait tant et tant de choses que, même s'il ne t'en advient qu'une infime partie, tu n'auras pas le temps de t'ennuyer! Moi, je ne le verrai pas...

Golischa protesta :

– Tu as encore beaucoup de temps devant toi, tu n'as jamais été aussi jeune qu'aujourd'hui!

Soline tendit joliment ses deux mains par-dessus la table en un geste affectueux que Golischa ne lui avait pas connu depuis longtemps.

– C'est gentil de dire ça, mais être vieille n'est pas une question d'années. Vois-tu, chacun de nous émet dès sa naissance des sortes de vibrations. Si elles vont très loin, puis reviennent chargées de tout ce qu'elles ont rencontré en cours de route, c'est qu'on espère en l'avenir, qu'on aime le monde et qu'on a encore quelque chose à en apprendre. Je sais de quoi je parle : moi aussi, j'ai été ainsi, l'espace de quelque temps... Mais quand ces vibrations rebondissent comme sur un mur trop proche, quelque pas que l'on fasse, sans renvoyer rien de nouveau, alors c'est que le temps est achevé... Eh bien, mes vibrations me disent aujourd'hui que je suis très vieille.

Visiblement, Soline n'était ni accablée ni interrogative. Elle n'attendait ni réconfort ni réfutation. Elle expliquait une évidence. Golischa s'en voulut de ne pas trouver les mots qui, brisant sa certitude, lui auraient donné encore envie de lutter. Elle redoutait soudain de voir sa mère s'abandonner comme un nageur renonce à lutter contre le courant qui l'emporte. Elle avait peur de rester seule.

– Mais tu n'es pas sérieuse! Regarde Donnolo : pour un oiseau, il est bien plus vieux que toi. Je suis sûre qu'il ne s'ennuie pas, lui. Je suis même sûre qu'il ne s'est jamais ennuyé de toute sa vie. Ses vibrations, comme tu dis, doivent porter encore très loin!

– Oh oui! fit Soline, brusquement détendue. Donnolo a vu beaucoup de choses. Il ne s'est pas ennuyé. Il a eu plus d'une vie. Mais lui aussi approche de sa fin... A moins que... Je suis contente que tu t'intéresses à lui : il y a si longtemps que je l'espérais...

Golischa s'étonna. Qu'y avait-il encore derrière cette remarque?

– Pourquoi dis-tu ça? Je l'ai toujours beaucoup aimé. Mais tu le protèges si jalousement que j'ai craint de te faire de la peine en m'en approchant trop.

– Tu as eu tort, sourit Soline. Il n'est pas seulement le seul oiseau de la ville, il a été le témoin de toute ta vie. Avant même ta naissance, il te connaissait déjà.

Golischa hésita : allait-elle oser?

– Cela signifie que mon père l'a connu?

Soline ramena vivement ses mains contre sa poitrine. On aurait dit qu'elle s'était rétractée. Golischa attendit, aux aguets. Allait-elle répondre, cette fois-ci? Son père... Voilà des mois, depuis la mort de Shiron Ugorz, qu'elle n'avait pas employé ce mot devant sa mère. Soline, il y a quelques instants, l'avait prononcé presque naturellement.

– Oui, ils se sont vus...

Soline baissa la tête, au bord des larmes. Golischa n'osait plus parler, de peur de rompre l'ébauche d'une fragile confidence. Elle attendit. Au bout d'un long silence, Soline secoua ses cheveux et reprit d'une voix légère, celle des meilleurs jours :

– Comment te dire? Cet oiseau n'est pas comme les autres, il porte un peu de la vérité des temps obscurs, il est un oiseau de passage...

Elle martela, comme si elle récitait une leçon :

– Il est un *oiseau de passage*... Ne l'oublie pas. Sois-lui fidèle. Un jour, quelqu'un viendra, messager de l'autre vie; il te le redira. Lorsque tu l'entendras, tu devras lui obéir aveuglément. Peut-être même le suivre loin d'ici. Là-bas, on te fera redire ta fidélité à l'oiseau et à tes enfants. Alors tu découvriras la vérité, tu trouveras ta place en écoutant le Musicien.

Et tu reverras ton père : il l'a connu. S'il a eu raison, tu joueras un très grand rôle dans l'histoire des hommes.

Elle se tut. Brusquement, l'expression de son visage changea comme si quelqu'un venait de la faire taire. Elle se leva, frappa dans ses mains et dit :

– C'est tout! N'est-ce pas une belle histoire? Je t'envie de la vivre. A quelques jours près, je n'en aurai connu que la mauvaise part...

Elle fit le tour de la table, se pencha, embrassa sa fille, puis rentra dans la maison, laissant Golischa interdite. Pleurait-elle? On l'aurait dit, aux spasmes qui secouaient ses épaules. Donnolo la suivit presque immédiatement.

Golischa resta longtemps sur la terrasse à se répéter les mots de sa mère : « une double vie », « le Musicien », « tu reverras ton père », « la vérité des temps obscurs », « l'oiseau de passage », « un très grand rôle dans l'histoire des hommes »... D'où avait-elle tiré tout cela? Jamais Soline n'avait déliré aussi sereinement. Golischa s'en voulait de ne pas l'avoir retenue, de ne pas lui avoir arraché d'autres explications. Mais, dans le même temps, à son vif étonnement, tout cela lui paraissait on ne peut plus naturel. Elle savait que si cela devait arriver, elle s'y plierait.

Bien plus tard dans la nuit, quand elle se résolut à rentrer, elle devina, à la faible lueur filtrant sous sa porte, qu'une flamme brûlait encore dans la chambre de sa mère.

Au matin, Golischa l'y découvrit, assise sur un fauteuil placé face à l'unique fenêtre, regardant vers le désert. Soline s'était laissée aller à destination comme une barque au fil de l'eau : elle était morte comme elle avait vécu, sans déranger personne.

Golischa sentit la solitude l'emmurer comme une avalanche. Mais, d'une certaine façon, elle en était soulagée : elle n'aurait plus à chercher à résoudre ces énigmes; il ne se trouvait plus personne pour répondre à ses questions, personne même à qui les poser. Elle n'était plus que ce qu'elle serait. Qui donc, un jour, lui avait déjà dit quelque chose de ce genre? Tula... Mais pourquoi songer à lui maintenant?

Quelques heures plus tard, au matin du premier jour après sa mort, eurent lieu les funérailles de Soline. Là encore, tout alla très vite, beaucoup plus vite que la règle ne l'exigeait. Conformément au vieux rite dhibou, on vint l'habiller de blanc et entourer son visage de bandages noirs. Puis on la déposa sur la lourde table d'orme de la terrasse. Golischa laissa faire. Sharyan Sülinguen vint l'embrasser, sans un mot, suivi d'Ellida et d'Uri Jiarov. Ellida était elle aussi vêtue de blanc, portant encore le deuil de son fils. Peu après, les réfugiés du château affluèrent pour se recueillir timidement devant le corps. Yoram lui adressa un regard où ne se lisait nul désespoir. Golischa chercha en vain l'enfant au cerceau. Sülinguen les observa tous avec une extrême attention. Eux, de leur côté, semblaient le défier en silence. Golischa eut l'impression que se jouait entre eux une partie formidable, sans commune mesure avec la mort de sa mère.

Dix jeunes femmes du Grand Oratoire vinrent chanter de vieilles prières. A la fin, Golischa reconnut le chant qui l'avait tant émue lors des obsèques de son grand-père; une voix de femme avait remplacé le haute-contre. Qui avait demandé qu'on chante ici cette mélodie? Avait-elle une signification particulière pour sa famille? Elle se promit d'y réfléchir.

Les voix se turent. On emporta Soline le long de l'allée de bouleaux, jusqu'au petit banc de bois. Golischa avait choisi elle-même l'endroit, à côté de la tombe imaginaire de son père, là où se mêlaient au petit matin toutes les odeurs et toutes les lumières de Nordom. Elle savait que sa mère l'affectionnait entre tous. On déposa Soline à même le sol, on la recouvrit de terre, puis on y planta de jeunes grenadiers et des bouquets de thym.

Après quelques minutes d'un silence figé, tous s'en furent. Golischa ne fit rien pour les retenir, pas même Ellida qui avait paru vouloir rester.

Elle demeura longtemps devant le petit tertre, presque indiscernable sous son décor de grenadiers et de thyms. Elle avait peur. Hier, sa mère lui avait dit pour la seconde fois : « Pourvu que tu me survives plus d'une semaine... » Qui la menaçait? Les Siv? Nul n'en avait vu depuis vingt ans. Les « ennemis des hommes »? Elle ignorait de qui il s'agissait. Sülinguen? Peut-être, car sa haine de plaire devenait de jour en jour plus maladive.

Que faire? S'enfermer à Nordom, comme l'avaient fait avant elle sa mère et son grand-père? Ou, au contraire, aller au Conseil, prendre sa part du pouvoir, et attendre en pleine lumière, comme le lui avait demandé sa mère, que quelqu'un vînt la chercher?

Brusquement, devant cette double tombe, elle eut envie de prier. Mais qui? S'il existait quelque chose comme un Créateur de l'Univers, père généreux et jaloux de tous les hommes – pas un de ces absurdes jumeaux fratricides! –, jamais elle ne se serait sentie aussi proche de Lui. Prier... Elle ne connaissait aucune prière, mais des mots étranges, qu'elle n'avait jamais entendus, lui vinrent à l'esprit. Elle les refoula et s'en revint à pas lents le long de l'allée de bouleaux.

En pénétrant dans le salon, elle découvrit sans surprise les meubles bousculés, les fauteuils éventrés, les tableaux décrochés, les tapis retournés. Durant les quelques quarts d'heure qu'avait duré son absence, on était venu fouiller ici, comme on l'avait fait au palais après la mort de son grand-père. Que cachait de si précieux ou de si dangereux sa famille pour provoquer une telle rage? A moins que ce ne fût, pour le Ruler, une façon de lui rappeler sa puissance? Inutile : elle n'en doutait point.

Elle sortit sur la terrasse et s'assit à la place qu'elle occupait la veille, face au fauteuil de sa mère. La mer, invisible derrière les bouleaux, roulait avec rage. Rarement les marées avaient été aussi violentes.

Elle entendit Donnolo revenir de la forêt. Elle se dit qu'il avait dû assister lui aussi aux obsèques de Soline, caché dans les arbres. Elle fut heureuse de le revoir. Elle n'avait pas encore tout perdu, puisqu'il était là, dernier lien avec son passé. Comment sa mère l'avait-elle appelé? « Oiseau de passage. » Elle avait déjà entendu quelqu'un d'autre prononcer ces mots, mais qui? « Ne l'oublie pas », avait ajouté Soline. Avait-elle vraiment pensé qu'elle pourrait l'oublier un jour? Ou bien avait-elle voulu dire autre chose de plus important, de plus concret? Mais quoi? « Il porte un peu de la vérité des temps obscurs... » Elle contempla avec attention le lori posé devant elle sur la grande table de bois. Déplumé, surtout sur l'aile gauche et la tête, il n'irait plus bien loin maintenant. Elle tendit la main et le caressa. Il se laissa faire. « Un jour de tempête, tu observeras Donnolo », lui avait dit Tula.

Ce jour était arrivé. Elle allait lâcher l'oiseau quand elle remarqua un anneau surmonté d'une petite pierre rouge, fixé à sa patte gauche par une sorte de pince. Un bijou de sa mère, un de ces bijoux sans valeur dont Soline ne pouvait se résoudre à se séparer. Donnolo ne l'avait pas la veille, elle l'aurait juré. Sa mère l'avait sans doute glissé à la patte de l'animal quand elle était rentrée, juste avant de mourir... Savait-elle qu'elle allait mourir? Aussi calmement qu'elle le put, Golischa fit jouer le foliot de métal qui libéra l'anneau. L'oiseau resta immobile, comme s'il s'était attendu à ce geste. Elle examina l'anneau, qu'elle connaissait bien, sans rien y remarquer de particulier. Elle le glissa à son propre doigt.

Sans qu'elle comprît comment, la pierre bascula sur une charnière jusque-là indiscernable, révélant une petite niche où était lové un minuscule rouleau de papier. Golischa se sentit défaillir. Elle le prit, le déplia et lut à haute voix les quelques mots griffonnés de la main de son grand-père :

« TOUT EST DANS L'ÉTOUPE DU TEMPS DE PAROLE. »

Qu'est-ce que cela pouvait bien vouloir dire? Pourquoi ce jeu de piste? A moins que ce ne fût pour la renvoyer à quelque chose qu'elle était seule à pouvoir découvrir, pour le cas où quelque Bhoui aurait repéré la bague avant elle? « L'étoupe du Temps de Parole... » L'étoupe? peut-être le tissu séparant les deux fioles d'un sablier. Le Temps de Parole? le sablier du Prédicateur! Celui que son grand-père avait appelé un jour « l'Homme de Paroles »! Celui sous lequel se trouvait déjà posé le message laissé à sa mort par son grand-père!

Tula avait dit un jour en montrant Donnolo : « Tu découvriras en lui le premier grain de sable des temps nouveaux. » Comment Tula était-il au courant? Était-il le confident de son grand-père?

Où se trouvait ce sablier, à présent? Il ne faisait pas partie de ceux qui avaient accompagné Shiron dans l'espace. Vite, il fallait le retrouver avant que les autres – quels qu'ils fussent – ne le fissent disparaître. Elle courut vers le palais. Les allées du parc étaient désertes, balayées par la pluie. Dans les couloirs obscurs, ses pas résonnèrent trop fort. Sans croiser âme qui vive, elle grimpa dans la tour d'angle et traversa la bibliothèque jusqu'au bureau circulaire. Elle n'y était pas revenue depuis la mort de Shiron, six mois auparavant; tout était encore en l'état : le bureau, le pouf de velours gris, les deux pupitres et, sur l'étagère de loupe d'auboine, à côté de la fenêtre, cinq sabliers, dont celui de l'Homme de Paroles. On n'était pas encore venu le prendre! Elle s'en empara et eut un haut-le-corps : on avait emporté une de ses fioles, et posé l'autre dans le cylindre de métal qui leur servait d'étui, le sable encore retenu à l'intérieur par un morceau d'étoupe. Qui pouvait avoir compris avant elle où menait ce jeu de piste? Impossible! Elle se remémora alors que son grand-père, dans sa lettre posthume, avait parlé de cette « moitié du Temps » qui devait retrouver l'autre... Avait-il prévu que quelqu'un viendrait prendre avant elle l'autre moitié du sablier? Mais alors, qui l'avait prise? Qui jouait ainsi avec elle?

Sans hésiter, elle arracha ce qui restait de l'étoupe et renversa la fiole. Le sable mauve s'écoula sur le bureau avec un faible grésillement. Que pouvait-il y avoir là-dedans? Elle n'eut pas beaucoup à attendre pour voir surgir du sable, soigneusement enroulé, un mince et long ruban de tissu gris. Elle le sortit de la fiole, le déroula délicatement et le posa à plat sur le bureau.

Elle y lut, griffonnée d'une écriture inconnue, en d'étroites colonnes, une longue procession de phrases obscures :

CE QUE JE SAVAIS DU *SY* AVANT LA CRÉATION.
CE QUE VOUS DEVEZ EN SAVOIR POUR LA VIVRE.

Par les trente-deux voies merveilleuses de la Sagesse, Don a créé son monde. Il l'a divisé en trois livres. Les trente-deux voies sont composées de vingt-deux lettres et de dix nombres secrets.

Par les trente-deux voies merveilleuses de la Sagesse, vivant, élevé et sublime, résidant pour l'éternité, Don a gravé et créé son univers. Par trois armes : la lettre, le chiffre et le discours.

Vingt-deux lettres fondamentales, dont trois mères,

sept doubles et douze simples. Dix chiffres inaccessibles : le nombre des dix doigts, cinq face à cinq, et le signe unique de l'alliance placé au milieu. Dix et non neuf, dix et non onze, dans le discours de la langue et l'expression de la nudité.

Réfléchis avec l'instrument de la Sagesse et instruis-toi au moyen de l'Intelligence. Examine-les, sonde en profondeur : explore la vérité d'une chose afin de t'assurer de son évidence.

Vingt-deux lettres fondamentales : trois mères, sept doubles et douze simples.

Les trois lettres mères, plateaux du mérite et de la faute, langues de la loi.

Les sept lettres doubles reposent sur la vie, la paix, la sagesse, la richesse, la grâce, la fécondité et le pouvoir. Les sept lettres doubles s'opposent comme s'opposent la vie et la mort, la paix et les malheurs de la guerre, la sagesse et la sottise, la richesse et la pauvreté, la grâce et la laideur, la terre ensemencée et la terre dévastée, le pouvoir et la servitude.

Les douze lettres simples ont leur fondement dans la vue, l'ouïe, l'odorat, la parole, le goût, la sexualité, l'action, la marche, la colère, le rire, la réflexion et le sommeil. Elles correspondent aux douze rayons et aux douze arêtes d'angle, se divisant en six ordres, séparant un vent d'un autre vent. Ces limites vont se prolongeant, s'étendant jusqu'à l'infini incommensurable, et, géantes, constituent les bras de l'Univers.

Trois pères et leurs postérités, sept conquérants et leurs légions, douze limites obliques.

Des témoins dignes de foi sont la preuve de la chose : l'Univers, l'année et l'esprit humain.

Don a gravé trois, sept et douze, et les a proposés au gouvernement du Dragon, de la Sphère céleste et du Cœur. Les trois premières lettres sont le fondement. Les sept suivantes sont les structures du Tout. Les douze autres sont les personnalités de l'homme. Les trois sont le feu, l'eau et l'air : le feu est en haut, l'eau en bas, et l'air est la loi équilibrant les deux autres. Le signe de la chose est que le feu supporte l'eau : l'un se tait, l'autre siffle.

Lorsque Don contempla, comprit, grava, tailla, et parvint au terme de son entreprise, un pacte fut conclu. Il lui attacha les vingt-deux lettres et lui en révéla les fondements et les secrets, les trempant dans l'eau, les brûlant dans le feu, les secouant dans la tempête du souffle, les faisant briller à l'éclat des sept planètes et les fondant dans le creuset des douze constellations.

Il rayonne sur toutes les forces intelligibles, visibles à l'œil de l'esprit.

Toute créature, comme toute parole, naît d'un nom.

Le Teli est dans le Monde comme le Roi sur son trône.

La sphère est dans le Temps comme le Roi en sa province.

Le cœur est dans l'homme comme le Roi au combat.

Il fabriqua un être de substance à partir de Tohu. Il le fit dans le feu.

Ceci ne dit pas seulement comment Don fit, mais aussi comment l'élève doit procéder pour l'imiter.

Des témoins dignes de foi sont la preuve de la chose :

PAR LE SY *S'ACHÈVERA LA NOSTALGIE DU BONHEUR.*

Elle relut par deux fois ce texte, sans avoir la moindre idée de ce qu'il pouvait signifier, surprise de l'émotion qui l'envahissait : « Le cœur est dans l'homme comme le Roi au combat », « Toute créature, comme toute parole, naît d'un nom »... Qui avait pu écrire cela? Qui étaient « Don », « Teli », « Tohu »? Que représentaient ces « lettres simples » ou « doubles »? Pourquoi « Trois, Sept et Douze »? Pourquoi était-il question du *SY*, ce nom proscrit depuis si longtemps? On aurait dit le récit codé de quelque épopée, la clef d'une puissance perdue, ou bien encore l'annonce d'une rébellion à venir.

Ce Don, semblait-il, avait entrepris quelque chose de gigantesque avec de simples lettres; il en était fier et avait tenu à le dire. « Un pacte fut conclu », « comment l'élève doit procéder pour l'imiter »... Donc un code pour refaire quelque chose! Mais quoi? « Les trempant dans l'eau, les brûlant, les secouant dans la tempête »... « Toute créature naît d'un nom... Il fabrique un être de substance »... Non, impossible!... Elle chassa l'idée...

Brusquement, comme un énorme poisson jaillit de l'eau au moment où le pêcheur a renoncé à l'attendre, une image bondit du fond de sa mémoire. Là, presque à la fin du texte, bien visible, elle reconnut une phrase qu'elle avait déjà lue dans cette même pièce, il y avait si longtemps : « *Il rayonne sur toutes les forces intelligibles, visibles à l'œil de l'esprit.* »

Quand était-ce exactement? Presque neuf ans plus tôt, quand elle était venue parler de Tula avec son grand-père... Tula! Pourquoi était-il toujours présent à ses grands rendez-vous?

C'était donc sur ce texte que travaillait son grand-père! Il avait dû le cacher dans le sablier, et l'avait confié à sa fille avant de mourir. Voilà pourquoi Soline avait souri en découvrant quels sabliers avaient été choisis pour accompagner Shiron dans son ultime voyage. Voilà pourquoi l'avait fait trembler la fouille du château, le soir même de sa mort. Mais pourquoi avait-il fallu que Soline mourût aussi pour le transmettre à Golischa, et de façon si énigmatique qu'elle prenait le risque de ne pas y parvenir? Pourquoi ne pas le lui avoir simplement remis en mains propres, tout en lui en expliquant le sens et l'usage? A moins qu'elle ne fût pas la destinataire de cette confidence?

Elle n'imaginait aucune réponse raisonnable à ces questions. Une seule chose était avérée : si les gardes cherchaient ce texte depuis au moins six mois, si son grand-père et sa mère avaient tout fait pour le leur cacher, il fallait les empêcher de mettre la main dessus. Mais comment? Nul endroit n'était assez sûr : elle réalisa avec effroi qu'aussi longtemps que Sülinguen serait Ruler, elle ne connaîtrait plus la moindre intimité, fût-ce chez elle. Il fallait agir vite. Elle regarda à nouveau le texte et fut surprise de la facilité avec laquelle elle retenait ces phrases complexes, comme si elle n'avait fait qu'épousseter un tableau familier, longtemps admiré puis oublié au fond d'un grenier. Comme s'il ne s'était agi que de redire une comptine souvent entendue.

Une comptine... Oui, elle en était sûre, maintenant. Son grand-père avait dû lui réciter ce texte dans son enfance! Décidément, il avait tout fait, tout prévu! Lorsqu'elle sut pouvoir s'en remettre à sa mémoire, elle brûla le rouleau et resta longtemps à contempler ses cendres dans le vague éclat tombant de la vitre jaune.

Qu'allait-elle faire à présent? « Des témoins dignes de foi sont la preuve de la chose »... Quelle chose? Où étaient ces témoins? Si elle pouvait les voir! Où aller? Elle avait depuis si longtemps envie de fuir sa prison pour devenir une jeune fille comme les autres! Alors qu'elle en avait maintenant le loisir, elle savait qu'elle ne le ferait pas : elle attendrait, sans savoir quoi. Son grand-père lui avait dit : « Ton père croyait que tu nous sauverais tous », et sa mère : « On viendra te chercher. » Eh bien, elle attendrait. Qui que ce fût, elle était bien décidée à le suivre. Car elle était sûre que tout cela la conduirait jusqu'à son père.

Elle allait guetter un signe, le « signe d'un oiseau de passage », avait dit sa mère. Parfois, pensa-t-elle, il y a plus de grandeur à attendre que le flot vous emporte qu'à se débattre contre le courant.

Et ce signe apparut, dans le sang et l'énigme.

Revenue chez elle sous l'orage, elle trouva, posé sur la petite table d'angle, le rouleau bleu convoquant le Conseil pour le jour même, à deux heures de l'après-midi, seul moment de la journée où le Ruler était visible. La transition ne s'était pas fait attendre : la convocation était libellée à son nom.

Golischa s'y rendit sans hésiter, sous la pluie redoublée, traversant Shamran à pied jusqu'aux douves de Balikch. Elle entra pour la première fois dans le palais aux quatre cents portes gardées par des lions de pierre. Les vêtements alourdis par l'orage, surprise par l'extraordinaire désordre régnant dans les corridors, elle pénétra dans la salle du Conseil, au fond de la grande cour de marbre. D'emblée, elle vit le Ruler s'entretenir à voix basse avec son fils John, debout derrière une chaise d'apparat, face à la lourde table qui avait appartenu autrefois au commandant du premier *Phœnix*, prétendait le Grand Livre Secret. Uri Jiarov, Ohlin, Dotti, les deux Grands Orateurs, plusieurs conseillers de la ville les regardaient à distance, silencieux. Au fond, à peine masqués par un paravent, une quinzaine d'officiers s'affairaient devant des compas. Sans paraître remarquer l'arrivée de Golischa, le Ruler éleva la voix :

– Bien, je récapitule. Nos renseignements ne nous permettent qu'une certitude : une nouvelle tentative aura lieu aujourd'hui. Mais, cette fois, nous ne connaissons pas leurs objectifs. Nous savons seulement qu'ils vont emprunter le fleuve, déguisés en pêcheurs, et qu'ils tenteront de s'infiltrer par le Vieux Fort, sans doute pour détruire nos réserves avant l'hiver. Des Siv seront à leurs côtés; ce sont eux les plus dangereux, car ils connaissent les silos. S'ils réussissent, la ville sera affamée.

Sa voix était tendue, instable. Ses mains agrippaient le dossier du siège devant lui. Il se tut un long moment, puis reprit comme pour lui-même : – Je ne sais ce qu'il leur prend... Après dix-neuf ans, ils ont décidé de sortir de leur trou! Décidément, aussi loin qu'on les renvoie, ils finissent toujours par revenir... On aurait dû les tuer tous, eux et leurs enfants. Les Bhouis ont raison d'affirmer qu'il faut maudire son ennemi jusque dans sa postérité. J'aurais dû les écouter.

Un officier lui tendit une grande carte de la ville qu'il déplia et consulta longuement avant de déclarer d'une voix calme :

– Dotti, vous allez mettre en place le plan « Phœnix IV » et doubler les rondes autour des remparts.

– Mais, Ruler, murmura le conseiller, debout derrière lui, « Phœnix IV » est inapplicable depuis déjà quelque temps...

Le Ruler regarda Dotti avec malice, comme s'il s'amusait des étroites limites de ses audaces. Sa voix se fit métallique :

– Vous voulez dire que je n'y connais rien, que j'ai oublié que « Phœnix IV » exigeait des moyens dont nous ne disposons plus? Mais c'est vous qui oubliez que j'en ai fait transférer les instructions sur l'Olgath! J'en ai assez de me voir entouré d'incapables! Attention à vous, Dotti! J'ai fait fusiller le général Mattick pour moins que ça.

Dotti ne broncha pas, mais les regards échangés par les officiers montraient que l'allusion n'avait rien d'exagéré. Engoncés dans leur outrance, yeux mi-clos, les deux Grands Orateurs contemplaient le plafond. Uri, qui crayonnait des cohortes de loups sur des feuilles grises disposées devant lui, redressa soudain la tête :

– Écoute, Ruler, ça suffit comme ça! Ton théâtre ne m'impressionne plus. Depuis la mort de Shiron Ugorz, c'est presque tous les jours la même histoire :

tu nous annonces une attaque d'on ne sait qui, venue d'on ne sait où. Et elle n'a jamais lieu! Nous n'avons jamais vu personne surgir ni des marais, ni des montagnes, ni de la passe de Kber. Ce ne sont qu'inventions! Tu sais bien que personne ne nous a jamais attaqués, que les Siv sont tous partis depuis dix-neuf ans. Tu le sais mieux que personne, puisque c'est toi-même qui as décidé et organisé leur départ : l'UR, comme tu l'as appelé pour impressionner le peuple. Depuis, personne n'en a plus vu nulle part. Alors, pourquoi reviendraient-ils ici, et pourquoi maintenant? Ces « ennemis des hommes » dont tu nous rebats les oreilles ne sont sans doute que des cardeurs de banlieue en révolte contre leur misère. Tu n'en parles que pour effrayer le peuple, tenir l'armée en alerte, faire rentrer les impôts. C'est peut-être utile, je veux bien en convenir avec toi. Mais cesse au moins de jouer la comédie avec nous! Tu crains tellement de ne pas te montrer convaincant que tu finiras par te faire peur à toi-même! Alors, qui peut dire ce qu'il risque d'arriver!

Pendant qu'Uri parlait, Sülinguen avait contourné le fauteuil et s'était assis face à lui. Ouvrant et refermant un lourd dossier dont s'échappaient des feuillets couverts de graphiques, il finit par taper du poing sur la table pour interrompre la tirade de l'insolent.

– Tu as beau taper du poing, poursuivit Uri, je ne me laisserai pas impressionner. Tu ne me tueras pas, car ce serait ta perte. Je n'ai pas encore atteint l'âge où sont étranglés les chefs de maison du Triangle, comme mon père et le grand-père de Golischa. Et, contrairement à ce que tu peux penser, je ne veux pas de ton fauteuil. Je ne désire même pas venger mon père. Je souhaite seulement que cette ville soit gouvernée. Pendant dix-huit ans, tu as été un chef convenable. Assez impitoyable pour faire tenir ensemble les morceaux d'un univers à l'abandon.

Mais à présent, Ruler, au moment où plus rien ne fonctionne, où la famine rôde, voilà que tu envoies l'armée hors les murs poursuivre quelques bandits de petite envergure que tu as sans doute toi-même fait évader de prison ! Non, ce n'est pas de cela que nous avons besoin ! Ce n'est pas cela qui va rendre à cette ville le goût de vivre ni l'envie de se battre !

Il s'arrêta et regarda Golischa qui lui sourit. Nul n'osait parler. Beaucoup auraient donné cher pour ne pas être là. Sharyan Sülinguen s'enfonça dans son fauteuil, croisa les mains, leva les yeux sur Uri :

– C'est bien, mon garçon. Tu es sans doute le seul dans cette pièce à avoir du courage. Je reconnais là ton père. Je ne te reproche pas de ne pas me croire : tu estimes sans doute parler pour notre bien. Mais puisque même toi, tu refuses de voir la vérité en face, d'admettre qu'une menace majeure pèse, pour la seconde fois en vingt ans, sur notre civilisation, et que les Siv sont encore là, guettant la moindre de nos défaillances, eh bien, tant pis : laissons le destin tracer sa route...

Il se tourna vers Golischa qui s'était approchée et tendit la main vers elle :

– A mon avis, maintenant que tu es là, toi qu'ils attendent, ce sera pour bientôt. Et même pour aujourd'hui, si j'ai bien compris leur idée. Alors attendons : il ne sert à rien de fuir l'avenir.

Le silence s'installa. Nul ne comprenait ce qu'il avait voulu dire. Golischa pas plus que les autres. Mais il avait parlé avec une telle conviction, comme un maître de cérémonies annonçant l'imminence d'un exceptionnel spectacle, que personne ne fut vraiment surpris quand, quelques instants plus tard, les vigiles de l'Olgath signalèrent que de lourdes embarcations venaient d'accoster aux jetées du port minéralier, juste devant le Vieux Fort, à quelque distance des remparts.

Le Ruler se leva, s'approcha de la console centrale

et y donna des ordres brefs, précis. Golischa se dit qu'il avait dû s'y préparer depuis longtemps.

– Faites-les suivre. De loin. Pas de violence. Je les veux tous vivants. Que personne ne prenne la moindre initiative. Basculez ici le son des patrouilles.

Le vacarme des rues envahit la pièce. Une voix de Bhoui se fit entendre :

– J'approche du bout de la jetée. Je vois les barques. Quatre. Vides. Ils sont descendus. Je les aperçois. Ils ne nous ont pas vus. Ils sont quinze... Non, dix-sept, en costumes de pêcheurs. Pas d'armes. Ah si : des fusils. De vieilles pétoires. J'ignorais qu'il en existait encore.

– Laissez-les avancer. Suivez-les discrètement. Voyez où ils vont. Sans doute vers l'entrée du Vieux Fort. C'est le seul passage non gardé vers les remparts, ils doivent le savoir.

– Non, Ruler, reprit la même voix. Ils prennent la route de la colline, vers la barrière du Marché. Ils vont sûrement être arrêtés par la Garde. Qu'est-ce qu'on fait?... Non, ils sont passés! Ils devaient connaître le code quotidien! Ils tournent maintenant dans l'allée centrale... Ils marchent le plus tranquillement du monde, le fusil en bandoulière. La pluie ne paraît pas les gêner. Ils montent vers le Vieux Fort. Ils ont fait un long détour. Les voici devant la troisième barrière. Ils passent encore! On ne fait rien?

– Non, attendez. Je ne comprends pas pourquoi ils passent par là. Il y avait des chemins plus courts... Ils se dirigent pourtant sûrement vers le Vieux Fort. On les arrêtera là-bas. Faites-y préparer une embuscade. Je les veux vivants : tous! Faites donner la Garde spéciale, ils connaissent ce genre de travail.

Dotti répercuta les ordres. On attendit. Golischa assistait au spectacle sans en comprendre le déroulement, sentant confusément qu'elle aurait dû intervenir, mais ne trouvant ni les mots ni la force pour le faire.

– Ils se séparent en trois groupes, reprit une autre voix. Vous aviez raison, Ruler : l'un d'eux pénètre dans le Vieux Fort! Les seconds ne bougent plus : ils attendent. Le dernier groupe – ils sont sept – redescend vers la jetée. Je crois qu'ils communiquent entre eux à l'aide de vieilles radios de l'Empire. Vous pourriez les entendre directement sur le réseau.

– Bonne idée!

Sülinguen se tourna vers Dotti :

– Cherchez leur fréquence, ce doit être une de celles que l'armée utilisait il y a vingt ans... Essayez « XA 3 ».

– Le Vieux Fort est à présent encerclé par six patrouilles de la Garde spéciale, dit Dotti. Elles peuvent attaquer quand vous le voudrez.

– N'attaquez pas, attendez! Avez-vous trouvé la fréquence d'interception?

– Oui, c'est bien XA 3.

Sülinguen murmura :

– J'en étais sûr! Ils sont comme nous, ils ont leurs habitudes! Branchez-nous sur cette fréquence. Et attendez mes ordres.

Au bout de quelques secondes, on entendit deux voix toutes jeunes. Golischa reconnut comme la musique des mots qu'utilisait parfois son grand-père devant elle, lorsqu'elle était enfant.

– Ce sont bien des Siv! marmonna Dotti.

Des Siv? Son grand-père parlait le siv?

– Merci, j'entends! répondit le Ruler. Ils ont deviné le piège. Ils font marche arrière.

Uri regarda le Ruler d'un air soupçonneux :

– Parce que vous comprenez ce qu'ils disent? Vous parlez leur langue, Dotti et vous?

Sans relever la question, le Ruler continua de donner ses ordres :

– Détruisez les deux groupes de l'avant. Détruisez-les jusqu'au dernier. Ceux qui retournent aux bateaux, je les veux vivants. Vous m'en répondrez sur votre tête.

On entendit des cris confus, des bruits mats. Au bout de quelques minutes, la voix d'un des officiers reprit :

– Les deux groupes d'avant sont détruits. Dix morts. Ils ont été surpris par l'attaque. Ils se sont bien défendus. Nous avons six morts et onze blessés.

– Le troisième groupe? Est-ce qu'on les a arrêtés? C'est très important. L'un d'eux est leur chef. Il me le faut vivant. Absolument intact!

Il semblait nerveux. Le silence régnait dans la pièce. Personne ne répondit. Le Ruler se tourna vers son fils :

– Je suis inquiet, John. J'ai peur que les gardes n'aient fait des bêtises et que des Siv aient pu fuir. Il me les faut vivants. Leur chef est parmi eux, le chef de tous les Siv. Tu entends? Je suis surpris qu'il ait pris le risque de venir jusqu'ici. C'est donc que l'heure est venue, comme ils disent. Vas-y toi-même. Emmène des Bhouis avec toi.

John hocha la tête. Son attitude n'avait rien d'obséquieux ni de soumis :

– Bien, père.

– J'y vais avec lui, s'écria Uri. Je veux savoir qui ils sont.

Golischa sauta sur l'occasion :

– Moi aussi, je viens avec vous!

Sülinguen leva la main :

– Pas tous à la fois! Tu peux y aller, Uri. Mais pas toi, Golischa. C'est trop dangereux. Je préfère que tu attendes ici. De toute façon, tu les verras. Je les interrogerai moi-même. Allez, faites vite!

Le haut-parleur crépita. Une nouvelle voix, inquiète, s'éleva :

– Nous avons manqué le troisième groupe, Ruler.

Ils ne sont pas retournés à leur bateau. Ils ont rejoint une petite barque cachée sous la dernière jetée. Nous ne l'avions pas remarquée. Ils ont filé. Ils remontent la Dra. Ils sont déjà dans la passe de Kber, au-delà de la zone interdite. Ils avancent vite : grâce à la marée montante, ils ont le courant avec eux. Devons-nous les poursuivre?

Sülinguen hésita. Il était blême de colère et de déception.

– Non, j'ai interdit d'y aller, vous le savez bien... Tant pis. Nous sommes passés à côté d'une grande victoire. Je veux un rapport complet, le nom des responsables de cette énorme erreur.

– Viens, on va y aller voir quand même, dit Uri à John.

Golischa se leva et les suivit. Le Ruler les laissa partir tous trois, muet et songeur.

Ils montèrent dans un des chariots de la Garde et sortirent en trombe de Balikch. Ils empruntèrent les allées de gravier gris de Shamron, longèrent le quartier miné, franchirent les remparts et approchèrent du Vieux Fort. Golischa, qui n'était jamais venue jusque-là, s'étonna à la vue des tours en ruines, des épaves de véhicules, des canons rouillés, désert de métal et de gravats que quelques grenadiers illuminaient encore par intervalles de leurs bouquets de feu. A quoi tout cela avait-il donc servi?

A l'entrée d'un immeuble à peu près intact, ils aperçurent deux soldats en faction. Ils arrêtèrent leur véhicule et se jetèrent dans le grand hall où quelques gardes s'affairaient autour d'une dizaine de corps ensanglantés étendus pêle-mêle : trois Bhouis et sept pêcheurs, dont un très jeune homme qui paraissait encore vivant. Ses longs cheveux nattés baignaient dans le sang qui s'écoulait à gros bouillons derrière ses épaules. Il geignait doucement.

– Intransportable, murmura un des gardes. Il va mourir d'un instant à l'autre. Les autres ont eu leur compte.

– Il faut le faire parler maintenant, dit Uri. Autrement, on ne saura jamais rien.

– Non, pas ici! protesta John. Mon père tient à le faire lui-même.

– Réfléchis, il sera mort avant d'arriver, et même avant que ton père nous rejoigne. Mieux vaut l'interroger tout de suite. On dira tout à ton père, ne t'inquiète pas.

– Je retourne lui demander ce qu'il en pense.

– Comme tu veux, dit Uri. En attendant, je m'en occupe.

John hésita.

– D'accord, je reste.

Ils s'approchèrent ensemble du blessé.

– Reste là, reprit Uri en se tournant vers Golischa.

Elle n'insista pas et les attendit dans l'ombre, essayant de capter les voix. Les deux garçons se campèrent devant le mourant qui leva vers eux ce regard intense et glacé des hommes dépourvus d'illusions.

– Connais-tu notre langue? demanda John.

– Évidemment, murmura l'autre avec effort. Qui es-tu pour poser cette question?

– Je suis John Sülinguen.

– J'ai entendu parler de toi.

– Moi, je suis Uri Jiarov. Et toi, qui es-tu?

– Personne d'important. Juste un Siv du nom de Temuna.

– Un Siv! murmura Uri. Il n'y en a plus à Tantale depuis belle lurette! Qui me dit que tu ne mens pas?

– Tu crois que c'est l'heure de mentir? fit le jeune homme en esquissant une sorte de sourire. Tu peux ne pas me croire, peu m'importe.

John intervint :

– Mais vous vivez encore à Tandale? Ou bien vous venez d'y revenir? On vous croyait partis depuis dix-huit ans!

– Nous n'en sommes jamais partis. Et *lui* le sait très bien. Depuis toujours, il le sait!

– Pourquoi es-tu venu? insista John. Parle vite, après quoi nous irons chercher un médecin.

Le blessé soufflait fort. A chaque respiration, le sang qui s'écoulait de la blessure béante au creux de son cou se répandait autour de lui dans une nappe grandissante. Il esquissa une grimace :

– Un médecin? Tu ne peux plus rien pour moi...

– Parle, je t'en prie! Qu'êtes-vous venus faire ici?

– Je n'ai rien à dire. Ce n'est pas toi que nous venions voir.

– Alors qui? demanda John. Mon père? Tu peux nous dire ça, au moins!

– Oh non! pas lui! – Il hésita. – Ceux du bateau sont-ils parvenus à fuir?

Uri hocha la tête. L'homme sourit. Golischa en déduisit que Sülinguen avait raison : l'homme important était reparti. Comment Sülinguen l'avait-il su? Avait-il vraiment compris ce que les Siv disaient entre eux?

– Qui veniez-vous voir? répéta John.

L'autre finit par murmurer :

– Golischa... Tu la connais?

La jeune fille fit mine de sortir de la pénombre. Uri la retint d'un geste.

– Oui, je la connais... Pourquoi veniez-vous la voir?

– Nous avons quelque chose d'important à lui dire...

– Vous n'êtes vraiment venus ici que pour parler à Golischa?

– Oui. Parler, seulement parler, rien d'autre. Et

vous, vous avez commencé par tirer, comme d'habitude. Parce que vous avez pris peur. Nous aurions dû nous y attendre. Nazir nous avait prévenus que ça ne réussirait pas. Il se souvient de vous mieux qu'aucun d'entre nous. Peut-être parce qu'il est sourd... Cela ne fait rien! Donnolo s'est échappé, c'est l'essentiel.

Donnolo! A entendre prononcer le nom de l'oiseau de Soline, Golischa sursauta. Sa mère savait-elle que son oiseau portait le nom d'un Siv? Ce Donnolo était-il le chef dont avait parlé le Ruler?

– Confie-nous ce que tu voulais lui dire.

– Si je te le dis, râla le blessé en regardant John, peux-tu me jurer que tu le lui répéteras?

– Je le lui dirai, je te le jure, intervint Uri en surveillant Golischa, toujours figée dans l'ombre à quelques pas d'eux.

Temuna agrippa sa manche :

– Écoute-moi bien, toi. Et répète-le-lui. Nous voulions lui demander de venir avec nous à Maïmelek. Vite, très vite.

– Maïmelek? fit John. La ville des marais? Vous vivez encore là-bas? Je la croyais détruite depuis longtemps.

– Oui, nous vivons là-bas. Depuis le déluge...

– Et vous espériez la convaincre de vous suivre? reprit Uri.

– Oui. Car si dans une semaine elle n'est pas à nos côtés, elle mourra; et Tantale sera perdu.

« Une semaine! » Soline aussi avait dit « une semaine »! Elle sentit un grand froid l'envahir.

– Une semaine? murmura Uri.

– Qu'est-ce que ça veut dire? souffla John.

– Je ne sais pas, dit Temuna. Je ne suis rien qu'un pêcheur de foulques, pas un Maître. Donnolo nous a seulement dit qu'il était temps d'aller le lui répéter, mot pour mot, sous peine de mort pour elle comme pour nous. Nous devions risquer notre vie pour le lui dire. Enfin, notre vie! Nous ne sommes qu'en instance de passage, rien de tout cela n'est très grave. Même si, quoi que disent les Maîtres, toute mort est la première... Je ne sais rien de plus. Nous devions voir Golischa, c'est tout. Et lui dire cela.

Uri et John s'entre-regardèrent : « instance de passage »? « les Maîtres »? « toute mort est la première »? Qu'est-ce que tout cela voulait dire? Golischa avait tressailli quand l'homme s'était présenté comme un simple pêcheur de foulques. Tula lui avait parlé des foulques avec une telle insistance!

– Comment l'auriez-vous reconnue?

– Donnolo la connaît. Il savait où la trouver.

– Il la connaît! Il l'a déjà vue? demanda Uri.

– Et si elle s'était refusée à vous suivre, insista John, vous l'auriez emmenée de force?

– Je ne sais. Je suppose que Donnolo aurait su la convaincre. Il l'a connue, je vous dis. J'ignore quand et comment.

– Et s'il n'avait pas réussi? demanda à son tour Uri.

Temuna hésita :

– Il devait lui dire quelque chose de plus qui l'aurait certainement convaincue. Quelque chose que lui seul était chargé de lui dire.

– Que lui aurait-il dit? Tu le sais? s'écria John.

L'autre ne répondit pas.

– Si tu le sais, dis-le! Je te jure que je le lui répéterai. N'es-tu pas venu pour ça?

Temuna respirait de plus en plus difficilement. Golischa remarqua le mélange de terreur et de soulagement avec lequel il regardait les deux garçons. A bout de forces, tendu à l'extrême, il faisait un effort inouï pour parler, mais aussi pour ne pas trop en dire, comme un cheval au galop tente d'arrêter sa course au bord du précipice. Golischa voulut s'approcher : si elle apparaissait, le mourant parlerait sûrement. Uri la retint encore d'un geste.

– Tu n'as pas d'autre choix que de nous faire confiance. Je t'ai promis de lui répéter ce que tu me diras, je le ferai. Crois-tu que je mentirais en un moment pareil?

Fermant les yeux, Temuna murmura :

– « Suis Donnolo, il est l'oiseau de passage. » Voilà ce qu'il devait lui dire. Ne me demande pas ce que cela signifie, je l'ignore. Donnolo non plus ne le savait pas. Mais il était certain que cela suffirait à la convaincre de nous suivre jusqu'à Maïmelek. Donnolo nous a confié que l'avenir de Tantale dépendait tout entier de sa réaction en entendant cette phrase. Tout à l'heure, en nous quittant, il nous a répété que si nous échouions, il reviendrait demain, seul, pour essayer à nouveau de l'approcher, et que ce serait la dernière chance, pour elle comme pour nous... Après, le temps serait trop court, elle n'y parviendrait plus...

– Tu y comprends quelque chose, toi? demanda Uri en se tournant vers John.

– Absolument rien!

Ils regardèrent Golischa. Elle était comme pétrifiée. Le messager annoncé depuis douze ans par son grand-père, depuis neuf ans par Tula, depuis six mois par sa mère, le messager de son avenir était là, agonisant à ses pieds! Elle se sentait incapable de lui en demander davantage. Elle devinait en lui quelque chose de si doux et de si intense à la fois, comme une indicible espérance en un au-delà de silence et de paix... Elle savait déjà tout ce qu'elle devait apprendre de lui.

Tous trois restèrent là sans plus parler, jusqu'à ce que l'homme eût fermé les yeux et que se fussent espacées à l'infini ses ultimes respirations.

– Tu vois, dit John, sa mort est la preuve qu'il a dit vrai.

Uri ne répondit pas : il cherchait Golischa des yeux. En vain. Elle était repartie pour Nordom. Les deux jeunes gens abandonnèrent les corps aux gardes et rentrèrent à Shamron sans échanger un mot. John partit pour Balikch, rendre compte à son père. Uri courut à Nordom, mais n'y trouva pas Golischa. Il rentra alors chez lui où l'attendait un bref message de la jeune fille. Elle lui demandait de la rejoindre une heure plus tard à Nordom avec Ellida, sans prévenir personne. Ils partiraient ensemble « pour un assez long voyage ».

Lorsque les deux jeunes gens quittèrent Voloï, il pleuvait encore. La ville s'embourbait. Une odeur de cendres froides planait au ras des toits. Six Bhouis de la Garde spéciale étaient venus au Vieux Fort ramasser les cadavres et les avaient emportés au crématorium central, dans le quartier des tanneurs; on les avait brûlés sans autre forme de cérémonie. Aucun prêtre n'était venu bénir le feu, comme il était d'usage de le faire, même pour les plus oubliés des mendiants.

Tard dans la nuit, dans la tempête finissante, le Ruler se rendit sans escorte au crématorium. Des hommes en noir s'y agitaient encore, recueillant les dernières cendres avant de les emporter vers la mer. Quand on lui annonça que Golischa était venue elle aussi, un peu plus tôt, assister à l'embrasement des corps, il en fut si bouleversé qu'il partit précipitamment pour Nordom. Lorsqu'il y arriva, la fille de Soline n'y était plus.

VII

HERBERT STAUFF

QUAND se leva l'aube du second jour après la mort de Soline, les trois jeunes gens avaient galopé toute la nuit. Ellida et Uri Jiarov n'avaient pas hésité à suivre Golischa : chacun se croyait nécessaire à l'autre et puisait dans cette conviction la force d'oublier sa propre peur. Prétextant la nécessité de vérifier qu'il ne restait pas d'autres corps à l'intérieur du Vieux Fort, Uri avait demandé à sortir des remparts. Sans en avoir informé le Ruler, qu'on ne dérangeait plus à pareille heure, Dotti l'y avait autorisé.

Partis sans savoir pour où, ni pour combien de temps, ils n'avaient emporté que quelques vivres et vêtements de rechange. Après avoir traversé en hâte la ville noire, recroquevillée comme une tortue apeurée, ils avaient franchi les couloirs de l'Olgath et les rochers de granit prolongeant les remparts, puis bifurqué vers le nord.

Ils s'engagèrent alors sur la route qui remontait le long de la Dra. Depuis vingt ans, elle tenait lieu d'horizon aux rêves et aux appréhensions de la ville entière : c'est de là que devait survenir l'ennemi, là que se massait la menace.

Une fois franchie la haute digue, il ne leur servait

plus à rien de se cacher. De toute façon, les vigiles de l'Olgath avaient dû les voir s'éloigner dans la descente. Sülinguen, sans doute prévenu à l'heure qu'il était, enverrait peut-être une patrouille à leurs trousses. Mieux valait hâter le pas, prendre de l'avance. Après deux heures de galop sur une piste oubliée, il s'engouffrèrent dans un défilé où leur route et le fleuve se frayaient un étroit passage. A droite, une paroi lisse, à gauche, un à-pic vertigineux. A en juger par les éboulis et les crevasses, nul véhicule n'était plus passé là depuis des lustres.

A plusieurs reprises, sans raison apparente, le cheval de Golischa se cabra; elle eut du mal à le calmer. Le ciel se couvrit; une lourde pluie les transperça jusqu'aux os. Ils durent ralentir. La route était devenue boueuse; entre les énormes blocs qui avaient dû dévaler des falaises en surplomb, le sol s'enfonçait dangereusement sous leurs pas.

Au bout de quatre heures de marche entre la falaise et la rivière bouillonnante, la pluie cessa. Dans les premières lueurs du jour, ils distinguèrent au-dessus de leurs têtes les étoiles affadies et le contour crénelé de la falaise. A mi-hauteur, le long d'une ligne horizontale, la pierre s'éclaircissait : sans doute la marque du niveau des hautes crues, pensa Uri. La crue semblait d'ailleurs menacer : en certains endroits, les eaux qui montaient d'heure en heure roulaient à peine au-dessous de leurs pieds.

– Si c'est le seul passage pour Karella, murmura l'officier, je comprends pourquoi les Siv en avaient fait leur capitale : la ville est bien défendue!

Les deux jeunes femmes ne répondirent pas : enveloppées dans leurs capes noires, elles étaient trop occupées à maîtriser leurs chevaux. Au bout d'une autre heure, le défilé s'élargit, les falaises s'effacèrent; une longue descente au petit trot, sur une route plus dégagée, les mena jusqu'à une large plaine où la Dra dessinait une ample coulée de boue.

La pluie avait lavé le ciel. Le paysage aurait pu être gai. Pourtant, Golischa n'aurait su dire pourquoi, il suintait la mort; désert sans âme ni surprise, rien n'y laissait deviner la moindre trace de vie : ni oiseau de plein vent, ni libellule, ni plante de sable. Rien qu'une immobilité absolue. Au point que, lorsqu'ils s'arrêtèrent pour faire boire leurs montures et mâcher quelques fruits séchés, Golischa considéra avec étonnement les remous lascifs du limon sur les rives et les reflets des nuages à la surface de la rivière.

Ils repartirent en silence et galopèrent une autre heure parmi un chaos de rochers éboulés et de graviers. Après avoir contourné une colline difforme et un amas de pierres rouges, ocre et noires où se perdait la route, ils virent, loin devant eux, le large charroi de boue obliquer vers la gauche pour longer ce qui, de l'endroit où ils se trouvaient, leur parut être une énorme muraille. En avançant un peu, ils distinguèrent mieux le colossal remblai de terre sombre, surmonté d'une crête irrégulière pareille à l'épine dorsale d'un monstre assoupi.

Peu à peu, le sol sous leurs pieds changea de nature. Au sable boueux des gorges de Kber, aux rochers dentés du désert avait succédé une lave brute, opaque, recouverte par endroits d'une épaisse couche de poussière. Bientôt le remblai se dressa devant eux; la pente, trop rude pour les chevaux, ne leur parut pas impossible à escalader. Ils mirent pied à terre, laissèrent là leurs montures, sans les attacher, et grimpèrent sans avoir échangé un mot. L'ascension fut longue. Ils dérapaient à tout instant sur la pente abrupte. Parvenus au sommet, ils découvrirent que la muraille s'enroulait en un cercle presque parfait autour de ce qui avait dû être... une ville! Au creux des remparts s'alignaient en effet, en rangées régulières, des milliers de maisons de pierre ocre. On les aurait dites à l'abandon, ou plutôt vidées, grugées, curées comme des crânes géants aux orbites creuses. Aucune ne dépassait la hauteur d'un homme, sauf, sur ce qui avait dû être une place centrale, sept bâtiments pareils à de petites pyramides.

– Karella! s'exclama Golischa.

La ville qu'on leur avait dépeinte comme l'effrayant repaire des Siv était là à leurs pieds, silencieuse et morte.

Longtemps ils guettèrent un mouvement. Rien n'indiquait ni danger ni présence. Aucune odeur, aucun bruit. Seulement cet oppressant spectacle : comme si une inondation avait balayé et décapé ce qu'un feu avait d'abord consumé. Une ville, ça? Non, quelque chose lui manquait pour en être une. Une ville a des angles; ici il n'y avait ni arêtes de toit, ni coins de rue, ni jointures de murs. Tout était poli, arrondi, gommé. Et cela, même le temps le plus opiniâtre n'aurait pu l'accomplir. Il y avait fallu quelque bouleversement immobile, comme un cataclysme instantané. Une catastrophe précautionneuse qui aurait remodelé toutes ces formes sans les détruire.

Ils descendirent en silence, plus péniblement encore qu'ils n'étaient montés, s'accrochant avec peine aux pierres vitrifiées. En bas, on aurait dit qu'un torrent de boue avait séché sur du métal refroidi. Ils hésitèrent sur la direction à prendre. Uri se décida à entrer dans une des maisons. Ellida et Golischa le suivirent. A l'intérieur, le vide était complet, clinique. Les murs comme le sol étaient sans aspérités ni traces, sans même la marque de la présence antérieure de quelque objet. Ils ressortirent, vaguement inquiets, oppressés par la démesure du silence et de leur solitude. Ils traversèrent encore des rues, visitèrent d'autres maisons, identiques dans leur néant.

Brusquement, débouchant sur une esplanade un

peu plus large que les autres, au sortir de ce qui avait dû être une sorte de pyramide, Golischa aperçut, se détachant sur le ciel, tout en haut de la muraille, de l'autre côté de la ville, une silhouette. Un homme. Grand, immobile, vêtu d'une longue robe sombre. D'un geste, elle le désigna à ses compagnons.

Sans le quitter des yeux, ils s'avancèrent dans sa direction. L'homme ne bougea pas. On aurait dit qu'il les attendait. Ils montèrent vers lui en silence. La pente était raide. En s'approchant, ils distinguèrent mieux sa robe bleue moirée, ses hautes chaussures grises, mal attachées. Sur sa tête, un châle blanc et rouge à damier, noué d'une tresse noire. Un peu voûté, appuyé des deux mains sur une canne de bois plantée droit devant lui, il n'inspirait ni peur ni pitié. Il arborait une barbe courte, des cheveux longs et presque blancs dépassaient de son châle, des yeux trop clairs dévoraient son visage. Plus surprenant que tout, il souriait! Golischa en fut soulagée.

Quand ils arrivèrent à sa hauteur, il tendit vers eux sa main droite, doigts écartés – le salut des officiers de l'Empire, oublié depuis si longtemps, remarqua Uri.

– Vous voici enfin! Je vous attends depuis hier soir.

Sa voix était distinguée, pareille à celle des vieux professeurs de l'Université, pensa Golischa.

– Je suis Golischa, est-ce vous que je dois rencontrer? Êtes-vous Donnolo?

Il eut un rire bref :

– Non, je ne suis pas Donnolo. Je ne sais même pas de qui il s'agit. Mais je vous attendais.

– Qui êtes-vous alors? demanda Uri.

L'homme les dévisagea un à un, puis il tendit la main vers Ellida et articula lentement :

– Je vais vous le dire. Mais vous, dites-moi d'abord qui vous êtes.

– Je m'appelle Ellida Jiarov. Voici mon frère, Uri,

et Golischa Ugorz. Vous disiez que vous nous attendiez, mais vous ne savez pas qui nous sommes?

– Oh si! dit-il en souriant, je sais qui vous êtes. Je connais vos noms. Mais je n'aurais su vous reconnaître. Il y a dix-huit ans que je ne vous ai vus!... Vous autres avez perdu la mémoire; pas moi... La mémoire : il n'y a que ça qui vaille! Moi je veux me souvenir, et c'est pour cela que je viens ici très souvent.

Il interrogea Golischa :

– Shiron Ugorz est mort, n'est-ce pas?

– Il y a six mois.

– Soline aussi?

– Avant-hier soir.

– Je comprends : c'est pour cela qu'ils sont venus vous chercher!

Golischa s'approcha :

– *Ils*? Mais qui donc? Qui êtes-vous? D'où êtes-vous? Vous vivez ici, dans cette ville?

Il sourit :

– Ne vous impatientez pas, je vais tout vous dire. C'est une bien longue histoire. Une histoire que vous regretterez peut-être d'avoir voulu connaître. Mais je dois vous prévenir : je ne partage pas les espérances de ceux qui vous ont demandé de venir. Ils attendent de vous des choses que vous ne pourrez jamais accomplir. Ils s'entêtent à ajouter foi à de vieilles sornettes, malgré tout ce qui nous est arrivé...

Golischa le trouvait attendrissant dans sa véhémence.

– Expliquez-vous. Dites-nous qui vous êtes. Nous n'imaginions pas que des hommes vivaient là, si près de Hitti!

Il se reprit, un peu hautain, et, redressant sa haute taille :

– Je vais vous expliquer. Ne vous inquiétez pas. Je dois le faire. Ils me l'ont demandé. C'est nécessaire pour que vous compreniez ce qu'ils attendent de vous – ou plutôt ce que j'en comprends moi-même. Avant de vous conduire à eux, ils m'ont prié de vous raconter ce qui s'est passé il y a vingt ans, dans cette vallée. Asseyez-vous là, sur ce rocher, et regardez cette ville. Je veux que vous regardiez bien ce dont je vais vous parler.

– Mais d'où venez-vous? Où vivez-vous? insista Uri.

Stauff hésita.

– Je vis... non loin d'ici.

– Depuis quand?

– Depuis une vingtaine d'années! Mais asseyez-vous, vous allez tout savoir.

Ils obéirent, abasourdis. Un homme vivait là depuis si longtemps! Seul?

Les deux femmes s'installèrent sur le petit rocher plat; le jeune homme s'assit à côté d'elles, à même la poussière, au bord de la pente.

Contemplée de ce côté, la ville paraissait presque gaie; le jour qui, sur leur droite, effleurait les murailles faisait scintiller les maisons. Au bout d'une rue, tout au fond, débouchèrent leurs trois chevaux; ils avaient dû trouver quelque passage; les chocs mats des sabots sonnaient curieusement dans cet amas flou.

Debout derrière eux, penché en avant comme pour les envelopper de ses mots, le vieil homme se mit à parler d'une voix d'abord à peine audible, puis de plus en plus forte. Ils ne voyaient de lui que son ombre sur le sol. Ellida se dit qu'il avait un sens aigu du théâtre : peut-être avait-il été en d'autres temps comédien? Il commença :

– Je m'appelle Stauff, Herbert Stauff.

Les trois jeunes gens sursautèrent : l'homme dont le *SY* avait souhaité l'anniversaire!

– Mon nom vous dit quelque chose? Vous avez entendu parler du *SY*, le journal?

Il marqua une pause avant de reprendre :

– Oui, c'était bien moi dont ils fêtaient l'anniversaire. Les malheureux! Ce fut leur dernier numéro. Mais commençons par le commencement : je reviendrai un peu plus tard sur cette histoire. Je dois préalablement vous raconter ma vie, afin que vous sachiez tout ce dont j'ai été le témoin. Je suis le fils d'un armateur. Ma famille, qui a entièrement disparu aujourd'hui, avait le monopole du transport des marchandises entre Hitti et Masclin. Nous possédions six hulques et trois flûtes. Nous étions riches. Je n'ai pas voulu entrer dans l'affaire. J'ai fait des études d'officier, assez bonnes. A ma sortie de l'École d'état-major, j'ai été affecté au premier régiment de vigiles. J'ai ensuite occupé plusieurs commandements. Puis, il y a vingt-trois ans, j'ai été nommé aide de camp du chef d'état-major.

– Vous étiez l'aide de camp du général Ditz? s'exclama Uri. Mais c'était un poste de première importance!

– De toute première importance, en effet! répéta l'homme d'un ton impassible. Ma principale mission était – c'est toujours, je suppose, celle de mon successeur – d'assurer le secrétariat général du Conseil, de préparer la partie militaire de son ordre du jour, d'en faire le compte rendu et de veiller à l'application des décisions. Un Orateur assumait le même travail pour les questions civiles... Je présume que cela fonctionne toujours comme ça?

– Oui, répondit Uri, l'air soudain méfiant. En principe. Sauf que, de nos jours, ce sont deux officiers qui tiennent le secrétariat général.

– Même le secrétaire civil?

– Oui, confirma Uri, de plus en plus réservé. Mais continuez...

– J'ai donc occupé ce poste pendant deux ans et demi. C'était épuisant. L'armée était sans cesse en alerte. Il fallait mater les principautés lointaines, tout savoir du moindre visiteur de l'auberge la plus reculée, maintenir en état le matériel, gérer les conflits entre l'armée, les Maccas et les Bhouis, répartir des ressources de plus en plus maigres. Les réunions du Conseil étaient longues et difficiles. Les tensions se multipliaient, surtout entre le Ruler et Sharyan Sülinguen qui le contrait à chaque occasion... Je dois vous prévenir : à partir de maintenant, ce que je vais vous raconter n'est pas conforme à ce que vous savez, vous aurez parfois du mal à me croire...

– Allez-y, dit Uri en se tournant franchement vers lui. Nous verrons bien.

– La violence, les pénuries, le marché noir, la corruption régnaient dans la ville. Le Conseil était très divisé. A cette époque, Sharyan Sülinguen élimina l'un après l'autre tous les officiers fidèles à Shiron Ugorz et corrompit ouvertement les autres : certains d'entre eux bâtirent de colossales fortunes dans le trafic du semanthal et les paris sur le *yotl*.

Golischa l'interrompit :

– Mon grand-père était-il au courant? Il a laissé faire?

– Oui, dans un premier temps il laissa la situation empirer. Gompers Jiarov, lui, savait beaucoup de choses et redoutait Sülinguen. Il craignait surtout pour ses enfants. Il en parla à Shiron Ugorz. En vain, le Ruler n'agissait pas. Puis, sentant que tout allait mal tourner, Gompers quitta Hitti. Contrairement à ce qu'on a dit, il n'était pas fou. Il l'a seulement laissé croire, par prudence. Peut-être aussi par faiblesse. A partir de ce moment, le Ruler, trop seul pour lutter contre Sülinguen et les Bhouis, décida, pour se maintenir au pouvoir, de placer aux postes de responsabilité des inconnus qui lui devaient tout. Il remplaça même le secrétaire général civil du Conseil par un de ses fidèles, Jos.

– Attendez, le coupa sèchement Uri en levant la main. Je n'ai jamais entendu parler de ce Jos, pas plus que de vous. Pourtant, je crois bien connaître l'histoire du Conseil et le nom de tous ses secrétaires généraux, civils et militaires, depuis un siècle au moins. D'ailleurs, c'est simple : leurs portraits sont suspendus dans l'antichambre du Conseil et je n'ai jamais remarqué ni le sien ni le vôtre. Je m'en souviendrais...

– Vous avez raison, sourit Stauff. Je n'existe plus nulle part, ni dans l'antichambre du Conseil ni ailleurs. Ils m'ont « annulé ». Vous savez ce que ça veut dire, je suppose?

– Non!

– Ils nous ont effacés de tous les livres et de tous les mémorials. Il n'y a plus d'Histoire pour les gens comme nous.

Un silence mat tomba. Herbert Stauff reprit en promenant son regard sur la ville :

– Il nous a effacés, comme si le reste n'avait pas suffi... Au fond, il a eu raison : c'était plus radical. Plus d'Histoire, plus de remords!

– Et ce Jos? reprit plus doucement Uri. Lui aussi aurait été « annulé »? Pourquoi?

– Oh lui! c'est différent : Jos était un Siv.

– Quoi! sursauta Uri. Un Siv au Conseil! Impossible.

– Mon grand-père n'aurait jamais fait ça! protesta Golischa.

– Il l'a pourtant fait, répliqua Stauff. Un Siv, vous avez bien entendu! Le Ruler avait choisi un Siv comme secrétaire général du Conseil. A l'époque aussi, cela paraissait énorme. Certes, depuis cinquante ans, des Siv étaient admis à l'Université, dans les affaires, au sein même de l'administration. Mais au secrétariat général du Conseil, on n'imaginait pas que cela fût pensable! Le poste était de droit réservé à un Orateur; même un membre de la Haute Caste ne pouvait y accéder. Alors, un Siv! Mais votre grand-père, en nommant Jos, ne nous le présenta pas comme un Siv.

– Incroyable! répéta Uri. Un Siv secrétaire général du Conseil! Je ne peux vous croire; j'attends vos preuves.

– C'est étrange, en effet, dit Golischa, mais je ne comprends toujours pas pourquoi vous nous en parlez. C'est de l'histoire ancienne. Dites-nous plutôt pourquoi nous sommes là, quel est votre rôle, ce que veulent ceux qui m'ont envoyé chercher?

– Désolé, mais il faut que vous connaissiez toute mon histoire avant d'entendre la suite, murmura Stauff. Ceux qui vous envoient chercher m'ont demandé de vous la conter en détail.

– Continuez donc! dit la jeune fille.

– Ce Jos était quelqu'un d'exceptionnel. Né à Hitti d'une mère très pauvre et, semble-t-il, peu fréquentable – en tout cas, on ne le vit jamais en sa compagnie –, admis très jeune à l'Université, il y fit de bonnes études et devint professeur. Arrêté je ne sais pourquoi, il fut libéré tout aussi mystérieusement. Peu après, il fut reçu avec une délégation de chercheurs par le Ruler, qui le remarqua. Il faut dire que son ascendant impressionnait quiconque le rencontrait. Ugorz le fit souvent revenir à Nordom. Bien qu'il eût six ans de moins que lui, Jos devint son conseiller, puis son ami. Personne à Hitti ne savait qu'il était siv. A l'époque, c'était fréquent : il n'y avait pas encore de fichier. Pour ce qu'on a pu en apprendre, les rares Siv qui le savaient des leurs ne l'aimaient guère : ils le considéraient comme une sorte de visionnaire un peu fou et craignaient qu'il ne les entraînât dans des aventures hasardeuses. Deux ans après moi, le Ruler le promut au secrétariat civil du Conseil – j'étais son homologue sur le plan militaire. Il n'avait que cinquante et un ans. Scandale : non seulement ce n'était pas un Orateur, mais il passait pour un universitaire antireligieux. Encore ne savait-on pas encore qu'il était siv...

Golischa se tourna vers Uri :

– Je n'arrive pas à croire que mon grand-père ait pu admettre un Siv au Conseil! Il m'a si souvent expliqué nos règles de vie! Pourquoi l'aurait-il fait? Il devait avoir de bonnes raisons...

– Attendez la suite, sourit Stauff, et mesurez vos doutes. Vous n'avez encore rien entendu! Quelques mois plus tard, Sharyan Sülinguen découvrit que Jos était siv. Il en fit part au Conseil. « Il est inadmissibles de confier nos secrets à un Siv; on ne sait l'usage qu'il peut en faire. » En réalité, il craignait surtout que Jos fût difficile à corrompre. Le Ruler tint bon; il reconnut qu'il savait qui était Jos avant de le nommer. Il fit même venir auprès de lui d'autres Siv, sans susciter trop d'opposition. N'oubliez pas qu'à cette époque les Siv n'avaient jamais fait de mal à personne. Depuis un siècle et demi qu'ils étaient là, certains avaient changé de nom. Ceux qui travaillaient avec Jos étaient discrets sur leurs origines. Un seul les affichait ouvertement... Principal assistant de Jos à la faculté, il était de douze ans plus jeune que lui. C'est par lui que tout est arrivé... On l'appelait Emyr, mais je ne crois pas que c'était son vrai nom.

– Pourquoi? demanda Golischa.

– Lorsqu'on l'appelait ainsi, il ne répondait pas toujours... Oui – poursuivit Stauff en tendant la main vers la ville –, c'est à lui que nous devons tout ça... Je me souviens de ses yeux malheureux, de sa voix de fausset. Il passait le plus clair de son temps dans son laboratoire. Jos le faisait parfois venir à Nordom. Il lui parlait des affaires de l'État et s'amusait de ses réponses. Son influence était grande. Une fois, Emyr l'accompagna même jusqu'à la salle du Conseil où ils poursuivirent une discussion très animée...

– Mais quel rapport avec cette ville et avec ce que nous sommes venus y chercher? demanda impatiemment Golischa.

– J'y viens, j'y viens, ne soyez pas trop pressée. Vous verrez que tout se tient. On vous a dit, je crois, que cette ville fut habitée par les Siv jusqu'à leur expulsion de Tantale? Et qu'il est depuis lors interdit de s'y rendre?

– Oui, dit Ellida, mais pourquoi est-elle dans cet état? Ce n'est pas l'œuvre des hommes?

Il sourit :

– En effet, ce ne sont pas des hommes, ceux qui ont fait ça : il est bien temps de vous en apercevoir! Vous ne vous êtes jamais posé cette question en l'espace de vingt ans? Vous y avez abandonné des centaines de milliers de gens et vous l'avez laissé, lui, faire ce qu'il a fait!

– Mais faire quoi? s'écria Uri. Expliquez-vous, à la fin!

Le vieil homme parut ne pas l'entendre et poursuivit, comme s'il était seul :

– Dire qu'il croyait bien faire... Je suis sûr qu'il croit encore avoir bien fait.

L'écho de son rire rebondit dans la vallée, ce qui eut le don de le faire sursauter. Sans doute n'a-t-il pas entendu quelqu'un rire ou parler depuis longtemps, se dit Golischa. Il reprit à voix plus basse :

– En réalité, il n'y a plus d'hommes. Vous n'êtes que des apparences, des « non-hommes », comme ils disaient les derniers temps. Nous ne valons guère mieux, et les Siv, qui prétendent réveiller les morts, ne font que frapper sur des pierres. Pauvres de nous!

Golischa regarda Uri, devinant que, comme elle, il n'entendait rien à ce discours emphatique.

– Ceux qui ont fait quoi? reprit doucement Ellida qui semblait, pour sa part, le prendre très au sérieux.

Le vieil homme vint s'asseoir à côté d'eux. Il paraissait accablé :

– Eh bien voilà : tout a commencé un mois avant ta naissance, Golischa. Le jour où Sharyan Sülinguen osa pour la première fois s'opposer au Ruler en plein Conseil. Je m'en souviens fort bien. Le général Mattick lisait banalement quelque liste d'affectations d'officiers. Nul n'écoutait, c'était presque une formalité. Mais quand le Ruler entendit annoncer la promotion du colonel Olfach au poste de contrôleur interne du Conseil, au lieu de dire « *adopté* », il laissa tomber : « C'est non. Son seul mérite est d'être votre obligé. » La surprise était de taille : le Ruler connaissait une semaine à l'avance les nominations qu'on se proposait d'inscrire à l'ordre du jour. Tout était réglé au préalable entre les membres du Conseil, surtout les nominations. Le Ruler se tourna vers Sülinguen et ajouta : « J'en ai assez de vous voir placer vos hommes partout. Cette fois, c'est non. Je ne céderai plus. » Sülinguen ne cilla pas et répondit avec un calme et une audace qui laissèrent tout le monde interdit : « Et vous, Ruler, j'en ai assez de vous voir installer des Siv à tous les postes clefs de l'État! Si je propose la nomination du colonel Olfach comme contrôleur interne, c'est que j'ai mené mon enquête. Je sais ce que vous cherchez à faire, Jos et vous, avec vos oiseaux. Je vous en empêcherai par tous les moyens! Et Olfach sera là pour m'aider. » Personne dans la salle ne comprit ce qu'il voulait dire. Le Ruler, lui, avait dû comprendre, car il se leva et demanda sèchement à Sülinguen de le suivre dans la pièce voisine; tous deux sortirent.

Stauff s'arrêta un moment pour jeter un regard circulaire sur la ville. Puis il se tourna vers eux et reprit :

– Tout ce qui conduit à votre arrivée ici aujourd'hui a débuté par cette scène. Rien n'a jamais filtré de leur entretien. Que se sont-ils dit? Oh, je me suis souvent posé la question! Nous attendions dans la salle du Conseil, sans savoir quoi faire, hormis se surveiller les uns les autres, déduire d'un sourire, d'une attitude, vers quel camp chacun penchait déjà. Au bout de quelques instants, Jos et Dotti les rejoignirent. Beaucoup plus tard – la nuit était très avancée –, tous quatre revinrent dans la salle du Conseil. Le silence se fit; chacun regagna sa place. D'un geste las, le Ruler donna la parole à Sülinguen. Celui-ci, d'une voix fébrile, lut un texte confus d'où il ressortait qu'il avait fourni au Ruler la preuve que Jos s'apprêtait, avec l'aide d'Emyr, « à faire attaquer la ville par des oiseaux dressés ». Il avait demandé au Ruler « d'en tirer les conséquences ». Un long silence s'installa. Nul ne comprenait ce qu'étaient ces « oiseaux dressés », de quelles « conséquences » il était question. Ugorz était livide. Je le revois encore... A côté de moi, Jos s'est levé. Ugorz a pris une feuille de papier à en-tête du Conseil, y a inscrit quelques mots, puis s'est retourné vers moi – j'étais assis presque derrière lui – et m'a tendu la feuille; sa main tremblait. Je l'ai lue. C'était sa démission, en deux lignes. Voilà, c'est tout... Je n'ai jamais cru à cette histoire d'oiseaux. J'ai toujours pensé que Sülinguen avait menacé le Ruler, s'il ne s'effaçait pas, de révéler quelque secret bien plus terrible, et qu'ils avaient mis au point cette comédie pour nous dissimuler la vérité. Mais je n'ai jamais rien pu apprendre de plus.

– Personne n'a soutenu mon grand-père? murmura Golischa. Personne ne s'est demandé si cette histoire était vraie?

– Non, personne. Ceux qui en auraient été capables ont constaté qu'Ugorz ne cherchait guère à se défendre; ils ont donc laissé faire. Rien là que de fort banal; je l'avais déjà souvent constaté : ceux dont vous avez fait la carrière se trouvent toujours de bonnes raisons de penser que vous n'y êtes pour rien, puis de vous haïr. Quant aux autres... Au surplus, votre grand-père était au pouvoir depuis longtemps, il n'avait pas de fils; de toute façon, la succession revenait à un Jiarov ou à un Sülinguen. Elle s'ouvrait plus tôt que prévu, c'est tout. Enfin, personne n'aimait Jos : on le trouvait hautain, méprisant. On n'était pas mécontent de le voir à terre, et avec lui tous les Siv... Personne n'imaginait alors que les choses iraient aussi loin... Même moi...

– Aussi loin? souffla Golischa.

– Oui, aussi loin... En l'espace de quelques semaines, la situation bascula. Tout en continuant à témoigner le plus grand respect à Ugorz, Sülinguen s'empara rapidement de tous les pouvoirs. Il dénonça les Siv comme responsables des malheurs de Hitti. On leur retira d'abord leurs droits de citoyens, même à ceux qui étaient nés à Hitti. Puis on donna l'ordre de tuer tous les oiseaux, surtout les loris, et d'arrêter les Siv qui pouvaient en posséder.

– Pourquoi surtout les loris? tressaillit Golischa.

– Je n'ai jamais su, dit le vieil officier en la dévisageant avec attention.

Il se tut puis ajouta :

– Il y a bien des choses que j'ignore. Mais je sais qu'un jour, vous les apprendrez...

Golischa tremblait : hier, on lui avait appris que l'oiseau de son enfance portait le nom d'un chef Siv. Voici maintenant que Sülinguen s'était intéressé spécialement aux loris! Quels rapports pouvait-il y avoir entre Donnolo et les Siv? « L'oiseau de passage », avaient dit sa mère, puis Temuna.

Stauff continua :

– Devenu Ruler, Sülinguen consacra l'essentiel de son énergie à chasser les Siv de la haute administration, de l'armée, et à confisquer les biens des plus riches en invoquant leur prétendue corruption. Naturellement, le peuple approuva. Il devint vite risqué de travailler pour un Siv, voire de parler à l'un de ces

« non-hommes », comme on les appelait désormais; on pouvait les spolier, les insulter impunément. C'était même un jeu fort apprécié, plus que le *yotl*!

– Jamais personne ne nous a raconté cette histoire, fit Ellida. Je n'avais que cinq ans, mais j'aurais dû l'entendre. Bien des gens vivent encore qui y assistèrent! On a dû en garder trace. Pourquoi est-ce que je n'en ai rien su? Pourquoi est-ce qu'on nous raconte que les Siv avaient commis des crimes monstrueux? Vous n'allez tout de même pas nous faire croire qu'une génération entière aurait comploté pour imposer une fausse version de l'Histoire à la suivante?

Stauff sourit :

– C'est pourtant ce qui s'est passé. L'histoire des Siv à Hitti a été récrite, recomposée, réduite à presque rien. Les mémorialistes du nouveau Ruler l'ont ramenée aux proportions d'un banal fait divers. Rien de tel que la banalité pour noyer une tragédie.

– Les Siv ne se sont pas révoltés? s'enquit Golischa.

– Au début, non. Ils sont restés comme pétrifiés. Visiblement, ils ne s'y attendaient pas. Certains ont nié être des Siv. Mais comment le prouver? D'autres sont partis se cacher dans les marais de Maïmelek ou les principautés lointaines. D'autres enfin, les plus jeunes, ont fait le coup de poing en ville. Quand la voiture du général Yok a explosé devant le belvédère de Shamron, des représailles terribles ont suivi. La vie des Siv devint très difficile. Ils n'osaient plus se montrer. Quand on colportait sur eux quelque horreur nouvelle, la foule en massacrait une ou deux douzaines. Et comme personne ne pouvait les distinguer des autres hommes, on assista à toutes sortes de règlements de comptes. Ceux des Siv qui n'avaient pas voulu partir furent contraints de quitter la ville.

Bilaâm, le Grand Orateur, réclama le premier leur expulsion de Tantale.

– Il ne s'est trouvé personne pour s'y opposer? insista Ellida.

– Non, personne. Pas à ce moment-là, en tout cas. La lutte contre les Siv s'était accompagnée de la mise en place d'une dictature glacée, omnisciente. Deux mois à peine après la démission d'Ugorz, ce qui restait de liberté à Hitti avait disparu. Sülinguen gouvernait seul, sans presque jamais sortir de son Palais qu'il fit entourer d'un mur colossal, postant à tous les accès sa garde spéciale.

– Les gardes ne sont plus là, fit Uri. Ils sont désormais en pierre.

– Tout est en pierre, maintenant! murmura Stauff.

– Et mon grand-père? interrogea Golischa.

– Il a d'abord essayé de reprendre le pouvoir. Par deux fois, il est revenu à Balikch avec des hommes armés. Sans succès. Il s'est alors enfermé à Nordom. On dit qu'il passait ses journées dans sa tour, à se livrer à d'impossibles calculs. Sa fille attendait un enfant – c'était vous, si je comprends bien –, et il était bouleversé par la perspective de cette naissance.

– Mais vous, où étiez-vous? demanda Golischa d'une voix qu'elle ne parvenait plus à garder égale. Les Siv n'avaient pas de chef pour les défendre? Ce Jos, cet Emyr, que faisaient-ils pendant ce temps?

– Curieusement, les premiers jours, reprit Stauff, Jos ne fut pas inquiété, bien qu'on l'eût accusé d'avoir voulu perpétrer un coup d'État. Il trouva refuge dans une cabane du port, près de la jetée, protégée par des vigiles demeurés fidèles à Ugorz. Mais cela ne dura pas. Après l'attentat contre le général Yok, il fut arrêté avec Emyr et enfermé dans le Vieux Fort. On disait qu'ils allaient passer en jugement et que leur châtiment serait terrible. En fait, un mois plus tard, les représailles contre les Siv cessèrent, le Ruler parut se radoucir. Il leur adressa un message : on ne leur voulait aucun mal, ils n'auraient pas à payer pour la folie de quelques-uns des leurs. Il leur conseilla seulement de venir habiter Karella – « dans votre propre intérêt, en attendant que le calme revienne dans les esprits ». Beaucoup cédèrent et vinrent s'installer ici de leur plein gré. Certains pourtant s'y refusèrent : pourquoi quitter leurs toits? tout cela ne durerait pas, les hommes de Hitti avaient trop besoin d'eux...

– Et vous, qu'avez-vous fait?

– Deux mois et quinze jours après la démission d'Ugorz, quand Sülinguen eut écarté tous les officiers du Conseil pour les remplacer par des Bhouis, j'ai démissionné du secrétariat général. C'était trop, et trop grave. Le nouveau Ruler ne m'a pas retenu : il n'avait jamais eu confiance en moi. Au même moment, trois colonels du premier Corps d'armée ont quitté l'état-major. Nous avons alors décidé d'agir. Rodolf Vart – celui que Sülinguen avait nommé secrétaire général civil à la place de Jos – s'est joint à nous. Il détestait le nouveau Ruler qui, pour sa part, était fasciné par son intelligence. Nous avons réfléchi à ce que nous pourrions faire. Certains – c'était mon cas – souhaitaient rendre le pouvoir à votre grand-père. D'autres, comme Vart, entendaient le prendre pour eux-mêmes. Au terme de longues discussions, nous n'avons pu nous mettre d'accord. Quelques-uns –, dont Vart et moi – décidèrent de passer aux actes, autrement dit de tuer Sülinguen. Nous avions prévu de faire exploser une bombe sur le passage de son véhicule, devant le Vieux Fort. Le jour même, nous avons tous été arrêtés, sauf Vart. Nous avions été dénoncés. J'ai cru un moment que c'était Vart qui nous avait trahis : il était très ambitieux, avec lui tout était possible. Mais je m'étais trompé, comme la suite l'a montré. Je m'attendais à être exécuté sur-le-champ; on m'a même traîné sur une place de Shamron pour être pendu. La foule criait : « A mort! », quand une femme a hurlé : « Il n'est que le complice de Jos. Pourquoi punir le valet pour le crime du maître? » Les gens ont applaudi, on m'a ramené en prison. J'ai été surpris de n'être ensuite ni jugé, ni même vraiment interrogé. On nous a seulement transférés ici.

– Quand?

– Un mois après la tentative d'attentat. On aurait dû deviner, à ce moment-là, ce qui se préparait... C'était aveuglant! Mais nous n'avons rien vu. Il faut se remettre dans l'atmosphère de l'époque : à Hitti, la dictature était encore supportable, la police ne brutalisait que les Siv sur la base d'accusations habilement murmurées. Karella ne ressemblait pas du tout à ce qu'elle est aujourd'hui, c'était une vraie ville. Elle n'avait jamais été abandonnée, et l'arrivée en masse de nouveaux habitants lui avait rendu sa gaieté. On était au début de l'automne, il faisait encore chaud, les maisons étaient peintes de couleurs vives. Partout fleurissaient les hibiscus, les bougainvillées, les strelisias. On y voyait des oiseaux, énormément d'oiseaux qui n'étaient pas du tout méchants, contrairement à ce qu'on disait à Hitti. On vivait de vraies vies, semées de joies et de peines, de mesquineries et de moments de grandeur. Là où nous sommes, les amoureux venaient assister au coucher du jour. L'approvisionnement était correct; pas pire qu'à Hitti, en tout cas. A l'entrée de la ville, les gardes laissaient entrer et sortir tout le monde, sans vrai contrôle. Nous avions élu un conseil; dès qu'il fut transféré ici, Jos en devint le chef. Mais il était brisé et il ne put vraiment prendre les affaires en main. Alors Emyr et quelques autres, comme moi, avons essayé de faire face. Nous avons appris que l'humour peut guérir du désespoir et la routine prévenir l'angoisse. Mais, en l'espace de deux mois, tout a brutalement changé. Chaque jour, on amenait des centaines de personnes. Il a bientôt fallu s'entasser dans des conditions difficiles. A la fin de l'automne, Karella comptait plus de trois cent cinquante mille habitants.

– Rien que des Siv? demanda Golischa.

– Non, pas seulement. Beaucoup d'autres aussi. De plus en plus d'ingénieurs, de médecins, d'officiers, d'ouvriers envoyés ici sur un caprice de rival, la dénonciation d'un voisin. On ne savait ce que l'avenir nous réservait, aussi se débrouillait-on et nul ne se posait la question de savoir qui était quoi. Je me souviens d'un jeune homme – il s'appelait Ki-Ching – qui étudiait la musique à Hitti avec un vieux professeur du nom de Wam, un Siv. Quand Wam a été amené ici, Ki-Ching l'a suivi, malgré l'opposition de ses parents, pour continuer d'étudier avec lui. Sa sœur Tatiana est venue elle aussi, car elle adorait son frère et ne souhaitait pas l'abandonner. Comme ils n'étaient pas prisonniers, ils travaillaient à l'intendance du camp et tenaient le secrétariat des admissions. Tatiana n'était pas jolie, mais son charme rendait presque agréables des formalités qui, autrement, auraient été pénibles. Elle était restée liée – peut-être en était-elle amoureuse – à un professeur de l'Université. Elle lui écrivait souvent. Son nom était Yoram – peut-être l'avez-vous connu?

Qu'est-ce que ce petit homme triste, que sa mère avait installé à Nordom à la mort de son père, qu'est-ce que ce gardien d'un enfant sage avait à voir avec cette histoire?

– Je l'ai rencontré, dit Golischa, il est toujours en vie! Il habite à Nordom.

Stauff était songeur.

– Yoram est toujours vivant! J'en suis bien content... Tatiana lui écrivait tous les jours. Le soir, elle retrouvait son frère et Wam dans leur petite maison. Je l'aperçois d'ici...

Un bref silence tomba.

– Vous n'alliez plus à Hitti? intervint Ellida.

– Très rarement. Il fallait avoir des raisons majeures pour s'y risquer, car on ne pouvait quitter Karella que par groupes, affublé d'une robe rouge.

– Mais où sont partis tous ces gens-là? interrogea Uri.

Stauff haussa les épaules. On dirait, pensa Golischa, qu'il fait tout pour retarder le moment de répondre à cette question.

– Une seconde, j'y viens. Quand vous saurez, peut-être regretterez-vous d'avoir posé la question... Six mois après le coup d'État, Sülinguen donna l'ordre de regrouper tous les Siv à Karella, avec interdiction absolue d'en sortir. Cela fut assez facile : la plupart s'y trouvaient déjà. Curieusement, peu nombreux furent ceux qui s'en inquiétèrent. On nous dit qu'on nous rassemblait là dans notre intérêt, « en attendant que les esprits se calment à Hitti ». La police, prétendait-on, s'y employait. Nous le croyions. Cela nous arrangeait. En réalité – je ne l'ai su que plus tard –, on racontait à Hitti que les Siv avaient volé les derniers médicaments et empoisonné les conduites d'eau! Mais, à Karella, on n'entendait pas ces rumeurs, on ne se doutait de rien.

Il reprit son souffle, passa les mains dans ses cheveux et poursuivit :

– A partir de ce moment, tout alla très vite. Deux jours plus tard, vingt hommes débarquèrent avec du matériel de levage et de longs tubes d'acier. En quelques semaines, ils édifièrent une grande tour sur la place centrale. Là, vous voyez? Ils prétendaient installer un relais pour nous permettre de recevoir de l'énergie. Tout le monde était content. Ils étaient aimables, on les aidait; ils partageaient nos difficultés et les supportaient avec bonne humeur. Au bout d'un mois, leur travail achevé, ils partirent joyeusement. Le lendemain vinrent d'autres hommes vêtus de combinaisons noires, portant trois lourdes caisses qu'ils hissèrent tout en haut de la tour. Ils y restèrent deux jours. Puis ils s'en furent sans nous avoir adressé la parole. A compter de cet instant, la tour fut gardée jour et nuit par des Bhouis de la Garde secrète venus spécialement de Hitti. Comme on n'avait toujours pas d'énergie, on s'étonnait, mais sans s'inquiéter... Quels fous nous étions! Quatre jours après le départ des hommes en noir, vers dix heures du soir, on frappa à ma porte. Des coups véhéments. J'ai ouvert. Alf Stein, un ingénieur de l'aviation que j'avais connu à l'époque où j'étais lieutenant sur le troisième aguet, s'est effondré devant l'entrée. Il était venu de Hitti, à pied; il avait marché trois jours et trois nuits. Ivre de peur, il criait : « Il faut partir tout de suite d'ici, tous, le plus loin possible! » Il m'expliqua qu'il avait découvert que le Ruler voulait nous exterminer et que ce qu'il avait fait installer sur la tour n'était pas un relais d'énergie, mais une bombe à double R. Elle allait exploser deux heures plus tard!

– Impossible! cria Uri.

– J'en étais sûre! murmura Ellida.

– Une bombe à double R? articula Golischa.

– Une bombe d'une puissance considérable, expliqua Stauff, capable de tuer instantanément des centaines de milliers de gens. Une bombe nucléaire dont l'essentiel de l'énergie est libérée sous forme de rayonnements neutroniques. Autrement dit, une bombe qui détruit les personnes sans toucher aux choses.

– Mais c'est impossible! répéta Uri. Voilà plus d'un demi-siècle que toutes nos armes nucléaires, y compris les bombes à double R, ont été neutralisées. Encore une fois, ce que vous dites là est absolument impossible!

– Il a raison, dit Golischa. Mon grand-père m'a

raconté comment il avait fait déclasser les dernières.

– Il t'a menti. Il avait conservé deux bombes à double R, avec leurs logiciels de mise en œuvre. C'était un secret bien gardé mais, en tant que secrétaire général du Conseil, je le savais. Ce que j'ignorais, en revanche, c'est qu'au lendemain de son coup d'État, Sülinguen avait décidé de les utiliser pour nous anéantir. Et que c'était dans cette intention qu'il nous avait regroupés dans cette cuve de pierre. Tout avait été soigneusement mis au point : trois ingénieurs avaient procédé aux calculs de rayonnement, permettant de choisir l'endroit exact où disposer la bombe. Ils avaient conclu qu'en l'installant au centre de Karella, au sommet d'une tour, la moitié des gens succomberaient aussitôt à la chaleur et au souffle; une moitié des survivants périraient dans les six mois des effets secondaires, l'autre dans les cinq ans d'avoir perdu toutes leurs défenses immunitaires. Comme ils étaient certains qu'il n'y aurait aucun survivant et que le secret serait ainsi préservé, ils ont décidé de passer à l'action.

Le vieil homme s'arrêta et les dévisagea pour mesurer l'effet de ses paroles. Golischa était incapable de réfléchir. Elle réalisait peu à peu que ce qu'elle voyait en bas de la pente n'était pas une ville, mais une gigantesque nécropole.

– Comment savez-vous tout cela? demanda Ellida d'une voix glacée.

Elle seule semblait avoir conservé assez d'énergie pour s'exprimer. Comment peut-elle encore? se dit Golischa.

– Stein, répondit Stauff, avait été chargé d'installer le déclencheur à distance dans la salle de commande de Balikch. On ne l'avait pas mis dans la confidence, mais il comprit : des années auparavant, il avait travaillé à la maintenance des bombes. Il fit le rapprochement et en fut si bouleversé qu'il décida de saboter son travail et de venir ici nous prévenir.

– Je ne parviens pas à y croire! Il ne s'est trouvé personne pour s'opposer à cet acte de démence? insista Ellida. Personne au Conseil, personne dans l'armée, personne à l'Université, personne dans l'administration?

Stauff sourit tristement :

– Non, personne. Les massacres laissent toujours indifférents ceux qu'ils épargnent. C'est très facile à supporter, le massacre des autres. Plus c'est grand, plus ça s'oublie vite. Un seul s'est levé pour s'y opposer : Rodolf Vart, le secrétaire général du Conseil. Après la tentative d'attentat, il n'avait pas été inquiété. Dès qu'il eut compris ce qui se préparait, Alf Stein alla le prévenir. Vart se rendit au Conseil pour essayer de s'opposer à l'explosion. Dès son arrivée à Balikch, il fut arrêté. Comment connaissait-on ses intentions? Nul ne le sait. Il fut mis aussitôt au secret. Plus tard, il s'est évadé et nous a rejoints à Bamyn où il est mort il y a deux ans.

– A Bamyn? interrogea Golischa. Où est-ce?

– C'est une sorte de ville, non loin d'ici, où nous sommes un certain nombre à vivre... Je vous y conduirai tout à l'heure pour dormir.

– Allons-y tout de suite, dit Uri. Une patrouille peut survenir à tout moment. Nous sommes à découvert.

Golischa s'étonna : ce n'était pas dans les habitudes d'Uri de s'inquiéter de la sorte. Sans doute avait-il raison. Elle avait oublié qu'ils risquaient d'être poursuivis. Elle se croyait comme protégée par l'étrangeté des lieux.

– Rassurez-vous, nous avons le temps, fit Stauff. Des Bhouis vous ont suivis, mais ils se sont arrêtés dès que vous êtes entrés dans la passe de Kber.

– Comment le savez-vous? s'étonna Uri.

Le vieil officier sourit sans répondre.

– Continuez, qu'avez-vous fait quand vous avez été prévenu? intervint Ellida.

Golischa remarqua que, comme elle, la jeune femme s'irritait des questions intempestives d'Uri.

– J'ai cru que Stein plaisantait, ou qu'il était devenu fou. Mais il se montrait on ne peut plus précis : si quelqu'un était venu derrière lui contrôler l'installation du déclencheur, la bombe exploserait le soir même, à minuit. Il était déjà dix heures; il fallait faire vite. Craignant que son absence n'eût éveillé des soupçons, Stein est tout de suite reparti pour Hitti – dans la « gueule du Néant », comme il disait. Je ne l'ai jamais revu; on m'a dit qu'il y est mort deux mois plus tard. J'étais terrorisé, anéanti. Sur le moment, je n'ai pas su vraiment quoi faire. J'ai perdu du temps, je m'en veux aujourd'hui... Puis j'ai parlé à tous ceux qui se trouvaient à ma portée, dans la maison, la rue, tout autour. Mais c'était difficile, à cause du couvre-feu et des Bhouis. La plupart de ceux à qui je m'adressais haussaient les épaules et m'envoyaient me coucher. Seul un de mes voisins, un nommé Albein, m'a tout de suite cru. C'était un curieux personnage, un Siv, farfelu et précis à la fois. Il est parti en réveiller d'autres, auxquels il tenait particulièrement, pour les convaincre de nous suivre : No, un forgeron, Wam, Emyr, quelques autres encore. Je suis allé voir Jos et lui ai raconté ce qui se passait. Il ne dormait pas; je crois qu'il priait. Il m'a écouté gravement. Mais il n'a pas voulu nous suivre. Emyr m'a rejoint chez lui, il a dit à Jos qu'il avait toujours redouté quelque chose de ce genre, qu'il fallait partir. Jos n'a pas voulu l'écouter non plus. D'après moi, il savait que c'était la vérité, mais il préférait mourir là avec les autres. Il a même ajouté avec un sourire que je n'ai jamais pu oublier : « Nous allons tous disparaître, nous ne serons plus qu'une Parole. C'est très bien ainsi. Don l'a voulu. »

– Don? tressaillit Golischa en se souvenant d'avoir lu ce mot dans le manuscrit du sablier. Qui est-ce?

– Je l'ignore, répondit Stauff, je n'avais jamais entendu ce nom-là auparavant, je n'y ai même pas prêté attention. Vous l'avez déjà entendu prononcer, vous?

Golischa eut le sentiment qu'il mentait. Elle se retint de lui répliquer. Quel lien y avait-il entre les Siv et ce Don, entre les Siv et le *SY*? Elle se promit de poser plus tard la question. Pour l'instant, il fallait écouter.

– Non, lui dit-elle. Continuez. Que s'est-il passé ensuite?

– Beaucoup de ceux que j'avais prévenus se sont sentis rassurés à voir Jos rester chez lui. A cause de lui, ils sont retournés se coucher... Une demi-heure avant minuit, j'ai réuni sur la grand-place tous ceux qui avaient accepté de partir. On ne voyait plus de gardes. C'est là que j'ai compris que Stein n'avait pas menti. Nous sommes sortis; le phare du mirador était éteint...

– Combien de gens vous ont suivi? demanda Ellida.

– Un peu plus de vingt mille. C'est beaucoup, mais ce n'était pas le dixième de la population de Karella! Quand nous sommes partis, j'ai vu trois enfants se bousculer à une fenêtre et pouffer de rire en se moquant de nos frayeurs. Je n'ai jamais oublié leurs regards... A la sortie du défilé, nous avons marché vers le nord. Toutes les minutes, je me retournais, espérant que Stein avait menti ou qu'il était parvenu à neutraliser le déclencheur. A minuit, rien ne s'est passé. Certains ont alors voulu rebrousser chemin. Ils étaient encore à portée de voix quand – à minuit et quart – une aveuglante lumière s'est déployée au-dessus de Karella. Le silence était insupportable. Nous avons eu très froid. Écrasés, nous sommes restés là des heures, sans savoir que faire. Des milliers de gens nous ont rejoints. Je ne saurais vous décrire leur état. Encore aujourd'hui, je ne peux en parler, tant l'horreur dépasse les mots. Nous avons improvisé des brancards. Beaucoup n'ont pu suivre et sont morts au cours de la décontamination.

– La décontamination? interrogea Ellida.

Golischa la regarda avec stupeur : où trouvait-elle encore la force de poser des questions? Stauff reprit en martelant ses mots :

– Le lendemain de l'explosion, des Bhouis sont venus à Karella, revêtus de scaphandres rouges. Ils ont emporté tous les corps, tous les objets pour les brûler dans les crématoires de Hitti. Les survivants encore valides ont dû rassembler les cadavres et les jeter sur des carrioles. Certains ont préféré être fusillés sur place plutôt que de patauger dans ce cloaque. Même ceux qui avaient accepté furent fusillés peu après. D'autres Bhouis sont ensuite venus démonter la tour et noyer la ville sous l'eau. Mais le rayonnement n'avait pas été totalement éliminé; ils revinrent alors l'inonder de plus belle d'une sorte de désinfectant. Puis ils s'en furent. Comme personne à Hitti n'avait imaginé que certains d'entre nous avaient pu s'échapper avant l'explosion, les Bhouis avaient négligé de recenser les corps. Ils ne se doutèrent de quelque chose qu'après. De temps à autre, les premières années, des hommes en scaphandre sont revenus par ici nous chercher. Mais ils n'ont jamais poussé jusqu'à Bamyn.

– Je n'ai jamais entendu parler de ces rondes dans les programmes de l'armée, gronda Uri. Si elles avaient eu lieu, je le saurais, je ne pourrais pas l'ignorer!

Golischa s'irrita : Uri était décidément trop étroit d'esprit, il la décevait. Pourquoi lui fallait-il douter de tout? L'évidence de l'horreur était là, à leurs pieds, et il discutait des détails!

– Cela fait plus de dix ans qu'on n'a plus vu de Bhouis dans ces parages, répondit Stauff en souriant. N'ayant plus de scaphandres ni de moyens de mesurer la radioactivité, ils n'osent plus s'y aventurer... D'une certaine façon, c'est grâce à cette bombe que nous sommes désormais à l'abri de leurs rondes.

Un lourd silence s'installa. Golischa contempla la ville, creuset d'argile et de chair fondues. Elle songea à l'une des histoires que lui racontait naguère son grand-père, ou un potier fabriquait une petite fille en terre glaise pour la défaire le lendemain. « L'homme est le potier de l'homme, qui fait et défait son œuvre », récita-t-elle pour elle-même.

Uri rompit enfin le silence :

– Et combien de gens sont morts ici, selon vous?

– Difficile à dire avec précision. Nous avons compté et recompté. A peu près deux cent soixante-huit mille Siv, et cent cinq mille hommes.

– Et qu'avez-vous fait après l'explosion? demanda Ellida.

– Nous sommes partis en hâte vers les grottes de Bamyn. Nous avions peur d'être poursuivis. Beaucoup de blessés sont tombés des falaises. Elles sont très hautes, vous verrez. Nous y sommes restés cachés des mois. Puis, comme nul n'était venu nous chercher, au bout de deux ans, nous avons osé en sortir. Nous continuons de nous y abriter – les hommes, pas les Siv... Nous sommes tranquilles, nous ne voyons personne. Sauf, en de très rares occasions, des gens de Masclin, qui sont des amis.

Ils restèrent un long moment écrasés par le poids de leur propre silence. Golischa regarda le vieux soldat assis devant eux, qui les dévisageait tour à tour.

– Difficile à accepter, n'est-ce pas? Je vous comprends.

– Pourquoi ont-ils fait ça? Vous avez dû y repenser souvent, depuis ce jour? interrogea Ellida.

Stauff leva les bras au ciel et répondit avec emphase :

– Pour le triomphe de la Raison. En tout cas, telle était leur motivation avouée. Ils étaient convaincus qu'ils faisaient le bien.

Uri protesta :

– Je n'y crois pas un seul instant. Ce ne peut être que l'acte d'un fou, d'un monstre dépourvu de toute logique!

– Voilà qui vous rassurerait! Mais ce n'est pas exact. Ce fut une décision rationnelle. Je ne sais quel événement ou quelle menace imaginaire poussa Sülinguen à la prendre. Mais il était convaincu, j'en suis sûr, d'accomplir son devoir. Il n'a d'ailleurs rien fait là que de très banal. Voilà des siècles que les hommes s'entre-tuent pour la gloire de la Raison, des siècles qu'ils essaient de conjurer leur peur de la mort en tuant d'autres hommes.

– Vous ne pouvez dire ça! s'exclama Uri. Seul un fou a pu décider ce massacre sans en prévenir personne. Cela n'a pu être la décision raisonnée du Conseil. Mon père l'aurait su. Il en faisait encore partie, en ce temps-là. Il me l'aurait dit! Il n'aurait pas toléré... Je connais bien des gens qui y siégeaient à l'époque, qui y siègent encore aujourd'hui : jamais ils n'ont pu vouloir une chose pareille!

– Écoutez-moi bien, jeune homme. Trois jours avant son coup d'État, Sharyan Sülinguen a réuni dans sa salle à manger privée de Balikch six membres du Conseil et huit généraux. Soit en tout quatorze personnes, je dis bien quatorze – votre père n'en était pas, j'en conviens. Il leur a montré un rapport, établi par des officiers bhouis, analysant un manuscrit siv – totalement apocryphe, évidemment – dans lequel les

« non-hommes » énonçaient leurs objectifs : « Devenir plus nombreux que les hommes, et les écraser. » Il expliqua alors qu'à défaut de les arrêter avant qu'il ne fût trop tard, nous serions balayés. Il les a convaincus de réagir, de les faire partir. Il a parlé de la bombe à double R comme du moyen le plus simple, le plus propre et le plus discret « de faire quelque chose » – sans dire explicitement quoi. Il a laissé croire qu'on la ferait exploser à distance, pour leur faire peur. Les autres approuvèrent en silence, sans poser de questions ni s'attarder aux détails. C'est là que Dotti eut l'idée de baptiser l'opération l'« UR », initiales d'« Ultime Réponse », pour parodier l'« UV », un mot des Siv qu'ils n'emploient qu'avec mystère et qui désigne, je crois, un rêve de paix, une sorte d'idéal. Les conjurés décidèrent de ne jamais révéler ce qui se cachait derrière ces deux lettres.

– C'était donc ça! s'exclama Golischa, l'UR : l'« Ultime Réponse »... Pourquoi personne n'a-t-il jamais fait le rapprochement? Nous avions l'explication sous nos yeux. Avec un peu d'imagination...

– Si vous n'avez pas voulu la voir, c'est qu'elle vous gênait, renchérit Stauff. Officiellement, on fit inscrire sur les Murs de Paroles que les Siv avaient été expulsés sur une autre Terre. Ce ne fut pas très difficile à faire admettre. Nul n'a jamais vraiment mis en doute quoi que ce soit dès lors qu'il le voit écrit sur un Mur de Paroles. L'esprit critique se fatigue vite. Personne n'a voulu vraiment savoir ce que les Siv étaient devenus. Sülinguen avait bien raison de compter sur le silence complice des contemporains. Puis tout s'est passé comme il avait été décidé.

– Mais comment pouvez-vous être sûr que c'est là la vérité? interrogea Uri. Comment savez-vous que tout s'est bien passé ainsi?

– Un des généraux qui assistait à cette réunion a

été arrêté ensuite. En prison, il a raconté cette histoire à Rodolf Vart, lequel me l'a rapportée quand il a pu s'évader et venir jusqu'ici. Ce général lui a même précisé que la réunion avait duré quatre-vingts minutes et qu'un compte rendu en avait été méticuleusement rédigé par deux secrétaires, deux vieilles demoiselles tout ce qu'il y a de convenable...

– Personne n'a protesté! répéta Golischa. On peut anéantir un peuple entier sans que personne ne proteste!

– Ceux qui auraient pu protester avaient été tués. Les autres savaient fort bien comment faire semblant de ne pas savoir. Même les ingénieurs qui installèrent la bombe ont voulu croire qu'elle servirait à exterminer les oiseaux après notre départ! C'est ce qu'on leur avait dit, l'explication leur avait suffi.

– « Et c'est ainsi – récita Golischa – que Tantale glissa sans à-coups de la civilisation la plus raffinée à la barbarie la plus absolue. » Ainsi devrait à jamais s'achever le Grand Livre Secret!

– La barbarie! s'écria Ellida. Vous savez, ce qui me surprend le plus, c'est qu'il y avait sans doute autant de savants et de poètes chez les bourreaux que chez les victimes!

– Vous avez raison, approuva Stauff. C'est bien le signe des grandes tragédies.

– Combien ont survécu? reprit Golischa.

– Vingt-deux mille cinq cent vingt-trois Siv et cinq mille trois cent dix hommes, répondit Stauff sans hésiter. Nous sommes un peu moins nombreux aujourd'hui : il y a plus d'hommes, mais moins de Siv.

– Comment pouvez-vous être aussi précis? demanda Ellida. Comment savez-vous combien il y a de Siv aujourd'hui?

– Depuis vingt ans, nous avons eu le temps de

nous compter, de refaire nos forces, de nous organiser. Eux aussi. Certains sont très déterminés.

Il n'a pas répondu à la question, pensa Golischa, intriguée. Pourquoi?

– Déterminés à quoi? interrogea Uri.

– A venger leurs morts... D'aucuns croient aussi que leur monde idéal, ce qu'ils appellent l'« UV », se réalisera bientôt, avec la venue de quelque Sauveur. Ce sont ceux-là qui vous ont envoyé chercher. Personnellement, je n'y crois pas : à mes yeux, seule une force supérieure à la sienne pourrait écraser Hitti. Vous ne nous amenez pas cette force, et votre venue ne sert donc pas à grand-chose. Pardonnez-moi de vous le dire. Je n'en suis pas moins heureux de vous voir là, car avec vous prend fin notre solitude. Les Siv, eux, croient que va prendre fin notre malheur. C'est bien trop espérer.

– Pourquoi n'avez-vous rien tenté jusqu'ici? s'enquit Golischa.

– Je vous l'ai dit, nous autres, à Bamyn, ne sommes pas assez forts; les Siv, eux, attendent un événement, un signal, je n'ai jamais compris exactement lequel. Sauf qu'il dépend de vous, Golischa, et de votre famille – il haussa les épaules. Balivernes! N'y attachez point trop d'importance, vous risqueriez de vous y perdre. Mais je ne veux pas vous empêcher d'aller les voir, de vous faire une idée de la place que vous occupez dans leurs mythes, et je ferai ce qu'ils m'ont demandé : dès demain, je vous conduirai jusqu'à eux.

Golischa sourit à l'idée que des gens l'attendaient, elle, comme un sauveur. Un jour, sa mère lui avait dit quelque chose de ce genre quand elle n'était encore qu'une jeune fille fragile, hésitant entre la terreur et la révolte.

– Comment savez-vous ce qu'ils attendent de nous? Ils vivent avec vous à Bamyn? demanda Ellida.

Stauff parut réfléchir comme pour chercher quelque réponse convaincante – ou bien comme s'il voulait cacher l'essentiel.

– Non, aucun Siv ne vit à Bamyn. Dès le début des discriminations, certains s'étaient installés dans une de leurs villes d'avant, bâtie au fond des marais, à deux jours de marche d'ici. Enfin, si l'on peut parler de marche... Une ville de boue et de joncs au pied des montagnes, au milieu des roselières et des canaux. Ils l'appellent Maïmelek. Peu à peu, tous les survivants de l'UR les ont rejoints. D'autres Siv y ont débarqué plus tard, sortis d'on ne sait où, probablement des principautés lointaines où ils avaient trouvé un provisoire refuge. Je ne sais comment ils se débrouillent. Ils doivent manquer de tout. Je n'y suis jamais allé. Ils y vivent entre eux. Aucun homme de Bamyn ne s'y rend jamais. Nous y mettrons demain les pieds pour la première fois. Ils ont insisté pour que vous alliez jusque là-bas rencontrer leurs chefs.

– Vous n'avez donc aucun contact avec eux? s'étonna Golischa. Ce n'est pas normal : ayant tout souffert ensemble, étant voisins, vous devriez conjuguer vos efforts!

Stauff la regarda, inquiet, comme si ses questions lui faisaient peur.

– Au début, nous avons essayé de travailler avec eux, mais ils ne veulent pas de nous à Maïmelek, et ils ne souhaitent pas venir ici. Nous respectons leur choix. Ils sont devenus très méfiants. On peut les comprendre! Le seul endroit où nous les rencontrons est un marché situé entre Bamyn et Maïmelek, où nous échangeons avec eux nos outils, nos tissus, nos armes, contre leur viande, leur lait de chèvre, des roseaux tressés. J'y vais souvent. Les Siv qu'on y voit sont distants, comme au-delà du réel, illuminés par un très grand malheur ou par une suprême sérénité, ou bien par les deux à la fois.

– Vous parlez leur langue? interrogea Golischa.

– Non, pas vraiment... Enfin, je me débrouille. Leur langue n'était pas adaptée à la vie à Hitti. Mais elle semble l'être à la vie des marais. C'est d'ailleurs curieux comme cette langue, débarquée avec eux d'un monde aussi sophistiqué – du moins si l'on en croit ce que chacun peut connaître du Grand Livre Secret –, se modèle à la perfection sur la misère des marais de Tantale.

Il ment, se dit Golischa, je suis sûre qu'il ment, qu'il parle couramment le siv et qu'il sait beaucoup plus de choses sur eux qu'il ne le prétend; mais quel intérêt a-t-il à mentir? Et pourquoi dit-il « si l'on en croit le Grand Livre Secret »? Entend-il par là que lui-même ne croit pas un traître mot de ce récit de l'arrivée des Siv?

Une idée élémentaire l'effleura brusquement : après tout, les Siv étaient peut-être à Tantale depuis aussi longtemps, voire plus longtemps que les hommes? Et si leur langue avait été la langue originelle de Tantale? Golischa eut du mal à chasser cette pensée de son esprit. En un éclair, elle s'essaya à reconstruire leur histoire autour de cette hypothèse. Tout devenait plus plausible. Oui, décidément, les Siv pouvaient avoir été les tout premiers habitants de cette terre. Elle n'y avait jamais songé jusqu'ici... Il est vrai que les idées simples se fraient plus difficilement un chemin que les autres... Elle se promit d'y réfléchir plus tard.

– Et ils réussissent à survivre dans ces marais? demanda Uri. Ne seraient-ils pas mieux avec vous?

– Sans doute, dit Stauff, mais la plupart de ceux qui se trouvent là-bas y sont nés après le massacre. Si les derniers rescapés leur en parlent, ils ne doivent point les croire. Je suis même convaincu que la prochaine génération des Siv en aura tout oublié, ou bien qu'elle ne aura fait quelque mythe flou, assorti d'un péché, d'un feu, d'un déluge et peut-être même d'un sauveur. Ils sont comme nous : la mémoire n'est pas leur fort, même s'ils paraissent attachés à des choses anciennes dont ils ne parlent jamais qu'entre eux.

Là encore, il n'a pas exactement répondu à la question, s'étonna Golischa.

– Est-ce vrai ce qu'on dit d'eux : qu'à la naissance, d'un enfant, un des deux parents meurt presque aussitôt? glissa la jeune fille.

– Bien sûr; vous en doutiez? sourit Stauff.

Elle hésita. Uri la regardait, surpris.

– Non, pas vraiment, fit-elle en haussant les épaules. Mais, depuis deux jours, tant d'évidences se sont effondrées que je ne m'étonnerais plus de rien.

– Celle-ci est une vérité, confirma Stauff. Pour autant, ce n'est pas un problème.

– Vous n'avez jamais essayé de savoir ce qu'ils attendent de l'avenir, demanda Uri, ce que représente pour eux cet « UV » dont vous parlez?

– Nous avons essayé de les interroger quand nous les rencontrons au marché, fit Stauff, mais ils ne veulent rien en dire.

Se tournant vers Golischa, il ajouta dans un murmure :

– Depuis le massacre, ils répètent qu'ils ne veulent plus en parler qu'à une seule personne, une femme qu'ils appellent Beth.

Il avait détaché ses mots, comme si cette dernière phrase était la plus importante de toutes celles qu'il avait prononcées depuis leur arrivée.

Golischa frémit. Beth... Son grand-père, Tula, puis Temuna l'avaient appelée ainsi. C'est même parce que le mourant avait prononcé ce nom qu'elle avait décidé de lui obéir. C'était comme si ce nom la précédait, petite lueur dans un tunnel.

– Si je comprends bien le sens de ce que nous entendons au marché, poursuivit Stauff, quand cette Beth viendra à Maïmelek, tout se jouera en quelques jours. Depuis hier, ils sont fébriles, ils prétendent que sa venue et imminente, car, disent-ils, « le Temps de la Parole a commencé ». C'est en tout cas ce que m'a dit hier au marché celui qui m'a prié de venir vous attendre ici.

« Le Temps de la Parole! » Son grand-père n'avait-il pas appelé plus ou moins ainsi le sablier du Prédicateur? Simple coïncidence?

– Vous y croyez, vous, à cette histoire? s'emporta Uri.

Stauff haussa les épaules sans répondre. D'un seul coup, il paraissait avoir dérivé très loin. Golischa le regarda contempler la ville avec une intensité pathétique, comme s'il la voyait vivre avec ses rires et ses cris, ses mensonges et ses amours, avant de s'effacer dans une immense déflagration de boue et de lumière. Peut-être n'était-il venu ici que pour prier, pensa-t-elle en s'étonnant qu'une pareille idée ne lui soit pas encore venue à l'esprit.

Le silence tomba sur leur petit groupe. En bas, les pas sacrilèges de leurs trois montures sonnaient dans la monstrueuse nécropole. Stauff se déplaça lourdement et vint se camper face à eux. Regardant Golischa, pointant la main sur elle, il ajouta d'une voix ferme :

– A vous, ils parleront.

– Pourquoi dites-vous ça? répliqua-t-elle en frissonnant.

– Parce que la petite-fille de Shiron Ugorz est celle que les Siv appellent Beth.

– On m'a appelée ainsi, en effet, murmura Golischa. Mais comment le savez-vous?

Elle sentait un grand froid l'envahir.

– Un jour – il y a un an peut-être –, un homme des marais est venu au marché me vendre des foulques. Il m'a posé des questions sur Shiron Ugorz et sur sa petite-fille. Il en parlait de façon si intense et si respectueuse que j'ai pensé – je ne sais pourquoi

– qu'elle devait être – que vous étiez – Beth, celle dont ils parlent depuis toujours comme d'une figure de légende. Je le lui ai dit. Il a nié avec une telle énergie que j'en ai déduit qu'il mentait. C'est tout. Mais si vous êtes là, c'est que vous pensez vous aussi qu'ils vous attendent. Si vous avez le courage d'aller jusqu'à Maïmelek, vous le saurez. Ne vous inquiétez pas : au cas où vous ne seriez pas celle-là, ils vous laisseront repartir. Ce sont des êtres très doux... Mais ai-je besoin de vous le dire? Bien sûr que vous irez!

– Comment en êtes-vous aussi certain?

– Parce que la mémoire est l'apanage des orphelins.

Uri murmura :

– Ils doivent espérer que tu voudras venger ton grand-père et les venger par la même occasion. Ils n'ont peut-être pas tort. Après tout, tu es l'héritière du nom, la dernière des Ugorz.

Stauff parut s'énerver.

– Non, jeune homme, détrompez-vous! Dans leur logique – si on peut appeler ainsi leur forme d'esprit –, il n'est guère question de vengeance. En tout cas, chez ceux qui espèrent en Beth. Il est plutôt question de rédemption : vous verrez, c'est bien différent.

– Pourquoi avez-vous dit qu'il fallait du courage pour aller à Maïmelek? interrogea Ellida.

– Parce que le voyage est on ne peut plus pénible. Après Bamyn, il n'y a plus de route, on ne peut plus progresser qu'en barque, à travers des marais où grouillent serpents d'eau et aghas.

– Des aghas? Ils existent! s'exclama Golischa.

– Oui, malheureusement.

– Qu'est-ce que c'est? demanda Ellida.

– Des chiens à trois cornes aussi massifs que des chevaux et terriblement dangereux, dit Stauff.

Voilà au moins un point sur lequel le Grand Livre Secret a dit vrai, pensa Golischa. Elle sentait une gravité nouvelle l'envahir et devinait qu'Ellida guettait la moindre de ses réactions.

– C'est loin, Maïmelek?

– A six heures de bateau de Bamyn... C'est du moins ce qu'ils m'ont dit! Je n'y suis jamais allé.

– Nous irons avec vous, décida Golischa. De toute façon, aucun retour n'est possible. Mais il faut faire vite! Ils ne m'ont donné que sept jours. Il m'en reste à peine cinq.

– Pas d'accord! intervint Uri. Il faut rentrer à Hitti. Nous en savons assez pour faire arrêter le Ruler. Si Stauff nous accompagne pour témoigner, le Conseil nous donnera raison. La vengeance est à notre portée.

Il se leva, l'air décidé.

– Non, Uri, fit calmement Ellida. Il faut aller au bout de ce voyage. On attend Golischa, elle doit trouver sa place. Allons pour une fois jusqu'au bout de ce que nous avons commencé!

Golischa sourit à Ellida. Elle était touchée qu'elle eût parlé de « sa place ». Le même mot l'habitait depuis des mois. Ellida continua :

– Et vous, qui vous a envoyé ici pour nous attendre? Pourquoi êtes-vous là si vous ne croyez pas à leur histoire?

Bonne question! pensa Golischa. On aurait dû la lui poser tout de suite.

– Hier soir, un homme des marais, un Siv, est venu me voir au marché. Il rentrait, m'a-t-il dit, d'une expédition manquée à Hitti. Il m'a annoncé votre arrivée et m'a demandé de vous attendre ici, de vous raconter le massacre et de vous conduire au plus vite jusqu'à Maïmelek. « L'UV en dépend », m'a-t-il dit. Je lui ai obéi sans y croire. Je ne sais pourquoi... Peut-être parce qu'il avait l'air désespéré. Ou parce que, moi aussi, j'en ai assez d'attendre...

Il se tut, puis, d'un ton soudain très doux :

– Quoi qu'il advienne, vous êtes comme l'aube du

Dernier Jour. Toutes ces années, il nous a fallu faire terriblement effort nous-mêmes pour supporter encore, après tant de boue et de malheur, cette prison de ciel et d'eau, où tout se répète à l'infini, comme l'écriture des mouettes sur les nuages.

– Espérer quoi? murmura Golischa.

– La venue d'une patrouille qui nous tuerait tous, ou bien celle d'un libérateur qui nous vengerait... Et si tout échoue, il restera encore la solitude à regarder en face... Allez, partez devant, j'ai encore quelque chose à faire ici.

– Vous ne venez pas avec nous? s'étonna Uri. Nous ne savons comment atteindre Bamyn...

– Et qui sait comment vos amis nous accueilleront? ajouta Ellida.

Il sourit avec bonhomie :

– Ne vous inquiétez pas. Passez par là et suivez ce chemin. Malgré mon âge, je vous rattraperai...

Ils le regardèrent dévaler la pente avec une extraordinaire adresse, utilisant les moindres pierres comme les marches d'un escalier. Arrivé en bas, il s'enfonça dans les rues. Ils le virent reparaître sur la place centrale et pénétrer dans une des pyramides.

Les trois jeunes gens partirent sans échanger un mot dans la direction qu'on leur avait indiquée. Il faisait de plus en plus chaud. En bas, ils récupérèrent leurs chevaux. Le désert succédant au désert, ils s'éloignèrent de Karella comme d'un temple, chacun respectant le recueillement de l'autre. Mille questions les assaillaient : Pourquoi si peu d'hommes s'étaient-ils rebellés? Comment leurs parents et leurs maîtres avaient-ils pu laisser faire cela? Comment avaient-ils pu parler entre eux si naturellement de l'UR sans jamais chercher à savoir ce que cela signifiait? Et parler des Siv sans savoir ce qu'ils étaient devenus? Comment le secret avait-il pu être si bien gardé? Et surtout, pourquoi un tel massacre? Cette histoire d'oiseaux dressés était si peu crédible... Quel crime avaient-ils pu commettre, quel danger représentaient-ils pour que quelqu'un décidât un jour de les anéantir? Golischa n'arrivait pas à se défaire de l'idée qu'il devait y avoir une raison à ce massacre. Autrement, c'était toute son enfance, tous les êtres qu'elle avait admirés qui sombraient dans l'horreur. L'inconcevable était là.

Sans l'avoir vraiment décidé, ils s'abstinrent de déjeuner, comme mus par quelque vœu expiatoire. Ils ne s'arrêtèrent que lorsque, dans la lumière évanouie, les pierres commencèrent à se confondre avec le sable. Il fallut trouver un endroit où dormir. Un violent orage éclata, comme la veille à la même heure, au moment de l'attaque des Siv par la Garde spéciale. Que de choses s'étaient passées entre-temps! Ils s'abritèrent sous un rocher et mâchonnèrent en silence quelques morceaux de viande séchée.

Une heure plus tard, quand Stauff les réveilla, Golischa s'étonna de s'être assoupie, tassée derrière les pierres. Il ne pleuvait plus.

– Venez, leur dit-il. Nous ne sommes plus très loin de Bamyn. Vous y serez mieux pour dormir.

Hébétés de sommeil, ils repartirent à pied, tenant leurs chevaux par la bride, dans la nuit allégée par l'orage. Ils ne voyaient rien, ne comprenaient du paysage que ce que leur laissaient deviner leurs pas. Au bout de quelques minutes, le sentier devint plus escarpé et se faufila entre deux parois. La pluie recommença, chaude et lente. Golischa eut le sentiment qu'on les observait, mais aucune présence ne se manifesta. Après une demi-heure de marche lente, le chemin s'évasa au milieu d'une petite plaine. Ils devinèrent en face d'eux, à quelques centaines de mètres, comme une muraille où scintillaient de faibles lueurs. Impossible d'en voir davantage. Mais le silence n'était plus le même qu'à Karella ou en plein désert. On l'aurait dit plus trouble, presque vivant.

Stauff les guida jusqu'au pied de la muraille où ils

laissèrent leurs chevaux. Il les fit passer devant lui sur une étroite planche bordée d'une balustrade de corde. Après une montée instable et sinueuse, ils atteignirent une niche creusée dans la muraille, masquée par un drap. Stauff leur fit signe d'entrer.

Ils découvrirent une grotte à peine éclairée dont l'ordre minutieux les frappa : un lit de roseau, une table basse en bois gris, quelques cahiers rangés avec soin; deux lampes à huile, quatre uniformes suspendus, un drapeau de l'Ordre du Phœnix. Une chambre d'officier, pensa Uri. Deux petits oiseaux noirs, effrayés, s'envolèrent à leur arrivée; un geste de Stauff les fit se reposer exactement au même endroit, au bord du lit.

Des foulques, pensa Golischa qui n'en avait jamais vu.

– Voilà, vous êtes chez moi. Mangez – Stauff désigna d'un geste bref quelques fruits et de la viande séchée posés sur la table. C'est du sanglier des marais. Je vous recommande de le mastiquer longtemps. Vous dormirez ici. Demain, je vous conduirai à Maïmelek.

Il prit des couvertures de paille tressée dans un coffre en bois, les déposa devant eux et sortit sans un mot. Incapable d'avaler quoi que ce soit, ils s'effondrèrent, Golischa et Ellida sur le lit, Uri à même le sol.

VIII

POSQUIÈRES

JUSTE avant l'aube du troisième jour, Stauff revint les réveiller. Le vieil officier alluma une chandelle grise en forme d'œuf. Sur un plateau de bois tapissé d'herbes, ils distinguèrent trois bols de terre cuite remplis d'un liquide fumant, des tranches de viande séchée et des crêpes de riz comme on n'en voyait plus à Hitti depuis longtemps. Ils mangèrent goulûment.

Golischa s'impatientait : deux jours entiers s'étaient déjà écoulés depuis la mort de Soline. Si Temuna avait dit vrai, il ne lui restait plus que cinq pour résoudre son énigme, donner un sens à leur fuite, trouver l'« oiseau de passage ». Sinon, avait-il dit, elle mourrait. Quoi qu'elle devînt par la suite, elle savait que jamais elle ne pourrait échapper à ce marécage et redevenir la princesse capricieuse de Nordom. Où qu'elle allât, la nouvelle du massacre l'avait enchaînée à ces gens.

Depuis la veille, elle n'avait cessé de parcourir en tous sens les chemins de son enfance, cherchant qui lui avait menti : son grand-père? Sa mère? Ohlin? Les autres? Que de questions à poser en rentrant! Car elle n'en doutait pas : ils rentreraient et demanderaient des comptes. En attendant, ils devaient aller au bout du chemin, franchir les obstacles semés sous leurs pas. Elle obéirait à sa mère, sans doute aussi à son père... Son père qui serait là, à la fin : juste avant de mourir, sa mère lui avait dit qu'elle le « reverrait »; elle ne pouvait avoir menti. Mais, pour arriver jusqu'à lui, elle devrait d'abord trouver, avait-elle précisé, ceux qu'elle avait appelés les « Sages » et le « Musicien ».

A travers la toile brune perçaient les premiers rayons du jour. Ils entendirent des bruits nouveaux, certains ondoyants comme des vagues, d'autres minutieux comme des craquements de feuilles, mêlés à un chahut de gens hilares et d'oiseaux chamailleurs. D'oiseaux? Uri alla soulever le drap et poussa un cri. Il s'avança vers l'étroite balustrade. Ellida et Golischa le suivirent.

Ce fut comme si le rideau se levait sur un décor de légende : par milliers, des oiseaux volaient en tourbillons devant eux, à les effleurer. Uri recula : son éducation lui avait appris à s'en méfier. Ellida ne put s'empêcher de les trouver éblouissants. Golischa se souvint des dessins que lui avait montrés, jadis, son grand-père, et reconnut des foulques, des sternes, des loris, des anhingas. Ils existaient donc encore, et si près de Hitti!

En se penchant par-dessus la corde qui tenait lieu de rambarde, elle vit en contrebas des champs d'herbe jaune piquetés de fleurs mauves, jonchés çà et là de draps immaculés. C'était une plaine étroite, limitée d'un côté par la falaise où ils se trouvaient, de l'autre par un remblai de terre où un étroit sentier faisait comme une fente taillée au couteau : peut-être celui par lequel ils étaient arrivés la veille. Au pied du remblai s'entassaient des maisons de bois d'où s'échappaient des traînées de fumée grise. A côté d'elles, on devinait quelque chose comme un marché : sur des étals de pierre, des fruits, des poissons, des légumes soigneusement empilés. Un peu plus loin, près d'un champ de cisal, sur quelques tables bancales, des chaussures, des robes, des outils, peut-être des armes. Au milieu déambulaient des hommes et des femmes par centaines. Golisha s'étonna de leurs longues robes à franges, de leurs tuniques à hampes bleues avec, en bandoulière, ce qui ressemblait à de grandes cartouchières ou à des colliers de métal. Elle reconnut avec surprise les uniformes de la Garde de l'Empire et ceux de deux officiers des Corps secrets.

Entre le marché et le village, une lourde rivière – la Dra, sous doute – traversait la vallée. Deux ponts de pierre la franchissaient, formés de trois arches chacun. Au pied du premier étaient amarrées deux barques de bois chargées de ballots et d'outres. Près du second pataugeaient quatre chevaux recouverts d'une couverture, les pattes entravées d'une barre de fer. Sur la gauche, aux limites de la vallée, des roselières à l'infini.

Ils descendirent précautionneusement les planches instables, sans échanger un mot. Sur leur passage, les rideaux d'autres niches identiques à la leur se soulevèrent; des femmes âgées les regardèrent sans surprise : manifestement, on les avait annoncés.

Parvenus à la dernière planche, juste avant d'atteindre le sol, Golischa leva les yeux vers la falaise qu'ils venaient de longer et découvrit un ahurissant spectacle : la haute muraille de grès servait d'écrin à deux immenses statues, figures humaines de pierre noire, lisses, comme vitrifiées : l'une beaucoup plus grande que l'autre, elles se détachaient comme deux gardiens dans leurs guérites, deux icônes dans leurs niches. Visage triangulaire, yeux bridés, moue rieuse, cheveux tirés en arrière et tressés en chignon, mains jointes sur la poitrine, les deux personnages, vêtus d'une robe à franges, de la tunique à col serré des Corps de cerviers et de l'épée de cérémonie à poignée torsadée, arboraient tous les attributs des princes d'Empire des temps anciens. Golischa se sentit écrasée par la beauté massive de ces guerriers immobiles. Stauff, qui la surveillait du coin de l'œil, désigna du doigt l'une des niches, contre la hanche de la plus grande statue.

– Vous avez passé la nuit accrochés à sa ceinture!

– Qu'est-ce que ça représente? demanda Uri. Pourquoi ces statues?

– Ce sont nos Jumeaux, nos respectés, nos vénérés Jumeaux! Ne me dites pas que vous ne les avez pas reconnus, que vous n'aviez pas senti leur bienheureuse présence!

– Ça, des jumeaux! pouffa Ellida. Je n'en ai jamais vu d'aussi différents. Et puis, je croyais qu'il était interdit de les reproduire l'un à côté de l'autre!

– D'après le Code de l'Empire, expliqua Stauff, sur chaque terre de conquête, on devait édifier deux statues des Jumeaux, de taille différente, pour signifier que leur identité a créé la violence et que leur différence la conjure. En arrivant ici, j'ai appris que quelques années après l'atterrissage du second caléïdophore à Tantale, l'Empire y avait fait transporter ces deux statues, sculptées ailleurs, très loin de Bamyn, dans une pierre vitrifiée et selon des techniques dont nous n'avons plus la moindre idée. Des prêtres ont creusé des grottes autour des dieux et sont restés là, vivant des offrandes des pèlerins de passage. Pendant près d'un siècle, ils ont tenu à jour ce qu'on a appelé ensuite le « Commentaire de Bamyn », du nom de cet endroit. Vous en avez peut-être entendu parler...

Golischa hocha la tête. Elle imaginait les nuits de dispute entre prêtres à l'intérieur de ces grottes.

Stauff avança sur le chemin et leur fit signe de le suivre.

– Avec le temps, continua-t-il en marchant, leurs

cérémonies sont devenues perverses, voire sanglantes. On m'a dit qu'à l'époque de Silena Ugorz, on y sacrifia beaucoup d'oiseaux qu'on envoyait ainsi – disait-on – rejoindre les Jumeaux et prier pour nous. On les appelait les « oiseaux de passage ».

Eux aussi! pensa Golischa. Elle se promit d'en savoir plus sur la question.

– Comment êtes-vous au courant de cette histoire? demanda Ellida.

– Les prêtres la connaissent depuis toujours. Il y en a beaucoup parmi nous. Ce sont eux qui m'en ont parlé.

– Des prêtres dhibous?

– Non, des khaos. Leur conduite a été magnifique. Ils ont pris beaucoup de risques. Ici, ils sont très précieux, car ils savent cultiver le riz en terrasses et faire trois récoltes par an. Maintenant, grâce à eux, nous en produisons assez pour subvenir à nos besoins.

– Je ne savais pas que les prêtres, qu'ils soient khaos ou dhibous, savaient faire autre chose que des sermons! sourit Ellida.

– Ne les sous-estimez pas : les khaos sont d'excellents jardiniers et de remarquables cuisiniers! Ce qui ne les a pas empêchés d'être des monstres, car ils ont aussi massacré des enfants qu'ils chargeaient d'aller demander pardon aux dieux pour les caprices des hommes!

– Vous dites ça pour nous faire peur! sursauta Golischa.

– Pas du tout! Nous avons retrouvé des crânes dans certaines niches. Nous les avons enterrés du mieux que nous avons pu. J'y ai moi-même mis la main.

– Les Siv ont repris le rôle... murmura Ellida.

– Comment ça?

– A leur façon, eux aussi sont partis demander pardon au Ciel pour la folie des hommes.

Stauff la regarda fixement : cette idée ne lui était jamais venue. Puis il haussa les épaules :

– Au Ciel... Nous n'avons personne à qui crier notre révolte, personne à qui nous plaindre...

Il regarda vers les roselières, au loin, et poursuivit :

– Il se fait tard. Il faudrait partir : le voyage jusqu'à Maïmelek sera long. Là-bas, ils doivent être impatients de vous voir.

Golischa frissonna.

– Allons chercher nos affaires.

– Inutile, sourit Stauff. Je les ai fait transporter à bord des barques. Suivez-moi...

Ils s'avancèrent vers la rivière. Golischa remarqua que personne, parmi les gens qui allaient et venaient autour d'eux, ne les abordait. Étrange, pour des gens isolés depuis dix-huit ans! Ils auraient dû se précipiter sur eux, leur poser des questions. Ils se bornaient à les dévisager en s'attroupant sur leur passage, puis repartaient sans rien manifester. Elle s'enhardit à demander une explication.

– Pourquoi nous dévisagent-ils sans rien dire?

Stauff continua d'avancer sans répondre, puis, tournant la tête :

– Ils sont bien ici, sans Hitti, lavés de votre monde. Ils n'en espèrent rien. Ils ont peur de ce que vous pourriez leur apprendre. Ils veulent simplement vous voir partir.

L'explication ne satisfait pas Golischa, mais elle comprit qu'elle ne saurait rien de plus.

– Je ne vois de vigiles nulle part, remarqua Uri. Vous ne craignez pas d'être attaqués? Vous ne disposez d'aucune défense?

Stauff le regarda en souriant :

– Nous défendre contre qui? Nous n'avons rien à redouter des hommes de Hitti : ils ont trop peur des radiations pour venir jusqu'ici. Ni des aghas, qui ne sortent jamais des marais. Quant aux oiseaux, ils savent que toute vie en dehors de nous n'est que menace. Ce sont les meilleurs vigiles.

– C'est par eux que vous avez appris notre arrivée? demanda Golischa.

– Trois chevaux galopant sur une route désertée depuis vingt ans : il y avait de quoi les alerter!

Stauff s'arrêta, sortit une tabatière de sa poche et y puisa une poignée d'herbes qu'il mâchonna avec un plaisir visible. Golischa s'impatientait. Il le sentit.

– C'est vrai, les Siv vous attendent et nous sommes déjà au troisième jour!

Golischa lui en voulut de son ton sarcastique. Pourquoi était-il venu l'attendre au nom des Siv s'il ne les croyait pas?

Elle répondit aussi calmement qu'elle put :

– Ne vous moquez pas. Mon grand-père et ma mère ont voulu que j'obéisse à un messager, et je suivrai leurs instructions à la lettre. Non parce que j'ai peur pour ma vie, ni afin de vous venger, mais pour l'amour de l'un et de l'autre... Vous avez assez dit que les hommes meurent de manquer de mémoire. Elle ne me fera pas défaut. Quand j'aurai compris où tout cela mène, je me sentirai libre d'en vivre ou d'en refuser les conséquences.

Il se radoucit :

– Vous avez raison. Si j'étais à votre place, je ne négligerais ni la menace ni l'énigme. Et s'ils m'ont choisi pour vous porter ce message, ce n'est pas seulement parce que je suis le chef ici, ni parce que j'ai été le témoin de l'UR, mais parce qu'ils savaient que je vous parlerais d'eux honnêtement.

Golischa songea à sa mère avec une sourde tristesse. Pour la première fois, elle lui manquait vraiment. Fallait-il qu'elle se sentît seule! Fallait-il que tout eût changé! Avant la mort de Soline, le temps glissait sur elle comme le sable sur l'étoupe, immuable et monotone. A présent, chaque grain posait problème. Elle irait pourtant jusqu'au bout, même si sa vie devait s'en trouver bouleversée plus encore qu'elle n'y avait aspiré dans son enfance.

Stauff les entraîna vers le pont de pierre où étaient amarrées quatre longues barques noires. Sur la plus grande étaient assis une dizaine d'hommes engoncés dans de vieilles vestes de laine grise tombant sur leurs robes sales. Certains étaient armés de fusils anciens modèles, d'autres de tridents rudimentaires faits de pointes barbelées fixées au bout de longues perches. Les hommes se levèrent et leur sourirent sans mot dire. Golischa fut frappée de leur attitude farouche et impavide, comme aiguisée par ce sens de l'efficace que confère toute une vie d'adversité. Pourtant, si Stauff avait dit vrai, ces hommes n'étaient là que depuis dix-huit ans! Comment avaient-ils fait pour perdre jusqu'à la dernière trace de vulnérabilité de l'autre monde? A moins qu'ils ne fussent là depuis beaucoup plus longtemps? Mais Stauff aurait alors menti, et c'est toute la vérité de son récit qui en aurait été ébréchée.

La coque de l'embarcation était constituée de longs roseaux calfatés de laine, recouverts d'un goudron grossier. Derrière, sur les trois autres barques, s'entassaient également dix hommes armés de fusils, une cartouchière en bandoulière, un poignard recourbé passé dans la ceinture.

Ils s'assirent sur un banc recouvert de deux nattes de roseaux finement tressés en damiers rouges et noirs. Deux hommes, en poupe, enfoncèrent de longues perches dans l'eau boueuse. Le bateau vibra et s'éloigna du pont. A intervalles réguliers, l'extrémité des perches s'inclinait au-dessus de leurs têtes. Les trois autres barques les suivirent en silence. Golischa nota que leur départ s'effectuait dans l'indifférence générale. Mise en scène?

Au bout de plusieurs minutes de lente navigation, Golischa se retourna vers Bamyn. De loin, les statues semblaient moins impressionnantes : leur sourire les rapetissait.

Ils sortirent de la vallée; le paysage devint caillouteux. La rivière serpenta au milieu de sables et de rochers plats où dominaient l'ocre et le violet. Sur le dernier bateau, deux piroguiers entonnèrent une mélopée triste aux paroles inaudibles.

Puis la rivière s'enfonça dans des marais opaques. Une odeur âcre les saisit à la gorge, sans paraître incommoder les piroguiers. De part et d'autre défilèrent des roselières comme deux massifs gris-argent, avec, à fleur d'eau, les verts bouquets des jeunes pousses. Toutes sortes d'oiseaux voletaient autour d'eux. Golischa n'hésita qu'à peine à reconnaître la lente trajectoire des foulques et des cormorans, celle, plus heurtée, des martins-pêcheurs et des anhingas. Elle entendait encore son grand-père les lui décrire. Elle les avait si souvent imaginés qu'elle les découvrait à présent sans surprise.

Les foulques... Comment Tula les avait-il appelés? « Oiseaux des marais », « oiseaux de passage »... Était-il venu jusqu'ici? Absurde! Aucun habitant de Hitti n'avait dépassé Kber depuis bientôt vingt ans... Mais tant de choses étaient devenues vraies qui ne lui auraient paru avant hier que d'invraisemblables cauchemars!

Ils cheminèrent par un chenal étroit, entre les roseaux immobiles. De temps à autre, Golischa discernait d'autres sentiers d'eau à travers les massifs serrés. Sur les barques, quelques voix se mêlèrent à celles des deux piroguiers. Pour les trois jeunes gens, tout était neuf : les bruits, les odeurs, les couleurs, les formes, la végétation, les gens. Golischa vivait ces heures comme une trêve au cœur de la tempête. Elle s'essayait à répéter mentalement : « Plus que cinq jours à vivre », sans parvenir à s'effrayer elle-même. Elle attendait le moment où la peur s'abattrait sur elle. Mais trop de choses l'enthousiasmaient dans ce qui s'offrait là, devant elle.

Elle regarda Ellida. La jeune femme jouait avec une fleur de roseau cueillie au passage. Elle pensait sûrement à son fils : il aurait aimé cette aventure. Elle se tourna vers Uri, qui lui sourit : lui aussi devait voir avec jubilation se réaliser les plus folles ambitions de son adolescence.

Les piroguiers semblaient aux aguets. Leur chant s'arrêta; on n'entendit plus que le bruit régulier des perches claquant contre les plats-bords. Sur la droite apparurent quelques huttes sommaires, entourées d'étroits champs d'orge et de blé. Les récoltes n'avaient pas été faites à temps. Un chien étique les suivit de ses aboiements. Ni fumée, ni bruit, ni mouvement, rien n'indiquait de présence humaine. Golischa mit sa main sur l'épaule de Stauff et le regarda d'un air interrogateur. Le vieil officier se pencha et lui dit à voix basse :

– Ne vous inquiétez pas. Il n'y a aucun danger. Nous appelons cet endroit le Marché silencieux. Personne n'y habite. Vous voyez cette petite place, là-bas, avec la grosse pierre au milieu? C'est là qu'ont lieu nos échanges avec les Siv. Ils ne connaissent pas la monnaie. Les uns apportent ce qu'ils veulent vendre, les autres posent devant eux ce qu'ils pensent pouvoir offrir en échange. Si le premier accepte, le troc est conclu et chacun prend ce que l'autre a laissé. Sinon, on enlève ou on rajoute, jusqu'à ce que l'équilibre soit trouvé. Tout cela sans un mot. Aujourd'hui, il n'y a personne : le marché se tient dans deux jours.

– Pourquoi cette règle du silence?

– Pour éviter la violence des mots. Aux yeux des Siv, les mots sont des êtres vivants et peuvent devenir dangereux si on les trompe.

Le cortège de lourdes barques longea encore pendant environ une heure des îles de joncs aux feuilles acérées. Tout paraissait serein. Pourtant, depuis qu'ils avaient laissé derrière eux le village de huttes, deux barques avaient dépassé la leur comme pour la protéger. Golischa n'arrivait pas à imaginer quel danger pouvait surgir de cette immense houle d'herbes jaunes. La mélopée n'avait pas repris. Dans le silence mat, les embarcations avaient de plus en plus de mal à manœuvrer. Les piroguiers poussaient leurs perches à intervalles de plus en plus espacés.

Elle remarqua soudain que les oiseaux avaient disparu. Elle n'aurait su dire depuis quand. Ce n'était pas bon signe. Elle regarda Stauff : il esquissa un sourire qui ne la rassura pas vraiment.

Un peu plus tard, au sortir d'un interminable méandre, un homme à l'avant du premier bateau pointa le doigt vers un îlot recouvert de joncs :

– Là, il y en a deux, là, à droite!

– Attention, ils nous ont vus!

Stauff se pencha vers l'avant et murmura :

– Ils sont énormes!

Les deux premières barques filèrent sur l'îlot à une vitesse inattendue et le contournèrent par la droite. Les hommes étaient aux aguets, fusils et lances dressés. Au bruit des roseaux écrasés, Golischa, Uri et Ellida devinèrent qu'une lourde masse devait s'y déplacer. A l'une des extrémités, six hommes débarquèrent et se frayèrent un chemin dans l'enchevêtrement jaunâtre qui se referma sur eux. On entendit des cris, suivis de jappements, de hurlements, ponctués au bout de quelques secondes de trois détonations rapprochées. Golischa crut apercevoir à l'autre bout de l'îlot une forme gigantesque bondir et s'effondrer dans la boue dans de brusques convulsions. Quatre silhouettes surgirent derrière elle et la suivirent dans l'eau en vociférant, tenant leurs fusils au-dessus de leurs têtes. L'animal s'enfonça dans la boue, secoué d'énormes hoquets. Quand la rivière se fut refermée sur lui, les hommes s'en revinrent vers l'île en poussant des rires sonores. Uri remarqua qu'ils récupéraient les douilles, selon les vieilles habitudes en usage sur les terres de conquête. Un des chasseurs fit signe aux bateaux d'approcher : à ses pieds gisait un homme ensanglanté, blessé à la cuisse droite ou à la hanche.

– Débarquez-moi, demanda Ellida. Je peux essayer de le soigner.

Stauff donna un ordre bref. Leur bateau alla se ranger près de la rive. Elle sauta à terre. Rien de bien grave : un lambeau de chair arraché au haut de la jambe. Les autres regardaient nerveusement autour d'eux : ils n'avaient nulle envie de moisir ici. Stauff cria :

– On s'en va ! On ne sait jamais, avec ces monstres : ils reviennent toujours lorsqu'ils sentent l'odeur du sang.

Le blessé installé à l'avant du bateau, ils repartirent. La douceur du paysage leur semblait à présent fallacieuse. Si l'un des monstres surgissait d'entre les roseaux, il mettrait leur bateau en pièces.

Mais les aghas ne se manifestèrent plus. Les oiseaux revinrent, les piroguiers reprirent leur chant; les hommes se relayaient aux perches, grignotant de temps à autre un morceau de viande séchée.

En fin d'après-midi, la rivière enchâssée dans les roselières se subdivisa en trois bras. Les piroguiers ralentirent et s'arc-boutèrent sur leurs perches pour ne pas se laisser entraîner en arrière par le courant. Tous paraissaient hésiter : Stauff regardait fixement vers le chenal de droite, tandis que les piroguiers guettaient ce qui pouvait déboucher des deux autres.

Au bout de quelques minutes de silence, on entendit au loin comme un cri d'oiseau, mais plus rauque et comme amplifié. Du chenal de droite, une compagnie de foulques fonça vers eux en rasant l'eau.

Majestueuse, surgit alors une haute barque, plus

large et lisse que la leur, comme usée par des courses plus longues. En proue, deux petits lions et un taureau sculptés semblaient se battre à mort. Au milieu du pont, une grande cabine décorée de damiers noirs et jaunes était traversée d'un double mât supportant une vergue oblique et une voile triangulaire. A l'arrière, une grande roue ornée de têtes d'oiseaux tenait lieu de gouvernail. A bord, une vingtaine d'hommes s'affairaient, poussant des perches, maniant des cordages, s'accrochant à la roue.

– Des Siv! murmura Golischa. Les voilà...

Elle en était sûre, c'étaient bien des Siv. Pourtant, rien ne les différenciait des gens de Bamyn : mêmes robes, mêmes cartouchières, mêmes armes. Seul les distinguait, noué autour de leur cou, un foulard à damier rouge et blanc pareil à celui que leur compagnon arborait la veille. Qu'avait-il de commun avec eux?

Golischa eut le sentiment que l'un des Siv, debout à l'avant du bateau, la dévisageait. Mais il était bien trop loin pour la distinguer vraiment. Elle mit cette impression sur le compte de son propre trouble.

Arrivée à la jonction des trois chenaux, la grande barque repartit en sens contraire, sans marquer le moindre temps d'arrêt, et s'engagea dans un autre bras de la rivière, le plus à gauche.

Stauff fit signe aux piroguiers de la suivre. Aucun mot, aucun signe n'avait été échangé entre les hommes et les Siv – si c'en étaient vraiment. On aurait dit qu'ils obéissaient là à un très vieux rituel et que ce n'était assurément pas la première fois, comme le prétendait Stauff, qu'ils se rencontraient de la sorte.

Au bout de quelques minutes, l'eau parut moins noire, moins profonde. Devant eux, trois piroguiers descendirent de la barque des Siv et, leurs robes retroussées jusqu'aux hanches, poussèrent leur bateau. Les hommes des autres barques firent de même. Golischa osa à peine murmurer en se penchant vers Stauff :

– Ce sont vraiment des Siv?

Mal à l'aise, le vieil officier semblait à la fois inquiet et surpris.

– A leur façon de s'habiller, je pense que oui. Mais ceux-là, je ne les connais pas.

– Vous ne les avez jamais vus?

– Non... Sauf un, celui qui se tient tout à l'avant.

Celui dont elle avait senti le regard se poser avec insistance sur elle.

– Qui est-ce?

– Un curieux personnage. Il vient souvent au Marché silencieux. Je suis étonné de le voir sur ce bateau.

– Pourquoi?

– Ici, il a tout l'air d'être leur chef, alors qu'au Marché il est le plus humble d'entre eux. Il passe ses journées accroupi derrière une des huttes, l'air accablé, à fabriquer des petits poissons de terre cuite aux formes les plus biscornues. Il les peint lui-même, en jaune ou en vert, puis en fait des colliers ou les empile dans des étuis de roseau. Et il vient nous les vendre.

– Vous l'avez bien observé! remarqua Golischa.

Stauff hésita :

– Très souvent, il retarde la conclusion des échanges. Quand, en fin de journée, il vient poser ses poissons sur la pierre, cela crée toujours un malaise. Personne n'en veut : ce n'est pas vraiment le genre d'objet dont on a besoin à Bamyn! Or il faut que tout soit vendu pour que les échanges de la journée soient validés. Alors nous en prenons quand même un ou deux, pour ne pas offenser les Siv et pour en finir. Quoi qu'on lui propose en échange, il accepte toujours sans marchander; comme si ce qu'il voulait, c'était seulement nous donner ses poissons et signifier la fin des échanges.

– Mais vous le connaissez vraiment très bien! insista Golischa.

– Je ne lui ai jamais adressé la parole. Je ne pense même pas avoir jamais croisé son regard. Mais il m'a toujours intrigué... Sans doute aussi parce que aucun Siv ne lui adresse la parole, bien qu'ils le laissent régulièrement clore le marché. J'ai parfois pensé que son humilité était trop extrême pour n'être point feinte, et qu'il était en fait une sorte de maître de cérémonies, voire un chef venant au Marché pour nous surveiller, guetter quelque chose ou peut-être attendre quelqu'un. Puis j'ai chassé ces idées de mon esprit... Mais, en le voyant à la proue de ce bateau, j'ai la conviction qu'il se dévoile. Peut-être est-ce vous qu'il attendait?

Herbert Stauff avait parlé si bas que Golischa, pourtant toute proche de lui, l'avait à peine entendu.

Peu à peu, la rivière s'élargit, les roseaux s'espacèrent. La nuit tombait avec la brume. L'un après l'autre, les piroguiers remontèrent à bord et reprirent leurs perches.

Puis, au détour d'une longue courbe, se dessina comme une interminable procession de huttes séparées par des jardins méticuleusement entretenus. Dans chaque allée, entre les cabanes, une foule curieuse se bousculait, les hommes vêtus de longues tuniques aux couleurs pâles, le visage des femmes masqué de longs voiles de tulle gris. Aucun mot, aucun cri. Seuls quelques rires d'enfants.

Ils avancèrent; la foule les suivit le long des rives. A un endroit plus dégagé, des jeunes gens formèrent un cordon pour endiguer les spectateurs. Leurs bateaux continuèrent à longer les rues à présent désertes d'une ville qui paraissait s'étendre à perte de vue.

Au milieu du fleuve, Golischa devina un îlot relié aux rives par deux ponts. Au-dessus, quelque chose comme une gigantesque stèle s'effaçait à demi dans la brume. Lorsqu'ils s'en approchèrent, elle comprit qu'il s'agissait d'une énorme construction en forme de cloche que des câbles de roseaux tressés retenaient à des pieux fichés dans le sol.

Devant eux, la barque des Siv se dirigea vers l'îlot. De plus près, Golischa réalisa que le bâtiment était fait lui aussi de roseaux si étroitement nattés, si précisément agencés que sa surface semblait ciselée comme celle d'un marbre. Il s'ouvrait par une porte à battants soutenue par deux colonnes torsadées.

– Que c'est beau! murmura Ellida.

– Jamais je n'aurais pensé qu'une pareille construction soit possible! s'exclama Uri.

La barque des Siv se rangea contre un escalier étroit taillé dans le sol. L'homme aux poissons en descendit le premier. Deux silhouettes s'approchèrent de lui et lui baisèrent la main en s'inclinant très bas. Stauff avait vu juste, pensa Golischa : c'est un chef. Une fois l'embarcation des Siv repartie, la leur accosta à son tour. Ils descendirent et gravirent les marches couvertes d'une mosaïque de coquillages spiralés. Golischa remarqua que, de là, le regard pouvait embrasser – et sans doute surveiller – la ville entière.

L'homme aux poissons les attendait en haut de l'escalier. Une petite barbe grise. Deux immenses yeux gris. Ses rares cheveux, tressés en natte, lui donnaient un air enfantin. Il leur sourit, s'inclina et, sans prononcer un mot, désigna de la main le porche de l'entrée. Ils avancèrent. Derrière eux, des Siv empêchèrent leurs piroguiers de les suivre.

En s'approchant de la grande tour ronde, ils entendirent s'envoler des oiseaux. La porte surmontée d'une arche était ouverte devant eux. Pour la franchir, ils durent baisser la tête. Le toit de la grande salle, fait de roseaux et de goudron, reposait sur douze colonnes de roseaux tressés disposées en cercle. Suspendues à hauteur d'homme entre chaque colonne, des lampes à huile formaient une couronne lumineuse. Des nattes aux couleurs vives, où dominait le bleu, tapissaient les murs. Sur le sol, d'autres nattes, brunes et rouges, disposées sur plusieurs épaisseurs, entouraient un coffre de bois sculpté en forme de pyramide tronquée, et un feu sur lequel était posée une dizaine de pots de métal. Au fond de la salle, entre deux colonnes, cinq tapis au dessin plus fin recouvraient cinq sièges de hauteur inégale. Deux lourds bancs de bois leur faisaient face, disposés en équerre.

Accroupi près du coffre, au centre de la pièce, un vieillard vêtu d'une robe de toile blanche et coiffé d'une toque de fourrure vidait dans le feu le marc des cafetières. A côté de lui, un enfant pilait des grains dans un mortier. Le vieillard se leva et vint prendre Golischa par la manche. Elle se laissa faire. Il la conduisit vers le fond de la pièce et lui désigna avec un sourire édenté le siège le plus bas. Elle s'y assit. Avec une impérieuse précision, il attribua ensuite une place à chacun, puis sortit. L'enfant vint leur proposer du café, puis s'en fut à son tour. Golischa trouva au breuvage un goût plus âcre qu'à celui qu'ils avaient bu le matin même à Bamyn.

Ils restèrent seuls un long moment. Quand Golischa leva la tête, elle vit une silhouette se découper dans l'embrasure du porche, immobile, comme retardant le moment de la rencontre. Ellida posa sa main sur le bras de Golischa, qui lui sourit. Une seconde silhouette entra furtivement dans la pièce, suivie de quatre, cinq, six autres. Elles vinrent s'aligner devant eux, derrière les bancs. L'homme aux poissons était le premier. Il s'était changé et arborait à présent une tunique blanche et des pantoufles bleues bordées de fourrure grise. Ses yeux clairs reflétaient une jubilation et une impatience qui tranchaient sur l'attitude austère et la lenteur de ses compagnons. Tous vêtus d'amples robes de toile, ils ne se distinguaient que par la couleur de leur tenue et la forme de leurs chapeaux. Hormis un albinos vêtu de rouge, coiffé d'un chapeau circulaire à larges bords, et un petit homme équipé comme un officier, tous semblaient plus âgés que l'homme aux poissons.

– La paix soit sur vous, commença celui-ci d'une voix calme et raffinée.

Il s'arrêta un moment, puis, détachant les mots jusqu'à hacher ses phrases :

– Vous êtes ici dans notre sanctuaire. Mon nom est Donnolo. C'est moi qui vous ai demandé de venir. Je vous souhaite la bienvenue à Maïmelek.

Donnolo! Ce qu'avait dit Temuna était donc vrai! D'où cet homme avait-il pris ce nom? Quel rapport pouvait-il y avoir entre lui et l'oiseau de sa mère? Elle demanda :

– C'est toi qui est venu à Hitti il y a quatre jours?

– C'est moi, avec d'autres qui y sont restés...

– Qu'avais-tu à me dire?

Il sourit et hocha la tête :

– Un peu de patience. Votre voyage a été long, vous devez être fatigués. Votre esprit n'est pas assez calme pour entendre ce que nous avons à vous dire, ni pour faire ce que nous attendons de vous.

Il s'assit sur un des bancs. Les autres l'imitèrent dans un ordre qui semblait ne rien devoir au hasard.

L'homme aux poissons claqua des doigts. Deux jeunes gens entrèrent, portant de lourds plateaux de cuivre recouverts de pyramides de riz cernées d'œufs à peine cuits et de boulettes de viande. Ils les posèrent à même le sol devant les voyageurs, repartirent puis revinrent avec de grandes jattes vertes emplies de crème et des paniers d'osier où se mêlaient dattes et olives.

– Vous allez d'abord dîner. Vous, Golischa, comme vous êtes en deuil, vous devez commencer votre repas par une olive noire...

Il lui tendit un bol. Elle se servit et mangea lentement, sans cesser de le regarder. Il reprit :

– ... pour vous rappeler que, malgré la mort, le monde roule. Chaotiquement, mais il roule...

Les autres Siv – elle s'était faite à l'idée – mangèrent eux aussi en silence, sauf l'homme aux poissons qui ne toucha à rien. Sous le porche, on devinait des silhouettes qui venaient les observer en chuchotant, sans oser entrer.

Une fois le repas terminé, Donnolo frappa dans ses mains. Les deux jeunes gens revinrent desservir et apportèrent des vasques. Tous se lavèrent les mains et s'essuyèrent méticuleusement à une serviette de toile qu'on leur tendit.

– L'heure avance, dit l'homme aux poissons. Si je compte bien, voici que s'achève l'après-midi du troisième jour. En notre nom à tous, je vous remercie d'avoir entendu notre appel. Installez-vous confortablement : nous resterons là au moins jusqu'à ce que la nuit nous ait rejoints.

Assis près de lui, celui qui paraissait le plus âgé des Siv, vêtu d'une tunique sombre et d'un pantalon blanc, une écharpe immaculée autour du cou, de longs cheveux argentés séparés en deux tresses, le tira par la manche et lui murmura quelques mots à l'oreille. Golischa remarqua qu'il gardait les yeux clos, comme s'il était aveugle, et qu'il jouait sans cesse avec son bâton.

– Oui, Posquières, tu as raison. Il faut d'abord que je vous dise qui nous sommes. Mon nom est *Sabattai Donnolo*. On me nomme parfois aussi *Seferyo*. C'est selon. J'ai été médecin et alchimiste. Je suis né ici et n'en suis jamais parti. Je décide de la vie de tous les jours. Mais je me considère comme l'élève des Maîtres ici réunis, leur élève indiscipliné et sceptique, mais leur élève tout de même... Laissez-moi maintenant vous présenter ces Maîtres. Juste à côté de moi, celui qui écrit sur le sable avec son bâton est *Posquières*, le premier des Maîtres, notre premier vigile. Il vient de très loin, là où sont les lumières, près des mers. Nous le respectons infiniment. Il tranche nos disputes et décide de notre sagesse. Il devine les peines qui nous minent et les folies qui nous guettent. A côté de lui, ce long jeune homme aux cheveux nattés, si maigre qu'il en paraît presque transparent, se nomme *Calonyme*. Il est le maître de notre science du temps, il sait tout des étoiles et du sable, de l'eau et des fioles, il en déduit le rythme des hommes, les soubresauts des peuples et les syncopes de leur histoire. Lui aussi, comme Posquières, croit en vous, Beth. A côté de lui, celui dont la bouche édentée marmonne – ce qui n'est pas, je le reconnais, un spectacle des plus réjouissants –, c'est *Chasid*. Il n'est ni fou ni gâteux : s'il se raconte sans cesse notre histoire, c'est de peur de l'oublier. Lui aussi croit que vous êtes celle qu'Il a annoncée. En face de lui, au bout de l'autre banc, l'albinos vêtu de rouge et coiffé d'un chapeau de fourrure se nomme *Nazir*. Il est la mémoire de notre espace; il connaît les vieilles langues, celles du regard comme celles du vent; il sait parler aux oiseaux et entendre les plaintes des arbres. Comme moi, il n'attend plus rien de la foi; il ne se fie pas aux prédictions de notre mémoire et souhaite comprendre la réalité de notre condition. A côté de lui, le petit homme équipé de cette veste à chevrons, comme un officier de votre armée, se nomme *Yok*. C'est le plus jeune de tous les Maîtres; il y a vingt ans, pour échapper aux Bhouis, il est parvenu à sortir de Hitti caché dans un cercueil qu'on emportait au crématoire. Depuis, il ne vit plus que pour enseigner aux enfants... Comme s'il pouvait leur apprendre quoi que ce soit! De même que Nazir et moi, il n'attend rien de vous. Il ne croit qu'en la Raison qui nous fera comprendre qui nous sommes! Enfin, le dernier, ce grand barbu vêtu de noir, au visage dissimulé sous un large foulard, ce qui lui donne l'air d'un de vos anciens princes, se nomme *Grenada*. Il vient du pays de nos ennemis et en a gardé les manières. Comme Yok, Nazir et moi, il n'attend plus de vous un quelconque miracle. Mais lui ne croit pas non plus en la Raison. Il est le seul ici à penser que la violence nous rendra notre liberté.

– Arrête, grogna celui qu'il venait d'appeler Chasid. Le temps passe. Fais ce dont nous sommes convenus. Dépêche-toi. Tu sais bien qu'il faut qu'elle trouve...

Donnolo se leva et s'inclina presque comiquement devant Posquières. Puis il murmura lentement, comme s'il s'acquittait d'un devoir qui lui coûtait :

– La vérité... Parce que tu crois que nous la connaissons, la vérité!

– Donnolo, s'il te plaît, répéta Chasid. Pose-lui les questions. Il faut qu'on sache avant tout si elle est Beth.

Un épais silence s'installa. Donnolo regarda le sol à ses pieds, puis leva sur Golischa un regard redevenu très grave.

– Chasid a raison. Je dois te poser deux questions. Je ne te raconterai notre passé que si ta réponse est conforme à l'attente.

– L'attente de qui? s'exclama Golischa.

– Tu le sauras plus tard. Laisse-toi faire...

Elle s'insurgea :

– Me laisser faire? Pourquoi me laisserais-je faire?

Il la regarda longtemps, puis murmura :

– Parce qu'il faut apprendre à croire celui qu'on rencontre pour la première fois, savoir suivre celui dont on se méfie, aimer celui qui vous aime...

– Je t'écoute, articula Golischa avec émotion, les coudes posés sur les genoux, les mains calées sous le menton.

Ellida se dit qu'elle avait souvent vu son propre père dans cette attitude... Et si Golischa était sa sœur?

Donnolo sortit de sa poche deux petits poissons de pierre noire et se mit à jouer avec eux. On entendit le choc des pierres, régulier, irritant.

– Voici la première question : es-tu fidèle à Donnolo?

Golischa tressaillit. Uri et Ellida remarquèrent son trouble. Quelques instants avant de la laisser, quatre jours plus tôt, sa mère l'avait prévenue qu'on lui poserait cette question et qu'il lui faudrait y répondre. « On te fera redire ta fidélité », avait-elle dit. Comment cet homme des marais, ce pêcheur exilé ici depuis dix-huit ans, pouvait-il connaître cette confidence? La surveillait-il depuis ce moment? Elle sentit les yeux des autres rivés sur elle. Donnolo insista :

– Réfléchis bien. Es-tu fidèle à Donnolo? Essaie de te souvenir d'une réponse que tu aurais déjà entendue.

Elle décida de jouer le jeu :

– Autant que ma mère me l'a enseigné.

Les Maîtres se détendirent. Chasid et Calonyme échangèrent un regard furtif. Posquières donna contre le sol plusieurs petits coups de bâton, souriant, les yeux toujours clos. Donnolo prit un air déçu.

– Très bien. Deuxième question, écoute-moi avec attention : Es-tu une femme?

Elle crut rêver. Comment pouvait-il savoir qu'un garde le lui avait déjà demandé, autrefois? Elle n'avait jamais oublié. C'était il y a neuf ans, au bord des remparts de Nordom. Qui avait pu connaître cette conversation d'un soir de brume? Elle sentait pourtant qu'elle devait parler de lui, de Tula... Quel rôle jouait-il dans tout cela?

– Tula m'a appris que je ne serai femme que par mes enfants.

Un murmure parcourut les Siv. Posquières cessa de fouiller dans le sable. Assis à côté de lui, Calonyme sourit en levant les manches flottantes de sa grande veste en loques. Yok se dressa avec fébrilité. Devenu solennel, Donnolo posa la main sur l'épaule de Posquières assis à côté de lui :

– Tu avais raison. Je me suis trompé.

– Cela ne m'étonne pas, murmura Calonyme.

– C'est Beth, il n'y a pas de doute, ajouta Yok. Raconte-lui tout, maintenant. Dépêche-toi.

Donnolo se tourna vers Golischa, à la fois cérémonieux et tendu :

– Écoute-moi, petite fille. Voici la vérité, notre vérité. Tu y as droit, elle est insupportable. Je te préviens. Stauff t'a raconté l'UR. Ton père m'a demandé de t'en dire la cause.

Golischa suffoqua : enfin, quelqu'un qui reconnaissait l'avoir connu! Elle allait savoir! Ellida lui étreignit le bras.

– Tu as connu mon père? Quand?

– Connu, c'est beaucoup dire... C'était il y a bientôt six ans. En patrouillant dans les marais de Haute Senteur, derrière Bamyn, j'ai rencontré un homme au bord de la mort, d'une maigreur famélique. Il vivait là depuis peu, dans le dénuement le plus absolu. Insondablement triste, son visage me bouleversa. Un jour, peut-être, si j'en ai le temps, je te raconterai cette rencontre; ce n'est pas le moment. Pendant quelques jours de cauchemar, nous avons lutté ensemble contre les moustiques, les serpents d'eau, les terrapènes. Puis, un soir d'angoisse et de déréliction, alors que nous étions au bout de nous-mêmes, il m'a parlé de lui. Il m'a dit que lui, Siv, avait eu une fille à Hitti avec Soline, la propre fille du Ruler. Cette enfant devait avoir quatorze ans et vivait encore à Hitti – « ce creuset de fer », comme il disait.

– Tu es la fille d'un Siv! murmura Uri, ayant du mal à réprimer un geste de répulsion.

Ellida le fit taire d'un geste. Golischa ne bougeait pas, incapable de penser. Donnolo poursuivit :

– Il m'a annoncé qu'il allait mourir et m'a prié d'aller révéler aux Maîtres de Maïmelek que l'enfant qu'ils attendaient depuis toujours, celle qu'ils appelaient Beth, vivait à Hitti et était la fille de Soline. Il m'a également fait promettre de te faire venir ici, après la mort de ta mère, et de te raconter notre histoire. Pour obtenir que tu viennes, il m'a recommandé de te parler de l'« oiseau de passage »...

Il se leva, alla se servir du café, puis revint s'asseoir.

– Je me souviens de sa voix haletante, saccadée. Selon ce qu'un Maître lui avait dit, tu aurais alors sept jours pour nous sauver tous, les hommes de Hitti comme ceux des marais. Si tu n'y parvenais pas, tu mourrais. Il a ajouté que pour être assuré que tu serais en état de réussir, il faudrait que tu te souviennes de la réponse à deux questions, celles que je viens de te poser. Au cas où tu les aurais oubliées, il conviendrait de te renvoyer à Hitti sans te faire le moindre mal. Si tu t'en souvenais, il faudrait alors te raconter notre histoire. J'ai pris cela pour du délire : il était si exalté! Mais, à sa mort, je suis revenu ici et j'ai fait part de ma rencontre aux Maîtres. J'ai été mal accueilli : ils attendaient bien une jeune fille appelée Beth, mais c'était là leur secret et ils étaient on ne peut plus furieux que je le sache. La description que j'ai faite de celui qui se prétendait ton père ne les a pas convaincus. Ils n'y ont reconnu aucun des Siv ayant vécu à Hitti avant l'UR. Calonyme n'a pas voulu croire que Soline pouvait être la mère de notre Sauveur, car c'est à cause de sa famille que nous avons dû quitter Hitti. Mais Posquières a décidé qu'il ne fallait pas manquer cette chance.

Golischa ne l'écoutait plus : que son père fût un Siv ne la touchait pas. Un Siv était presque un homme comme les autres, après tout. Non, le pire était l'annonce que son père n'était plus : c'était la troisième fois, depuis son enfance, qu'on lui disait que son père était mort et chaque fois d'une façon différente....

– Quand nous avons appris que ta mère avait rendu son dernier souffle, reprit Donnolo, je suis venu te chercher. A présent, il nous faut te dire la vérité sur notre passé avant notre arrivée à Tantale.

– Enfin, ce que nous en savons... intervint Yok.

Celui que Donnolo avait présenté comme le plus jeune et le plus rusé s'était levé depuis un moment et s'était appuyé négligemment à une colonne, les yeux sans cesse en mouvement, comme s'il guettait quelque ennemi.

– Parce que vous savez quelque chose de votre passé? demanda Ellida, incrédule. Quelque chose que vous nous auriez caché?

– Oui, nous savons des choses qui se sont déroulées avant ce que vous appelez la Grande Rupture, répondit Yok. Mais nous errons depuis si longtemps, nous avons subi tant de malheurs que même nous, les Maîtres survivants, ne savons plus si ce que nous répétons de génération en génération est réellement advenu ou si ce n'est qu'un informe résidu après la distillation du souvenir.

– Je crois que c'est la vérité! coupa Donnolo. Notre mémoire ne peut faillir! Pas plus que la tienne, Golischa, comme tu viens de le prouver.

– Pourquoi avez-vous parlé des « maîtres survivants »? s'enquit Ellida. Que sont devenus les autres? Ils ont péri sous la bombe?

Yok lui lança un regard plein de tristesse et se

tourna vers Calonyme qui s'était levé pour aller remuer les cendres sous la cafetière à l'aide d'une longue baguette de jonc. Le plus maigre des Siv, l'homme aux cheveux nattés, hocha la tête sans regarder Yok. C'était comme un signal l'autorisant à répondre. Donnolo, lui, n'avait pas bougé. Curieux, pensa Golischa : qui est vraiment le chef, ici?

– Au début, les Maîtres étaient soixante-dix, reprit Yok. Trente-huit sont morts à Karella sous le déluge; sept ont disparu ultérieurement on ne sait où. Dix-neuf sont aujourd'hui comme des enfants, ici à Maïmelek. Les six derniers sont là, comme Il l'a voulu.

– « Comme des enfants »? s'étonna Uri. Qu'entendez-vous par là? Et quel est ce « déluge »?

– C'est l'UR qu'ils appellent ainsi, souffla Stauff. Donnolo vous l'a dit tout à l'heure.

– Mais pour quelle raison?

– Je ne sais, répondit Stauff à voix basse. A cause de l'eau, sans doute. Beaucoup d'entre eux croient désormais que c'est une inondation qui a noyé Karella, et que les rescapés durent leur salut à un forgeron appelé No. Vous voyez, c'est comme chez nous : avec le temps, la réalité se fait mythe. Sauf qu'ils n'ont ni prêtres ni princes pour rédiger un Grand Livre Secret!

– Vous avez dit : « comme Il l'a voulu ». A qui faites-vous allusion? insista Ellida en s'adressant à Yok.

C'est Calonyme qui répondit :

– « Il » désigne notre Créateur.

– Votre créateur?

– Celui qui nous a conçus, si vous préférez. Il a plusieurs noms, mais celui que nous utilisons couramment est Don.

Don! Le nom qu'elle avait lu dans le manuscrit du sablier! Ainsi, il avait un rapport avec les Siv! Il désignait un de leurs dieux! Son grand-père possédait donc un texte religieux de ces Siv?...

Golischa se dit que les Siv avaient dû faire silence sur leurs dieux en arrivant à Tantale, de crainte de se voir interdire de les prier. Pendant plus d'un siècle et demi, ils avaient fait semblant de ne pas en avoir afin qu'on les laissât en paix. Un siècle et demi de dissimulation!

– Don, c'est donc le nom que vous donnez à votre Dieu? demanda-t-elle.

Les Maîtres sourirent comme si elle avait proféré une naïveté à traiter avec indulgence.

– Pas du tout! répondit Yok. Don n'est pas un dieu. Don était un homme tout comme vous autres. Faites-vous à cette idée. Nous ne sommes pas un peuple venu du fond des temps échouer sur votre terre de misère, accompagnés de nos idoles et de nos mythes. *Nous sommes une de vos chimères!...* Mais ne soyez point trop pressés : Donnolo vous racontera notre histoire depuis le début. Vous comprendrez alors qui nous sommes vraiment.

– Attendez! coupa Uri. Vous n'allez pas nous expliquer que quelqu'un, quelque part dans l'Univers, il y a des siècles – parce qu'il y a nécessairement des siècles, voire des millénaires – vous aurait fait naître et vous aurait envoyés ici, précisément ici?

– Tais-toi! l'interrompit Ellida avec une pointe d'irritation. Laisse-les s'expliquer. Cesse de penser, essaie plutôt de sentir les choses.

Golischa fut heureuse qu'Ellida eût fait taire son frère.

– Elle a raison, glissa Donnolo en regardant Uri. Vous n'êtes pas assez fous pour nous croire sincères, et vous êtes trop raisonnables pour nous traiter de menteurs... Ne vous défendez pas. Je le sais. Je vous connais bien! J'ai été là où vous n'irez jamais, au plus profond de vos sagesses...

Ellida était fascinée par l'élégance emphatique et

par la discrétion précise de son vocabulaire. Que faisait-il « avant »? Où avait-il vécu? Comment pouvait-il si bien parler leur langue? De vieilles histoires que lui avait racontées son père remontaient à sa mémoire. Elle se tourna vers Donnolo et murmura :

– Voulez-vous bien reprendre là où nous vous avons interrompu?

Donnolo lui sourit :

– Avec plaisir. Mais, encore une fois, je vous aurai prévenus : cela va être difficile à croire. A vous de savoir écouter.

Il se tut comme pour prendre son souffle. Dans la nuit qui prenait possession de la ville, les froissements d'ailes des oiseaux au-dessus du toit s'étaient tus. Les maîtres devenaient des silhouettes plus ou moins précises selon leur position par rapport aux lampes.

– Je vais d'abord vous parler de notre Créateur : ce sera l'histoire de la fin de votre Empire. Je vous raconterai ensuite comment je la connais : ce sera celle des débuts de notre peuple.

Il s'interrompit pour mesurer ses effets. Il a dû réfléchir depuis longtemps à la façon dont il nous raconterait cette histoire, se dit Golischa.

– Notre Créateur s'appelait Don, Don Eloh. Il était né sur la Première Terre, il y a deux cent dix-neuf ans, soit cinquante ans après l'échouage du *Phœnix*, ici, à Tantale. Ce n'était qu'un homme ordinaire issu d'un peuple de passage, toujours aux aguets...

Golischa tressaillit : « peuple de passage »...

– L'arrière-grand-père de son grand-père avait échappé à un terrible massacre dont sa famille, me dit-il, avait gardé une pieuse mémoire.

– Il vous a parlé? interrompit Golischa. Mais vous dites qu'il a vécu il y a plus de deux siècles!

Tous les Siv sourirent en s'entre-regardant. On entendit des chuchotements.

– Attendez, dit Donnolo. J'ai eu tort de vous présenter la chose comme ça. Disons qu'il m'en a parlé... d'une certaine façon. Je vous expliquerai comment tout à l'heure.

– Rien de plus facile à comprendre! intervint Ellida. Vous voulez dire qu'il a parlé à l'un de vos ancêtres et que vous savez ce qu'il lui a dit.

Les Siv se tournèrent vers Posquières, comme si l'aveugle était maintenant devenu l'incontournable censeur. Une fois de plus, le pouvoir venait de glisser de l'un à l'autre sans qu'un mot eût été prononcé.

– C'est à peu près ça, risqua lentement Donnolo. Sauf que nous le savons sans qu'on ait eu à nous le dire.

– Pour être plus précis, nous accumulons des connaissances de vie en vie, compléta Yok.

Les quatre voyageurs se regardèrent, stupéfaits.

– Ce n'est pas si extraordinaire, reprit Donnolo. Il vous arrive à vous aussi de savoir des choses que vous n'avez jamais apprises, de connaître des lieux où vous n'êtes jamais allés, de vivre pour la première fois des situations qui ne vous paraissent pas pour autant nouvelles. Il en va de même pour nous. Mais, chez nous, c'est beaucoup plus fréquent, beaucoup plus précis. Vous autres croyez que ce savoir vient de vos rêves. Nous savons qu'il nous vient d'autres vies.

Ces gens-là prétendaient se souvenir d'événements vécus dans d'autres vies par plusieurs générations de leurs ancêtres! Voilà qui ouvrait des horizons vertigineux. Uri regarda Donnolo : les Siv devaient donc savoir ce qui s'était passé dans l'Empire au moment de la Grande Rupture, un siècle et demi auparavant! Et ils l'avaient caché!

Comme s'il avait lu la question dans son regard, Donnolo pointa un index sur lui :

– Je vous parlerai tout à l'heure de ce qui est arrivé à votre Empire, ne vous impatientez pas. Je vous l'ai promis, je le ferai. Mais il me faut d'abord vous raconter l'histoire de Don Eloh. Vous devez comprendre qui il était pour admettre ce qu'il a fait.

Il se tut, se servit du café, sortit deux petits poissons de sa poche, qu'il fit s'entrechoquer dans le creux de sa main, puis reprit :

– Il a été mêlé à tous les événements décisifs de son siècle. Son aventure, du moins telle qu'il me l'a racontée, fut exceptionnelle. Mais comme il n'était pas exempt de complaisance vis-à-vis de lui-même, j'ai tendance à ne pas croire tout ce qu'il disait de lui.

Les autres Siv s'ébrouèrent. Posquières tapa à plusieurs reprises sur le sol avec son bâton, en grondant. Calonyme alla frapper violemment sur l'un des piliers au point d'ébranler l'édifice.

– Assez, Donnolo! hurla-t-il. Comment oses-tu douter de la parole de Don! Assez, ou Posquières te destitue!

Ce Calonyme, pensa Golischa, est l'orthodoxe. Il a vraiment l'air d'un fanatique.

Sans paraître remarquer l'agitation qu'avait provoquée ses derniers propos, Donnolo continua :

– Voici l'histoire de Don. Après bien des migrations, son père et sa mère s'installèrent en un lieu très disputé de la Première Terre, qu'on appelait Cana. A cette époque, la vie y était d'une rare douceur. Nombre de peuples s'en disaient propriétaires. Le peuple de Don prétendait que, cinq mille ans plus tôt, ses ancêtres y avaient vécu des aventures hors du commun dont l'ensemble composait une épopée intitulée la *Nouvelle*, qu'ils avaient consignée dans un livre très répandu jusqu'à ce que l'Empire, il y a six siècles, l'interdise. Tous les exemplaires de la *Nouvelle* ont alors été brûlés et, avec eux, les commentaires qu'elle avait inspirés. Les Rulers de l'Empire ont même interdit de prononcer les noms des personnages dont la *Nouvelle* conte les tribulations.

– Jamais nous n'en avons entendu parler! fit Stauff. Ces gens-là avaient donc en quelque sorte leur Grand Livre Secret!

– Ne vous moquez pas, tout cela est très sérieux, murmura Golischa.

Elle se souvint que son grand-père lui avait raconté une histoire semblable... Mais ce n'était qu'une fable parmi d'autres. Il n'était pas possible qu'elle se fût réellement déroulée... Uri la regardait d'un air intrigué.

– D'après ce qu'il m'a dit, Don est devenu embryologiste, poursuivit Donnolo sans sourciller. Il s'est spécialisé dans la conception de chimères à mémoire. Sa curiosité était sans limites. En dehors de son métier, il connaissait parfaitement le texte de la *Nouvelle*, jusque dans ses moindres commentaires. Il adorait la musique, tapant des heures durant sur une sorte de clavier silencieux. Il aimait aussi les femmes – beaucoup de femmes.

Donnolo replaça les deux poissons de pierre dans sa ceinture, posa sa tasse et se mit à marcher vers les échafaudages qui encombraient une partie du sanctuaire. Golischa s'aperçut qu'il boitait. Comment avaient-ils pu ne pas s'en rendre compte encore? Son infirmité lui donnait une allure fragile, presque touchante. Il reprit :

– Cana était un havre de paix, à la fois austère et lumineux. Beaucoup venaient y chercher la tolérance.

– Une seconde! fit Uri. C'était quand?

– Il y a deux siècles. A cette époque, vos arrière-grands-parents étaient déjà sur Tantale. Ils y chassaient les oiseaux et se disputaient les touristes.

– Donnolo, supplia Calonyme d'une voix grave qui s'accordait mal à son physique, le temps presse et toi, tu entres dans tous les détails... Tu te crois avec les enfants du matin!

Les autres éclatèrent de rire. Donnolo les regarda avec l'affectueuse indulgence d'un aîné :

– Pardonnez-moi – il esquissa une révérence devant Posquières –, je cours à l'essentiel... Enfin, à ce que vous croyez l'essentiel! Don Eloh s'était fait construire une maison sur l'une des collines d'où, à l'heure de la première étoile, on voyait flamber les derniers reflets du couchant. Très populaire parmi les intellectuels, il entra au Conseil de Cana...

– Écoute, dit Chasid de sa voix difforme, il ne sert à rien de leur parler de tout cela. C'est bien trop loin pour eux. Parle-leur de nous!

– Tu as tort, répondit Donnolo. Je dois leur raconter l'histoire du pont. Autrement, ils ne comprendront pas pourquoi Don a voulu agir. En soi, c'est déjà assez difficile à croire!... Tout commença quand les hommes de l'Empire voulurent réaliser quelque chose de gigantesque pour dessiner leur trace, témoigner de leur puissance aux yeux de leurs descendants. Après avoir envisagé bien des projets, ils décidèrent de relier la Première Terre au *Cœur*, cette île où l'on stockait l'énergie destinée aux colonies. On rêva donc d'un grand pont, et, pour des raisons à la fois géologiques et politiques, on décida de le lancer depuis Cana. On mit onze ans à édifier cet ouvrage que les ingénieurs baptisèrent le « Pont aux Mille Arches ». Les habitants de Cana le nommèrent la « Porte du Ciel », ce qui, dans la Vieille Langue, se dit « Bab El Shaïn ».

– Mais on ne nous a jamais raconté ça! intervint Stauff.

Golischa se souvenait de quelques bribes analogues dans le Grand Livre Secret que lui avait lu son grand-père. Elle se tut.

– A quelle époque, selon vous? redemanda Uri.

– Si je compte bien, il y a plus d'un siècle et demi, murmura Ellida.

– Il y a exactement cent quatre-vingt-dix ans, corrigea Calonyme, l'homme du temps.

– Pourquoi ne nous l'aurait-on pas dit? bougonna Uri. C'est invraisemblable! Les relations n'étaient pas rompues avec nous, à l'époque.

– Faute de savoir inventer l'avenir, votre Empire a toujours su fabriquer le passé! coupa Grenada qui n'avait encore dit mot. Vos ancêtres ont sélectionné avec soin ce qu'ils voulaient que vous reteniez d'eux. Quand on commence à jouer avec la vérité, on ne s'arrête plus.

Il faisait pleinement nuit et on ne distinguait presque plus les visages. Donnolo reprit :

– Et puis tout s'est gâté : ce qui devait être signe de puissance est devenu instrument de destruction. Le pont était si beau qu'on venait le voir de partout. L'Empire a voulu en faire une source de profit. Alors les habitants de Cana sont devenus encombrants. Sans que personne ne l'ait vraiment décidé, des intérêts énormes se mirent en branle pour les chasser de leur terre. Tracasseries, impôts, brimades, tout fut bon. Ils résistèrent : leur culture, leur foi, leur mémoire les rivaient à ce sol qui avait servi de décor aux aventures de leurs ancêtres, à la *Nouvelle*. L'Empire s'est vraiment mis en colère et a exigé leur départ. Ils eurent à choisir entre composer et résister, fuir ou se battre. Des jours durant, leur Conseil se réunit dans une des maisons de la Colline. Fuir? Peu s'y résignaient; et d'ailleurs, pour aller où? Se battre, pied à pied, jusqu'au dernier? C'était l'avis de la majorité. Au demeurant, c'est ce qu'autrefois leurs ancêtres avaient fait : la *Nouvelle* en témoignait. Don Eloh pensait au contraire qu'il fallait rechercher un compromis avec l'Empire : l'important, disait-il, c'est la vie, non la terre; la *Nouvelle*, pas les pierres; nous devons protéger notre mémoire, nous n'avons pas à courir le risque de disparaître pour sauver des biens matériels...

Mais comment sait-il tout cela? se demandait Golischa. Il le raconte comme s'il y était.

– Don était désespéré. Il prit la parole avant que la réunion ne prît fin. « Quand on est assuré de perdre, dit-il, il ne sert à rien de résister; mieux vaut ne pas se jeter dans la bataille. Nous n'avons rien que nous pourrions espérer sauver. Pas même l'honneur. Car sauver l'honneur exigerait au moins, qu'après la bataille, quelqu'un survive pour écrire notre histoire. Or si nous faisons la guerre, nous n'aurons plus d'histoire, notre parole sera oubliée. Par cinq fois déjà, nous avons été battus par ceux qui voulaient nous détruire; par cinq fois, des puissances se sont attendries sur nos malheurs. Mais, cette fois-ci, il n'y aura pas de survivants, nul ne se souviendra avec compassion de notre massacre, personne ne reconstruira notre peuple ni même ne vivra du remords des bourreaux. Nous ne serons même plus une légende. Rien. Ce sera la fin de la *Nouvelle*. C'est cela que vous voulez? Eux, en tout cas, c'est ce qu'ils cherchent : se débarrasser d'une mémoire, en finir avec les témoins les plus obstinés de leurs lâchetés. Je vous assure qu'il vaut mieux céder, chercher un compromis. Je ne vous dis pas que nous devons nous faire massacrer ou expulser. Mais ayons de l'imagination! On peut par exemple proposer l'universalisation de Bal El Shaïn. Et s'ils ne l'acceptent pas, tant pis, nous nous disperserons. Du moins garderons-nous la *Nouvelle* avec nous. La mémoire est notre seule identité. Plus tard, le temps reviendra d'avoir une terre... » On l'écouta en silence, car on respectait sa culture et on redoutait ses chimères. Mais, politiquement, il ne comptait guère. Certains le trouvaient pacifiste, d'autres insinuaient même qu'il était un agent de l'Empire...

– Vous décrivez cette réunion comme si vous y

aviez assisté! s'exclama Golischa. Pourtant, elle a eu lieu il y a plus d'un siècle et demi...

– Il y a cent soixante-quatorze ans, précisa Calonyme, c'est-à-dire quinze ans avant ce que vous appelez la « Grande Rupture ».

– Je vous expliquerai tout à l'heure en quelles circonstances Don me l'a raconté, reprit Donnolo en souriant. Laissez-moi d'abord continuer mon récit... Le Conseil délibéra toute la nuit. A l'aube, il décida, dans l'enthousiasme général, d'organiser la résistance à tout prix. Quand Don quitta la pièce, anéanti, il se dit qu'était en train de basculer le destin de Cana, voire celui de l'Empire tout entier.

– Mais, encore une fois, on ne nous a jamais parlé de cela! lança Uri. Il aurait été impossible de cacher des événements aussi considérables! A l'époque, toutes les informations de l'Empire étaient reçues à Tantale...

Les Maîtres s'entre-regardèrent tristement. Nazir poussa un soupir en fixant Posquières.

– Mais vos ancêtres ont tout connu de cette histoire. Il est probable que tout en a été consigné dans votre Grand Livre Secret... Si on peut le retrouver quelque jour, on en aura la preuve.

Golischa ne broncha pas. Elle savait bien, elle, que le Grand Livre Secret ne parlait des « Portes du Ciel » que de façon très allusive.

– Cesse de l'interrompre, dit-elle à Uri. Reprenez votre récit, Donnolo. Qu'a-t-il fait, celui que vous appelez Don? Il a quitté le pays?

– Non, reprit l'homme aux poissons en se resservant du café. C'est là que tout commence vraiment... Il sentait que la bataille qui s'annonçait n'était pas seulement lourde de monstrueux massacres, mais qu'elle allait gommer l'Histoire, que l'homme était allé trop loin avec ce pont, qu'il avait voulu laisser une trace monumentale, mais que celle-ci allait lui retomber sur la tête! C'est alors qu'il lui vint une idée folle : nous!

Il s'arrêta un long moment. Les autres Siv le regardaient, tendus, visages de vieillards et d'adolescents mêlés. Donnolo reprit en martelant ses mots :

– Vous aurez probablement du mal à ajouter foi à la suite. C'est pourtant l'essentiel de ce que nous avons à vous apprendre, puisque c'est ce qui vous a conduits jusqu'ici...

Elle murmura :

– Continuez.

– J'ai deviné, intervint Ellida. Il a fabriqué des chimères dont vous êtes les descendants...

– Pas exactement! fit Calonyme. Mais vous n'êtes pas loin...

– Il a en effet fabriqué des chimères, dit Donnolo, mais très particulières : vous savez que, chez nous, le père meurt à la naissance du fils. Mais vous ignorez que *tout garçon est le double exact de son père, et toute fille le double exact de sa mère. Le modèle meurt à la naissance de la copie*.

– Nous laissons place à notre double, reprit Calonyme. Et nous gardons en mémoire tous les souvenirs accumulés de vie en vie.

– C'est pour cela que vous dites vous souvenir de tout! s'exclama Ellida.

– Mais enfin, comment avez-vous pu nous le cacher! s'écria Stauff.

– C'est tout simple : comme le père mourait, on ne pouvait vérifier cette ressemblance, intervint Yok. Mais sachez que nous avons caché bien davantage : les chimères qu'il a faites étaient dotées d'un autre caractère plus extraordinaire encore.

– Quoi donc? fit Golischa.

C'est Donnolo qui répondit :

– Don a inscrit en chacun de nous les caractères

d'un personnage qu'il avait choisi. Ou, si vous préférez, *chacun de nous a un modèle...*

– Je ne comprends pas...

– Don a sélectionné lui-même les traits de caractère de chacune de ses créatures, et il a su les fixer de telle façon qu'ils se transmettent de génération en génération. Nous ne sommes pas que des chimères : nous sommes les copies exactes des premières qu'il a façonnées.

– C'est impossible! protesta Ellida. On ne peut façonner la personnalité d'un embryon. Cela n'a aucun sens, dans aucun système métalogique!

Yok la considéra longuement, comme s'il n'y avait décidément rien à attendre d'eux, puis il haussa les épaules :

– Eh bien, c'est qu'il en existe un autre, inconnu de vous!

– Écoute, murmura Uri en regardant sa sœur, tout cela n'est qu'une fable, n'y attache pas d'importance!

– Je vais essayer de vous expliquer les choses plus simplement, intervint Nazir d'un ton conciliant. Chez vous, la nature a laissé partiellement en blanc les paramètres de la mémoire et du caractère, que vous remplissez par votre histoire, vos rencontres, votre destin. Don, lui, a su donner à ses créatures des traits et jusqu'à des souvenirs choisis à l'avance.

– Des souvenirs? Interrogea Golischa.

– Oui, des souvenirs... Il nous a modelés à l'image de personnages qu'il a puisés dans l'histoire des hommes ou dans leurs mythes.

– Vous voulez dire qu'il a pu faire vivre en vous les héros des vieilles fables? dit Ellida.

– Je n'y comprends plus rien, grogna Uri.

– Moi, je commence à comprendre, murmura Ellida.

– Moi aussi, dit Golischa, recroquevillée sur elle-même. Vous voulez dire qu'en chacun de vous revit l'esprit d'un héros?

– Exactement, dit Donnolo. Il nous a conçus d'après l'idée qu'il se faisait de milliers de personnages de toutes sortes, issus de toutes les traditions. Mais surtout de la sienne : *il y a mis tous les héros de la* Nouvelle.

– Quoi?

– Il a fait revivre parmi nous tous les personnages de l'épopée de son peuple.

– Et il aurait mis combien de temps, à ce petit jeu? fit Uri en s'esclaffant.

Quelle question dérisoire! se dit Golischa.

– Quatorze ans, répondit Calonyme sans relever l'ironie.

– Deux fois sept ans, souffla Ellida. Il a fait ça tout seul?

Donnolo reprit :

– Bien sûr que non. Beaucoup l'on aidé : certains formés par lui, d'autres venus des meilleurs laboratoires de l'Empire. On l'a laissé travailler. Comme il avait cessé de se mêler de politique, on ne l'importuna pas. Il rassembla les enfants dans une caserne qu'il s'était fait attribuer pour ses travaux depuis longtemps déjà. Il y débarquait en fin de semaine avec des centaines de nouveau-nés qu'il installait dans des maisons de brique rouge, avec des jeunes femmes pour s'occuper d'eux. La caserne devint une ville de jeunes enfants à la discipline incertaine. Don passait ses soirées avec les plus grands – je m'en souviens très bien, je suis l'un des tout premiers. Dès que l'un d'entre nous atteignait deux ou trois ans, il l'interrogeait, parfois pendant des heures. Et quand il ne discernait rien de ce qu'il attendait, il entrait dans de terribles colères. Certains soirs, il visitait une maison au hasard, s'asseyait et parlait longuement aux enfants et à ceux qui s'en occupaient. « Tous les malheurs du monde, disait-il, viennent de ce que les hommes n'ont pas prêté assez d'attention aux paroles de leurs dieux, quels qu'ils soient. Ils n'en ont retenu que la nostalgie de la mort et la crainte du châtiment. Suffoquant d'angoisse, ils en sont venus à s'intéresser aux choses davantage qu'à leurs semblables. Ils amassent les objets pour oublier qu'ils sont mortels. Ils en sont même arrivés à faire naître des enfants comme on fabrique des choses, et à les faire mourir comme on jette des objets après s'en être servi. Eh bien moi, je vais renverser tout cela : je vais transformer des choses en hommes, et réveiller la Vie ! » Ces sermons passaient au-dessus de nos têtes. Maintenant encore, je ne comprends pas tout ce qu'il voulait dire.

– Tu permets, Donnolo? intervint Yok. Il avait une très haute vision de ce qu'il entreprenait. Je l'ai entendu dire un soir, à une réunion des Maîtres – il appelait ainsi les soixante-dix premiers-nés : « La folie de l'homme va faire disparaître tout ce que son génie a créé. De petites ambitions vont ensevelir des grandes civilisations. Et moi, je vais sauver tout cela ! »

– Il voulait faire de vous des soldats afin de protéger son pays? demanda Uri.

– Pas du tout ! répondit Calonyme d'un ton quelque peu irrité. Vous ne comprenez pas ! Don ne cherchait pas à éviter le désastre : pour lui, il était inéluctable, et même, d'une certaine façon, nécessaire. Il voulait nous mettre à l'abri et, après la fin de la guerre, nous ramener au milieu des hommes et faire que, grâce à nous, recommence la « Vraie Vie », comme il disait.

– La « Vraie Vie » ! sursauta Golischa.

Les deux derniers mots de sa mère, la veille de sa mort ! Cela ne pouvait pas être le fruit du hasard. Pourquoi les avait-elle prononcés? Que savait-elle de cette histoire?

Ellida interrogea :

– Et Don aurait conçu combien de...

– Vous pouvez dire *chimères*, sourit Calonyme. Cela ne nous gêne pas. Nous, nous disons « personnes ». Au départ, nous étions trois cent douze mille deux cent vingt-sept.

– Chacun de vous sait-il de qui il est l'image? demanda Golischa.

Les Maîtres se regardèrent comme pour se concerter.

– Non, dit Yok. Nous n'en savons rien.

La réponse était tombée, abrupte, un peu gênée.

– Parfois, rectifia Calonyme, quelque chose affleure, comme le furtif souvenir de quelque passé imaginaire. Des images, des sensations, de situations... Comme si ça parlait en nous... Nous devinons alors un trait du caractère qu'il nous a donné...

– Ce genre de chose arrive aussi aux hommes, fit Ellida... Mais, d'après ce que vous dites, il aurait pu concevoir des Siv à l'image de n'importe qui. Il aurait pu faire des généraux, des prêtres, des musiciens, mais aussi des criminels...

Donnolo et Yok échangèrent un coup d'œil.

– C'est bien, dit Donnolo, tu commences à poser les bonnes questions. Oui, il l'a fait. Par exemple, les Maîtres, ici présents, ne sont pas à l'image d'un personnage de la *Nouvelle*, mais à celle de grands commentateurs qu'elle a inspirés.

– D'autres Siv, enchaîna Calonyme, sont à l'image de personnes qui, disait Don, « manqueraient au monde s'il ne les refaisait pas ». Un jour, il m'en a montré quelques-uns dans la cour de la caserne : « Ceux-là, il vaut mieux ne pas compter sur le hasard pour qu'ils reviennent! »

– Ce Wam dont nous a parlé Stauff en est un? risqua Ellida.

– Oui, s'étonna Donnolo. Oui, c'est un Siv.

Quand il est adulte, il ne parle que de Don, d'argent et de musique.

– Alors c'est bien lui! bondit Ellida. J'y avais songé quand Stauff a prononcé ce nom, hier! Où est-il maintenant?

– Lui? Lui qui? De quoi parles-tu? s'étonna Golischa.

Pourquoi Ellida s'intéressait-elle au musicien dont avait parlé Stauff? Était-ce celui qui avait connu son père? « Tu trouveras ta place en écoutant le Musicien. Et tu reverras ton père : il l'a connu », lui avait dit Soline. Il fallait qu'elle le voie. C'était le prochain relais vers sa vérité.

– Où est ce Wam? demanda Golischa.

– Vous y tenez tous, on dirait! sourit Donnolo. Je ne comprends pas en quoi il peut vous intéresser! Il est mort juste après l'UR. Puis il est revenu. A présent, ce n'est qu'un jeune homme timide qui répare les barques de pêcheurs; il n'a vraiment rien de bien extraordinaire.

Golischa insista :

– Parlez-moi de ces personnages. Vous en connaissez d'autres qui aiment la musique?

Seul Donnolo semblait trouver de l'intérêt à ces questions. Les Maîtres s'agitaient. Ellida insista :

– D'autres qui aiment la musique? Il s'en trouve sûrement...

– Oui, répondit Donnolo. Il y en a un qui s'appelle Albein, par exemple. Au contraire de Wam, il est très secret. Quand il était vieux, il ne parlait que de choses que personne ne comprenait.

– Il est ici? souffla Golischa.

– Oui, mais vous aurez du mal à lui parler! pouffa Donnolo.

– Pourquoi?

– Parce qu'il n'a pas encore deux ans! Je vous parle d'un autre temps!

– Il en existe d'autres encore? insista-t-elle.

Donnolo se releva et s'appuya négligemment contre une colonne, tout en fixant Posquières.

– Bien d'autres... Je crois même que Don en a fait un à l'image de son propre fils!

Les Maîtres le regardèrent. Certains étaient furieux, d'autres atterrés. Chasid se précipita vers Donnolo et le menaça de marmonnements incompréhensibles.

– Son fils! répéta Ellida. Où est-il maintenant?

– Je n'en sais rien, poursuivit Donnolo. Il n'est pas ici, en tout cas. Il est peut-être sur l'Ile Obscure, avec tous les malades. Il se faisait appeler Masch.

Mash... Golischa eut l'impression d'avoir déjà entendu prononcer ce nom. Mais quand? Son grand-père, peut-être, dans un des contes de son enfance? Il lui avait bien parlé de quelqu'un qui n'aimait vivre que parmi les plus déshérités, mais rien de plus. Cela ne pouvait être qu'une coïncidence.

Ellida insista :

– Don a-t-il fait quelqu'un à son image?

– Nul n'en sait rien, répondit Donnolo en surveillant ses compagnons.

Manifestement, ce terrain n'était pas le sien et, pour une fois, il prenait quelques précautions.

– Quand nous nous sommes réveillés ici, nous en avons beaucoup parlé entre nous. A chaque nouvelle génération, nous nous demandons si quelqu'un ne lui ressemble pas. Mais comment savoir? En tout cas, il n'a donné son nom à aucun d'entre nous.

– Mais si vous le voyiez, pourriez-vous le reconnaître? insista Ellida.

Le silence se fit plus embarrassé. Golischa se dit qu'Ellida était tombée juste. Tous, même Donnolo, se tournèrent vers Posquières, guettant sa réaction. Tête baissée, l'aveugle murmura d'une voix intérieure, comme venue de son ventre, sans presque remuer les lèvres :

– Nous ne reconnaissons pas les gens par leur

apparence. Nous ne sommes pas faits pour voir, mais pour entendre. Nous sommes comme les oiseaux : c'est au bruit que nous distinguons le bien du mal.

Les Siv le regardèrent avec tendresse et admiration. Donnolo fit un signe de la main pour acquiescer à la grande sagesse de l'aveugle.

– C'est assez, Donnolo, reprit Posquières. Tu as suffisamment parlé de lui.

Le malaise s'installa autour du feu. Les Maîtres regardaient Donnolo avec reproche. L'homme aux poissons s'approcha du foyer, y vida sa tasse, puis revint vers eux avec un sourire de défi.

– Si vous n'êtes pas contents, envoyez-moi sur l'Ile Obscure! De toute façon, dans trois jours, vous serez débarrassés de moi.

– Pourquoi? murmura Ellida.

– Parce que dans trois jours je serai mort : mon fils est né le jour de la mort de Soline.

Le silence s'épaissit. Ils n'osèrent plus le regarder. Deux ombres voûtées vinrent apporter deux grands plateaux où étaient disposées six carafes remplies d'un liquide jaune. Plusieurs Siv se servirent. Stauff aussi, sans hésiter, comme s'il était habitué à en boire. Ellida se dit que, décidément, cet homme avait beaucoup plus l'habitude de fréquenter les Siv qu'il ne voulait bien l'admettre.

– Poursuivez votre histoire, reprit Uri d'un ton un peu ironique. Vous dites donc que Don vous a envoyés ici?

Golischa sentait que ni lui ni Stauff ne croyaient un traître mot de ce qu'il leur avait raconté.

– Pas exactement, répondit Yok, toujours debout. Donnolo, sans qu'un mot eût été prononcé en ce sens, semblait avoir perdu le droit de s'exprimer au nom des autres. Son idée était de nous installer quelque part sur la Première Terre, en attendant le règlement de la question du pont. Mais rien ne s'est passé comme il l'avait prévu. Ceux qui voulaient contrôler Bab El Shaïn se sont battus entre eux. La guerre a enflammé Cana, puis toute la Première Terre. Don a alors révisé ses plans. Il s'est procuré vingt et un vaisseaux...

– Vingt et un! C'est beaucoup! grogna Uri.

Donnolo parut sur le point de se mettre en colère. Il toisa durement Uri :

– Écoutez, cela suffit avec vos questions! Depuis le début, vous ne cessez d'aller droit à l'accessoire! Essayez donc de vous intéresser à l'essentiel!

– Je me tais, je me tais...

– Don y fit embarquer des armes et des outils, reprit Yok, puis tous montèrent à bord – sauf les soixante-dix premiers-nés, les Maîtres. Il nous a réunis dans une des cours de la caserne et nous a tenu un discours pathétique.

– Vous avez ce qu'il leur a dit? s'étonna Golischa.

– *Je me souviens de ce qu'il nous a dit*, rectifia Yok. Faites-vous à cette idée : nous savons ce qui s'est dit devant nos ancêtres depuis près de deux siècles. Tous ceux qui se trouvent ici s'en souviennent, car tous y étaient – sauf Donnolo. C'était un soir d'horreur; la terreur haletait à nos oreilles. Dans la lueur des incendies, le bruit des armes, les cris des combattants, Don est apparu au balcon de son bureau, entouré de ses assistants. Il s'est mis à parler, sa voix mate s'est faite lourde et grave pour forcer le silence...

Yok n'était plus le jeune homme rusé en costume d'officier, mais un vieillard fatigué aux yeux clos, au visage émacié et tendu.

– Voici ce qu'il a dit : « Mes enfants, c'est la dernière fois que je vous parle. La guerre s'étend comme l'eau sur la pierre. Il faut que vous fuyiez. Bientôt, il ne restera rien. Ils sont allés trop loin. Ils ont cru projeter leur gloire dans l'avenir avec Bab El

Shaïn. Mais ils n'ont fait que détruire... Je croyais qu'il suffirait de vous disséminer sur cette terre pour que vous y témoigniez ultérieurement de la folie des hommes, mais il est déjà trop tard. Il faut faire davantage. Vous allez partir. Nous ne nous reverrons plus. A compter d'aujourd'hui, je vous nomme les *Siv*; cela résume les deux mots qui, dans notre langue, signifient l'un *Oiseau* et l'autre *Passage*. Car votre sort va être celui d'oiseaux de passage. Je vous envoie loin de la Première Terre, rejoindre les hommes qui vivent avec les oiseaux à l'abri du *Cœur*. Méfiez-vous d'eux. Ils sont comme ceux d'ici : plus morts que les pierres, plus méchants que le feu. Ne soyez à leur égard ni serviles ni dédaigneux, ni haineux ni passionnés. Mêlez-vous à eux sans vous perdre. *Répétez-vous entre vous,* de génération en génération, sans violence ni agressivité, sans vous mêler aux ambitions des hommes. Évitez de vous faire massacrer. Seuls vous, les Maîtres, garderez la mémoire de notre histoire. Vous seuls saurez qui je suis, ce que j'ai fait, et qu'un Événement aura lieu qui vous libérera de votre condition. Certains d'entre vous en sauront plus que les autres sur cet Événement qui sera nommé l'UV. Ils ne devront le révéler à personne : *l'ignorance et la contrainte sont les seules sources de la liberté.* Laissez faire le temps. Il y faudra peut-être des siècles. D'ici là, protégez-vous. Vous êtes les gardiens des plus belles vies de l'humanité, tous les personnages de la *Nouvelle* sont avec et en vous. Les plus monstrueux comme les plus vertueux. Je les ai comptés, bien que cela soit défendu, mais comment faire autrement? Des savants, des musiciens, des artistes, des fous, des avatars des dieux et des princes sont là aussi. Prenez-en soin... Au revoir, mes enfants. Je ne viens pas avec vous. J'ai trop la nostalgie du bonheur pour quitter les lieux où je l'ai rencontré... J'ai peur de mourir, moi aussi. Mais je vivrai dans votre souvenir. Et vous garderez peut-être une meilleure image de moi si je ne suis pas là à chaque instant pour vous surveiller... Et puis, grâce à moi, vous... Non, rien... Enfin... Certains d'entre vous savent comment, un jour, la flamme du Ciel descendra. D'autres découvriront par le *SY* comment j'ai puisé la force de vous concevoir. Rappelez-vous : je ne suis ni Dieu ni Gilgamesh. Je suis seulement un Homme de Parole qui a tenté de faire le Bien avec le Mal. C'est la seule façon d'y parvenir... Voilà, mes enfants, c'est tout. *Dixi et salvavi animam meam*, comme Il disait... Tiens, je l'ai oublié, celui-là ! Oh ! Il viendra bien tout seul : Il sera encore nécessaire, je ne me fais pas d'illusions... A vous de jouer, maintenant. Je vous fais confiance. Je vous en prie, protégez-vous : vous êtes la dernière étincelle de l'Humanité. »

Yok s'arrêta. Au bout d'un long silence que nul n'osa troubler, il se détendit, rouvrit les yeux et continua d'une voix redevenue espiègle :

– Don est alors descendu lentement dans la cour. Il nous a embrassés et nous a conduits jusqu'aux vaisseaux. Peu après, nous avons quitté Cana au milieu des flammes. Le reste, vous le savez. Du moins croyez-vous le savoir...

– La dernière étincelle de l'Humanité, répéta Ellida.

– Tout simplement ! s'exclama Stauff.

– Combien de temps avez-vous voyagé ? demanda Uri.

– Je ne sais, répondit Yok. Sept ans, je pense, d'après nos calculs. En fait, nous nous sommes endormis quelques heures après le départ, juste après avoir vu le *Cœur* exploser et l'incendie gagner le pont de Bal El Shaïn, puis embraser Cana et la Première Terre tout entière.

– Le *Cœur* est détruit ! tressaillit Stauff.

– La Première Terre est désintégrée ! s'écria Uri.

C'est fini ! Si le *Cœur* a sauté, l'Empire a été détruit par l'onde de choc, rien n'a pu résister...

Donnolo haussa les épaules, et, du ton mi-furieux mi-indulgent de celui qui gronde des enfants :

– Parce que vous croyiez encore à une simple rupture de communication entre Tantale et l'Empire? C'est absurde! Être adulte, c'est savoir deviner la vérité avant qu'on ne vous la serve! En fait, vous saviez déjà qu'il n'y avait plus d'autres vivants que nous dans l'univers, mais sans vouloir vous l'avouer!

– Mais pourquoi ne pas nous l'avoir dit clairement plus tôt? demanda Stauff. Voilà un siècle et demi qu'on vous interroge et que vous affirmez ne rien savoir! Être adulte, comme vous dites, c'est aussi ne pas cacher la vérité quand on la connaît!

Calonyme sourit :

– Nous n'avons pas voulu être les porteurs de mauvaises nouvelles. Cela nous aurait fait grand tort. Devenir adulte ne signifie pas sombrer dans la naïveté!

Golischa se dit que Calonyme avait raison. Même si tout le reste de leur récit n'était que légende, mythe raconté comme un souvenir, cela au moins devait être exact. A présent, il n'y avait plus d'espoir. Leur solitude était définitive. Ils étaient les seuls survivants de l'espèce humaine dans tout l'Univers! Qu'en penserait le Conseil quand ils reviendraient? Comment utiliser cette nouvelle contre le Ruler?

Golischa se reprit. Pour ne pas penser à l'essentiel, elle posa les quelques questions concrètes qui lui venaient à l'esprit :

– Le Grand Livre Secret dit que vous êtes arrivés ici avec dix-sept vaisseaux. Or vous avez vous-même affirmé tout à l'heure qu'on en comptait vingt et un au départ. Où sont allés les quatre autres?

– Je l'ignore, répondit Donnolo. Désintégrés, sans

doute, à moins qu'ils n'aient atteint une autre Terre.

– Impossible! répondit Uri. Si le *Cœur* a sauté, tout l'Empire est détruit.

– Peut-être qu'une autre Terre comme Tantale, extérieure au réseau, a pu résister? interrogea Calonyme.

– Il n'y a jamais eu d'autre Terre que Tantale à être extérieure au réseau, affirma sobrement Uri.

– Qui sait? hasarda Ellida. Tu ne peux en être totalement sûr.

Son frère la regarda tranquillement et dit :

– J'en suis sûr.

Ellida se demanda comment son frère pouvait encore être assuré de quoi que ce fût.

– Les Siv qui étaient à bord ont donc disparu, murmura Calonyme. C'est terrible : il y avait là des personnages considérables.

Le silence retomba. Les lampes avaient encore baissé. Une obscurité presque complète régnait à présent dans la salle.

– Décidément, je n'arrive pas à vous croire. Tout cela est complètement fou! répéta Uri.

– Un jour, murmura Donnolo, Don m'a dit que ce qui n'était pas fou n'avait pas la moindre chance d'être vrai.

Les Siv s'entre-regardèrent et désignèrent des yeux Yok, qui ajouta :

– L'important n'est pas que cela soit vrai, mais que tout se passe comme si cela l'était : le reste est votre énigme.

Posquières conclut :

– Il a raison. Même si tout cela n'était qu'apparence, l'important est qu'en cette énigme gît notre espérance. De cela je vous parlerai demain. Vous en avez assez entendu pour ce soir. Donnolo va vous conduire dans un endroit calme où vous pourrez vous rassasier et dormir. Nous reprendrons tout cela au retour du jour.

L'aveugle se leva et alla sans hésiter rallumer une des mèches dépassant d'un vase d'argile suspendu à un pilier, non loin de lui. Au-dehors, un chant monta d'une barque passant devant le sanctuaire.

Golischa, Ellida et Uri sortirent. Les Siv s'inclinèrent sur leur passage. On les conduisit à côté, dans une grande maison de paille et de boue. On y apporta des matelas, des coussins, des couvre-pieds, et on posa à même le sol des plats identiques à ceux qu'on leur avait servis dans le sanctuaire. Ils n'y touchèrent guère, mais restèrent longtemps prostrés au pied des lits, dans l'odeur de paille humide. Sur leurs visages bouleversés se reflétait la lumière du feu. Ellida prit Golischa par l'épaule avec une discrète tendresse qui, en d'autres temps, eût fait fondre la fille de Soline. Mais, ce soir-là, sans brusquerie, elle se dégagea et sortit sur la terrasse.

Un somptueux spectacle s'offrit à sa vue : l'une après l'autre, les ombres du soir effaçaient les montagnes. Au loin, les roseaux viraient au mauve. Dans la ville, les bruits étaient maintenant plus intenses que les couleurs. On entendait le froissement du vent sur les linges suspendus, le clapotis de l'eau autour des bateaux rentrant du ramassage des joncs, le crépitement de compagnies d'anhingas plongeant tête la première dans l'eau limoneuse. Invisibles, des grenouilles coassaient, des foulques sifflaient, des buffles pataugeaient. Puis le chant d'un homme s'éleva, sinueux et triste. Homme ou Siv? Peu importe pensa Golischa; seule comptait sa solitude.

IX

ELLIDA

Au quatrième jour après la mort de Soline, Ellida se réveilla dès le premier cri des foulques. La lumière commençait à percer à travers les nattes disjointes. L'odeur de paille mouillée s'était dissipée. Elle s'étira, se leva. Ses compagnons dormaient encore. Le sol crissa sous ses pieds. Elle sortit sur la terrasse, il faisait encore froid. Le ciel était semé de petits nuages gris, dentelés comme les feuilles de nénuphars des lacs de Voloï dans le dessin desquels, enfant, elle jouait à reconnaître des physionomies de dragons ou de sirènes apeurées. Au loin, vers Hitti, à la frontière entre le ciel et les marais, les aguets blafards étaient comme deux gardiens ensommeillés.

Ellida se sentait presque étrangère à cette aventure. Elle ne rêvait ni de retrouver son père, comme Golischa, ni de régner à Hitti, comme Uri. Il y avait bien longtemps – au moins depuis la mort énigmatique de son fils – que l'avenir ne la faisait plus rêver. Appuyée à la balustrade, elle essaya de refouler sa nostalgie pour contempler la ville. Dans une brume grisâtre, sur la berge droite, elle devina deux ombres marchant vers la rivière, les genoux à demi ployés, ralenties par d'énormes seaux. De l'autre côté, plusieurs silhouettes chargeaient des ballots sur d'étroites pirogues. Une lente mélopée s'échappait du sanctuaire de paille : un office, peut-être...

Elle resta là longtemps, revivant leur soirée de la veille : les Siv n'avaient apporté aucune preuve de leur folle histoire. Elle-même sentait qu'aucun de ses deux compagnons n'y ajoutait foi. Derrière l'apparence, chacun cherchait une vérité plus prosaïque. Elle seule, qui avait déjà entendu parler de Cana, de la *Nouvelle*, de Wam, d'Albein et de ces gens dont avaient parlé Stauff – Jos et Emyr – y croyait vraiment.

Comme des icebergs lentement détachés d'un massif de glace, tout un univers lui revenait par bribes. A elle et à son frère, son père avait raconté jadis ces mythes d'avant le dhibouisme, ces jeux d'avant le *yotl*, ces musiques d'avant les Siv. De génération en génération, les Jiarov s'étaient transmis le souvenir de plus en plus vague d'histoires de la Première Terre, bien différentes des récits hermétiques du Grand Livre Secret. Uri n'y avait jamais accordé d'intérêt. Il était d'esprit trop pragmatique et trouvait son père un peu fou. Elle était la seule parmi ses compagnons à entrevoir l'immense trésor dont ces gens étaient les dernières traces.

En regardant s'éveiller la ville de paille, elle se prit à oublier celle où elle vivait encore trois jours auparavant. Ici, même noyées par l'aube les couleurs étaient plus soutenues, les odeurs plus obsédantes en dépit des caprices du vent, le temps plus consistant malgré la lenteur de l'eau. Sans qu'elle y eût réfléchi, une idée s'imposa à elle : rester là, soigner ces gens. Les grands choix d'une vie surgissent ainsi à l'improviste avec l'aplomb de l'évidence.

Le jour se peignait devant elle touche après touche. A sa gauche, le sanctuaire servait à présent de socle aux nuages. Devant elle, derrière la maison, plusieurs barques chargées d'enfants s'éloignaient vers les montagnes du Nord. Aucun passant ne circulait encore au long des allées. Dans son dos, le crissement d'un pas sur les lattes de bois la fit soudain sursauter. Elle se retourna : personne, ni sur la terrasse ni dans l'escalier. Elle n'aperçut que deux gardiens accroupis devant l'entrée du sanctuaire. Dans la maison de paille, rien n'avait bougé, Uri et Golischa dormaient encore... Le froid la fit frissonner, mais elle resta là, les yeux rivés sur la porte, sans oser la pousser, furieuse de sa propre indécision. Puis elle haussa les épaules.

Quand elle se retourna vers la terrasse, elle vit Donnolo qui, nonchalant, l'air moqueur, se tenait appuyé à la balustrade, juste devant elle. Comment avait-il fait pour gravir l'escalier et traverser toute la longueur du balcon de bois sans qu'elle l'entendît? Décidément, ces gens-là étaient vraiment des ombres! Il souriait, conscient de son effet. Une longue robe brune, au bas de laquelle dépassaient deux chaussures rouges faites de chiffons tressés, masquait sa silhouette. Sa main agitait à intervalles deux petits poissons de pierre ocre, comme si leurs mouvements revêtaient une signification particulière. Puis, d'un geste vif, il les enfouit dans un pli de sa robe et, levant les deux mains au ciel, paumes en l'air, selon le signe de bienvenue des prêtres dhibous, il demanda d'une voix rauque, comme si lui-même était encore mal réveillé :

– Vous ne dormez pas?

– Vous voyez bien! Comment avez-vous fait pour arriver jusqu'ici sans que j'entende le moindre bruit? Vous marchez au-dessus du sol?

Il sourit, l'air soudain très jeune.

– Je vous ai fait peur? Pardonnez-moi. Chez nous, il est naturel de marcher de cette façon. Quand j'étais enfant, nous ne nous déplacions qu'ainsi, pour éviter d'attirer l'attention. Surtout quand nous nous rassemblions pour prier.

– Prier? Prier qui?

Il hésita :

– Difficile à expliquer. Don a dit aux Maîtres que nous n'avions qu'un Dieu sans nom, celui de la *Nouvelle.* « Notre Dieu vivra par votre Histoire. Vivez et Il vivra », déclarait-il. Je ne sais trop ce que cela signifie! Ce n'est pas vraiment mon rayon. Il faudrait que vous demandiez à Posquières. Lui en parle très bien.

– Vous obéissez sans comprendre? Ce n'est pas vraiment votre genre!

Il plissa le front, comme s'il cherchait la meilleure façon d'expliquer une chose complexe à un enfant curieux.

– C'est pourtant comme ça. Si je ne le faisais pas, je renoncerais à l'espérance qui nous porte. Vous savez, nous n'attendons qu'une seule chose : devenir un jour des hommes comme les autres, avec une seule vie et une seule mort. Cesser d'être la copie du père et de servir de copie au fils. Nous rêvons d'être libres de ne pas ressembler à un autre. Là est toute notre espérance, ce que nous appelons l'UV. Je ne puis renoncer à l'idée d'échapper un jour à ce vertige d'éternité qui nous emprisonne, une vie après l'autre, dans des cages successives...

Elle sourit :

– Des hommes comme les autres... Est-ce un sort si enviable? Nous ne sommes rien : des pierres lancées sur la mer et qui rêvent d'y laisser une trace! Comme les pierres, nous faisons un rond plus ou moins grand, plus ou moins fugace, et c'est tout! Vous, au moins, avez l'espérance d'une éternité. Vous allez mourir, avez-vous dit, dans trois jours : mais déjà vous revivez ailleurs, dans un enfant, si j'ai bien compris?

Il hocha la tête.

– Vous n'avez donc rien à nous envier! conclut-elle.

Il sortit les deux poissons de sa poche et les posa en équilibre sur le bord de la balustrade.

– Peut-être avez-vous raison. Nous sommes hantés par l'idée de cesser d'être des choses voulues par un homme. Comprenez-moi : nous pensons, nous aimons, nous nous passionnons comme des hommes, mais nous ne pouvons ignorer que nous n'en sommes pas. Bien sûr, comme vous, nous sommes terrifiés par la mort. Nous la pensons ainsi comme la fin de tout. Nous n'admettons pas qu'après nous les arbres resteront verts; que, dans notre rue, notre maison, il y aura encore des enfants pour jouer, des hommes et des femmes pour s'aimer. Voyez à quel point nous vous ressemblons! Je sais que je reverrai le monde – je le revois déjà – avec des yeux d'enfant, mais il m'est difficile d'y croire. J'ai vu mon fils hier; je n'ai pu m'empêcher d'être heureux pour lui. Pourtant, la seule chose qui compte vraiment pour moi, c'est que je vais mourir dans trois jours. C'est bien plus terrible que de ne pas connaître la date de sa fin.

Elle réfléchit un moment avant d'objecter :

– Si vous teniez tant à échapper à cette condition, vous pourriez décider de ne pas avoir d'enfant.

Il hocha de nouveau la tête.

– Certains d'entre nous le font, mais cela ne sert à rien. De toute façon, nous ne vivons pas au-delà d'un certain âge. Mourir sans trace n'est pas mieux.

– Comment en savez-vous si long sur notre façon de penser la mort?

– Je sais beaucoup de choses sur vous, répondit Donnolo. Comme vous, je suis médecin. Avant celle-ci, j'ai vécu bien des vies lointaines...

– Je vous ai beaucoup observé hier, remarqua Ellida. Vous n'êtes pas un des Maîtres. Parfois, pourtant, ils vous obéissent. Pourquoi?

– Tous ici sont tenus de m'obéir lorsqu'il s'agit de

notre vie quotidienne. Pour le reste, les Maîtres commandent.

– Ce sont eux qui vous ont choisi comme chef?

– Pas tous. Posquières m'a choisi. Depuis l'UR, il est le Premier Maître, le chef du Sandin. Il connaît des secrets que les autres maîtres ignorent. Surtout, il sait quand sonnera l'heure de l'UV. Il est le seul ici à le savoir.

– Il n'est pas toujours le Premier Maître... Je veux dire : il ne l'est pas à chacune de ses versions?

Donnolo éclata d'un rire sonore :

– Non, bien sûr! Réfléchissez : les Maîtres ne meurent pas tous ensemble! Quand Posquières est un enfant, il ne peut être le Premier Maître! De même, après-demain, je ne serai plus le chef, un autre me remplacera. Ils n'ont pas encore décidé qui.

Ellida sourit et ajouta sans avoir l'air d'y attacher d'importance :

– Juste avant l'UR, qui était le Premier Maître?

Donnolo prit les deux petits poissons posés sur la balustrade, se remit à jouer avec eux, puis sourit d'un air énigmatique :

– Jeune fille, vos questions montrent que vous en savez beaucoup plus que vous ne le dites. D'où tenez-vous tout cela? Qui êtes-vous vraiment?

Ellida insista :

– Jos était alors le Premier Maître, n'est-ce pas?

Il la regarda avec une curiosité mêlée d'admiration :

– Exact. Comment le savez-vous? Jos était bien le Premier maître... Mais nul n'était au courant parmi les hommes. Il ne venait d'ailleurs pas aux réunions du Sandin. Ses ordres passaient par l'un ou l'autre des Maîtres. Mais vous n'avez pas à connaître ces choses! Et je me demande encore comment vous avez pu deviner que Jos était un maître. Vous n'aviez que six ans à sa mort!

Elle haussa les épaules sans répondre. Son père

avait raison, il n'était pas fou : dans ses derniers jours, il lui avait parlé de Jos comme du chef des Siv, responsable de leurs malheurs, ainsi que d'un autre qu'il surnommait « le diable des Siv »...

– Et celui que vous appelez Emyr? Lui aussi était un maître?

Donnolo remit les poissons dans sa poche où ils se heurtèrent avec un petit bruit sec. On dirait qu'ils lui servent d'avant-garde, pensa-t-elle, souriant aussitôt à cette idée saugrenue.

– Oh lui...

Il avait mis tant de légèreté dans sa réponse qu'elle crut y déceler une extrême tension. Il continua :

– Pourquoi ces questions, petit oiseau? D'où tenez-vous ces intuitions? On dirait que vous savez ce que nous cherchons vraiment... Ce que je cherche, en tout cas. Qui vous en a informée?

Elle le dévisagea en silence, puis répondit :

– Mon père a connu Jos, Emyr, Wam et d'autres Siv. Il m'a parlé d'eux. Il m'a dit que si certains d'entre vous attendent l'heure de l'UV, d'autres souhaitent découvrir un secret qui les rendrait tout-puissants, et que c'est ce secret qui a causé les malheurs de Tantale.

Il dit sobrement :

– Ton père avait raison, petit oiseau.

Elle haussa les épaules :

– Ne m'appelez pas comme ça! Il y a longtemps que nous n'avons plus rien de commun avec les oiseaux : ni leur douceur ni leur liberté. Nous sommes en cage. Vous, vous êtes libres.

Il se tourna vers la ville de roseaux étendue à leurs pieds.

– Nous, libres? Pauvre liberté! Nous vivons ici dans une prison de souvenirs, dans la nostalgie de l'horreur, dans l'attente d'une impossible vengeance ou d'un désastre définitif. Libres! Libres de passer d'une vie à l'autre, d'une cage à l'autre! Non, nous sommes sereins, mais pas libres! Cela ne nous empêche ni d'aimer, ni d'être heureux, ni d'espérer en la Raison, ni de chercher à élucider les mystères du monde, comme si nous étions des espions de Dieu...

Ellida sursauta :

– Comment? Répétez! Qu'avez-vous dit, là, à l'instant?

Il la contempla tout en répétant lentement :

– Comme si nous étions des espions de Dieu...

Elle le dévisagea avec méfiance. Lui la considérait à présent avec un air de défi.

– Savez-vous que ce que vous venez de dire a déjà été écrit il y a très longtemps? J'ai eu brusquement le sentiment que vous vouliez me faire comprendre que vous connaissiez l'histoire de ce roi qui attendait de l'amour de ses filles la vérité sur sa mort...

Il se remit à jouer avec ses poissons d'un air grave.

– ... A moins que je n'aie dit cette phrase que pour vérifier que vous la connaissiez vous-même. Ou bien que je ne l'aie réinventée, ou encore que l'écrivain dont vous parlez n'ait jamais existé. Vous ne le saurez jamais. L'ambiguïté nous protège de votre peur.

– Vous protéger de notre peur?

– C'est l'évidence : et vous ne nous avez massacrés que pour conjurer la vôtre. Tout meurtre est une tentative pour oublier sa propre peur de la mort. Notre martyre a été le refuge de votre angoisse, le réceptacle de vos terreurs.

Ellida était séduite par ce mélange d'amertume et d'élégance. Qui était-il? Comment avait-il vécu avant l'UR? Comment connaissait-il cette petite phrase écrite par un des plus grands d'entre les hommes? Comment savait-il que certains doutaient encore de son existence? Était-il lui aussi caché au milieu des Siv? Donnolo était-il son image? Elle n'osait le questionner là-dessus de crainte qu'il ne s'échappât à nouveau. Elle hasarda :

– Quelle étrange personne vous faites! Vous raisonnez comme un artiste et vous vivez comme un chef de bande! Est-ce pour cela que vous portez deux noms différents, Donnolo et Seferyo?

Elle eut le sentiment d'avoir touché juste. Il la fixa si intensément qu'elle en eut froid dans le dos.

– Voilà une bien grande question! Chez moi, on dit que la réponse est trop difficile pour tenir en une seule nuit.

Elle rit franchement. Il reprit :

– Ne riez pas. Notre ambiguïté est notre seule richesse. Vous, vous êtes libres de décider de votre malheur, de mourir à votre heure. Vous n'avez ni destin ni rendez-vous. Nous, nous sommes des objets au visage, au caractère et au destin décidés à l'avance. Notre seule liberté est de choisir de vivre comme si nous étions libres ou comme si nous ne l'étions pas.

– Jolie formule!

Il haussa les épaules :

– Revenons à l'essentiel : vous ne m'avez pas dit ce que vous faisiez debout si tôt?

– Je ne pouvais tout simplement pas dormir. Cette ville qui s'éveille est magnifique.

Il dit dans un murmure à peine audible :

– Oui, ces enfants perdus forment un beau spectacle...

Elle se mordit les lèvres.

– Pardon, je ne voulais pas... Maintenant, je n'ose même plus vous demander ce que vous-même veniez faire ici!

– Aucun mystère : je venais vérifier que les bateaux partent à l'heure. Ils vont vers les bras morts, ramasser des roseaux pour les buffles. S'ils appareillent trop tard, ils n'ont pas le temps de revenir avant la nuit. Quand je vous ai vue ici, je me suis approché.

– Vous contrôlez vous-même tous les bateaux qui partent de Maïmelek?

– Oui, pourquoi?

Elle hésita. Il attendit, un peu narquois.

– Je crois que vous savez déjà ce que je vais vous demander.

– Dites toujours, articula-t-il en souriant.

– Voudriez-vous m'aider à me procurer un bateau?

– Pour aller où?

Elle haussa les épaules :

– Cela aussi, vous le savez. Pourquoi jouez-vous avec moi? Je veux aller voir vos malades... Réfléchissez. C'est votre intérêt. Je suis médecin. Vous n'avez rien à craindre de moi. Dites-moi seulement où sont ces malades, et procurez-moi un bateau. Je me charge du reste. Je serai peut-être capable de les maintenir en vie jusqu'à ce qu'ils se répètent, comme vous dites, et de sauver ainsi des images essentielles.

Un fin sourire illumina les yeux de Donnolo. Il lui parut beaucoup plus juvénile que la veille.

– Pourquoi croyez-vous que je vous ai laissés venir jusqu'ici, votre frère et vous : un officier et un médecin, cela peut toujours servir!... Depuis vingt ans, des personnages très importants – rois, juges, écrivains, musiciens – disparaissent l'un après l'autre dans cet enfer. C'est une perte irréparable... Je ne vois aucune raison de vous empêcher d'y aller... J'ai mon idée sur l'avenir, beaucoup plus concrète que celle des Maîtres. Ils étaient opposés à votre venue à tous deux. Sauf Nazir et Yok, qui pensent comme moi.

Il regarda le ciel :

– Le mieux serait de partir avant que les Maîtres ne se réveillent. Cela éviterait de trop longues discussions. Suivez-moi. Au bas de l'escalier, derrière la maison, un chemin descend vers un pont éboulé. Un bateau et deux piroguiers vous y attendent. J'y ai fait mettre de la nourriture et des vêtements.

Elle jubila :

– Merci! Je ne sais qui vous êtes, pour aller ainsi toujours au-devant de nos désirs... Qu'allez-vous faire de Golischa? Puis-je la laisser ici sans risque?

– Nous sommes également divisés à son propos. Nazir, Yok et moi voudrions qu'elle nous aide à rechercher la vérité sur nous que son grand-père a dû lui dire. D'autres, comme Posquières, Calonyme et Chasid, souhaiteraient la laisser faire jusqu'à l'UV. Posquières dit qu'il sait comment l'aider à l'accomplir. Grenada, lui, ne croit qu'en la force, et attend que nous prenions notre revanche; il a dans l'idée que votre frère se mette à la tête de nos soldats. Piètre armée!... Golischa choisira. Choisir est une autre des épreuves qu'elle doit franchir. Comme nous tous...

– Vous vous trompez sur elle si vous espérez qu'elle montre quelque ambition. Elle ne recherche qu'une chose, qui n'est pas de celles qui vous intéressent : son père.

Donnolo hésita :

– Elle ne le trouvera pas. Je l'ai vu mourir.

– Peut-être alors vous aidera-t-elle, si elle renonce à lui... Je vais y aller, maintenant. Mes amis dorment encore : vous leur expliquerez, ils comprendront...

– Je vous accompagne jusqu'en bas. Je verserai de l'eau derrière vous, comme le veut chez nous la tradition : cela veut dire que vous reviendrez. Peut-être trop tard pour me revoir...

Ils descendirent vers la rive aussi vite que la pente le permettait. Ellida était gaie comme au début d'une escapade. La barque et les piroguiers étaient là où il avait dit. Il lui fit signe de monter, prit une calebasse tendue par un piroguier et la remplit d'eau de la rivière.

– A votre retour, je serai un enfant. Ne m'oubliez pas !

Elle n'osa répondre. Il lui fit signe que c'était inutile. Quand la barque s'ébranla, il jeta de l'eau dans sa direction, sans l'atteindre, puis tourna les talons. Elle le regarda remonter en boitant vers le sanctuaire.

La barque bifurqua derrière le pont et pénétra dans un étroit chenal bordé de quelques maisonnettes délabrées. Des oiseaux s'élevèrent au-dessus d'une plaine de roseaux. Le bateau avançait péniblement à contre-courant. Ellida s'empara d'une perche afin de prêter main forte aux piroguiers. Ceux-ci la laissèrent faire, mais quand elle l'enfonça dans la boue, la hampe se rompit. Ils la regardèrent en souriant.

– Nous n'en avons plus qu'une de rechange... Restez assise, le voyage sera éprouvant.

Dans la chaleur devenue moite, ils traversèrent des labyrinthes de roseaux. Leurs touffes s'alignaient à l'infini, séparées par des landes sans relief. Au loin, de hautes montagnes ocre et violettes accidentaient l'horizon. Ellida se demanda si y vivaient les ours et les bouquetins dont son père lui avait parlé autrefois... Son père : voilà des années qu'elle n'y pensait plus par peur de sentir la honte la reprendre, là, derrière la nuque. Toute son enfance, elle avait souffert d'être la fille d'un fou. Elle avait espéré qu'il ne l'était pas. A présent, ses divagations trouvaient ici leur confirmation. Il lui avait parlé de Jos, « l'homme des songes, qui avait conduit son peuple à l'abattoir », d'Emyr, « l'homme de minuit, qui l'avait trahi », de Wam « par qui viendrait l'éternité »... Comment savait-il tout cela ? Était-il lui aussi un Siv ? Et s'il était le père de Golischa ? Mais alors, elle aussi... Non, il avait dû, un jour, percer le secret des Siv et y laisser la raison...

A un imperceptible ralentissement du bateau, elle comprit qu'ils arrivaient. Au milieu du marais, elle vit se dresser un amas de terre sombre et de roseaux rouis. Tout y était noir : le sol, les buffles, le torchis des huttes, les six grandes tentes dressées face au canal, et jusqu'aux trois enfants qui barbotaient dans l'eau sale, près d'un embarcadère délabré. L'Ile Obscure, avait dit Donnolo.

Ils accostèrent près d'un terre-plein recouvert de chardons, d'osier et d'épis d'eau. Une forte odeur de poisson séché subvertissait jusqu'aux couleurs. On n'entendait aucun bruit, comme deux jours plus tôt, au moment de l'attaque des aghas. Les deux piroguiers semblaient peu empressés de rester sur place.

Elle hésita : les enfants n'avaient pas levé la tête, personne ne venait à eux. Au bout de quelques instants, une femme, un vieillard et un jeune homme sortirent d'une hutte. Ils étaient nus. Décharné, le regard brillant de fièvre, le vieil homme s'avança vers eux en s'appuyant sur l'épaule de la jeune femme. Elle avait dû être très belle : son corps était parfait, mais ses cheveux presque blancs, encadrant un visage figé, ses yeux éteints et son teint terreux en faisaient comme une statue de glaise, figure oubliée de quelque idole déchue. Le jeune homme était trapu, puissant; un collier de cuir harnachait son torse. Impressionnée par sa force, Ellida détourna les yeux quand il la dévisagea avec insolence. Le vieillard prit la parole :

– Donnolo nous a prévenus de ton arrivée. Nous savons pourquoi tu viens, sois la bienvenue. Je m'appelle No. Voici Recca et Dav.

Donnolo avait dû dépêcher quelqu'un dès la veille. Mais comment avait-il pu savoir, dès leur arrivée à Maïmelek, qu'elle allait vouloir venir ici? Elle qui croyait avoir trouvé sa liberté, n'était-elle, elle aussi, qu'une marionnette dans leur rêve?

– Nos malades sont là, reprit le vieillard en désignant les tentes. Recca et Dav vont t'y conduire. Prépare-toi à voir la mort de près. Je crois qu'aucune force humaine ne peut plus rien pour eux. Il y a trop longtemps qu'ils ont cessé d'espérer. Vas-y, nous parlerons plus tard.

Sans un mot, les deux jeunes gens se retournèrent et marchèrent vers la tente la plus proche. Celui que No avait appelé Dav souleva une bâche et fit signe à Ellida de le suivre.

A l'intérieur, à peine éclairé par de rares lampes à huile, elle distingua trois rangées de lits séparés par deux allées encombrées de bancs. Sur chacun des grabats gisait une silhouette parfois recouverte d'une natte de couleur vive. Elle fut frappée par l'extrême propreté des lieux, par la qualité du silence : ce n'était ni celui de la mort, ni celui de la peur, plutôt celui du recueillement. Elle s'avança. Sur le chapiteau de chaque lit étaient inscrits des signes indéchiffrables : des noms, sans doute. Elle se pencha sur le premier : une jeune femme au visage creusé, toute jeune encore, y paraissait dormir. Elle souleva doucement la natte. Ventre gonflé; le diagnostic était facile : bilharziose. Pas grand-chose à faire. Elle continua d'avancer en silence, énumérant à voix basse les maladies qu'elle identifiait : paludisme, shigellose, typhoïde, méningite, tuberculose... Quelles meilleures preuves chercher des séquelles d'un bombardement nucléaire? Ils avaient gobé des noyaux radioactifs, l'iode s'était accumulée dans leur glande thyroïde, le strontium dans leurs os : plus de défenses. Pas grand-chose à faire pour eux... Pourquoi était-elle venue dans ce mouroir? Quel péché d'orgueil! Surtout, que ces gens n'attendent pas trop d'elle! Pour se donner contenance, elle examina encore deux vieillards, puis se tourna vers les deux jeunes gens qui ne l'avaient pas quittée des yeux.

– De quoi se plaignent-ils?

– De rien. Ici, on ne se plaint de rien. Quand on en a assez, on se laisse mourir.

Recca avait dit cela d'une voix impassible. Elle avait l'air d'un spectre d'argile, d'un oracle rebelle, d'un totem maudissant. Pour ne pas se laisser gagner par la répulsion qu'elle lui inspirait, Ellida se contraignit à la dévisager et expliqua posément :

– La bombe a dégagé un rayonnement qui a atteint leurs cellules à multiplication rapide, en particulier celles de l'intestin grêle. C'est pourquoi, à partir d'un certain moment, ils ne peuvent plus ni absorber d'aliments ni retenir l'eau; d'où les diarrhées, la déshydratation, les infections intestinales, tous ces maux dont ils souffrent... Dix-huit ans... Ils n'auraient pas dû résister aussi longtemps... Que leur donne-t-on à manger?

– Du riz, du lait de chèvre et des foulques bouillies, répondit Recca. Ceux qui le peuvent cuisinent eux-mêmes. Nous sommes trop peu nombreux pour nous occuper de tous.

– Je comprends. Cette nourriture pourrait suffire s'ils la prenaient régulièrement.

La statue de glaise se planta devant elle, à la toucher. Ellida ne put réprimer un sursaut.

– Pouvez-vous faire quelque chose pour eux ou bien êtes-vous venue seulement pour les regarder? La commisération est pire que l'indifférence! La misère n'est pas un sujet de conversation!

Ellida sentait son souffle sur ses cheveux et recula, presque effrayée. Elle se reprit :

– Prenez cela comme vous voudrez : s'il y a un sentiment derrière ma présence ici, c'est plutôt la culpabilité. Je ne viens ici que dans l'intention de vous aider. Mais, seule, je ne pourrai rien. Il faudrait des médecins, des infirmiers, des médicaments. On pourrait alors peut-être en sauver quelques-uns. Là, dans cette boue, ils n'ont aucune chance.

Recca haussa les épaules et regarda Dav.

– Des médecins de Hitti? Vous n'y pensez pas! Jamais les Siv n'accepteront de se faire soigner par leurs bourreaux.

– Je les comprends.

Ellida se dirigea vers une autre tente. Dav la suivit et la prit par le bras. La douceur de son visage contrastait avec la force de sa poigne. Il la détourna vers un étroit chemin en bordure de la rivière.

– N'en veuillez pas à Recca : désespérée, elle ne puise la force de tenir que dans la haine. Si vous pouvez quelque chose pour eux, faites-le. Et s'il se trouve d'autres hommes de Hitti pour faire oublier les bourreaux, ils peuvent venir nous aider. Nous-mêmes, ici, avons épuisé nos forces. Cela ne nous rendra pas pour autant confiance dans les hommes!

– Il y a longtemps que vous vivez ici, elle et vous? interrogea Ellida.

Il haussa les épaules :

– Nous y sommes nés, juste après le déluge. Elle a vécu avec son père. Quand il est mort, ma mère l'a élevée avec moi. Quand ma mère est morte, il y a cinq ans, je suis resté ici. No et quelques autres se sont occupés de nous. Ils ont réussi à nous faire croire que nous étions heureux. Enfant, on s'habitue à tout. Plus tard, on se révolte contre ses souvenirs.

– Pourquoi n'êtes-vous pas allés à Maïmelek? Vous n'avez pas envie de vivre dans un endroit plus confortable?

Elle se prenait à parler de la ville de paille comme d'une résidence de luxe!

– J'y vais de temps à autre, chercher des outils ou des graines. Je n'y reste pas longtemps : je n'aime pas la façon de vivre de ces gens-là, trop passifs, trop résignés à mon goût. Ils mettent toute leur énergie dans l'entretien des canaux et du sanctuaire : dérisoire! Moi, ici, pauvre berger, je vois mourir des Maîtres dont la sagesse s'oublie dans le néant, des écrivains dont les livres ne seront jamais écrits, des poètes dont on ne connaîtra pas les psaumes, des musiciens dont la musique s'est assourdie avant d'être jouée... Ils m'en ont raconté des histoires! Un jour, j'écrirai leurs mots, je jouerai leurs notes. Leur désespoir a nourri ma force, leur agonie me tient lieu d'inspiration. Je n'éprouve aucune compassion. Je ne crois pas, comme les gens de Maïmelek, que le déluge ait été de notre faute ou que nous expiions quelque crime abominable. Je crois au contraire que nous avons été trop confiants. Et j'enrage quand je les vois recommencer maintenant avec vous! Ils ont déjà oublié... A présent que j'en ai la force, je les vengerai, même si c'est malgré eux!

– Vous êtes impitoyable. C'est plutôt rare, à votre âge.

Il se campa devant elle, mains sur les hanches.

– Ici, l'enfance est sans naïveté. On y apprend la routine de l'horreur. J'ai vu des enfants mimer les bourreaux, les procès, et même les pendaisons. La seule chose qu'ils n'aient jamais jouée, c'est le massacre final : même eux n'ont pu l'imaginer! Ils parlent d'un déluge... Je fais de même... Pourtant, je sais la vérité! Un jour, je quitterai ces marais, je rassemblerai mon peuple, j'irai jusqu'à Hitti et vous chasserai de vos palais. Ce jour-là est proche... Il signera la fin de l'Obscurité. Les grands Maîtres eux-mêmes ne m'en empêcheront pas.

Elle sourit :

– Et que ferez-vous de nous? Des esclaves?

Il haussa les épaules et défit l'étroite lanière de cuir qu'il portait comme un licol.

– Pourquoi pas? A chacun son tour de diriger le monde! Le nôtre est venu. Je serai le premier de nos rois. Ne me croyez pas fou : je suis sûr que le moment est arrivé. Quelqu'un m'a dit un jour qu'une femme viendrait ici pour me conduire jusqu'à mon trône. C'est vous, sans doute?

– Qui vous a dit cela? s'étonna-t-elle.

– Peu importe.

– Dites-le-moi! J'aimerais apprendre qui vous a annoncé que je viendrais bien avant que je ne le sache moi-même! J'ai le droit de savoir qui parle en amont de mes rêves!

Dav sourit comme s'il voulait balayer son indiscrétion par la légèreté de son attitude.

Autour d'eux, le vent était tombé. Au loin, des enfants s'affairaient près d'un feu sans doute destiné à protéger les buffles des nuées de moustiques. Des sternes grises rasaient l'eau d'où des canards s'envolaient dans un frôlement d'ailes.

– Vous regardez les oiseaux? interrogea Dav. Si vous restez ici, vous en verrez beaucoup! Ils aiment cet endroit.

Elle se tourna vers lui, sans illusions ni enthousiasme, gonflée d'une profonde jubilation :

– Je ne rentre pas à Maïmelek. Je reste ici.

Il la regarda et, brusquement, décida :

– J'irai, moi. Les dés roulent. Je veux voir ceux qui vous ont accompagnée. Ils sont peut-être nécessaires à ma vengeance. Recca vous installera ici. Je vais prévenir No. Attendez-moi.

Une heure plus tard, Dav partit pour Maïmelek dans la barque qui avait amené Ellida.

Quand il arriva à la ville de paille, rues et chenaux étaient vides. Quelques lumières éparses dansaient au gré du vent. La foule était massée sur les ponts autour du bâtiment où les Maîtres étaient réunis depuis plusieurs heures.

Longtemps après le départ d'Ellida, Donnolo était

venu réveiller Golischa et l'avait entraînée dans le sanctuaire. Yok et Nazir les y attendaient. Un superbe déjeuner leur fut servi, qu'ils mangèrent en silence. Puis Donnolo la conduisit au fond de la salle. Il souleva une natte et découvrit une trappe donnant sur un escalier. Ils le descendirent, éclairés de flambeaux, jusqu'à une pièce creusée à même la terre. Elle n'était occupée en son milieu que par un petit coffre de bois noir posé sur un socle. Nazir l'albinos en souleva le couvercle et en sortit un rouleau de cuir brun fermé par une lanière. Il le déroula précautionneusement, puis tendit à deux mains la longue bande au-dessus de sa tête. Golischa s'en approcha. Elle y vit des signes réguliers tracés à l'encre noire. L'albinos baisa le texte, prononça des mots étranges et en lut quelques lignes dans une langue obscure. Ces sons résonnaient en elle comme une musique déjà entendue.

– Qu'est-ce que c'est? dit-elle.

L'albinos récita en hésitant, comme s'il traduisait à la volée :

– « Ce que je savais du *SY*... »

Elle enchaîna :

– « ... avant la Création ».

– Vous connaissez ce texte!

Elle continua :

– « Par les trente-deux voies de la Sagesse... »

– C'est bien cela! s'exclama Yok. C'est le même! Ainsi, vous le connaissez, comme nous le pensions! Nous n'en comprenons pas l'usage. Nous sommes sûrs que ce texte contient un secret qui nous permettrait de vivre *au-delà de la naissance de notre double*. Posquières, lui, n'est pas d'accord : il pense que ce texte est maudit, qu'il vaudrait mieux nous en débarrasser...

Golischa se dit que sa mère était de l'avis de Posquières, et son grand-père de celui de Nazir. Ce qui expliquait après coup toutes ces tensions entre eux, au fil des années! C'était donc ça que son grand-père cherchait : un code permettant d'empêcher que les Siv meurent à la naissance de leurs fils! Une façon de les faire devenir des gens comme les autres!

Elle décida de ne pas leur avouer son ignorance.

– Comment l'avez-vous eu? Je pensais que mon grand-père était seul à le connaître.

– Ce rouleau, dit Nazir, a été trouvé dans un des vaisseaux par lesquels nous sommes arrivés. Il n'était connu que des Rulers, qui l'ont étudié en vain. Jusqu'à ce que ton grand-père le montre à Jos...

– Pour mieux comprendre ce qu'il représente, poursuivit Yok, il faut qu'on te dise certaines choses de notre passé, que Posquières ne souhaitait pas que l'on te raconte.

– Je vous écoute.

– Au début de notre séjour ici, dit Yok, nous avons été paysans et avons bâti Karella. Nous y avons été heureux.

– Parle pour toi! s'insurgea Donnolo. J'ai traversé trois vies d'enfer : j'ai fabriqué des briques, tiré des charrues, construit des maisons!

– Tu as raison, concéda Yok, nous avons d'abord été employés dans des mines, sur des chantiers. Mais, par la suite, nous avons progressé, nous avons fait d'autres choses...

– Tu veux dire que Jos a progressé! l'interrompit Nazir, l'albinos au chapeau de fourrure. C'est lui qui est cause de tout. Il a cru qu'en prenant le pouvoir chez les hommes nous pourrions sortir de notre isolement.

– Tu as tort! fit Donnolo. Tout cela avait commencé avant lui! Ne mélange pas tout.

– Je ne mélange rien, rétorqua Nazir. D'autres Siv étaient aussi brillants que Jos, mais beaucoup plus prudents. Jos a été le premier à accepter de participer au pouvoir des hommes, ce que Don nous avait interdit. Je crois bien que Jos nous haïssait tous.

– En fait, rectifia Yok, il se haïssait lui-même. Il détestait sa propre réussite. Il la trouvait trop facile pour la tolérer. Il se trouvait frelaté. Tout ce qu'il a pu faire ensuite, je suis sûr que ce fut par haine de soi.

– Tu es injuste! protesta Donnolo. Il avait quitté Karella contre son gré, vendu par ses frères. A Hitti, on l'a jeté en prison. Alors il s'est débrouillé comme il a pu. Quand le Ruler lui a montré le *SY*...

Golischa sentit remonter à sa mémoire l'histoire de l'astrologue qu'un soir elle avait elle-même racontée à son grand-père. Elle comprenait mieux la surprise du vieil homme : sans le savoir, elle lui avait décrit l'itinéraire de Jos!

– Quel rapport avec ce texte? demanda-t-elle.

– Je vais tout reprendre depuis le début, répondit Donnolo. Jos est né à Karella, il y a soixante-dix ans. Sa mère avait eu plusieurs garçons, de pères différents évidemment. Ils étaient très pauvres. A douze ans, ses frères l'ont vendu à des marchands de Hitti. C'était assez fréquent, à l'époque. Un des chefs maccas l'a acheté. Il a remarqué son intelligence et lui a fait faire des études. Plus tard – Jos devait avoir dans les dix-sept ans –, sa femme a prétendu que Jos avait voulu la violer, et l'a fait arrêter. En prison, il a rencontré deux des conseillers du Ruler qui venaient d'être incarcérés pour complot. L'un d'eux, Horz, a été fusillé; l'autre, Dotti, a été réhabilité et a fait sortir Jos avec lui. Puis il l'a présenté au Ruler, Shiron Ugorz. Au début, Jos voulait faire oublier qu'il était un Siv et qu'il venait de Karella, « le pays de ma misère », disait-il. Puis sa haine pour ses frères s'est estompée; il les a fait venir à Hitti, les a fait admettre dans les meilleures écoles. A commencé alors notre nouvelle vie. Au bout de quelques années, plusieurs d'entre nous sont devenus marchands, financiers, savants, officiers et même – imaginez un peu! – prêtres dhibous...

– Ton grand-père, enchaîna Yok, a envoyé Jos étudier la génétique. Nul n'a alors compris pourquoi. Il est devenu son confident. Tous deux passaient de longues heures dans la tour de Nordom. On disait qu'Ugorz apprenait notre langue. En fait, ils travaillaient ensemble à déchiffrer le *SY*.

– Une dizaine d'années plus tard, continua Nazir, il y a donc vingt-cinq ans de cela, Jos reçut une visite qui changea son destin et le nôtre. Un jeune professeur de biologie de l'Université est venu le voir. Emyr était son nom. Dans ses grands yeux aux aguets se lisait la peur. Jos en fit son assistant. On en fut surpris, à cause de son jeune âge. Beaucoup plus tard, on sut que c'était un des nôtres.

– Un Siv?

– Oui, un Siv, reprit Yok. Nous nous moquions de lui parce qu'il se plaignait sans cesse. Il disait que toutes ses vies avaient été semées d'ennuis, qu'il avait peur et voulait faire partager sa peur aux autres pour qu'ils se réveillent, qu'ils changent le monde!

– Mais de quoi avait-il peur?

– Il n'en disait jamais rien, dit Yok, sauf qu'il répétait plaintivement : « C'est sur le coup de Minuit que le malheur va éclater. » Sur le moment, nous n'avons pas compris. Après...

– Après?

– C'est à minuit que l'UR a eu lieu, murmura Nazir.

– Mais comment pouvait-il savoir? protesta Golisha. L'UR s'est produite cinq ans plus tard! Vous ne pouvez tout de même pas prétendre qu'il l'avait prévue!

– Qui sait? sourit Yok. Peut-être pensait-il effectivement à l'UR quand il disait « Minuit ».

– Mais non! fit Donnolo. « Minuit » n'était qu'une métaphore pour désigner l'ombre, l'obscurité, l'ignorance, tout ce qui éloigne l'homme de la tolérance, tout ce qui annihile une idée.

– Il parlait d'une voix exaltée, profonde, inimitable, dit l'albinos.

– Vous l'avez connu? s'étonna-t-elle.

Nazir hocha la tête.

– En ce temps-là, j'étais moi aussi professeur à l'Université. Un jour, dans un couloir, Emyr m'a abordé. Il était fébrile. Il avait découvert quelque chose de très important qui allait transformer notre vie, faire progresser la civilisation. Je n'en ai pas su davantage. Puis il est devenu violent, amer. Il fut exclu de l'Université. Apparemment, il n'en fut pas le moins du monde affecté. Il continua à travailler seul, chez lui, et même à se rendre à Nordom pour rencontrer le Ruler et Jos. Cela non plus, on n'a jamais su pourquoi.

Yok l'interrompit :

– Il disait que tout ce qui arrivait était prévu; mais qu'il n'en fallait pas moins se révolter.

– Parce qu'il croyait que tout ce qui lui advenait était écrit? demanda-t-elle en souriant.

– Oui. Il le croyait, articula Nazir après avoir soigneusement réfléchi. Il m'a même déclaré un jour que son destin prévoyait qu'il ne devrait ni se marier, ni avoir d'enfant en cet endroit. Je m'en souviens fort bien. Cela m'avait beaucoup marqué.

– « En cet endroit »? Que voulait-il dire par là?

– Je le lui ai demandé, dit Nazir. Il a haussé les épaules et m'a répondu : « Je ne sais pas. Cette idée m'habite depuis toujours. » Cela ne m'a pas étonné : il est fréquent, chez nous, qu'un aspect de notre destin affleure de la sorte...

Il s'arrêta. Il paraissait penser à autre chose.

– Continuez.

– Les grands Maîtres étaient inquiets. Certains considéraient même Emyr comme un traître et lui reprochaient de livrer nos secrets aux hommes.

– C'était vrai?

– Non, bien sûr, répliqua Yok avec vivacité. D'ailleurs, qu'aurait-il pu leur dire? Il ne savait rien; il n'était pas un maître. Et puis, tout a mal tourné. Sharyan Sülinguen a renversé le Ruler...

– Je sais, dit Golischa. Stauff nous a dit que Sülinguen avait accusé mon grand-père d'avoir conspiré.

– Le lendemain, dit Nazir, Jos et Emyr ont réuni les vingt-trois grands Maîtres en fonction – dont moi – dans une maison du port. Jos nous a dit que nous allions entrer dans une période difficile, qu'il nous fallait devenir un peuple de contrebande, dissimulé au sein d'un autre peuple. « Nous sommes au carrefour de trois routes, a-t-il ajouté. Celle de la Force, celle de la Vérité et celle de la Foi. La première passe par la revanche contre les hommes, la seconde par le déchiffrement d'un texte, la troisième par une enfant à naître d'une femme et d'un Siv. » Il n'a précisé ni le nom du père ni celui de la mère. A la mort de sa mère, il faudrait aller la chercher et lui poser deux questions qu'il nous a formulées. Jos et Emyr n'ont rien voulu nous dire de plus – sauf à Posquières qui l'a gardé secret...

– Quant à moi, poursuivit Donnolo, je ne savais rien de tout cela. Quand j'ai dit aux Maîtres que celui qui s'était présenté comme ton père m'avait prié de te poser ces deux mêmes questions, ils m'ont cru. Ils ont admis que Golischa était Beth.

Yok enchaîna :

– Jos nous a alors remis ce rouleau que nous avons d'abord caché à Karella. Nous avons aussi laissé des Siv dans la garde de Nordom pour te protéger.

– Comment? Il y avait encore des Siv à Nordom? blêmit Golischa.

Donnolo sourit, tendit la main vers elle, puis la laissa retomber.

– Oui, bien sûr, certains y sont encore.

– Et ma mère le savait?

– Oui, elle le savait, murmura Donnolo. Comme elle savait que ton père était Siv.

– Mais enfin, c'est impossible! Pourquoi ne m'en a-t-elle jamais rien dit?

– Parce que ton père le lui avait interdit, sourit Nazir. Il disait que tu devrais choisir toi-même ton destin après la mort de ta mère. Te trouver.

– « Me trouver »? Et ce rouleau doit me permettre de me trouver?

– Peut-être. En tout cas, il contient un secret qui nous permettra de ne plus attendre. Cela c'est sûr, et tu dois nous aider à le découvrir.

Golischa allait répondre quand ils entendirent de grands éclats de voix au-dessus d'eux. Ils remontèrent : Posquières, Calonyme, Chasid, Grenada, Uri et Stauff étaient en grande conversation dans le sanctuaire; Uri s'avança vers Golischa et dit :

– Content de te voir. Je te cherchais partout. Que faisais-tu là-dessous?

Posquières gronda :

– Vous l'avez emmenée dans le Tabernacle! Je l'avais pourtant interdit.

– Écoute, Posquières, je prends ça sur moi, dit Donnolo. Nous voulions lui parler du *SY*, mais nous n'avons pas eu le temps de le faire. Ne t'inquiète pas : nous n'avons pas avancé d'un pouce dans notre direction.

Posquières parut se détendre.

– Évidemment... Il n'y a rien à trouver. Mais vous avez violé mes ordres!

– Il y a plus urgent, intervint Stauff. Golischa, écoute-moi : il s'est passé quelque chose d'inouï. Pour la première fois depuis dix-huit ans, un officier macca a franchi la passe de Kber. Il est venu jusqu'à Bamyn où il a été très mal reçu. Mes hommes ont dû empêcher la foule de le massacrer. Il a laissé ce rouleau pour toi.

Il lui tendit un petit rouleau de cuir noir, comme ceux que le Ruler utilisait pour ses messages personnels. Golischa l'ouvrit et lut à haute voix :

– « Je sais ce que tu sais. Reviens à Hitti. Nous trouverons tous la paix. Fais vite. Le temps n'est pas de ton côté. »

Elle se tut.

– Qu'en penses-tu? demanda Uri.

– Je ne sais, dit Golischa. J'aimerais avoir l'avis d'Ellida. Où est-elle?

– Elle est partie à l'aube voir les malades, répondit Donnolo. Elle y tenait vraiment.

– Je m'y attendais. Toi, Uri, qu'en penses-tu? Tu es méfiant, j'imagine!

– Évidemment, pourquoi lui faire confiance? Sülingen ne t'appelle que parce qu'il est mort de peur.

– Je suis du même avis que vous, dit Stauff. S'il a envoyé quelqu'un, c'est qu'il est affaibli. Il a dû se passer quelque chose là-bas, depuis votre départ, qui l'oblige à chercher alliance avec vous. Il n'a sans doute plus les moyens de défendre Hitti.

Grenada gronda :

– Je suis opposé à cette rencontre, à tout compromis avec Sülinguen et sa clique. Nous n'avons pas à faire la paix avec lui. S'il est affaibli, il faut au contraire l'attaquer.

Il était toujours vêtu de la même robe noire, le visage masqué du même foulard. Golischa se dit qu'elle n'avait jamais vu de son visage que ses yeux. Peut-être était-il défiguré? Ou bien se cachait-il d'elle?

– Soyez sérieux, dit Calonyme. Comment faire la guerre? Nous n'avons ni armes ni munitions. Il ne faut pas se bercer de mots. Depuis l'aube des temps, l'UV est notre espérance. Or elle est devenue possible; depuis que Beth est là nous avons notre chance. Même si ce n'est qu'une faible espérance, rien d'autre ne compte. Il faut calmer le jeu avec les hommes. Et puisqu'il nous propose la paix, faisons-la!

Grenada haussa les épaules et alla se rasseoir près du feu.

– Et toi, Yok, interrogea Posquières, qu'en penses-tu?

L'aveugle avait pris nettement le contrôle de la discussion. Donnolo semblait faiblir : d'ici deux jours, avait-il dit, il serait mort...

– Tu sais ce que je pense, fit Yok. Je ne suis pas d'accord avec Calonyme ni avec Grenada. Notre avenir est entre nos mains. Il faut être rationnel, essayer de comprendre. Personne ne veille plus sur nous. Il ne sert à rien de discuter avec ce tyran. Il faut comprendre le *SY* et nous en servir.

Un brouhaha de protestations parcourut le groupe. Yok continua sans paraître les remarquer :

– Je ne pense pas qu'il faille négocier avec les hommes : nous n'aurons pas la paix. Je ne pense pas non plus qu'il faille faire la guerre : nous ne pouvons pas vaincre. Nous devons avant tout chercher à comprendre le *SY*. Jos et Emyr n'y ont pas laissé la vie pour rien! Golischa peut nous y aider. Mettons-nous avec elle autour d'une table. Vite, puisqu'il paraît que, dans trois jours, elle sera morte!

Du fond de la pièce, Grenada l'interrompit sans même tourner le dos :

– Mais nous ne trouverons jamais ce que ce texte veut dire! Vous l'avez assez cherché depuis vingt ans! A l'évidence, le *SY* ne signifie rien. Écoutez les hommes qui sont avec vous! Eux savent que Hitti ne comprend que la force! N'est-ce pas, Stauff? Parle! Tu le sais mieux que personne! Depuis vingt ans, nous vivons côte à côte sans nous parler; dis-le-leur, maintenant!

Stauff se troubla. Golischa pensa que quelque

chose avait dû un jour ou l'autre les réunir, Grenada et lui.

– Tu as raison, murmura Stauff. Le moment est venu de faire la guerre à Sülinguen. Le Ruler est affaibli; ses hommes sont sûrement désorientés. Ensemble, nous pourrions les battre, nous réinstaller à Hitti, au chaud, dans des maisons confortables...

L'aveugle leva la main. Lentement, le silence se refit dans la pièce.

– N'oubliez pas : nous sommes comme des oiseaux qui ne peuvent rien contre les fusils des chasseurs. Sülinguen nous a proposé la paix, faisons-la. Golischa, il est dit que tu châtieras d'une main et apaiseras des deux. La seule chose qui compte à présent, c'est de suivre à la lettre la parole de Don. C'est-à-dire d'attendre l'UV. Je sais un peu de ce qu'elle est. En vérité, je vous le dis, bientôt elle aura lieu. Alors, parlons avec les hommes.

Golischa ne l'écoutait plus. Elle regardait le jeune homme d'une rayonnante beauté qui venait de faire son entrée dans le sanctuaire et qui la considérait, derrière Nazir et Grenada. Elle eut l'impression de l'avoir déjà rencontré, dans une autre vie.

Dav cria :

– Et moi je pense comme Grenada! Il est le seul à dire la vérité. Il faut se battre.

– On ne parle pas après l'aveugle! répliqua une voix à côté de lui.

– Laissez-le dire, sourit Posquières en tendant les bras. Il ne connaît pas nos règles. Il n'est pas d'ici. Bonjour, Dav. Il y a longtemps que je ne t'avais entendu! Tu m'as ramené des mûres?

Dav sourit :

– Bien sûr, Maître, je n'oublie jamais l'essentiel! Je les ai déposées chez vous en arrivant.

Et le jeune homme se précipita dans les bras de l'aveugle. Tous restèrent un long moment silencieux.

Golischa n'osait plus le regarder. Dav lui rappelait un passé qu'elle n'avait jamais eu. Elle aurait eu envie de le voir ailleurs, de le rencontrer autrement.

– Dav! Il y a si longtemps que je t'attendais! Pourquoi es-tu venu? fit l'aveugle.

Dav ne répondit pas.

– Tu me le diras plus tard, reprit Posquières. Pour l'instant, explique-moi pourquoi tu penses, toi aussi, qu'il nous faut faire la guerre.

– Maître, tu sais bien que Hitti n'est qu'une bouche de l'enfer. Il faut lui rendre le mal qu'elle nous a fait, briser ses habitants contre les rochers. Pourquoi Don voudrait-il que nous attendions, tête baissée, d'être massacrés? Notre destin n'est pas d'avance de mourir! Je suis sûr que s'il était là, il se battrait au milieu de nous. Et si des hommes veulent nous aider, tant mieux!

Il se tourna vers Golischa en la désignant de la main et en la toisant, son visage dur empreint d'un certain mépris.

– Si la seule chose qui vous empêche d'y aller c'est son attente de je ne sais quoi, eh bien, tant pis! Je mènerai le combat à sa place et vengerai ses morts avec les nôtres.

Uri l'interrompit, furieux :

– Qu'est-ce qui te permet de donner ainsi des conseils? Tu viens de trop loin pour décider de ce que nous avons à faire!

– Uri a raison, renchérit Calonyme. Posquières n'a pas de leçon de morale à recevoir de toi.

L'aveugle les interrompit :

– Voyons, Uri, du calme! Calonyme, tais-toi! Dav a les raisons de son âge, et elles valent bien celles du vôtre... Je t'ai écouté, Dav, et je te comprends. Mais le malheur tombe toujours sur celui qui rameute la guerre. Ce n'est pas par lui que reviendra la liberté. Tu le sauras un jour. Alors tu patienteras... J'ai réfléchi. Voici ma décision : Uri va aller à Hitti et ramènera Sülinguen à Karella. Là, Golischa ira l'attendre. S'il vient, c'est que cela fait partie du destin voulu par Don, et Golischa pourra *se trouver*. S'il ne vient pas, si rien ne vient, nous attaquerons Hitti à l'aube du huitième jour. Le Conseil est levé, que chacun s'en aille.

Dans les murmures de la petite foule qui se dispersait, Dav reprit la parole :

– Un instant, pourquoi laisser cet homme y aller seul? Il peut nous tromper! J'irai avec lui.

– Tu peux venir, dit Uri, tu ne me gênes pas. Je n'ai rien à cacher. Je ramènerai le Ruler à Karella.

– Très bien, Dav, accompagne-le, dit l'aveugle. Allez tous, laissez-moi, à présent. Golischa, reste un instant, s'il te plaît.

Une fois qu'ils furent tous sortis, Golischa s'approcha de l'aveugle qui dessinait sur le sol de la pointe de son bâton.

– Qu'attendez-vous de moi? On me dit que vous le savez plus qu'aucun autre!

– On t'a dit ça?

– Dites-moi ce que je dois faire.

Posquières sourit :

– Qui observe le vent ne sème pas. Qui regarde les nuages ne moissonne pas.

– Ce qui veut dire?

– Qu'il n'y a pas de résultats hors de l'action pour les obtenir. Que tu devras trouver toi-même ce que ton avenir exige.

– Mon destin exige que je trouve mon père. Là est ma route, je le sais!

– Non, petite. Si on savait vraiment où mène sa route, on ne la prendrait jamais. Toi pas plus que n'importe qui d'autre.

– Eh bien, disons que je connais la route que je ne veux pas prendre, celle de la vengeance. Maintenant, dites-moi ce que vous savez de plus que les autres.

Au terme d'un assez long silence, il énonça d'une voix sourde :

– Les Premiers Maîtres et eux seuls savent que l'Événement qui permettra à chaque Siv de devenir mortel – ce que Don a appelé l'UV – se réalisera si l'enfant né d'une femme et d'un Siv prend sa place dans la *Nouvelle* dans les sept jours suivant la mort de sa mère.

– « Prend sa place dans la *Nouvelle* »?

– Il faut que tu deviennes un des personnages de cette vieille épopée, un de ceux qu'aucun Siv n'incarne encore. Alors tu auras trouvé ta place, tu deviendras toi-même, tu vivras ta vraie vie, et les Siv la leur.

Elle, devenir un personnage de cette histoire d'il y avait six mille ans? Encore une absurde métaphore? Et d'ailleurs, comment choisir le rôle à incarner? Brusquement, elle se remémora le « Jeu des images » qui avait rythmé son enfance. Son grand-père l'avait-il préparée à cette rencontre? Y croyait-il? Pourtant, il avait tout fait pour chercher la vérité d'un texte qui devait au contraire briser cette fatalité! Rêvait-il aux deux à la fois?

– Continuez, dit-elle.

– Lorsque tu seras entrée dans cette nouvelle vie, dans ce nouveau rôle, ceux des Siv dont le modèle a vécu avant toi dans la *Nouvelle* deviendront des mythes, éternels par le souvenir qu'ils laisseront aux hommes. Ceux qui ont vécu après toi se répéteront jusqu'à ce que vienne leur tour de devenir des hommes, de vivre en mortels le personnage qui les fera accéder à l'immortalité. Ainsi, peu à peu, la *Nouvelle* sous-tendra de nouveau l'histoire humaine, et la guidera vers la vérité. Telle était la plus folle des ambitions de Don. La plus humaine aussi. Il a voulu que chacun de nous, à son heure, reprenne sa place dans l'histoire des hommes et vive sa « Vraie Vie » en tentant d'orienter l'humanité vers plus de sagesse, moins de violence que la première fois.

– Et si je ne trouve pas ce rôle, ou si je me refuse à le vivre?

– Alors tu mourras dans trois jours. Et il nous faudra attendre qu'un autre enfant naisse ainsi pour espérer cesser d'être des chimères. Tu comprends pourquoi j'ai pris au sérieux celui qui disait être ton père?

– Cela n'a pas le moindre sens! murmura Golischa, tassée sur son siège. Cela ne peut être qu'une légende, une métaphore. Tous les peuples attendent quelque sauveur, un envoyé de leurs dieux. Vous avez inventé de toutes pièces cette histoire d'enfant-roi. Au demeurant, si vous aviez tant besoin pour votre salut qu'un enfant naisse d'un Siv et d'une femme, voilà qui n'est vraiment pas difficile à décider!

– Tu as tort : Don l'a interdit, dit Posquières. Et le Premier Maître est le seul à savoir que notre destin en dépend. Mais il ne le dit à personne. On détruit le destin à vouloir le forcer.

Elle était perdue. Si c'était là tout ce qu'elle était venue chercher, quelle absurdité dérisoire! Elle n'en voulait pas. Elle était Golischa, fille de Soline, princesse de Tantale, jamais elle ne serait rien d'autre! Pourtant, sa mère ne lui avait-elle pas dit de *chercher sa place*? « Tu trouveras ta place en écoutant le Musicien... » C'étaient presque ses derniers mots.

Elle tressaillit : « Le Musicien »! Elle l'avait oublié. Mais non, sa mère ne pouvait connaître l'existence de Wam...

– A quoi penses-tu? demanda l'aveugle.

– Ma mère m'a parlé d'un musicien qui doit m'aider à trouver ma place. Il y a ce Wam. Peut-être est-ce lui? Puis-je le voir? Il me fera peut-être comprendre ce qu'elle attendait de moi, où est ma place. Si c'est vraiment cela que Soline m'a demandé d'accomplir...

L'aveugle parut hésiter, puis se détendit :

– Si tu veux, je te conduis à lui.

Il la guida sur le pont étroit, puis ils longèrent la rive. Un bateau chargé de roseaux passa près d'eux. A bord, un homme héla des buffles à l'arrêt. Sans hésiter, l'aveugle avança le long des maisons et des jardins, jusqu'à une hutte entourée de grenadiers sauvages, dont il fit le tour. Il entra sans frapper par une porte basse. Elle le suivit. Au mur, elle vit des cornes de bélier, des flûtes de bois. De l'autre côté de la maison, au bord de la rivière, elle aperçut le dos d'une veste grise : un homme était occupé à étaler du goudron sur la coque d'un bateau renversé, posé sur deux tréteaux. Il ne leva pas les yeux de son travail. Elle était pourtant certaine qu'il les avait entendus venir.

– Bonjour, Wam, murmura Posquières. Je t'ai amené quelqu'un qui souhaitait te rencontrer.

Le Siv releva la tête, se retourna et les fixa tout en continuant à promener son pinceau sur le plat-bord. Son air espiègle tranchait avec la lenteur de ses gestes.

– Bonjour, Maître. Tu ne me déranges pas.

– Que fais-tu?

– Je réfléchissais à la mort.

Golischa réprima un sourire :

– Vous réfléchissez à la mort en calfatant un bateau?

Il posa le pinceau sur l'établi et regarda longuement la jeune fille, jusqu'à la mettre mal à l'aise :

– Mais c'est mon travail, et il en vaut un autre. Par lui je côtoie la mort, puisque je lutte contre celle des bateaux. Les buffles mangent le goudron des coques; ils détruisent la vie; il faut en remettre avant chaque saison de pêche. Je colmate donc le désordre que font les buffles. De cette façon, je recrée de l'ordre avec du coaltar que je trouve au fond de l'eau. Ainsi, la mort est toujours là, je me suis familiarisé avec elle et en ai presque fait une amie. Je lui parle tout en la tenant à distance.

– Une amie! sourit Posquières. Tu vas un peu loin, ne trouves-tu pas?

– Non, mais je lutte contre elle, je crée contre elle de l'ordre... Parfois, je crois deviner que j'évolue vers une sorte d'absolu qui me permettra de créer autrement. Et quand j'aurai accumulé assez d'expériences et de vibrations pour créer quelque chose qui vivra pleinement après moi, alors je vivrai ma vraie vie.

Pourquoi lui parlait-il de cela? Elle risqua :

– Et vous savez ce que vous créerez dans votre « vraie vie »? risqua Golischa.

Golischa remarqua que Posquières se crispait comme si, pour la première fois, il s'inquiétait de la réponse de Wam. Il contourna le bateau et vint se placer face au jeune homme, comme pour le surveiller. Le pêcheur parut ne pas remarquer le manège de l'aveugle et continua :

– De la musique... Oui, de la musique... Je l'entends déjà dans les cris des oiseaux, dans les remous de l'eau, les jacasseries des enfants...

Elle insista :

– Mais pourquoi la musique plus qu'aucune autre forme de création?

Wam haussa les épaules :

– Je ne sais. Je ne peux m'exprimer en vers, je ne suis pas poète. Je ne peux distribuer les couleurs assez artistement pour leur faire produire des lumières et des ombres; je ne suis pas peintre. Je ne peux non plus exprimer par des gestes mes sentiments et mes pensées; je ne suis pas danseur. Mais je le peux par les sons.

Golischa se demanda si cette conversation avait vraiment été voulue par sa mère. Devait-elle apprendre quelque chose d'essentiel du jeune pêcheur? Elle l'examina : il s'était remis à son travail avec entrain.

– Nous aussi, nous avons besoin de musique, intervint Posquières comme pour ramener la conversation là où il voulait l'orienter. Nous y consacrons la huitième des dix années de formation des enfants. Nous chantons nos souvenirs pour perpétuer notre identité.

– J'adore ces chants, confirma Wam. Celui que vous appelez le *Chant de la Création*, le chant du *SY*, m'émeut plus que tout autre. Je reste des heures à l'écouter quand il s'élève du sanctuaire.

– Le chant du *SY*? tressaillit Golischa. Pourriez-vous me le chanter?

Wam fredonna : c'était bien le chant de haute-contre qu'elle avait entendu aux obsèques de son grand-père et à celles de sa mère! Comment était-ce possible? Tout s'imbriquait désormais en une énigme unique.

– D'où vient ce chant?

– Je l'ignore.

Elle insista :

– Et vous, Posquières?

– Je n'en sais pas plus, dit sèchement l'aveugle.

Elle insista encore :

– Savez-vous au moins ce que veulent dire ses paroles?

Posquières s'agita. Il s'empara d'un des pinceaux de Wam comme pour attirer l'attention du jeune homme.

– C'est un texte très obscur, répondit Wam. On dit qu'à le chanter en s'accompagnant d'un instrument très spécial, on peut rendre vivante une poupée d'argile. Cela veut dire que la musique peut créer la vie. Un jour, j'y parviendrai!

– Oui, tu y parviendras, murmura Posquières. Et tu n'auras nul besoin d'instrument pour cela. Tu le feras avec la voix. La voix vient du sud, elle est la grâce; l'instrument vient du nord, il est la rigueur. Ceux qui chantent amassent des fortunes; ceux qui manient la harpe sont des Justes.

– Je sais cela, dit Wam. Mais pour interpréter le chant du *SY*, il faut s'accompagner d'une corne de bélier à la forme bien précise. Ainsi on réalise ce qu'Emyr appelait l'« unité du *SY* » ou le « Temps du Rire ». Personne n'y est jamais parvenu.

– Emyr! sursauta Golischa. Emyr s'intéressait à ce chant? Lui aussi était musicien?

Posquières s'agita nerveusement.

– C'était même un excellent musicien! répondit Wam. A Karella, il avait formé des confréries qu'il appelait les « Gardiens de l'Aube ». Il disait que la musique constituait pour nous la plus grande rébellion possible. Il nous a enseigné à chanter « pour pleurer la ruine et hâter le retour ». J'ai beaucoup appris de lui.

Emyr, un musicien! Mais alors, c'était peut-être lui, et non pas Wam, dont avait parlé sa mère. C'était lui, le musicien, qui avait connu son père. S'il était encore vivant, il fallait qu'elle le retrouve, où qu'il fût!

Elle se tourna vers Posquières :

– Voilà donc un autre musicien! Où est-il, cet Emyr? Il vit encore?

Il parut méditer un long moment avant de lâcher :

– Je n'en sais rien. Personne ici n'en sait rien. Il n'est pas venu à Maïmelek. Peut-être sait-on quelque chose de lui à Bamyn?

Wam alla chercher sa flûte et en tira quelques notes.

– Un jour, je parlerai à Don avec ma musique.

– Et que lui direz-vous? demanda Golischa.

Wam se tourna vers le bateau et fit couler du goudron sur une longue perche de manguier. Puis, comme s'il ne s'adressait qu'à lui-même, il murmura :

– Je lui dirai de nous aider à être capables de sentiments.

Et, se tournant vers Golischa, d'un ton souverain :

– Je ne sais rien de toi, jeune fille inconnue. Et je ne suis pas celui qu'a connu ton père. Mais je sais au plus profond de moi qu'un jour la musique accompagnera un roi. Toi, tu accompagneras la musique. La musique n'est pas pressée : elle t'attend à ta place, comme elle m'attend à la mienne.

Il lui fit une brève révérence et rentra à l'intérieur de la maison, la laissant seule avec l'aveugle. Elle regarda le vieil homme immobile qui lui tournait le dos. Parlant musique au milieu des marais avec un réparateur de bateaux, elle avait eu, un fragment de seconde, l'impression d'être passée plus près que jamais de sa vérité.

L'air de la nuit était fluide. Elle espérait que, quand viendrait la Vraie Vie – si elle venait jamais – l'air aurait cette transparence de larme au bord des cils, cette légère odeur de menthe froissée.

X

SÜLINGUEN

BIEN avant que ne se lève la cinquième aube après la mort de Soline, un convoi de hautes barques, éclairées de flambeaux, quitta l'embarcadère au pied du sanctuaire.

Une foule immense était venue assister au départ des hommes et des Maîtres pour Karella. De là, il avait été décidé qu'Uri et Dav iraient à Hitti afin de ramener le Ruler, et que Golischa les attendrait dans la ville de pierre en compagnie des Maîtres. Avant leur départ, Golischa avait cherché Stauff, qui avait déjà quitté Maïmelek. Elle espérait apprendre de lui où était parti Emyr, le musicien.

Elle songea à Hitti, la ville de son enfance, qu'elle avait laissée quatre jours plus tôt. Quatre jours!... On aurait dit une éternité. Tant de choses s'étaient glissées depuis lors dans leur vie! Et elle ne pouvait encore savoir que de singuliers bouleversements s'étaient également produits dans la capitale de Tantale.

Au soir du massacre des Siv, rien n'avait été expliqué, ni sur les Murs de Paroles, ni dans les temples, et pas davantage dans les bureaux. Pourtant, la ville entière avait pu voir les feux des crématoires roussir le ciel.

Dans la nuit, Dotti avait décidé de tirer parti du désordre. Depuis des années, le juriste, le diplomate, l'homme intègre qu'il avait été avait dégénéré en mercenaire imbibé d'alcool et en bureaucrate corrompu. Il se savait si loin de son propre rêve qu'il ne regardait même plus son reflet dans les vitres. Quand, tard dans la soirée, Uri était venu lui demander l'autorisation de retourner au Vieux Fort, le vieil ami des mauvais jours, le conseiller aigri par sa propre servilité, le compagnon des fêtes intimes pensa enfin tenir sa revanche sur les années d'humiliation et d'indifférence. Il avait laissé partir le jeune homme sans en aviser le Ruler. Il n'ignorait pourtant pas que Golischa s'enfuirait avec lui et que, dès lors, tout pouvait être à redouter. Il pensait depuis longtemps qu'ils avaient tout à craindre d'elle; mille fois, il avait demandé au Ruler de s'en débarrasser. Celui-ci avait haussé les épaules : « La vie de Golischa donne de l'intérêt à la mienne! » Dotti avait pris cette répartie pour un enfantillage, mais il n'avait jamais osé passer outre. Qui aurait osé? Mais il allait à présent pouvoir se servir de la fuite des Jiarov et de Golischa Ugorz pour renverser le Ruler.

Tard, cette nuit-là, la première après la mort de Soline, alors que Golischa galopait vers Karella, Dotti avait convoqué dans sa maison de la colline ceux des chefs maccas et des Orateurs qui lui devaient leur rang. Il leur rappela que, depuis des années, Sülinguen rognait les privilèges de la Haute Caste au profit de sa seule famille. Il ajouta que le Ruler venait de passer les bornes en autorisant Golischa Ugorz et les deux Jiarov à partir vers la zone interdite, sans doute pour y rameuter les « ennemis du peuple ». Il fallait les en empêcher, et, pour cela, commencer par se débarrasser du Ruler.

A l'aube du deuxième jour après la mort de Soline, les conjurés se séparèrent sans conclure, partagés entre la crainte d'être découverts et la fierté d'avoir été mis dans le secret. Comme dans toutes les dictatures où subordonnés et supérieurs ne survivent qu'en se dénonçant les uns les autres, deux officiers et l'un des Orateurs se présentèrent à Balikch pour rendre compte de la conjuration à Sülinguen. Celui-ci ne daigna même pas les recevoir. En fin de matinée, au moment même où Golischa gravissait les remparts de Karella, Dotti envoya de jeunes capitaines informer l'état-major que, selon des informateurs dignes de foi, des Siv venus des principautés les plus lointaines se rassemblaient à Karella sous les ordres d'Uri, dans le but d'attaquer Hitti.

Comme toutes les foules, la population de Hitti préférait le mensonge au silence. Elle n'admettait pas qu'on la laissât sans nouvelles. Dans les quartiers du bord de mer, les échoppes à flancs de collines, comme chez les cardeurs des vieilles rues, l'âcre odeur des fumées noires avait alimenté les rumeurs. Certains pêcheurs affirmèrent avoir vu d'énormes embarcations cingler vers les principautés oubliées de l'autre côté de la baie. Des valets de Shamron prétendirent savoir que Sülinguen avait fait fusiller plusieurs généraux rebelles. Un célèbre joueur de *yotl* qui avait ses entrées en haut lieu expliqua que des centaines de gardes du Ruler étaient morts. Un des coiffeurs de Dotti affirma dans un cabaret à la mode que le Ruler se terrait à Balikch. En fin de matinée, la foule se rendit compte que les Murs de Paroles n'étaient même plus gardés, ce qui ne s'était jamais vu. Quelques audacieux s'étaient même risqués à y griffonner des slogans contre le prince sans susciter de réactions de la police ni des Bhouis.

Quelques heures plus tard, l'obscur orateur d'une chapelle de banlieue accusa le Ruler de « pusillanimité ». Personne, dans la foule des fidèles, ne protesta. Peu après, dans l'après-midi, des Bhouis avertis par des commerçants inquiets vinrent retirer de la circulation des billets couverts d'insultes contre le Conseil. Informé par Dotti qui prenait plaisir à venir lui rendre compte de ces incidents, Sülinguen fronça les sourcils et plissa le front. Il savait d'expérience que le pouvoir ne reste jamais longtemps fidèle à celui qui le néglige. Prétextant un surcroît de travail, il annula ses audiences. Il ne reçut que quelques conseillers et s'amusa à les voir lui dissimuler ce qu'il savait déjà. Il expédia les dossiers en quelques heures, puis passa le reste de l'après-midi à rêver.

Nul ne parut s'étonner de son retard à la réunion d'officiers qu'il avait convoquée. Nul ne fut davantage surpris de son absence à la fête que Dotti donna, au soir du deuxième jour après la mort de Soline, sur la terrasse de sa maison, comme chaque année à la même époque, pour commémorer l'arrivée du premier *Phœnix* à Tantale.

Dans le grand parc de Shamron, officiers, ingénieurs et cadres se disputaient pour approcher des somptueux buffets quand une gigantesque explosion en provenance du Vieux Fort attira la foule des invités au-dehors. La terre trembla sous leurs pieds. Un pan de la colline bascula sous leurs yeux dans le fleuve dont les eaux roulèrent, rouge sombre comme la terre qui les avait envahies.

Tard cette nuit-là – la deuxième après la mort de Soline –, alors que Golischa dormait à Bamyn, les invités de Dotti, rentrant chez eux, croisèrent des rats sortis des égouts et des aghas qui s'aventuraient pour la première fois jusqu'aux abords de la ville, comme s'ils avaient déjà deviné qu'elle n'était plus défendue.

A l'aube du troisième jour, le régime ne tenait plus que par l'étai de sa faiblesse. Empêtré dans ses procédures, l'extraordinaire réseau de bureaucraties enchevêtrées qui avait fait sa force était comme tétanisé. Après des années d'une puissance somnolente jalonnée de trahisons bâclées, tout s'effondrait comme une meule se fend après mille coups restés apparemment inutiles. La foule du port se massa sur le belvédère et se mit à osciller du quartier des affaires aux portes de Voloï. Débordés, les Bhouis abattirent des dizaines de civils et de soldats, et même, à la grande fureur de l'armée, cinq officiers supérieurs. Nul ne sut si Sülinguen avait ordonné lui-même d'ouvrir le feu. Pour protester, trois commandants se retranchèrent dans le Vieux Fort avec leurs hommes, résolus à obtenir que le Ruler vînt s'expliquer sur ces massacres gratuits.

La troisième nuit après la mort de Soline fut la plus incertaine. Alors que Golischa prêtait l'oreille aux propos des Maîtres dans la ville de roseaux, les officiers retranchés dans le Vieux Fort s'attendaient à tout moment à être attaqués. L'assaut ne vint pas. Il aurait pourtant suffi de quelques troupes décidées pour les écraser. Mais le Ruler, enfermé dans sa chambre face à un plan de la ville hâtivement dessiné à la craie, n'osait plus donner d'ordres clairs. Il se borna à expédier un messager à Golischa, qu'il croyait encore à Bamyn, pour lui demander de revenir.

Cette nuit-là, Dotti ne fut guère plus rassuré : rien ne se passait comme il l'avait prévu. Les désordres de la veille n'avaient pas fait basculer la foule de son côté. Les émeutes menaçaient indifféremment ses hommes et ceux du Ruler, aussi incapables les uns que les autres d'imprimer un sens aux événements.

A l'aube du quatrième jour, alors qu'Ellida quittait Maïmelek et que Golischa pénétrait dans le Tabernacle, le Ruler et Dotti refirent alliance contre la foule instable qui protégeait les soldats insurgés. Des bandes de jeunes gens avaient grondé tout le jour, se croisant, fusionnant, prenant peu à peu conscience de leur force collective, appelant au renversement puis à la mort du Ruler et de Dotti. La foule avait convergé vers les jetées du Vieux Fort. « Les tyrans s'entretuent, laissons-les faire! » jubilaient les joueurs de *yotl* et les grimoiriers. Les officiers rebelles parlaient déjà d'Uri Jiarov comme d'un possible Ruler. Ohlin, qui les avait rejoints, avait assuré que Golischa et Uri allaient bientôt revenir prendre la tête des rebelles. Jusque très tard dans la nuit, des groupes étaient restés plantés là, changeant d'une heure à l'autre de victime émissaire. Dotti comprit alors qu'il avait laissé passer sa chance et qu'il ne pourrait plus prendre le pouvoir ni même rester tout simplement en vie sans se réconcilier avec le Ruler.

A partir de là, les versions divergent sur ce qui se passa vraiment. De nombreux témoignages attestent qu'au début de la nuit suivante, quatrième après la mort de Soline, alors que Golischa dormait encore à Maïmelek, Dotti se présenta à l'entrée principale de Balikch. Avait-il demandé audience? L'avait-on convoqué? Nul ne le sait. Il fut reçu par le Ruler dans la première salle, celle où se trouvaient entreposés les dossiers en instance, près de la terrasse aux lions. Au matin du cinquième jour, cachant mal sa joie, le Ruler vint annoncer au Conseil que Dotti s'était suicidé en se jetant du haut des remparts de Balikch. Une heure plus tard, quand la nouvelle fut affichée sur les Murs de Paroles, la ville entière en déduisit que le Ruler l'avait fait assassiner. Les principaux lieutenants de Dotti n'eurent pas le temps de se concerter; dans la matinée, tous furent arrêtés et passés par les armes.

La mort de Dotti ne calma pas le jeu; les feux allumés par la rage et la peur dans les quartiers déshérités étaient trop multiples pour se satisfaire d'un sacrifice aussi secondaire. Sur les Murs de Paroles, des enfants écrivirent : « Mieux vaut le sang avec Dotti que la faim avec Sülinguen », ou encore : « Vive la mort! » Devant les vastes demeures de Shamron campèrent des masses indécises.

En ces heures d'alarme et d'euphorie mêlées, la police abandonna les coursives de l'Olgath pour mieux protéger Balikch cerné de toutes parts. Les mutins du Vieux Fort, à la fois assiégés et tout-puissants, sentaient approcher l'heure d'attaquer le palais. S'ils ne l'avaient pas encore fait, c'est qu'ils n'avaient pu se mettre d'accord sur le nom d'un chef : Uri? Un des généraux?

C'est devant cette ville en désordre qu'au milieu du cinquième jour après la mort de Soline arrivèrent Uri et Dav, mendiants anonymes. Uri l'officier, membre du Conseil, héritier de la famille fondatrice de Tantale, allait exiger des comptes et prendre le pouvoir. Dav, qui savait que Donnolo allait mourir le lendemain, s'imaginait volontiers en nouveau chef des Siv. Ils hésitèrent devant l'Olgath. Le gigantesque échafaudage de bois et de métal ressemblait à un labyrinthe funèbre. Les coursives, les embrasures, les meurtrières étaient désertées; aucune fumée n'empanachait les cheminées, aucun grincement n'animait les poulies, aucune ombre ne se dessinait aux fenêtres. Les colimaçons extérieurs, où se tenait d'ordinaire la garde rapprochée, étaient vides. Le contourner? Impossible. Il n'y avait pas d'autre chemin pour accéder à Shamron. Il fallait emprunter le porche souterrain – celui-là même qu'Uri et ses compagnons avaient franchi, grâce à leur laissez-passer, quatre jours plus tôt – et d'abord s'assurer du silence de la garde. Uri hésita. Dav s'approcha autant qu'il put, prit le lacet à son cou et s'en servit pour lancer une pierre vers le poste de guet en surplomb. Rien ne bougea. L'Olgath paraissait désert. Ils le traversèrent sans encombre.

Lorsqu'ils atteignirent le premier rempart, la ville à leurs pieds grondait sourdement. Ils descendirent et s'approchèrent du Vieux Fort en se frayant un chemin parmi la foule indécise. Dans le mendiant attifé de noir, nul ne reconnut le prince que tous les panneaux, tous les graffiti réclamaient. Quand ils parvinrent enfin aux bâtiments assiégés, Uri se fit reconnaître des soldats qui l'acclamèrent. Ils entrèrent dans une des vieilles bâtisses, celle qui avait abrité autrefois les transpondeurs du Conseil. Elle tenait du bunker et du jardin fleuri. Dans l'affolement général, ils cherchèrent les généraux. Ohlin courut à leur rencontre :

– Uri, enfin! Où avais-tu disparu? Nous te cherchons partout depuis quatre jours! Et Golischa, où est-elle? Nous avons besoin de vous! Dotti est mort. Le Ruler n'ose plus sortir de Balikch. Les officiers se sont enfermés ici pour protester contre les massacres, et la foule les protège. A présent, les assiégés sont devenus les maîtres. A chaque instant, tout est possible. Je suis content de te voir avec nous.

Il l'embrassa.

– Alors toi aussi, sourit l'officier, tu as choisi d'en être? Ça ne m'étonne pas de toi!

– Eh oui, je suis toujours là où ton père se serait trouvé! Mais toi, où étais-tu pendant tout ce temps?

– Avec les Siv! C'est une longue histoire...

– Tu en as retrouvé?

– Ils ne sont jamais partis, ils n'ont jamais quitté Tantale!

– Golischa est restée avec eux?

– Elle y est encore.

– Tu les as vus? Vraiment?

– J'ai plutôt vu ce qu'il en reste.

– Ce qu'il en reste?

– Oui. Le Ruler les a fait massacrer. Tu ne le savais pas?

Il avait l'air sincèrement ébahi.

– Que racontes-tu là?

– Il les a regroupés dans une vallée et y a jeté une bombe à double R!

Ohlin semblait avoir vieilli de vingt ans en l'espace de quelques secondes.

– Qui t'a raconté ça?

– Eux. Lui.

Il désigna Dav, impassible à côté de lui, et reprit :

– Le Ruler n'est pas seul coupable! Personne ici n'a cherché à savoir ni à réagir. Vous avez avalé tous ses mensonges.

Sur le visage d'Ohlin, l'incrédulité virait à l'angoisse.

– Maintenant, continua Uri, il faut dire aux gens d'ici de ne plus avoir peur. Nous n'avons pas d'ennemis à l'extérieur; les Siv veulent la paix. Ils savent qu'il y a beaucoup à faire avec nous : ouvrir les voies vers le nord et l'est, reconstruire Hitti et Karella, relancer les cultures. Au nom de ce qu'il reste d'intégrité au Conseil, je vais demander à Sülinguen de se rendre à Karella pour voir Golischa. Puis nous le ramènerons et nous le jugerons. En tout cas, il n'est plus digne de nous diriger. Seras-tu à mes côtés dans tout cela?

– Bien sûr, murmura Ohlin.

– Alors, fais écrire sur les Murs de Paroles que j'attends ici le Ruler.

Ohlin obéit, et tous les murs de la ville appelèrent bientôt le Ruler à se rendre au Vieux Fort. La foule gronda. Peu après, John, le fils aîné de Sülinguen, se déclara solidaire des mutins et les rejoignit. Puis le Ruler lui-même, habillé en sous-officier macca, pénétra dans le quartier assiégé. Quand il se fut fait connaître, les officiers faillirent le massacrer. Uri les en empêcha et le fit venir jusqu'à lui. Sülinguen était livide. Il n'avait pas dû beaucoup fermer l'œil.

– Alors, dit le jeune homme, il paraît que tu as des choses à nous dire?

– Je ne parlerai qu'à Golischa. C'est à elle que je dois la vérité. Pourquoi n'est-elle pas venue elle-même?

– Parce que ton piège était trop grossier. Elle t'attend à Karella. Ce nom te rappelle quelque chose? Là-bas, des hommes rêvent de mourir pour avoir l'honneur de te tuer. Mais ne crains rien, je te protégerai. Viens seul, ton armée ne te servirait à rien : une fois là-bas, elle risquerait fort de se retourner contre toi; ce qu'elle y verra n'est pas à ton avantage.

Sülinguen parut se reprendre. Il répondit sans hésiter :

– Si je suis là, c'est que je n'ai peur ni de toi ni de personne. Allons-y. Partons tout de suite.

Uri ordonna aux officiers de ne rien tenter avant son retour, le lendemain. Il sortit discrètement du Vieux Fort avec Dav et le Ruler et prirent le chemin de Karella. En arrivant dans la passe de Kber, Uri constata qu'en l'espace de quatre jours, les eaux de la Dra étaient montées jusqu'à la route. Il fallait faire vite. La marée, dont la houle enflait d'heure en heure derrière eux, allait bientôt rencontrer le fleuve en crue qui leur faisait face. En certains endroits, les chevaux renâclaient : l'eau noirâtre recouvrait tout et il fallait longer l'abrupte paroi pour être sûr de ne pas glisser hors du chemin.

Une fois le défilé franchi, ils longèrent le fleuve bouillonnant, beaucoup plus évasé, beaucoup plus puissant que quatre jours plus tôt.

Il faisait presque nuit noire quand ils escaladèrent la muraille qui ceinturait Karella. En arrivant au faîte, Uri découvrit un spectacle tout différent de celui qui l'avait accueilli la première fois : des lumières éclairaient les maisons et dessinaient les places; les rues étaient animées, bruyantes. Des torches se dirigèrent vers eux et balisèrent la pente d'une double haie de points flamboyants. Ils descendirent vers une des grandes maisons de la place centrale. Uri fit signe au Ruler d'y entrer. Il retint Dav et fit placer quelques hommes en faction devant la porte.

La pièce était sombre; une torche, une table, deux bancs. Golischa se tenait debout derrière la table, vêtue d'une longue tunique brune ceinturée de cuir. Malgré son pantalon boueux et sa chemise chiffonnée de sous-officier, le Ruler semblait tout aussi à l'aise qu'en son palais de Balikch. Il s'assit sur un des bancs et posa les pieds sur la table. Golischa le fixa sans trop savoir par où commencer. Une seule chose l'intéressait : qu'il lui parlât d'Emyr, le musicien qui avait connu son père. Mais elle ne tenait pas à ce qu'il s'en doutât. De lui-même, il y ferait bien allusion à un moment ou à un autre. Après tout, c'était lui qui avait demandé à la voir!

– Alors, Golischa, toujours aussi timide?

Elle s'en voulut de ne point trouver quelque réponse cinglante : jusque dans le tombeau de ses ennemis, il conservait sa superbe! Furieuse de ne pas trouver mieux, elle murmura :

– Je t'écoute. Qu'as-tu à me dire?

Il sourit, s'amusant à prolonger le silence, puis, d'un ton détaché :

– Je suis venu répondre à tes questions. Il y a quatre jours, tu as quitté inutilement la ville. J'ai la réponse à ton énigme.

– Mon énigme! Depuis une semaine, je suis ensevelie sous une avalanche d'énigmes si démesurées que j'en ai presque oublié celle que tu dis être la mienne! Au demeurant, elle est inséparable des autres.

Sharyan Sülinguen se cala contre le mur, regardant autour de lui comme s'il cherchait un public.

– D'abord, Golischa – mais est-ce encore ton nom? –, sache que cela fait bien longtemps que j'attends le moment de te parler de tout cela.

– Pourquoi ne l'as-tu pas fait plus tôt?

– Parce que tu ne m'aurais pas entendu. Ton grand-père et ta mère t'en auraient empêchée. J'ai donc attendu. Je savais que le moment viendrait. Tous autour de moi me conseillaient de te faire disparaître. Il est vrai que tu constituais pour moi un formidable danger. Mais je n'ai jamais rien tenté contre toi. Je t'ai même protégée de mes propres fidèles. Par jeu, par défi, par souci de laisser l'Histoire s'écrire, à moins que ce ne soit juste pour ne pas m'ennuyer... Mais aussi parce que, grâce à toi, ma trace ne sera pas tout à fait abominable...

Golischa l'écoutait en s'en voulant de ne pas le haïr : comme elle aurait voulu être aussi simple qu'Uri! Savoir détester tout ce qui n'était pas du même côté qu'elle et de la vérité! Elle l'interrompit aussi froidement qu'elle put :

– Ta générosité me touche! En fait, tu as besoin de moi pour sauver ta peau.

– Tu te trompes. J'ai joué un rôle assez considérable dans l'histoire des hommes pour que ma mort ne me pose plus de problèmes. Sa date est la seule chose que j'ignore encore. Il ne me gênerait plus de la connaître, si proche qu'elle puisse être : je suis assuré de ma trace. Je sais qu'on se souviendra de moi quand tous les Justes auront été oubliés.

– Comment oses-tu dire une chose pareille!

– Parce que la violence laisse une marque plus durable que la caresse.

Golischa se dit qu'il avait probablement raison. Comment expliquer autrement que le Grand Livre Secret ne fût jalonné que de massacres et de trahisons? Il reprit :

– Je vais te raconter ce qui s'est passé ici. Mais c'est une bien longue histoire. Il faut que tu m'en donnes le temps...

– Nous avons la nuit devant nous.

– ... et que tu te sortes de l'idée que je ne suis

qu'un monstre : le pire, dans cette histoire, c'est que bien d'autres, placés au même endroit, dans les mêmes circonstances, n'auraient pas agi différemment de moi. En fait, je n'ai été que l'acteur de hasard d'un rôle minutieusement écrit par...

Il ne termina pas sa phrase. Le calme du vieil homme impressionnait Golischa. Elle le sentait serein, libre. Longtemps il avait dû méditer ces mots sans avoir personne à qui les adresser. A moins qu'il ne fût de surcroît un exceptionnel comédien? Elle articula avec peine :

– Laisse-moi en juger.

– Tout, ou presque, a commencé à partir de la découverte d'un rouleau de cuir dans un des vaisseaux qui amenaient les Siv.

– Parce que le *SY* a un rapport avec leur massacre?

– Le massacre, le texte, l'utopie des Siv, tout se tient. Tu ne l'as pas compris en le lisant?

– Je ne l'ai pas lu... J'en ai seulement entendu parler, répondit-elle en s'étonnant elle-même de la prudence qui la faisait mentir.

Il la regarda en souriant :

– Peu importe. Le Ruler de l'époque, Gompers Jiarov, l'a d'abord gardé secret : je le comprends, c'était la seule chose à nous venir du monde des Siv. Il tenait absolument à le comprendre avant de le faire connaître. Il a tout essayé pour le déchiffrer, en vain. Il s'est adressé aux meilleurs experts sans leur en révéler l'origine. Alosius Ugorz l'a appris et l'a fait tuer. Lui aussi a cherché, en vain. Pour le comprendre, son fils Silena s'est ensuite évertué à mieux connaître les Siv. Il a étudié leur langue, vécu avec eux, et découvert que certaines phrases du *SY* pouvaient être traduites – pourvu que l'on donnât aux lettres siv la valeur numérique de leur rang dans leur alphabet – par une succession de quatre symboles infiniment répétés. Il s'est dit que c'était peut-être comme les bases d'un code décrivant les mécanismes qui obligeaient les Siv à mourir dès la naissance de leurs enfants, comme si quelqu'un avait voulu, par ce biais, leur transmettre leur propre secret. Mais Silena n'a pu aller plus loin. Son fils Shiron, ton grand-père, a poursuivi l'étude. Il a pensé que, pour progresser dans le décryptage de ce texte, mieux valait faire étudier la génétique à des Siv plutôt que le *SY* à des généticiens. C'est pourquoi il a pris Jos auprès de lui. Mais Jos s'est davantage intéressé au pouvoir qu'au *SY*. A ses yeux, ce texte n'avait guère d'intérêt, ce n'était qu'un vague rouleau oublié par hasard, dans le désordre du départ, par un des aides de Don. Jusqu'au jour où un jeune généticien de l'Université, un nommé Emyr – on t'a parlé de lui? –, est venu dire à Jos qu'il avait eu l'intuition – « par effleurement », comme ils disent – qu'un des mécanismes génétiques des Siv pouvait s'écrire à l'aide de symboles dont la valeur numérique, traduite en lettres siv, formait une phrase : « *Il rayonne sur toutes les forces intelligibles, visibles à l'œil de l'esprit.* » Jos y reconnut une phrase du *SY*. Or Emyr ne connaissait pas l'existence de ce rouleau. Ton grand-père a été transporté d'enthousiasme. Il a alors demandé à Jos de l'associer à leur travail. Ils ont progressé très vite. Ils ont fini par trouver comment bloquer l'ordre de mort. Ils ont décidé d'expérimenter leur découverte sur des embryons d'oiseaux. Mais ceux-ci se sont alors révélés d'une extrême agressivité. Ils ont dû les massacrer, sauf un...

Golischa s'exclama :

– Donnolo!

Sülinguen sourit.

– Oui, Donnolo. C'est Emyr qui l'a nommé ainsi. Pourquoi, je ne l'ai jamais su... Ils ont continué, sans se décourager. Ton grand-père espérait que, grâce au *SY*, il pourrait fabriquer en série des animaux doués d'éternité, qui travailleraient pour nous. La vie à

Tantale redeviendrait facile. Il voyait dans ce rouleau la promesse d'un absolu, d'une abondance universelle. Il y est d'ailleurs question, à la fin, de la « nostalgie du bonheur ». Il pensait que c'était voulu, car le texte dit, je crois : « Ceci ne dit pas seulement comment Don fit, mais aussi comment l'élève doit procéder pour l'imiter. » Quand ma police m'a mis au courant de toute cette histoire, j'ai pensé qu'il y avait là quelque chose d'éminemment dangereux.

– Pourquoi? Après tout, si l'on avait pu prolonger la vie des animaux, des hommes, des Siv, tous y auraient gagné. Je ne vois pas ce que tu pouvais redouter.

– Ton grand-père était peut-être sincère. Mais, derrière chaque découverte désintéressée, un pouvoir est tapi, prêt à la pervertir. Les Siv auraient utilisé cette découverte non pas dans l'intérêt des hommes, mais dans le leur. Ils se seraient prolongés avec leurs doubles et seraient vite devenus beaucoup plus nombreux que nous. Ils nous auraient bientôt écrasés.

– Ce que tu dis est absurde. S'ils avaient pu l'accomplir, nous aussi l'aurions fait! Tous les peuples auraient alors grandi en nombre.

– Je ne le crois pas. Le *SY* ne concerne que les Siv. Il ne parle que d'eux, et l'échec de l'expérimentation sur les oiseaux en est la preuve. Ils nous auraient écrasés!

– Comment en es-tu sûr? Toute connaissance n'est pas condamnée à être pervertie.

– Mais parce que nous aurions fait la même chose à leur place! Nul ne résiste au pouvoir que donne la connaissance. Eux pas plus que tout autre peuple : ils sont trop humains pour cela.

– C'est alors que tu as décidé de les massacrer?

– Pas du tout. J'ai voulu les dissuader de continuer. Pour cela, j'ai cherché à faire nommer un contrôleur des laboratoires : si les Siv préparaient quelque chose, il l'aurait certainement détecté. Mais ton grand-père s'est opposé à cette nomination. J'en ai été surpris. Nous sommes sortis tous deux de la salle du Conseil. Je lui ai exposé que cette mesure visait simplement à l'aider à ne pas être trompé par les Siv. Il a persisté dans son refus. Je l'ai supplié de me laisser vérifier si mes soupçons étaient fondés. Il m'a écouté attentivement. On aurait dit qu'il prenait la mesure des risques qu'il courait en laissant les Siv tenter de se multiplier. Je crois que j'étais presque parvenu à le convaincre... Tout aurait été si simple! Malheureusement, à ce moment-là, Jos nous a rejoints. Il a exhorté ton grand-père à ne pas se laisser intimider, à se méfier de moi. Puis, sentant que le Ruler lui échappait, il a changé de ton : « De toute façon, même si tu l'écoutes, même si tu nous fais surveiller, tu ne pourras plus rien empêcher. De nombreux Siv savent maintenant déchiffrer le *SY* et, bientôt, nous réussirons à enrayer notre mort; nous deviendrons les plus nombreux. Nous serons les maîtres ici. Vouloir nous arrêter ne servirait de rien. Jamais vous ne parviendriez à arrêter tous ceux qui savent. » Ton grand-père est devenu blême. Avec Dotti, j'ai essayé de le convaincre de se reprendre. Mais il a quitté la pièce sans un mot. Il a démissionné. Je l'ai remplacé. Un peu plus tard, j'ai fait incarcérer Jos et Emyr. Mais cela ne suffisait plus. Aussi longtemps qu'un seul saurait déchiffrer le *SY*, tous les Siv étaient devenus dangereux. C'est alors que j'ai rêvé d'en finir, de les détruire tous. Oui, je l'ai rêvé. Je ne le regrette pas. J'ai ma conscience pour moi : c'était eux ou nous. Et moi, je suis comptable des hommes, des derniers hommes de l'Univers. Ce n'est pas me prendre au sérieux que de dire qu'en agissant ainsi j'ai sauvé l'espèce humaine.

Dehors, la rumeur de la foule montait. Golischa dut hausser le ton pour répondre :

– Comment peux-tu dire ça! Il aurait suffi de surveiller tous ceux qui pouvaient comprendre ce texte, sans doute bien peu!

– Tu as raison. Mais je n'ai pas voulu prendre le risque d'en oublier un seul. Je le répète : c'était eux ou nous. La seule chose qui compte, pour nous comme pour eux, c'est de laisser une trace, qu'elle soit innocente ou monstrueuse. Je ne regrette pas d'avoir dû, pour sauver la nôtre, effacer la leur. Mieux encore : en effaçant la leur, j'ai dessiné la nôtre.

Golischa suffoquait. Elle se défendait de trouver quelque logique à son raisonnement, s'efforçant de lui montrer une haine qu'elle n'éprouvait pas.

Il se leva, se dirigea vers la porte, puis se retourna vers elle :

– Maintenant, tu sais tout. Choisis ton camp. Par ton père, tu es celle qu'ils attendent. Par ta mère, tu es celle que nous avons espérée.

– Espérée?

– Oui, « espérée ». Car tu saurais semer de la douceur dans notre mémoire.

Elle était touchée beaucoup plus qu'elle n'aurait été prête à le reconnaître.

– Quand as-tu découvert que j'étais celle qu'ils attendent, comme tu dis?

– Le jour des obsèques de ton grand-père. Quand, à bord de la navette, tu m'as dit des phrases que les Siv prononcent pour leurs morts. Des phrases que je connais bien pour les avoir entendues en d'autres lieux... J'ai alors su que tu étais Siv par ton père. Jamais je n'ai pu apprendre qui il était, ni ce qu'il attendait de toi. Je t'ai laissée aller. Quand Dotti a cru me porter tort en te laissant partir, il n'avait rien compris. J'ai pensé au contraire qu'ainsi tu me conduirais jusqu'au rouleau et à ceux qui travaillent encore à le déchiffrer. J'ai eu tort de l'espérer! Personne ne saura jamais plus ce qu'il signifie. Ni eux ni nous. J'ai eu peur pour rien. Tout cela n'est que mots renvoyant à des mots, rêves à l'intérieur de rêves... Le *SY* n'est qu'un joli mythe qui ne dit rien sur rien...

– Il est bien temps de t'en rendre compte !

Au-dehors, on entendit des rires, des éclats de voix. La vie était revenue dans ce tombeau de boue.

– Si je comprends bien, reprit Golischa, tu aurais décidé d'anéantir les Siv par légitime défense !... Tu as même fini par y croire sincèrement : tu as eu vingt ans pour t'en convaincre ! Mais regarde la vérité en face : tu aurais pu agir autrement. Même si le *SY* constituait une menace – ce dont je doute –, tu aurais pu te contenter de faire surveiller leurs chefs. Tu aurais pu décider autre chose que cette extermination.

Il haussa les épaules et la considéra avec indulgence :

– « Décider » !... Si tu dis cela, c'est que je me suis mal fait comprendre. Je n'ai rien décidé du tout... Au demeurant, depuis les siècles des siècles, les princes les plus magnanimes comme les plus ignobles tyrans ne sont jamais que les spectateurs de l'histoire des peuples qu'ils sont supposés conduire. Leur vie durant, ils s'acharnent à faire croire à leurs sujets qu'ils « décident » ce que leur imposent en fait les hasards des vents, les syncopes du temps, les caprices de la fortune. Parfois, lorsqu'ils s'en persuadent eux-mêmes, ils réussissent à en convaincre d'autres : cela s'appelle l'« ascendant ». Au mieux, leur action se résume alors à miner ce que les événements décident pour eux. Pour ce qui est de cette histoire, je n'ai rien décidé. Il est seulement arrivé, une nuit d'abjection où l'avenir des Siv niait à l'évidence le nôtre, que l'idée de l'UR a envahi nos esprits comme le couronnement des efforts déjà accomplis pour les confiner et les exclure. Je ne sais qui le premier a employé cette expression : l'« Ultime Réponse ». En tout cas, elle n'a choqué personne. Disant cela, je ne cherche pas à me dérober. J'ai même tout fait pour l'éviter, si tu veux vraiment savoir...

– J'ai du mal à te croire!

– Oui, je te le répète : *J'ai tout fait pour l'éviter.* Quand j'ai compris que le massacre était au bout de la route, je suis allé voir Jos et Emyr dans leur cellule, dans les sous-sols du Vieux Fort, pour les supplier de dénoncer ceux qui savaient déchiffrer le *SY*. Je leur ai dit qu'à défaut le Conseil de Hitti les massacrerait tous et que je ne pourrais m'y opposer. Jos a souri et m'a répondu par une énigme : « Si un roi introduit la plus belle fille de sa ville dans la chambre de son fils à qui il a ordonné la chasteté, cette fille est-elle le Bien ou le Mal? » Un peu interloqué, j'ai répondu : « Le Mal, bien sûr. » Il a souri : « Tu n'y es pas du tout : elle est le Bien, puisque, sans elle, on n'aurait jamais pu vérifier la vertu du prince. Tu vois, tu ne comprends rien à notre logique. N'insiste pas : tu es à jamais étranger à notre monde. » Je ne lui ai plus rien tiré d'autre. Je me suis longtemps demandé pourquoi il m'avait posé cette énigme. Après, bien après, j'ai pensé qu'il voulait me faire comprendre que j'étais le Mal nécessaire, celui qui, par son acte, allait provoquer la révolte rédemptrice de son peuple... Peut-être même pensait-il que ta propre venue exigeait leur massacre.

– Assez! cria Golischa. Bientôt, ce sera moi la responsable de tous ces morts!

Le Ruler baissa la voix, à la limite de l'audible :

– Possible... Si l'on y réfléchit bien, c'est même certain : *Tu es derrière parce que tu es devant... Le passé ne s'explique que par l'avenir...*

– Tu le diras à tes juges.

– Vous pouvez me juger, un procès ne me déplairait pas. J'y expliquerai ce qui serait arrivé à Hitti si j'avais empêché l'UR. Tout le monde me rendra raison.

– Sauf les Siv!

– Qui sait? sourit Sülinguen. Après tout, à eux aussi, le massacre aura été utile. Réfléchis : sans lui, ils auraient tous disparu aujourd'hui. A l'époque, ils commençaient à s'oublier. Ils allaient même voir des prêtres dhibous pour obtenir des indulgences! Avec l'UR, je leur ai fourni le moyen de laisser une trace, et j'ai donné aux survivants une irrésistible envie de redevenir eux-mêmes.

Elle sursauta :

– Les survivants? Comment sais-tu qu'il y en a eu?

– Je les ai fait surveiller depuis le premier jour. Je puis te dire le sort de chacun d'eux. Jamais je ne les ai perdus de vue. Je n'ai pas voulu les achever, alors que j'aurais pu.

Elle hésita puis demanda d'un ton qui se voulait détaché :

– Emyr?

– Emyr vit dans un village des marais de Haute Senteur, derrière Bamyn. En tout cas, il y vivait voilà quelques années. Il doit être bien vieux, sans grand intérêt...

Elle se garda d'insister afin de ne pas éveiller son attention.

– Et les autres, tu les a laissés vivre? Tu n'es pas allé les achever?

– J'aurais pu. Mais j'ai éprouvé de la compassion à leur endroit. J'ai veillé dans le détail sur leur existence. Ils ne me gênaient plus. Jusqu'à ces derniers jours. Tu vois, je te le dis calmement : je ne tremble même pas à l'idée que leur Dieu existe et qu'Il soit juste.

– C'est trop facile! L'Histoire te jugera sévèrement. Tu resteras comme un ignoble tyran, l'auteur du massacre méthodique d'un peuple sans défense.

– Peut-être, murmura Sülinguen. Certains feront de moi l'égal du Diable. Mais, plus tard, d'autres écriront l'Histoire autrement, et raison me sera donnée, car j'ai gagné la guerre. On reconnaîtra que j'ai protégé la société que j'avais reçue en héritage. Et que ce n'était ni facile ni plaisant. Entends-moi bien : j'ai eu du plaisir à me servir de mes fidèles pour écraser leurs ambitions; j'ai été heureux de lire ma force dans le regard des autres. Mais exercer le pouvoir devient souffrance quand on ne peut qu'accompagner un déclin, sans autre espoir que de toucher le fond un peu moins vite. On ne peut gouverner un peuple sans le faire rêver... Je ne suis pas sans reproche, je sais que j'ai commis des actes que j'aurais pu éviter, que j'ai forgé moi-même ma bassesse. Mais je suis celui qui a fait durer l'homme, et cela vaut bien des rêves.

Il regardait au-delà d'elle, comme si elle ne comptait plus. Blessée par son indifférence, elle s'écria d'un ton presque brutal, pour attirer au moins son regard :

– Et maintenant, que penses-tu que nous allons faire de toi?

– Me juger, as-tu dit? Dérisoire... Vous pourriez me tuer, mais vous ne le ferez pas. Vous avez besoin d'une plus haute vengeance. J'ai encore assez d'hommes à Hitti pour vous massacrer, mais je ne le ferai pas non plus. Je sais deux choses, à présent : on ne déchiffrera jamais le *SY* et l'Événement qu'ils attendent n'aura jamais lieu. Les Siv resteront là, dans leur trou, à l'attendre. Grand bien leur fasse! Je suis venu ici pour que quelqu'un sache enfin la vérité et je me rends compte, après l'avoir dite, que cela ne me libère pas... Je retourne à ma ville. J'ai beaucoup à y faire. Et tu ne m'en empêcheras pas.

Elle réfléchit :

– Uri va te raccompagner. Là-bas, l'armée et lui feront ce qu'ils jugeront utile de faire.

– Je vois ce que tu veux dire : tu leur laisses le soin de me faire disparaître!

Elle haussa les épaules et appela Uri :

– Je n'ai rien appris de lui. Ramène-le là-bas. Tu sauras ce qu'il te reste à faire. Après quoi, reviens.

Uri la fixa en souriant :

– Je reviens dès demain. Attends-moi pour la suite!

Uri et le Ruler traversèrent la ville sous les regards hostiles de la foule silencieuse. Ce qui se passa alors, nul ne le sut jamais avec certitude. A l'entrée de la passe de Kber, Uri et le Ruler durent faire face à la marée. Leurs chars s'embourbèrent; le chemin s'éboula sous eux. Ils se noyèrent. La Dra charria leurs corps jusqu'au port de Hitti. Lorsque, à l'aube, la nouvelle parvint à Karella, Golischa ne dormait pas encore. Elle eut le sentiment d'avoir perdu celui avec qui elle aurait pu tresser sa vie. Mais elle s'en voulut de ne pas être davantage émue. Elle sentait que, désormais, seule la présence de Dav résonnait avec elle. Dav, au contraire, s'étonna de la peine qu'il éprouva. Il perdait le seul homme avec qui il s'était imaginé pouvoir construire la paix. Il se sentait seul, à l'aube de la majesté. Quel personnage belliqueux et royal commençait à l'envahir?

XI

EMYR

QUAND s'annonça le sixième jour, Golischa veillait encore dans les argiles de Karella. Les questions les plus folles tournaient dans sa tête. Uri... Sülinguen... Ellida... Tous avaient disparu. Elle était seule encore une fois. Personne à qui se plaindre. Elle aurait voulu dire sa peine, son désarroi à quelqu'un. Personne. Et le choc qu'elle avait ressenti en voyant Dav, comme s'il lui était destiné, n'était pas fait pour la rassurer. Quant à son père... Pour la troisième fois en l'espace de vingt ans, on lui avait annoncé sa mort. Pourtant, elle allait le « retrouver », avait dit sa mère.

Restait un jour avant le septième; il fallait aller jusqu'au bout. Chercher sa place. Trouver Emyr, l'autre musicien, s'il vivait encore. Celui qui avait connu son père : « Va voir le Musicien. Il l'a connu », avait demandé Soline. Le Ruler avait précisé qu'il habitait un village des marais de Haute Senteur.

Dans l'aube naissante, elle se rendit chez Posquières qui veillait dans une maison voisine.

– Je vais partir vers les marais de Haute Senteur où le Ruler m'a dit qu'a vécu Emyr. C'est la seule piste dont je dispose pour obéir à ma mère. Ai-je raison de chercher? J'ai l'impression que tu en sais beaucoup plus long que tu ne veux l'admettre.

– Qui donne ne doit jamais s'en souvenir. Qui reçoit ne doit jamais oublier, répondit l'aveugle avec une certaine solennité.

– Encore une énigme! s'exclama Golischa. J'en ai mon compte! Je veux des réponses, pas des questions...

– Cela signifie qu'il ne faut jamais oublier ce que tu as reçu de ton père et de ta mère.

– Où trouver mon père? Voilà la seule question à laquelle j'attends une réponse.

– Mais je t'ai répondu, sourit Posquières. Je t'ai dit que tu le trouverais en cherchant ta place.

– Je n'ai toujours pas la moindre idée de ce que cela veut dire.

– Rentre en toi-même. Tu sauras alors ce que Don a voulu de toi, quel parti choisir.

– Faut-il vraiment choisir? Ne peut-on vivre deux vies, deux passions à la fois? Aimer, est-ce toujours exclure? « La seule façon de supporter sa vie, c'est d'en avoir deux », m'a dit un jour ma mère. Je n'ai nulle envie de n'être qu'une, de trouver une place définitive, d'oublier ma mère ou mon père.

– Petite Beth, reprit Posquières, il est difficile à chacun de nous, comme à chacun de vous, de trouver sa place, de gagner le droit de se sentir à l'aise avec soi-même, de s'accepter sans angoisse ni forfanterie, de trouver où se supporter le mieux. Il te reste deux jours pour trouver qui tu es, sinon tu mourras. Et, pour trouver qui tu es, il te faut découvrir qui est ton père.

– Beth... Pourquoi m'appelez-vous tous ainsi? Est-ce mon nouveau nom? Est-ce le nom que je devrai porter dans cette nouvelle vie dont vous m'avez parlé?

L'aveugle rit franchement :

– Non, petite fille! Beth n'est pas un nom de femme, c'est un nom de lettre! Je t'appelle ainsi parce que c'est la première lettre de la *Nouvelle*... D'autres t'ont appelée ainsi? Selon un des plus beaux commentaires de la *Nouvelle*, Beth a voulu être la première lettre de l'histoire des hommes, et c'est pourquoi les deux premiers mots de notre histoire commencent par elle. Si je t'appelle Beth, c'est parce que tu vas faire recommencer notre histoire. Rien là d'étonnant : chacun de nous est comme une lettre dans le grand livre où s'écrit la chronique de l'humanité. Chacun y tient un rôle analogue à celui de chaque lettre dans un livre. Parfois, quand on change une lettre, on ne modifie guère le sens d'un mot; parfois, au contraire, on peut changer avec une lettre le sens du livre entier. En réalité, toute lettre vaut autant qu'une autre : pour nous les Siv, un livre dans lequel une seule lettre n'est pas à sa place est impur et ne doit pas être conservé. Il en va exactement ainsi pour chacun de nous : selon sa place, chacun joue un rôle réputé plus ou moins important pour la signification du Tout; en fait, tout être vaut autant qu'un autre et une société dans laquelle un seul vivant n'a pas droit à sa juste place est impure et doit être transformée.

– Voilà qui n'est qu'une jolie métaphore, Posquières. Elle ne me fournit réponse à rien. Il ne me reste plus que deux jours et je ne sais où aller!

– Cherche dans ton passé, lui dit le vieillard. Une grande part de la vérité y est. N'oublie pas d'obéir à ta mère.

– Mais j'ignore comment lui obéir!

L'aveugle se recueillit en joignant les mains.

– Tu y parviendras. Pour ce faire, ne dédaigne aucun homme et ne méprise aucune chose, car il n'est pas d'homme qui n'ait son heure, ni de chose qui ne trouve sa place.

– « Avoir son heure »? J'ai retenu de ma mère

qu'il existe des hommes dont il ne faut rien attendre et auxquels il ne faut pas chercher à plaire. Des hommes qu'il convient même de détruire avant d'avoir cherché à les comprendre.

– Elle n'a pu te dire cela, objecta Posquières en souriant. Elle savait mieux que personne qu'il n'y a personne de plus malheureux que celui qui n'aime que lui-même, personne de plus libre que celui qui cherche l'amour des autres.

– C'est vrai, murmura Golischa, Soline n'aimait rien moins qu'elle-même... Mais pourquoi parlez-vous d'elle ainsi? L'avez-vous connue?

Posquières sourit sans répondre.

– Trouve d'abord ton père. Peut-être sait-il quelque chose.

– Mais comment le trouver? Cela fait vingt ans que je le cherche! Depuis quatre jours, les seules choses que j'aie apprises, c'est qu'il était siv, qu'il a peut-être connu un musicien nommé Emyr, et qu'il est mort il y a six ans!

L'aveugle hésita, puis se leva et la poussa vers la porte.

– Eh bien, va voir Emyr, s'il est encore vivant... Nazir t'accompagnera. Il sait où se trouvent ces marais. Il se tient prêt.

Dehors, l'albinos l'attendait. Ils galopèrent jusqu'à Bamyn. Là, ils montèrent dans une barque qui s'engagea dans un étroit chenal qu'ils n'avaient point remarqué, deux jours auparavant, au pied des deux statues. Nazir la guidait sans hésiter. Le long des rives, d'énormes tortues à la carapace molle se laissaient choir dans l'eau avec un bruit flasque.

– Ne vous inquiétez pas, ce sont des terrapènes, murmura Nazir. Elles sont inoffensives.

Au bout de plusieurs heures de navigation dans une odeur de poissons morts et d'herbes rouies, suffoqués par les nuées de moustiques, ils atteignirent quelques huttes de roseaux gris sur une berge rase, soutenues par des madriers mal équarris. Devant l'une d'elles, deux vieilles femmes accroupies tassaient du linge dans des pots de terre brune. Un jeune homme malingre, au ventre ballonné, s'affairait près d'un établi. Un autre, juché sur un trépied, fixait des faisceaux de roseaux en forme d'arches qu'un troisième couvrait de nattes. Ils s'interrompirent et les regardèrent approcher sans un mot.

– Ils semblent encore plus tristes que l'eau du chenal, dit Golischa. Est-ce là que nous allons?

– Oui, lui souffla Nazir. Nous sommes dans les marais de Haute Senteur. C'est le seul village siv hors de l'Ile Obscure et de Maïmelek. C'est là, dans une de ces cabanes, qu'a vécu Emyr.

– Je ne parviens pas à comprendre que vous ayez abandonné des gens dans un endroit pareil!

Nazir ne répondit pas. Il fit louvoyer la barque jusque devant une des masures branlantes. Au moment où elle touchait la berge, Golischa vit se lever quelques perdrix grises. Nazir sauta à terre. Elle s'étonna de son agilité : il devait être plus jeune qu'il ne le prétendait.

Ils se dirigèrent vers la hutte et y entrèrent. Au fond, un grabat et quelques loques jetées dans un coin; au milieu, une fosse en forme d'étoile à six branches, grossièrement creusée; à chaque pointe de l'étoile, une jatte de terre cuite remplie d'huile où plongeait une mèche de chanvre allumée. Un vieillard décharné, vêtu d'une tunique en loques, assis dans la fosse, leva les yeux sur eux. Ils s'approchèrent.

– C'est Emyr?

– Non...

Golischa sentit Nazir embarrassé. Le vieux prit quelque chose dans un pli de sa robe et tendit le bras. Golischa reconnut au bout de ses doigts la seconde fiole du sablier du Prédicateur, celle qui avait disparu durant la nuit suivant la mort de sa mère. Qui l'avait subtilisée? qui l'avait apportée ici?

Le vieil homme considéra sa stupeur de ses yeux diaphanes. Il murmura si faiblement qu'elle eut du mal à l'entendre :

– Je m'appelle Harousch; j'étais le serviteur d'Emyr, jusqu'à sa mort. Voici l'autre moitié du temps. Ton père a voulu que tu l'aies.

« *Tu te trouveras quand une moitié du temps rejoindra l'autre* », avait dit son grand-père. Tout était donc prévu, jusqu'à cette rencontre au fin fond des marais! Qui avait dit que le passé ne s'explique que par l'avenir? Sülinguen?

Un jeune enfant vêtu d'une robe sale, transpirant à grosses gouttes, fit irruption dans la cabane, portant gauchement un plateau chargé de gobelets de terre et d'un pot de thé fumant. Elle se servit. Golischa eut le sentiment que le vieillard l'observait avec avidité. En vidant sa tasse, elle hasarda :

– C'est mon père qui t'a remis cette fiole? Il a connu Emyr?

Harousch se servit, but, puis reposa sa tasse à gestes alanguis. Le silence entre ses phrases leur conférait la densité de psaumes.

– Ton père a vécu ici avec nous jusqu'à la fin.

Voilà qu'il était mort une quatrième fois! Il la regarda avec fixité puis ajouta soudain d'un ton sec, comme un verdict :

– Il m'a dit de te demander de préparer notre vengeance.

– Vengeance? s'insurgea Nazir. Mais c'est absurde! Don n'a pas voulu de vengeance. Souviens-toi de la prière qu'il nous a apprise pour chaque soir : « Je pardonne à tous ceux qui m'ont irrité et m'ont fait du mal, qu'ils m'aient atteint dans mon corps, dans mon honneur ou dans mes biens, que ce soit volontairement ou involontairement, en acte ou en pensée... »

– « ...que personne ne soit puni à cause de moi », continua Harousch. Je sais. Ton père la récitait ici même tous les soirs à haute voix... Il ajoutait : « Que Minuit s'éloigne de nous! »

– Minuit? Mon père? tressaillit Golischa. Mon père parlait de « Minuit »! Alors je sais qui il est!

D'une voix presque enfantine, elle s'exclama :

– Mon père est le Musicien! Il est celui que vous appelez Emyr! En fait, je le savais depuis longtemps...

Le vieillard sourit en hochant la tête :

– C'est bien, petite Beth. Tu commences à trouver ta place.

– Impossible, s'écria Nazir, pas lui! Il ne peut être ton père! C'est lui la source de tous nos malheurs! Ce serait trop insupportable! L'Histoire ne peut être aussi insensée, aussi injuste!

Elle murmura à l'adresse du vieillard :

– Tu ne me mens pas?

Il leva la main droite et dit :

– Je respecte les commandements. Ils nous interdisent le blasphème, l'inceste, le meurtre, la chair d'un animal vivant, l'écriture et le mensonge. Et s'il en est un ici qui respecte les commandements, c'est moi! Ton père est bien Emyr.

– Parle-moi de lui, maintenant. Quand est-il mort? Où? En quelles circonstances?

– Il y a cinq ans, tout à côté d'ici, un soir d'hiver.

A peu près à l'époque où sa mère l'avait suppliée de ne pas se rendre à son premier bal. Comment avait-elle su? Qui était venu l'informer?

– Il a donc vécu si longtemps! J'aurais pu le connaître...

Le vieillard reprit la fiole de verre gris du sablier du Prédicateur et répondit en détachant ses mots :

– Mais tu l'as connu!

Golischa se sentit défaillir. Sa mère avait bien dit : « Tu le *reverras...* »

– Qu'est-ce que vous me dites là?

Tous les visages de son enfance défilaient dans sa mémoire comme un manège emballé. Qui? Qui?

Harousch reprit d'un ton affectueux :

– Peut-être te souviens-tu d'un garde qui passa quelque temps dans ta vie...

Elle risqua :

– Tula?

– Oui, Tula était ton père. Tula était le Musicien. Tula était Emyr.

Golischa se rendit compte que cela aussi, elle l'avait toujours su. Elle se reprit, et, d'une voix apaisée :

– Je veux tout connaître de lui :

Le vieillard haussa les épaules :

– Je ne te dirai que ce que j'en sais! Je travaillais chez Jos. Devenu secrétaire général du Conseil, il a fait venir Emyr à Nordom, l'a présenté à ton grand-père et m'a affecté à son service. Ton père avait alors trente-cinq ans. Grand, blond, les yeux très clairs, il était encore plein de subtilité et d'humour, même s'il lui arrivait parfois de se montrer presque blessant. Nul ne savait qu'il était siv, sauf Jos, évidemment. Un jour, venant voir ton grand-père, il a croisé Soline dans le parc.

– Il l'a tout de suite aimée?

– Elle l'a tout de suite aimé. Elle a abandonné Gompers Jiarov pour lui. Lui ne l'aimait pas vraiment, il voulait être amoureux d'elle, par défi à l'égard de l'interdit, par rébellion contre tous, par désespoir. Il le lui disait non pour l'en convaincre, mais pour s'en persuader lui-même. Ton grand-père a alors demandé à Soline de le quitter : il lui a révélé qu'Emyr était siv. Elle a obéi, mais déjà tu t'annonçais. Elle t'a acceptée. Emyr aussi, malgré le tabou absolu. Emyr s'en est ouvert à Jos, qui lui a appris ce que cela signifiait : à cette époque, il était le Premier Maître et savait le sens de ta naissance. Emyr n'y a pas cru. Il l'a cependant raconté à Soline, qui n'y a pas cru, elle non plus : cela ne les intéressait guère ni l'un ni l'autre. Emyr travaillait déjà au déchiffrement du rouleau. Il pensait y trouver de quoi nous faire vivre plus longtemps, nous autres Siv. Il allait souvent à Karella voir les Maîtres. Il y restait des semaines. Il me confiait qu'il approchait du but, rien de plus. Puis tout s'est précipité : les expériences sur les oiseaux, son arrestation. Tu connais la suite...

– Non, reprends depuis le tout début, insista Golischa. Je veux tout savoir de lui : qui il était avant de connaître ma mère, ce qu'il avait fait avant d'être à Hitti. Il t'en a bien parlé!

Il sourit :

– Tu as raison. Aucun homme ne se résume à une histoire d'amour, si belle soit-elle. Ton père était né dans une famille des faubourgs de Karella. Chez lui, on ne mangeait pas tous les jours à sa faim. Tout jeune, il avait été ruiné par un de ses oncles; il avait dû vendre le petit jardin potager, quelques bijoux reçus en héritage. Dans sa prime jeunesse, il fabriquait des coffres – les seuls meubles dont les Siv de Karella avaient l'usage. A l'époque, je crois qu'il était heureux de vivre. Puis il s'est rendu à Hitti pour y faire des études. Quand je l'ai connu, son caractère s'était altéré, il était devenu exalté, instable. Des cauchemars répétés hantaient ses nuits et obsédaient ses journées : il y était question d'une ville détruite, d'un peuple en exil, de morts en cataracte; ainsi que d'une obscure formule parlant des « forces intelligibles de l'esprit ». Il s'est documenté sur ce qu'elle pouvait signifier. Il est venu en parler aux Maîtres, qui l'ont renvoyé à Jos. Celui-ci y a reconnu une phrase du *SY*. Il en a averti Ugorz. Ils lui ont alors montré le rouleau et lui ont donné les moyens de travailler. Au bout de plusieurs mois, il a su – ou cru savoir – déchiffrer le texte entier et y lire la clef du ralentissement de l'âge. Il a alors fabriqué son premier golem : un oiseau.

– Golem? s'étonna Golischa.

– Oui, répondit Harousch. C'est un mot siv qui signifie « chose faite à partir de rien ». C'est par ce terme que ton père désignait ce qu'il faisait.

– Cela a-t-il un rapport avec mon nom?

Harousch la regarda tendrement :

– Ton père a inventé ton nom à partir de deux mots siv : « Golem », et « Ischa » qui veut dire « femme ».

– Il a tout fait pour que je me trouve! murmura Golischa.

– Sans doute. Il disait souvent que la vérité est dans les mots, que seuls ceux-ci vivent vraiment. Il disait même que pour qu'un golem vive, il faut écrire sur son front le mot AMET – qui veut dire « Vérité » –, mais que si l'on efface la lettre A, le golem meurt, car MET veut dire « mort ». « Sans vérité, le mot est mortel. Le mensonge tue », concluait-il.

Nazir avait l'air furieux :

– Arrête de raconter ces balivernes! s'exclama-t-il. Tout cela n'a aucun sens scientifique. Il ne pouvait y croire. Il s'intéressait à bien autre chose! Tu donnes là une bien piètre image de lui.

– Il n'a fait qu'un golem? interrogea Golischa.

– Non, il en a fait d'autres. Toujours des oiseaux. Mais il avait dû commettre quelque erreur. Un soir d'été, ils se sont dirigés vers la ville où ils ont tué plusieurs personnes avant de s'envoler tous vers la mer. Sauf Donnolo... C'est à la suite de cela que Sülinguen a demandé à Ugorz d'exclure les Siv de l'appareil d'État et de faire disparaître tous ceux qui connaissaient les secrets du *SY*. Ugorz démissionna. Tu connais la suite : on aurait dit que Jos était heureux de cette défaite, soulagé que les recherches d'Emyr fussent interrompues.

Harousch se leva pour éteindre une des mèches et reprit :

– Mais Sülinguen n'a pas tenu sa promesse. Quelques jours après qu'il eut pris le pouvoir, il fit arrêter les principaux Siv. Emyr a été mis à mal par les policiers; j'étais avec lui. Il se moquait des coups. Il leur dit : « Vous pouvez faire de moi ce que vous voulez. Si vous me tuez, vous répandrez du sang d'homme libre sur cette ville. » Plus tard, j'ai su qu'il était parvenu à faire passer aux Maîtres ses consignes concernant sa fille et le *SY*. Puis on a cessé de le torturer et on l'a conduit à Karella – et nous tous avec lui. Beaucoup devinaient qu'Emyr était pour quelque chose dans ce qui nous arrivait. Stauff était le plus déchaîné contre lui. Il le haïssait, je ne sais pourquoi. Il l'a fait enfermer dans la grande bibliothèque de Karella : prison dans la prison. On l'a de nouveau torturé. Stauff voulait lui arracher son secret. En vain. Emyr était désespéré. Il disait : « Je suis un voyageur de nuit. Ce que j'ai fait, je suis sûr qu'Il l'aurait voulu, sinon pourquoi m'aurait-Il laissé le faire? »

– Stauff a torturé mon père? murmura Golischa, incrédule.

Harousch hocha la tête.

– J'en ai été témoin.

– Je comprends mieux pourquoi les hommes ne m'ont pas parlé à Bamyn.

– Emyr criait à ses gardiens : « Fuyez, partez vite! Levez-vous et partez, cachez-vous bien. Bientôt Karella deviendra pour toujours un désert, un repaire de chacals et de scorpions. Personne n'y habitera plus, aucune trace humaine n'y subsistera. » Mais ils ne l'ont pas cru. Ils riaient de lui. Pourtant, quelques heures avant le déluge, Stauff est venu le libérer et l'a envoyé demander à Jos de se joindre à eux. Stauff pensait que seul Emyr parviendrait à convaincre Jos, et que seul Jos parviendrait à faire partir tous les autres. En vain : Jos a refusé de sortir de chez lui. Stauff en a beaucoup voulu à Emyr de n'avoir su convaincre Jos. Il le détestait depuis le premier jour, mais il avait eu besoin de lui, et l'échec en fut pour lui doublement amer. Emyr est alors parti avec nous...

– Mon père est parti en laissant Jos?

– Il a fui parmi les derniers. J'étais avec lui. Nous avons assisté du haut de la falaise à l'explosion. En silence, une lueur immense est montée très haut dans le ciel. Englouties par la vague de lumière, les maisons se sont effacées l'une après l'autre comme les pages d'un livre qu'on referme. Puis la vague est accourue vers nous, de plus en plus vite. Certains ont fui. D'autres n'ont pas bougé. Quelques-uns, parmi lesquels beaucoup de femmes et d'enfants, sont descendus se noyer dans l'océan de lumière. Emyr et moi sommes restés immobiles. Il a murmuré : « Don veut nous éprouver; il est comme un potier : lorsqu'il a terminé son travail, il frappe sur ses pots pour en éprouver la solidité. Mais il ne frappe que sur ceux dont il est sûr. » Le rempart a contenu la marée de mort. Nous sommes alors allés à Maïmelek avec les autres. Emyr y a été très mal reçu; il y a vécu misérablement pendant huit ans. Puis il est revenu sans me prévenir à Nordom. Je crois qu'Ugorz l'avait envoyé chercher. Il est resté là-bas deux ans. Dans la journée, il était gardien. La nuit, il étudiait avec ton grand-père. Soline était terrifiée. Il ne prenait aucune précaution. Un jour, il a même accompagné Ugorz à Balikch et est entré jusque dans l'antichambre de Sülinguen! Puis s'est produit un incident, je ne sais lequel, grave sans doute : ton grand-père l'a renvoyé. Il est revenu à Bamyn. Stauff n'a pas voulu le garder. Lui n'a pas voulu aller à Maïmelek. Les hommes l'ont conduit jusqu'ici. C'est là que je suis venu le retrouver et qu'il a vécu jusqu'à sa mort.

– Durant toutes ces années, demanda l'albinos, t'a-t-il parlé du rouleau?

Harousch hésita. L'ultime chance de comprendre le *SY*, pensa Golischa : de ce vieillard du fond des temps dépendait sans doute l'ultime chance de savoir si l'homme atteindrait un jour à l'éternité. Mais elle se rendit compte que la question l'intéressait de moins en moins.

– Je ne suis qu'un valet. Je ne comprends rien à ces choses. Il me parlait parfois de son travail, mais comme on parle à un enfant pour se détendre et se moquer. Ici, il avait renoncé à chercher : soit parce qu'il avait trouvé, soit parce qu'il savait qu'il ne trouverait jamais. Parfois, il me tenait des propos étranges. Un jour, je lui ai demandé s'il croyait vraiment qu'un texte pouvait receler le secret de la Vie. Il m'a répondu que c'était possible, car « l'Univers est construit comme les langues; les lettres sont comme l'esprit devenu matière; chacune gouverne un royaume du monde, une partie de l'homme ».

– Il y a longtemps qu'on sait cela! maugréa Nazir. Il ne t'a rien dit d'autre?

– Parfois, il monologuait devant moi, mais cela ressemblait à un délire sans queue ni tête : « L'esprit de l'homme est un saphir produit par la Sagesse et l'Intelligence, paramètres fondateurs du Monde qui ont donné naissance au Savoir, à la Force, à la Puissance, à l'Inexorabilité, à la Droiture, à la Justice, à l'Amour et à la Bonté. » Lorsqu'il divaguait ainsi, il avait l'air au comble de l'exaltation.

Golischa sourit. Elle songeait à Tula : si souvent, il lui avait parlé de cette manière!

– Nous sommes submergés de métaphores... Mon père n'a sans doute pas voulu que les hommes de Hitti ni ceux des marais réussissent à déchiffrer le *SY*. Peut-être parce que les uns comme les autres l'avaient trop maltraité. Peut-être aussi parce que lui-même ignorait ce qu'il signifiait. Nous ne le saurons jamais, ni vous ni nous. Et c'est tant mieux. Cette ignorance nous protège de bien des folies...

– Mais si! insista Nazir. Je suis sûr qu'il avait trouvé quelque chose!... Souvenez-vous de Donnolo : il avait au moins trouvé comment ralentir le vieillissement des oiseaux. Pourquoi aurait-il souhaité qu'on ne le sache pas? Il n'a pu vouloir que sa découverte disparaisse avec lui. Aucun savant ne veut une chose pareille!

Harousch haussa les épaules :

– Mille fois j'ai demandé à Emyr s'il était vrai, comme on le disait à Maïmelek, qu'il avait rendu un lori éternel. Un jour, il m'a répondu en riant : « Bien sûr. Ce n'est pas difficile! Écoute bien, je vais te donner la recette. Comme ça, tu pourras le refaire! Tu prends de la poussière d'une montagne, tu la modèles selon la créature que tu veux faire et tu écris sur chacun de ses membres la lettre qu'indique le *SY*, en la combinant avec les trois lettres du nom de Don. Tu danses ensuite une ronde autour d'elle – et elle vit. Mais attention : si tu danses la même ronde à l'envers, elle meurt. Elle n'est jamais qu'un golem, une créature faite par nous. Il ne faut pas l'oublier. Il ne faut pas non plus qu'elle l'oublie... »

– Cela ne veut rien dire! Enragea Nazir. Il s'est moqué de toi, comme de tout le monde. Il n'a rien découvert. Tout cela n'est qu'une formidable supercherie. Ce rouleau ne veut rien dire. Albein avait raison : ce n'est qu'un chiffon oublié dans la panique du départ.

– Tu n'as pas protesté quand il t'a parlé de cette façon? interrogea doucement Golischa.

– Je lui ai dit que ce n'était pas bien de se moquer d'un ignorant : « Tu as tort de croire ça, a-t-il répondu très sérieux, tout ce que je viens de te dire est exact. C'est incomplet... mais exact. » Il s'est alors lancé dans une obscure dissertation à propos des Douze, des Trois et des Sept, dont je n'ai rien retenu, sauf que tous étaient issus de Deux, c'est-à-dire de la Restriction et de l'Extension, de la Bonté et de la Rigueur, de la Similitude et de la Différence. « On dit que le *SY* est un texte hermétique. Mais il est on ne peut plus clair. Quand il y est écrit par exemple : " *Le nombre des dix doigts, cinq face à cinq, et le signe unique de l'alliance placé au milieu. Dix et non neuf, dix et non onze, dans le discours de la langue et l'expression de la nudité* " cela veut dire que les deux membres supérieurs sont séparés par la tête, et les membres inférieurs par le sexe; l'un et l'autre unissent des chiffres cinq – les doigts – l'un et l'autre. Quoi de plus simple : cela veut dire que langue et sexualité sont au cœur de la vie. » Je lui ai répliqué que cela, je le comprenais, mais que je ne voyais pas en quoi ces mots pouvaient m'aider à faire un golem. Il a répondu : « Regarde-moi bien, je vais en faire un devant toi. Mais regarde bien, car je ne le referai jamais plus. »

– Il l'a fait? demanda Golischa, retenant son souffle.

– Oui, il l'a fait. Il m'a dit : « Je prends de la terre très pure, puis je récite rapidement toutes les combinaisons des deux cent vingt et un alphabets en tournant aussi vite que possible sur moi-même, ce qui crée le flux d'inspiration nécessaire à la Vie. Ensuite, je prends un bol d'eau pure et une petite cuillère remplie d'argile; je verse lentement le bol sur l'argile et je façonne le golem que je veux créer. Je vais faire un oiseau, car Don nous a dit : " Vous pourrez faire vous-même des golem qui chantent, mais pas de golem capable de procréer ou de raisonner. Cela, je suis seul à savoir le faire. Et je resterai le seul. " Pour le faire en façonnant l'argile, je répète à voix haute toutes les consonnes de Son Nom d'un seul souffle, jusqu'à ne plus pouvoir respirer. Et, en même temps, je façonne les membres de l'oiseau dans un ordre défini. » Il débita alors à une vitesse vertigineuse des mots que je ne comprenais pas. Puis il s'est retourné et j'ai vu un oiseau : « Voilà, l'oiseau est vivant! La Vie émerge par le pouvoir propre de la récitation des lettres. » Puis il a ajouté : « Et je le tue en récitant les mêmes lettres à l'envers. » Ce qu'il fit, avant que j'aie pu vérifier si l'oiseau avait été vraiment vivant, l'espace d'un instant, ou si tout cela n'avait été qu'un tour de passe-passe.

– Ce n'était qu'une métaphore, dit Nazir. Il n'a pas pu donner vie à un morceau d'argile. Ce n'était qu'un illusionniste, un manipulateur de mots. Il s'est moqué de toi. Et de nous. Et de ton grand-père...

– Mais je vous assure, j'ai vu l'oiseau! insista Harousch. Et vivant, j'en suis presque sûr! Après, il a ajouté : « Ce que j'ai fait n'est pas sacrilège. Nous avons le droit de faire ce que Don a fait. Don nous a donné le droit de créer le monde – et celui de le détruire. »

– Jamais il n'a eu un mot de regret pour ce qu'il avait déclenché? demanda Golischa.

– Je pense qu'il s'en voulait. Il m'a dit un jour qu'il avait eu tort d'aller aussi vite : « Don a semé bien des pièges dans l'Histoire. Nous allons vers le dernier gîte des peuples : désert, ruine, solitude. Le malheur est devant nous. » Il n'avait plus qu'un espoir : toi. Il ne croyait plus en rien d'autre. Il espérait que tu viendrais jusqu'à moi après sa mort, qu'en trouvant ta place tu saurais comprendre le *SY* et t'opposer à la démesure...

– Il a eu tort, fit Nazir. Sans la démesure des hommes, les Siv n'existeraient pas. Don est un homme et c'est lui qui a eu l'idée démesurée de nous concevoir.

– Peut-être aurait-il mieux valu que la modestie des hommes nous rende inutiles, répliqua Harousch. Nous n'aurions peut-être pas connu les jouissances de la vie, mais nous n'aurions rien perdu : la vie n'est qu'une parenthèse inutile entre deux morts.

– C'est horrible, ce que tu dis là! s'insurgea Golischa. La vie vaut bien plus que ça!

– Mais non, maugréa le vieil homme. Vous avez fondé vos civilisations sur l'idée que l'esprit pourrait dominer la matière. Pour vous, c'était une façon de survivre. En réalité, vous n'en avez jamais rien fait. Chaque fois qu'une idée a surgi, vous l'avez pervertie. Vous l'avez transformée en objet. Vous êtes ainsi devenus vous-mêmes des objets, producteurs et consommateurs d'objets, cannibales ensevelis sous des déluges de mots.

– C'est mon père qui t'a appris à penser de la sorte?

– Non, ton père n'a jamais renoncé à espérer que les hommes retrouveraient de la considération les uns pour les autres. Il le croyait. Il le croit peut-être encore...

Elle bondit :

– Il n'est donc pas mort?

Harousch sourit :

– Il est mort, mais c'est un Siv. Il est redevenu un enfant!

Un enfant! Pourquoi n'y avait-elle pas pensé plus tôt? Le fils de son père, son frère et son père... Voilà pourquoi elle n'avait jamais admis sa mort!

– Où est-il? Je veux le voir!

– Mais tu vas le voir, ne t'inquiète pas. Lui aussi souhaite te voir et te dire ce qu'il est seul à savoir.

Elle hurla :

– Il veut me voir! Où est-il? Vite!

Harousch sourit :

– Toujours au même endroit. Là où il vit depuis la mort de ton grand-père : à Nordom. Ta mère s'en occupait.

Écrasée par la révélation, Golischa murmura :

– L'enfant au cerceau!

Elle avait fait tout ce voyage pour apprendre que celui qu'elle cherchait, celui dont elle maudissait l'absence, n'avait jamais cessé d'être près d'elle. « Comme un enfant », avaient bien dit Tula, puis sa mère.

Elle irait le voir. De lui, elle saurait qui avait dit vrai. Elle apprendrait qui elle était, d'où elle venait. Elle avait entendu tant de versions contradictoires de leur passé! Elle saurait enfin si tout cela n'était pas qu'une fable désespérée, inventée par des hommes oubliés dans un recoin de l'univers en ruines, ivres de solitude, se racontant des passés sans nombre pour se forger maladroitement une éphémère éternité.

XII

BETH

A L'AUBE du septième jour, alors que la chaleur commençait à ruisseler parmi les roseaux, Golischa et Nazir retraversèrent les marais jusqu'à Bamyn où ils retrouvèrent leurs chevaux. Sans s'arrêter un instant, ils galopèrent jusqu'à Karella. Nazir rejoignit Dav qui se préparait à la guerre, tout entier tourné vers cet affrontement avec les hommes qu'il sentait inévitable.

Donnolo insista pour accompagner Golischa à Hitti. Ils se mirent en route. Elle observa l'homme aux poissons : il n'était plus gai ni chaleureux comme la veille, il transpirait à grosses gouttes et peinait à chaque pas. Sur la route encombrée de pierres, il avait du mal à tenir en selle. A plusieurs reprises, elle dut ralentir et s'arrêter pour l'attendre. Elle ne le connaissait que depuis une semaine; pourtant, elle savait que sa mort serait un arrachement.

Elle-même allait peut-être mourir aussi ce jour-là, si elle ne trouvait pas sa place. Mais elle ne s'intéressait qu'à Donnolo, comme si sa mort à lui était la véritable clef de son énigme.

L'homme aux poissons s'efforçait de ne pas la retarder. En arrivant à l'entrée de la passe de Kber, il dépassa même la jeune fille en lui jetant un regard consterné; elle comprit alors qu'il n'irait pas beaucoup plus loin. Il lui sourit, descendit de cheval, se laissa tomber sur un rocher et, avec un geste d'impuissance, lui dit d'une voix faible, pleine d'élégance et de tendresse :

– C'est fini pour moi, petite Beth. Un peu plus tôt que prévu...

– Viens, viens avec moi voir Hitti, insista-t-elle.

– Non. Je t'attendrai ici. Je ne veux pas mourir en ville. Il est important d'être seul quand on change de vie.

Elle hésita :

– Je ne peux rien pour toi?

– Non, ce n'est pas bien grave. Ne t'inquiète pas, je sais où je vais. Ma mort, cela fait plusieurs vies que j'y suis prêt. Dans ma toute première vie, je me suis trouvé avec Don dans un pays de la Première Terre, à l'est de Cana. Un pays de profonde misère et de grande dignité. Là-bas, le même mot voulait dire à la fois « purifier » et « célébrer des funérailles ». C'est très sage : ceux qui n'ont pas été parfaits dans leur vie s'incarnent ensuite en d'autres êtres vivants jusqu'à parachever leurs tâches terrestres à devenir purs. Je pense de même que mourir n'est qu'une étape vers la perfection. Quand je mourrai, mon esprit se séparera en trois parties : l'une retournera vers Don pour recevoir de lui le « baiser d'amour », une autre rejoindra mon fils, la troisième planera au-dessus de mon corps jusqu'à ce qu'il disparaisse.

– L'esprit? interrogea-t-elle.

– Oui, tous les êtres vivants ont un esprit : les arbres comme les poissons, vous comme nous. La mort ne me fait pas peur, car la vie finit par revenir dans les esprits. Dans ce pays où j'ai vécu, même les dieux passaient ainsi de vie en vie; ils revenaient plusieurs fois sur terre accomplir une tâche donnée, tour à tour poisson, tortue, sanglier, lion, nain, hache, lune, ombre noire, et cheval blanc.

Décidément, il délirait!

– Tu crois en ces dieux?

– Ne te moque pas. Tous les dieux n'en sont qu'un, comme la vie est une. Le reste n'est qu'illusion...

Il s'affaiblissait à vue d'œil, comme un ballon percé qui se dégonfle. Elle l'observait sans oser s'avancer vers lui. Il regardait au-delà d'elle, vers le défilé :

– J'ai été heureux d'aller jusqu'ici. Jamais je n'aurais espéré approcher autant de la Vérité. Pars, maintenant. Si je ne suis pas là quand tu reviendras, sache qu'à Maïmelek un enfant vit pour moi, et qu'il ira plus loin que moi. Un jour, je parviendrai jusqu'au *SY*, je ferai des golem. Je t'envie de continuer... Ce soir, tu sauras bien des choses, et tu auras probablement tout oublié.

Il avait raison : quoi qu'il advînt, les prochaines heures seraient aussi pour elle les dernières d'une vie; elle trouverait sa place ou disparaîtrait. Elle regarda en direction des gorges : après avoir tout balayé, les eaux de la rivière étaient un peu redescendues. Comme si la mort d'Uri et du Ruler les avait apaisées. Elle allait pouvoir passer, voir cet enfant.

Brusquement, elle entendit un bruit derrière elle : quelque chose venait de tomber à l'eau. Elle hurla. C'était Donnolo qui avait plongé sans un cri. Elle resta longtemps à fixer le manteau de laine noire qu'il avait méticuleusement posé sur le rocher. Puis elle le prit et, s'enveloppant dans l'ample tissu, elle repartit, étonnée d'en trouver la force, sans un regard vers le fond de la rivière.

Elle franchit sans difficulté l'Olgath abandonné et les barrières désertes, et se dirigea vers Shamron.

A chaque carrefour, elle croisait des amas de cadavres d'hommes et de chevaux. Les émeutes avaient dégénéré. Fluctuante et déchaînée, comme un liquide agité dans un vase, la foule allait d'un chef à l'autre. Elle croisa des cortèges de flagellants vêtus de noir qui se rendaient au Temple majeur en psalmodiant les noms de Sülinguen et d'Uri, unis dans la mort. Elle entendit les grondements de l'armée qui réglait ses comptes avec les Bhouis. Elle apprit la mort de John, le fils du Ruler. Elle fut surprise de son propre détachement au spectacle de ces massacres : rien de cela ne paraissait plus compter pour elle.

Les grilles du quartier protégé étaient défoncées. Elle gravit les allées de gravier semées de détritus, de dossiers éparpillés. En atteignant les grilles de Nordom, elle découvrit les jardins piétinés, la terrasse saccagée, le palais dévasté. Personne. Elle monta dans la tour d'angle. Les pièces étaient vides, les rayonnages sens dessus dessous. Du linge pendait à la fenêtre de la bibliothèque. Aucun livre, aucun sablier. On avait tout emporté. Qui? Quand?

Elle redescendit, traversa les coursives en labyrinthe, les terrasses en pente. Indifférente au désordre, elle se dirigea par le chemin de terre vers la maison de son enfance. Devant la tombe de sa mère, elle constata qu'elle était dégagée, les fleurs entretenues. Elle n'en fut pas étonnée. Elle s'y attendait. Elle avait le sentiment que le palais n'était pas désert, que, tout près d'elle, des yeux l'observaient.

A côté de la tombe, elle aperçut, assis sur le petit banc, un enfant tenant à la main un cerceau rouge. Le même qui jouait là une semaine plus tôt – des siècles auparavant.

Était-il vraiment le fils de son père, à la fois son frère et son père?

Elle était sereine. Sa quête s'achevait, elle avait franchi tant d'épreuves, au fil de ces sept jours, pour s'en revenir jusqu'à lui! Était-ce cela, trouver sa place : savoir donner sens à celle qu'on occupe? Elle ne se sentait plus capable de réfléchir. Était-ce le début de la mort annoncée ou seulement le vertige de la fatigue? Toute la semaine, elle avait déambulé au milieu de tant de miroirs qui lui renvoyaient chaque fois un nouveau reflet d'elle-même, comme cette petite fille aux images dont lui avait parlé son grand-père, il y avait si longtemps... Décidément, Shiron avait tout dit au cours de ces soirées d'autrefois. Sa vie à elle ne serait jamais plus vraie que celle des personnages de ses contes.

En observant l'enfant qui s'essayait avec application à immobiliser le cerceau en équilibre sur une baguette d'osier, il ne lui parut pas le moins du monde improbable que cet enfant sage eût déjà été un vieillard fourbu et résigné. Elle-même avait si intensément le sentiment d'avoir dix mille ans!

Elle s'approcha de lui; il ne leva même pas les yeux, comme s'il ne l'avait pas entendue. Elle ne savait comment lui parler, que lui dire.

Sans la regarder, il prononça d'une voix frêle :

– Bonjour! C'est moi que tu viens voir?

– Je m'appelle Golischa. Tu me connais, tu m'as déjà vue ici. T'en souviens-tu?

Son cerceau enfin immobilisé, l'enfant leva les yeux. Elle tressaillit. Comment avait-elle pu ne pas s'en rendre compte plus tôt? Il n'y avait pas le moindre doute : c'était Tula. Son visage, ses yeux, sa bouche surtout – il était beau comme une flamme.

L'enfant reprit d'une voix craintive :

– Je suis content de te voir. Yoram m'a demandé de t'attendre ici. J'aime Yoram, je ne veux pas lui faire de peine. Mais il y a longtemps que je suis ici! J'ai froid. J'ai appris un poème que je dois te réciter. Tu veux bien m'écouter? Tout de suite, autrement je vais l'oublier. Je ne le sais déjà plus très bien...

Il fixa le sol et se concentra. Puis il se mit à réciter, de la voix rétive d'un élève contraint de débiter une leçon mal apprise.

– « Bienvenue, ma petite fille. Ce que tu entends là est un message écrit par ton père et appris par son fils, c'est-à-dire par ton frère, en attendant qu'il vive. J'ai beaucoup de choses à te dire. Cela fait si longtemps que j'y pense. Je suis heureux que tu sois venue. Je n'en ai jamais douté. Depuis la mort de Soline, tu as franchi d'immenses obstacles; tu es au bout de l'épreuve, tu approches de la Vraie Vie. Tu vas comprendre qui tu es et ce qu'est le *SY*. Je ne suis pas surpris que tu sois parvenue jusqu'à moi. Depuis toujours, je savais que tu y parviendrais. Avant même que je ne t'aie conçue, je te connaissais; avant même que tu ne sois sortie de ta mère, je t'ai désignée pour le destin qui t'attend. Je t'y ai préparée et savais que tu en serais digne. »

L'enfant s'arrêta un instant, hésita, puis reprit :

– « Don m'avait dit, avec sa solennité un peu ridicule : “ Des jours vont venir où je féconderai la semence de ta maison. ” Et il l'a fait. Tu es née, tu as grandi, rebelle et désespérée. Quand je me tenais près de toi, j'aurais aimé tout te dire : de moi, de ta mère, de ton destin. Mais il ne fallait pas rompre le pacte passé il y a si longtemps. Je ne savais comment te mettre sur la voie. Et puis, un soir d'automne, alors que je te veillais, sentinelle anonyme, j'ai trouvé le moyen de te faire comprendre. Assis au pied de ton lit, je cherchais un commencement à l'histoire dont tu escomptais l'oubli du sommeil, un sursis à ton incertaine solitude. Je savais bien que, celle-ci comme les autres, tu ne me laisserais pas la finir. Je guettais le moment où tu t'emparerais, d'une question furtive, pour l'emporter là où tu fais la loi et défais les méchants, là où je ne pourrais jamais te suivre. Et puis, brusquement, sans que tu aies rien dit, j'ai lu dans tes yeux comme un songe léger, un de ces rêves éveillés où le temps prend de l'épaisseur et le passé une importance, comme une odyssée attendant qu'on en vive toutes les errances pour devenir mythe, un labyrinthe de mots où de laborieux docteurs chercheront de siècle en siècle les étincelles dispersées de l'intelligence des hommes. J'ai su alors ce qu'il fallait faire pour qu'au bout du chemin tu te concilies l'espérance. J'ai agi pour que tu trouves ta place... Les mots ont fait ta vie... Puis je suis parti. De loin, je t'ai regardée vivre, jusqu'à ma mort. J'étais tranquille. J'avais prononcé les mots qui vivent... Au destin maintenant de s'écrire. Un jour, on racontera ma vie et la tienne, on en fera l'émerveillement des hommes. En ce temps-là, bien au-delà du mémorable, on aura oublié que tout commença un soir d'orage, à une époque de ressentiments, dans une chambre sage tendue de soie bleue. On aura oublié que les ultimes prophéties furent un jour rêvées par une enfant pressée de vivre sa liberté, vie éternelle entre mémoire et rêve, rébellion et bonheur... »

Tandis que l'enfant récitait, le cerceau s'était remis insensiblement à osciller sur la baguette immobile. Golischa ne pouvait détacher ses yeux du lent pendule. Sans bouger la tête, l'enfant leva les yeux vers elle et lui demanda d'une voix inquiète :

– Tu as du pain pour moi? J'ai faim. Tu as du sucre?

Elle n'avait rien; la honte de n'y avoir point songé la pétrifia. Il haussa lourdement les épaules, calma le cerceau d'un effleurement de la main et reprit son récit, les yeux rivés sur Golischa :

– « J'ai aimé ta mère... J'ai voulu vieillir avec elle au-delà de la passion, du plaisir, de l'éphémère. Je l'ai prise à un ami qui en est mort. C'était un homme de vérité, incapable de vivre seul dans le marais des hommes. Mais c'était un autre temps, tu ne peux pas comprendre... Puis, j'ai atteint à l'essentiel. Je n'ai pas cherché l'éternité. J'ai voulu permettre à l'amour d'être autre chose qu'une euphorique nostalgie, à la vie de devenir davantage qu'une parenthèse entre deux morts. J'ai voulu faire des hommes autre chose que des oiseaux de passage. Les hommes l'ont su et ont convoité ce que je me promettais de leur apprendre. Alors le malheur a menacé notre peuple. Je l'ai vu venir. Je me suis levé pour le dire. Mais nul ne m'a écouté. On s'est moqué de moi. Quand le malheur a fondu sur nous, il ont décrété que j'en étais responsable! Moi qui espérais transformer leur deuil en allégresse! Sois fière de moi, petite fille. Car j'ai compris ce que nul autre avant moi n'avait osé penser. D'abord, que le *SY* n'a pas été écrit par Don – rappelle-toi : “ *Ce que je savais du* SY *avant la Création, ce que vous devez savoir pour le vivre.* ” Ce que je savais du *SY*, et non ce que je *sais*... Don voulait dire par là qu'il n'avait pas “ écrit ” le *SY*, mais “ compris ” de quoi il s'agissait : un extrait de quelque formule permettant de savoir comment rendre éternel chacun des Siv. Comme il avait craint que sa découverte fût mal utilisée, il a réparti son texte en chapitres dans chaque caléïdophore, afin que nous ne pussions l'utiliser que tous ensemble. Autrement dit, le rouleau en notre possession n'est qu'une fraction du premier chapitre d'un très ancien livre. Je me suis mis alors à chercher et j'ai fini par trouver comment il pourrait permettre aux Siv de durer plus longtemps. Cette découverte, j'ai eu le tort d'en faire part à des hommes. Un Siv ne doit jamais se confier à eux. Lui est un étranger, un “ passeur ”, dit bien notre langue, un oiseau de passage entre la Vérité et la Vie, entre les hommes et Dieu. Il ne doit jamais prendre parti. Un Siv doit à la fois aimer les hommes parce qu'ils sont les créatures de Dieu, et les maudire parce qu'ils sont les créateurs du Mal. Méfie-toi d'eux, petite fille : ils ont tout gâché. Je te souhaite de ne pas trop souffrir, ni trop faire souffrir. D'être plus forte que tes ennemis. Tu arrives au moment où le Royaume peut être fondé, où la liberté est devenue possible, où les hommes peuvent vouloir être heureux, où les mots sont prêts à vivre. Je n'ai rien d'autre à te dire. Il te reste à te trouver. Pour cela, Beth, ma reine, cherche au fond de ta mémoire celle des histoires de ton grand-père où il va t'être donné de vivre. Je t'en ai assez dit pour que cela te soit possible. Lorsque tu auras pris ta place, tu vivras ta vraie vie et, à ta façon, tu deviendras éternelle. Aide alors les hommes à vouloir l'essentiel, à bâtir des maisons, à planter des jardins, à faire la paix. C'est dans la paix que sera leur paix. C'est en elle qu'est le premier gage d'éternité. Quant à moi, je reviendrai dans d'autres vies, jusqu'à la vraie, six siècles après la tienne. Sous le nom de Jérémie, prophète d'exil et de désolation, je lutterai alors contre la révolte; et quand l'anéantissement menacera, je chanterai la liberté. Va, petite fille, ne m'oublie pas; ne m'idéalise pas; ne cherche pas à en savoir plus. Vis dans la jubilation : c'est beaucoup plus important que le bonheur. »

Le cerceau rouge se balançait à nouveau sur la baguette. Au loin, Golischa entendit des hennissements, une galopade. A l'entrée de Nordom, trois silhouettes apparurent. L'enfant se leva, prit son cerceau et conclut, plaintif :

– Il faut que je parte... Alors, c'est vrai, tu n'as rien à manger pour moi?

La gorge serrée, Golischa lui serra la main et l'embrassa. Ils restèrent un très bref moment silencieux, puis l'enfant s'enfuit sans se retourner, tout occupé à faire rouler son cerceau. Elle le suivait des yeux quand, au détour du chemin, elle vit surgir un groupe de soldats. Elle n'eut pas le temps d'avoir peur. Un des hommes s'accroupit et ouvrit les bras. L'enfant s'y précipita. Ils disparurent aussitôt derrière la butte. Elle entendit les chevaux repartir au grand galop.

Tout l'invitait à présent à s'asseoir là, au bord du chemin, à attendre. Attendre quoi? Rien ne viendrait si elle ne faisait rien. « Elle ne sera une femme que par ses enfants »... « Vivre une double vie »... « Attendre l'oiseau de passage »... « Là où les mots peuvent vivre »... « Tu vivras une vie éternelle »...

Était-ce la transformation qu'avait annoncée Posquières? Ou bien le simple effet de sa lassitude après tant d'efforts? Souffler, échapper aux regards, filtrer les souvenirs... Se cacher.

Elle contempla la ville par-delà les remparts. Tout n'y était que clameurs et incendies. Elle n'avait plus rien à faire ici. Il lui fallait se hâter si elle voulait regagner Karella. Elle quitta Nordom, retrouva son cheval près de l'Olgath et partit à bride abattue, franchissant des torrents de boue.

Elle atteignit Karella à la nuit tombante et alla rejoindre Posquières qu'elle trouva dans une des pyramides, en grande conversation avec Stauff et Dav. Ils l'attendaient. Elle dévisagea avec horreur celui qui avait torturé son père.

– Où est Donnolo? fit Posquières. Je ne l'entends pas à tes côtés.

– Donnolo est mort.

– Que l'éternité soit avec lui! Il a fait son chemin. As-tu vu ton père?

– Oui. Je vais vous raconter.

L'aveugle haussa les épaules :

– Au fond, l'enfant ne t'a rien appris, n'est-ce pas?

Elle hocha la tête :

– Mon père n'a pas voulu qu'on sache ce qui avait fait tant de mal.

– Je le comprends, fit Posquières. La Vraie Vie commence sans que rien de ce que nous espérions ne s'explique. Tout n'était au fond peut-être qu'énigmes inutiles.

– Peut-être voulait-il seulement nous faire douter de tout? dit Golischa.

– En tout cas, maintenant, marmonna Stauff, nul ne pourra jamais refaire le golem. Nous ne saurons jamais utiliser le *SY*. Et les Siv ne seront jamais éternels. C'est tant mieux...

Golischa l'interrompit sèchement :

– Tu as donc torturé mon père pour rien!

Il la regarda fixement dans les yeux :

– Je ne le regrette pas. J'aurai tout fait pour prévenir le massacre.

Posquières s'interposa :

– Ne vous disputez pas. Cela ne sert à rien. Il faut remplacer Donnolo. Nous ne pouvons rester sans chef de guerre. Dav, t'en sens-tu capable?

– Oui, si je le fais pour vaincre, dit Dav. Hitti est un monstre auquel il faut rendre le mal qu'il nous a fait, en s'emparant de sa progéniture et en la fracassant contre les rochers.

– Si tu parles ainsi, tu ne construiras pas le royaume d'éternité, fit Posquières.

Dav hocha la tête :

– Il n'y a pas de vie éternelle. Nous sommes comme les hommes. Nous n'aurons jamais plus, comme eux, que le choix entre l'anonymat et l'oubli.

– Tu oublies une troisième voie, murmura Posquières.

– Laquelle?

– Celle de la légende. Réfléchissez, vous tous. Tout ce qui nous est arrivé ici sera pensé plus tard en termes de légende. On dira du Grand Livre Secret qu'il était un poème, une épopée, un mythe antérieur à la révélation. On parlera des deux Jumeaux comme d'un couple fondateur. On en fera peut-être un homme et une femme, condamnés à quitter quelque lieu enchanteur en punition de leur faute, ou bien deux frères s'entretuant pour la détention d'une terre. On dira que les hommes ont décidé ensuite la construction d'une tour ou d'un pont, Bab El Shain, qui fut le signe de la perversion de la Connaissance; que Don a provoqué un déluge pour en châtier les hommes. On dira qu'un peuple s'est ensuite installé sur une terre de fortune; qu'un berger nommé Jos, qui y vivait heureux, fut vendu par ses frères aux hommes de Hitti, qu'il y devint conseiller du prince après avoir été en prison, qu'il y entraîna son peuple dans l'esclavage. On parlera d'une invasion de sauterelles ou de bêtes féroces, d'un fleuve de vermine et de sang. La mort de John deviendra celle de tous les premiers-nés, laquelle aurait incité le prince à libérer ses esclaves, et Don à ouvrir les eaux pour les laisser passer. On dira que la mort du Ruler, écrasé par la montagne d'eau en poursuivant les Siv, est l'annonce de la liberté des hommes. On dira que les fugitifs ont survécu dans le désert en attendant leur terre; qu'un berger nommé Dav y a tué un géant nommé Olgath, créant un royaume sans cesse menacé. On parlera d'Uri, son ami, comme de ton premier mari. On dira qu'Emyr y plaida pour notre soumission, afin de sauver l'essentiel. On dira que le *SY* a été écrit par le premier des hommes, ou bien par Emyr, et qu'il énonce la façon de faire des golem, ou encore qu'il ne signifie rien, parce qu'il est l'inaccessible rêve d'une impossible éternité, et que si nous nous en servons, il nous tuera. On dira que les oiseaux sont comme les âmes des morts, et le lori comme le signe de la paix. On vivra à jamais dans la nostalgie du Paradis perdu et la quête bredouille de la durée...

– A moins qu'un jour, au contraire, l'interrompit Stauff, on apprenne que le Grand Livre Secret n'est qu'une invention d'hallucinés et le *SY* un vieux parchemin dénué d'importance. Et que des hommes nommés Hitti, venus à bord de nefs en bois, ont rejoint ici d'autres hommes nommés les Siv, venus bien avant eux à bord d'esquifs en roseaux. Ou encore qu'on découvre que le *Phœnix*, en se perdant dans l'espace, n'a fait que remonter le temps et s'est posé sur la même terre, quelques millénaires plus tôt. Nous ne ferions alors que revivre ici ce qui fut ou sera vécu au même endroit par d'autres, à la fois beaucoup plus tôt et beaucoup plus tard. Dans tous les cas, nous ne faisons que récrire une histoire où le passé s'explique par l'avenir...

– Lorsqu'ils seront devenus légende, rêva Golischa à voix haute, ces sept jours seront ceux de la création, comme les sept branches d'un même chandelier éclairant la semaine, l'année, la vie des hommes. On racontera alors qu'un homme, quelque part dans l'Univers, a su un jour faire vivre un morceau d'argile. Et cet homme sera célèbre entre tous les hommes.

– A moins qu'on ne l'appelle Dieu, murmura Posquières.

Tous le regardèrent, ahuris :

– Tu crois qu'un jour, Don deviendra Dieu? interrogea Golischa.

– Peut-être, murmura l'aveugle. Et peut-être bien davantage. Car le temps fabrique le passé, et le rêve fabrique le souvenir. Don est peut-être Dieu. A moins que ni l'un ni l'autre n'ait jamais existé... Mais il ne sert à rien de se poser la question : nous ne le saurons que dans très longtemps, et j'ai perdu toute mon impatience.

– Tu blasphèmes! s'écria Stauff. Comment peux-tu espérer en quelque chose si tu ne crois en rien?

Posquières ouvrit les paupières. Ses yeux brillèrent comme s'ils voyaient.

– Parce que je suis le greffier des étincelles.

Sa voix était devenue étonnamment jeune, espiègle.

– Ce qui veut dire? demanda Dav.

– Que je suis celui qui sait ce qu'il restera des hommes, le jour venu.

Golischa haussa les épaules.

– Comment peux-tu savoir ce qu'il restera de nous? Comment sais-tu quelle trace nous laisserons, et si même nous en laisserons une? Il y a tant de versions contradictoires de ce qui s'est passé ici depuis seulement vingt ans!

– Justement, sourit Posquières. L'ambiguïté est le premier gage d'éternité. Les mythes, parce qu'ils sont ambigus, durent beaucoup plus longtemps que les faits. Seuls les romans ont droit à la vie éternelle : faits de mots, ils sont capables d'échapper à l'érosion de la mémoire.

– Là est peut-être la réponse à toutes nos questions, songea Golischa.

– Comment ça? demanda Stauff.

– Chaque héros de nos légendes, dit-elle, chaque personnage de notre Grand Livre Secret n'est fait que de mots. Pourtant, il laisse une trace plus durable que les plus hauts personnages de l'Histoire. Je ne me demande plus si le golem est un mythe, mais si ce n'est pas le mythe qui est un golem!

– Que veux-tu dire? redemanda Stauff.

– *Que les mots sont peut-être les vrais golem, faits de l'argile des lettres.* C'est avec elles que se forment les mythes seuls promis à l'éternité.

– Ce n'est vrai que s'il reste des hommes pour les entendre! murmura Posquières.

– Tu as raison, approuva Golischa. On n'est jamais que le souvenir qu'on laisse.

– Non, rectifia Posquières, on n'est jamais que ceux à qui on laisse des souvenirs. Les hommes ou les Siv ne durent que dans la mémoire des autres. Les mythes sont des oiseaux de passage qui volent de mémoire en mémoire. Nous ne sommes que les branches sur lesquelles se posent ces oiseaux. Il y a des branches sans oiseaux. Il n'y a pas d'oiseaux sans branches. Il n'y a pas de souvenirs sans quelqu'un pour les porter. Il n'y a pas de mythes sans civilisations pour les faire vivre. Les hommes ne valent donc que s'ils portent plus loin qu'eux-mêmes les rêves de leurs ancêtres. Ils ne sont hommes que par ce que font d'eux leurs enfants.

Golischa pensa à Uri : personne, sauf elle, ne se souviendrait jamais plus de lui autrement que comme du premier amour de Beth. Elle seule saurait qu'Uri était un homme d'aventure, enseveli dans la boue pour ouvrir la voie de la liberté à d'autres hommes de boue.

– Tu as sans doute, continua Posquières, trouvé sans le savoir ce que tous cherchaient depuis longtemps : les lettres, les mots, les langages, les écrits, les mythes sont plus vivants que toute autre création de l'homme. Comme le dit le *SY* dans sa sagesse, c'est donc bien en combinant des lettres qu'on donne vie aux choses : *mais c'était de la vie des mots qu'il parlait.* Le golem naît de la transformation de l'argile des lettres en la vie des mots. A nous de savoir les agencer pour qu'ils vivent. Pour cela, il suffit sans doute d'un peu de poésie. Wam l'avait dit, t'en souviens-tu, mais vous ne l'avez pas entendu : le golem, c'est l'œuvre d'art. La seule façon pour un homme de se rendre éternel est de faire de sa vie une œuvre d'art. L'UV aura eu lieu quand on aura su faire de chaque vie une œuvre d'art... Inutile de chercher plus loin.

– Mais les mots ne sont pas comme les hommes! Ils ne sont pas vivants! objecta Stauff.

– Si, les mots sont vivants, dit Posquières. Et pour qu'ils durent, il ne faut pas les négliger, mais les prendre au sérieux, les cajôler, les bien choisir, les entourer d'autres mots. Aucun mot n'est sans importance. Ils tuent s'ils mentent. Ils meurent si on les oublie. Il faut les protéger, les respecter pour qu'ils vivent et qu'ils transmettent la parole qu'ils portent, toute la parole. Là est la seule vie éternelle.

– Ce qui voudrait dire, ajouta Golischa, que les Siv ne seraient eux-mêmes que des mots, qu'ils n'auraient jamais existé que dans les rêves des hommes?

Posquières ne répondit pas. Golischa s'installa

dans le silence de l'aveugle, un silence béant comme une faille. Elle se félicita de ce silence et se dit qu'il était bien que l'aveugle n'eût pas tenté de réduire l'abîme de l'énigme. Elle se pencha vers lui et lui baisa la main. Il se détourna et murmura d'une voix précipitée :

– Je vais m'en aller, petite fille. Pour que tu te trouves, il faut te perdre dans la mémoire. Or je fais partie de ta mémoire...

Elle supplia :

– Reste avec moi! Ne me laisse pas seule! Je n'ai plus que toi!

– Non, c'est de toi qu'ils attendent de l'égoïsme. C'est toi qu'ils veulent voir devenir un mythe, à leur égal. Rappelle-toi ce que je t'ai dit à Maïmelek : « Tu châtieras d'une main et apaiseras des deux. »

Golischa était au bord des larmes. L'aveugle posa sa main sur la tête de la jeune fille :

– Un des Maîtres du Sandin disait que « quand le sable du temps s'abîme, c'est que point l'aube du ciel ». Tu es l'aube du ciel. Voilà, tout est dit... Je vais te quitter, petite Beth. Ne t'inquiète pas.

Elle répéta :

– Reste là! Ne me laisse pas seule!

– Je ne te laisse pas seule. Je serai toujours près de toi, comme un homme ou comme un enfant, rôdant autour du malheur et de la barbarie. A chaque torture, à chaque blasphème, à chaque injure, je serai celui qu'on tue et celui qu'on humilie, celui qu'on oublie et celui qu'on écrase. Je vous ferai peur de vous-mêmes afin que vous cessiez d'avoir peur les uns des autres. Car tant qu'un enfant aura faim, aura froid, aura peur ou souffrira d'une injustice, toute œuvre d'art ne sera que blasphème. Et l'éternité, une illusion.

Sa main se fit plus lourde sur sa tête. Elle fut prise de vertige :

– Va, maintenant. Pars guetter le retour de la colombe. Elle n'est plus très loin.

Il sortit à reculons, suivi de Dav et Stauff, muets et sombres. La porte se referma sans bruit sur eux.

Elle resta longtemps, ivre de fatigue, tanguant comme navire en tempête... Presque une semaine sans sommeil... Prélude à la mort annoncée... A moins que l'épuisement ne fasse partie de l'avenir... Trop lasse pour se révolter ou avoir peur... Voici venir des temps obscurs... Ne pas oublier : ni ma mère ni mon père... Mourir plutôt qu'oublier... « La seule façon de supporter sa vie, c'est d'en avoir deux », avait dit Soline. « Être une femme par ses enfants », avait dit Tula. Beth... Beth, au début de l'histoire des hommes... La lettre du début, la vie des premiers temps.

Le garde à sa porte l'entendit se plaindre, renverser la table, se débattre au milieu de mots balbutiés. Personne n'osa déranger Dav qui travaillait avec ses généraux : il était maintenant trop important pour se permettre d'éprouver de la compassion.

Quand elle s'éveilla, plus tard, dans la nuit lisse, la ville était assoupie : il faisait tiède, le ciel était opalescent. Elle traversa les rues désertes et dirigea ses pas vers la rivière. Sans hésiter, elle y plongea. Bientôt elle se sentit neuve, lavée de tout, sans mémoire ni espérance.

Au bout d'un moment, sans même se retourner, elle sut que Dav était là qui la regardait. Elle lui fit face et s'entendit murmurer :

– Bonjour, David, je m'appelle Bethsabée.

Table

DU MÊME AUTEUR

ANALYSE ÉCONOMIQUE DE LA VIE POLITIQUE, P.U.F., 1973.
MODÈLES POLITIQUES, P.U.F., 1974.
L'ANTI-ÉCONOMIQUE, P.U.F., 1975
(en collaboration avec Marc Guillaume).
LA PAROLE ET L'OUTIL, P.U.F., 1976.
BRUITS, P.U.F., 1977.
LA NOUVELLE ÉCONOMIQUE FRANÇAISE, Flammarion, 1978.
L'ORDRE CANNIBALE, Grasset, 1979.
LES TROIS MONDES, Fayard, 1981.
HISTOIRES DU TEMPS, Fayard, 1982.
LA FIGURE DE FRASER, Fayard, 1984.
UN HOMME D'INFLUENCE, Fayard, 1985,
AU PROPRE ET AU FIGURÉ, Fayard, 1988.
LIGNES D'HORIZON, Fayard, 1990.

Œuvres de Jacques Attali

Histoires du temps 4011

Quatre périodes se sont succédé de l'origine à nos jours. Quatre rapports différents au temps, qui ont généré des machines de comptage de plus en plus complexes et correspondu à des systèmes de pouvoir extrêmement diversifiés. La première est nommée par Attali *Le temps des dieux*. Vision d'un temps cyclique, où l'« avenir est dangereux s'il n'est pas répétition du passé ». C'est l'âge de la clepsydre et du cadran solaire.

Vient ensuite *Le temps des corps*, qui correspond à peu près au Moyen Age européen. Les villes se développent, l'économie change, on entre dans l'ère marchande, et les instruments d'évaluation du temps se déplacent avant de se modifier. Et, bientôt, apparaît l'horloge : première machine industrielle.

C'est maintenant *Le temps des machines*. L'ère industrielle. Une révolution qui impose un nouveau comptage du temps, une précision supérieure et un découpage plus strict. Les mutations s'accélèrent : l'horloge devient pendule, et la pendule devient montre. On est à l'âge de la production en série, de la division des tâches et de la productivité.

Enfin, s'instaure *Le temps des codes*. L'ère du quartz et de l'électronique. Un temps qui coïncide avec l'extension ininterrompue de la gamme d'objets mis à notre disposition, lourd de risques et de menaces. « Travail, loisir, éducation, santé, consommation, retraite, musique et création changent de sens, l'homme risque de redevenir une horloge pour l'homme (...), prothèse de ses propres prothèses. »

Les Trois Mondes 4012

Pour une théorie de l'après-crise

Y voir clair, s'y reconnaître dans le bouillonnement des mots, tel va être à peu près le premier objectif de Jacques Attali dans *Les Trois Mondes*.

Il part d'un a priori selon lequel toutes les interprétations de la crise sont justes, car elles reposent sur des modèles de compréhension du fonctionnement social et du fonctionnement économique qui sont directement inspirés de modèles scientifiques vrais décrivant le fonctionnement du monde. Image pour image, modèle pour modèle, les systèmes s'emboîtent les uns dans les autres et du coup conquièrent leur vérité. Mieux : ils peuvent cohabiter, malgré leurs contradictions apparentes. Ce qui est précisément le cas aujourd'hui, puisque les deux « mondes », *régulation* et *production*, conservent leur actualité et gouvernent les politiques économiques des États.

Enfin, il y a le « troisième monde ». Celui de l'*organisation*. L'hypothèse que va développer Jacques Attali. Conforme aux nouvelles images que nous offrent désormais les théories de l'information, toutes axées sur l'idée que la réalité est structurée par le langage. Hypothèse stimulante, qui permet une relecture intégrale de l'histoire de l'humanité, et surtout, qui permet de situer la crise actuelle, de casser les données traditionnelles du problème en récusant les alternatives : ou le plan ou le marché, ou le collectivisme ou l'individualisme, pour poser les vraies questions : celle du choix entre l'inquiétante sécurité de l'empire totalitaire, et l'impalpable liberté qui entoure le respect de la diversité.

Bruits

4040

Essai sur l'économie politique de la musique

Trois grandes périodes, trois moments principaux rythment l'évolution de l'art musical en Occident, auxquels correspondent « trois utilisations de la musique par le pouvoir ». En premier lieu, la phase du *rituel*. Phase de l'archaïsme, temps des origines. Quand la musique est lutte contre le bruit. Et que peu à peu elle se ritualise, canalise et socialise le bruit « en un simulacre de meurtre rituel ». Elle se fait prière, incantation. Elle module l'angoisse en joie et tente de désigner par son ordre que « la société est possible ».

Ensuite, deuxième étape, celle de la *représentation*. La musique devenue spectacle. C'est l'invention du concert, la mise en scène de la société par elle-même. Musique miroir : le corps social affiche son ordre à travers l'harmonie des notes et leur mathématisation. Le son domestiqué est employé « pour faire croire à l'harmonie du monde, à l'ordre dans l'échange, à la légitimité du pouvoir marchand ». Désormais, l'argent est échangé par l'auditeur contre la vision rassurante du musicien jouant de « concert » et l'écoute de pièces savamment orchestrées. Seulement, l'argent n'est pas neutre. Et insensiblement l'édifice se dégrade. Dans les cassures de la musique se perçoivent les changements qui travaillent en sous-main les sociétés.

Troisième phase, donc : aujourd'hui, ou l'ère de la *répétition*. Les mœurs musicales bouleversées par des inventions techniques qui orientent vers l'audition à domicile. Radio, télévision, disques, magnétophones. Tout devient répétable à l'infini. L'œuvre musicale change de valeur économique et aussi dérive : avènement des musiques décodées, aléatoires, répétitives.

Toutefois, fidèle à ses perspectives, Jacques Attali boucle ses analyses en ouvrant des voies nouvelles. En particulier celle de l'ère de la *composition*. Demain. Quand l'individu s'avisera que sa liberté est une affaire personnelle, intime. Alors la musique sera l'agent de l'autonomie individuelle, de la conscience de soi.

Un homme d'influence 6242

Sir Siegmund G. Warburg, 1902-1982

Voici le récit d'un destin multiforme vécu comme plusieurs romans à la fois ; celui de Sir Siegmund G. Warburg, un des hommes les plus influents du monde, mais aussi un des plus discrets.

Issu d'une très ancienne famille de banquiers juifs, Siegmund Warburg, devant la montée du nazisme, quitte son pays, l'Allemagne, pour Londres, avec son nom pour tout capital. Il invente alors les modes de financement des Alliés en guerre et contribue à briser ceux de l'Allemagne. Après la guerre, il crée à Londres sa propre banque qui deviendra la première banque d'affaires européenne et invente les principales techniques de la finance d'aujourd'hui. Également avant les autres, il voit se profiler l'impuissance de l'Europe, la rébellion du tiers monde, les difficultés d'Israël...

A travers la vie de cette personnalité exceptionnelle, vigile d'un temps de barbarie, prince de la finance, dont l'obsession unique est de relever son nom et d'en prolonger l'influence au cœur des principaux cyclones de notre temps, Jacques Attali nous raconte l'histoire de notre siècle.

Au propre et au figuré 6596

Une histoire de la propriété

Ce qui change le moins chez l'homme, ce sont les questions qu'il se pose sur lui-même. A toutes les époques, sous toutes les latitudes, dans toutes les sociétés, il a éprouvé les mêmes angoisses, nourri les mêmes doutes, formulé les mêmes interrogations sur son identité, sur le sens de sa vie, de la douleur et de la mort, sur les meilleurs moyens d'être, d'avoir, de durer, de transmettre. A certaines époques, il a trouvé à ces questions des réponses naturelles, cohérentes, rassurantes. Puis le doute s'est réinstallé, les certitudes ont vacillé, les interrogations ont resurgi, des convictions se sont opposées, des ordres se sont dissous.

Ainsi en est-il de la propriété. De tout temps, on s'est demandé quelle était la meilleure façon de l'organiser, la plus juste, la plus libre. On a cru parfois le savoir. D'aucuns ont soutenu que l'homme évoluait, au rythme d'un progrès irréversible, de la propriété communautaire à la propriété individuelle. D'autres ont affirmé que l'évolution et les luttes allaient exactement en sens contraire. D'autres enfin ont rêvé d'une société sans propriété, ni privée, ni collective.

Il m'a semblé découvrir qu'il y avait, derrière chacune des conceptions de la propriété qui se sont succédé et entrechoquées depuis des millénaires, comme un signal toujours présent, comme une obsession incontournable que je résumerai ainsi : ce que cache la propriété, c'est la peur de la mort.

J.A.

IMPRIMÉ EN FRANCE PAR BRODARD ET TAUPIN
Usine de La Flèche (Sarthe).
LIBRAIRIE GÉNÉRALE FRANÇAISE - 6, rue Pierre-Sarrazin - 75006 Paris.
ISBN : 2 - 253 - 05460 - 7
30/6866/5